QUAND ON EST DESTINÉ À L'AMOUR

SAGA DE L'ÎLE DE GANSETT, TOME 10

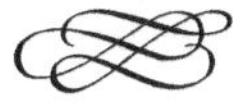

MARIE FORCE

Quand on est Destiné à l'Amour
Série L'île de Gansett, Tome 10
Par : Marie Force
Publié par HTJB inc.
Copyright 2013. HTJB inc.
ISBN: 978-1952793134

Couverture : Kristina Brinton
Formatage : E-book Formatting Fairies
Traduit de l'américain par
Élisabeth Bataille

marieforce.com

La meilleure façon de rester en contact est de vous abonner à ma lettre d'information. Il suffit pour cela de vous connecter à *marie@marieforce.com*. Inscrivez-vous dans l'espace dédié en haut de l'écran où sont demandés vos nom et adresse e-mail. Si vous ne recevez pas régulièrement de mes nouvelles, n'oubliez pas de vérifier dans les messages indésirables et répertoriez mon adresse afin qu'elles vous parviennent et pour ne pas manquer une nouvelle parution. Vous pourrez ainsi peut-être gagner de beaux cadeaux.

NOTE DE L'AUTEUR

Je suis heureuse de vous retrouver pour le dixième volume de la série Gansett Island ! Voici peu, un lecteur me demandait si j'avais jamais imaginé que la saga irait jusqu'au dixième titre lorsque j'ai commencé à écrire *Quand on est fait pour l'amour*. J'ai répondu : « Certainement pas ». Je ne fais aucun plan aussi lointain pour quoi que ce soit, si bien que je suis aussi surprise que mes lecteurs du succès des McCarthy après dix épisodes. Tout cela grâce à vous, mes chers lecteurs, qui m'écrivez chaque jour en me disant à quel point vous aimez l'île et ses habitants. Et pour vous, j'espère poursuivre cette série pendant encore longtemps.

J'ai une confession à faire. Cette saga semble bien être celle que je préfère. Nous avons attendu longtemps le moment où Jenny serait la principale héroïne d'un volume et je suis vraiment folle d'Alex Martinez, le compagnon idéal pour elle – même si on ne le penserait pas au début ! Il est un peu pète-sec, un peu mal dégrossi, un peu bourru, terriblement sexy et j'ai adoré écrire leur histoire. J'espère que vous aimerez cette seconde chance offerte à Jenny de trouver l'amour.

Vous retrouverez aussi Grace et Evan ainsi que vos personnages favoris – Seamus et Carolina et puis Dan et Kara. Sans oublier Mac et Maddie qui font également leur retour, parce qu'une suite de l'île de Gansett ne se conçoit pas sans eux !

Si vous vous sentez un peu perdu au milieu de tous les personnages de l'île de Gansett, allez faire un tour sur le site *Who's Who* de l'île.

À suivre l'édition spéciale intitulée *Gansett à la nuit tombée*. Elle parlera du mariage de Laura et Owen et nous retrouverons chacun des couples déjà formés ainsi que quelques nouveaux venus. Vous ferez la connaissance d'autres membres de la grande famille McCarthy ainsi que des frères et sœurs Lawry. J'ai hâte de commencer l'écriture de ce livre.

Je remercie tout spécialement l'équipe HTJB ; July Cupp, Lisa Cafferty, Holly Sullivan, Isabel Sullivan et Nikki Colquhoun, ainsi que les fidèles lecteurs de la version bêta : Ronlyn Howe, Kara Conrad et Anne Woodall. Merci également à mon éditrice, Linda Ingmanson, à Joyce Lamb, ma relectrice et à l'extraordinaire Kristina Brinton qui conçoit mes couvertures. Je suis tellement reconnaissante pour l'aide que vous m'apportez tous dans l'édition de mes livres ! Merci à Sarah Spate Morrison, toujours présente lorsque j'ai une question médicale. Dan, Emily et Jake m'ont soutenue pendant que j'écrivais ; Brandy et Louie m'ont tenu compagnie et câlinée quand j'en avais besoin.

Ma gratitude éternelle va à mes formidables lecteurs qui se montrent incroyablement généreux en accueillant mes livres. Vous me permettez de vivre et je vous en remercie chaque jour.

Je vous embrasse,
Marie

CHAPITRE 1

C'était toujours le même rêve, le dernier instant de bonheur avant que la vie telle que Jenny Wilks la connaissait cesse pour toujours. Elle se trouvait avec son fiancé Toby dans leur agréable appartement new-yorkais, savourant leur petit déjeuner en lisant le journal du matin, écoutant les nouvelles à la télé, parlant de tout et de rien. Il lui avait demandé ce qu'ils feraient pour le dîner et elle lui avait rappelé que ses parents venaient le lendemain soir, si bien qu'ils devaient ranger l'appartement.

Il avait protesté en grognant et elle s'était moquée gentiment de lui, comme elle le faisait toujours. Avoir une maison nette était son obsession et lui était un flemmard invétéré. Elle l'aimait comme ça, même si elle devait ramasser les affaires qu'il laissait traîner. Chaque fois qu'elle faisait ce rêve, elle essayait de se souvenir de ces dernières minutes, souhaitant désespérément se rappeler ce qu'ils s'étaient dit. C'était le seul moment qu'elle n'arrivait pas à se remémorer et la seule chose qu'elle *avait besoin* de savoir.

Au moment de partir travailler dans la partie sud de Manhattan, Toby s'était penché pour l'embrasser comme il le faisait chaque matin. Il était magnifiquement élégant dans ce costume sur mesure et il avait frotté doucement sa joue fraîchement rasée contre la sienne.

— Je...

Un vacarme assourdissant la tira soudainement d'un sommeil profond, déclenchant un sentiment de panique au plus profond d'elle-même, là où était toujours tapi le vieux traumatisme. Un moteur, juste à côté... Une sueur froide l'inonda, malgré la chaleur oppressante. Elle bondit hors du lit et courut à la fenêtre d'où elle découvrit un homme, torse nu, juché à l'arrière de la plus grosse tondeuse à gazon qu'elle ait jamais vue. Elle jeta un coup d'œil au réveil sur sa table de chevet : à 5 h 45 du matin ! Il était fou ou quoi ?

À côté du réveil se trouvait un cadre avec le portrait de Toby et le rêve revint avec des détails si frappants, si vivants que les larmes lui montèrent aux yeux, déclenchant une fureur telle qu'elle dégringola l'escalier en spirale du phare. Elle arriva au premier étage, gagna le niveau inférieur et le hall du rez-de-chaussée, puis sortit dans l'air lourd de chaleur et d'humidité d'une aube nacrée.

Elle fit irruption sur la pelouse et cria tout en avançant.

— Hé, vous ! Vous savez l'heure qu'il est ?

L'homme aux cheveux bruns avait d'imposants écouteurs sur les oreilles et ne pouvait certainement pas l'entendre par-dessus le vacarme de cette... *chose*... qu'il conduisait. Énorme et très, très bruyante. Sa peau brillait de sueur en cette troisième journée d'une vague de chaleur qui commençait sur l'île de Gansett.

Jenny regarda autour d'elle, cherchant quelque chose, n'importe quoi, qu'elle pourrait utiliser pour attirer son attention. Ses yeux se portèrent sur la récolte exceptionnelle de tomates qui avaient commencé à mûrir sur les treilles plantées au début de l'été. Sans plus réfléchir à ce qu'elle s'apprêtait à faire, elle se saisit de quelques tomates charnues et commença à les lancer sur le dos nu de l'homme.

Les deux premiers projectiles manquèrent leur cible, mais le troisième l'atteignit juste entre les omoplates, s'écrasant à l'impact. Excellent.

Surpris par cette attaque directe, il coupa le moteur de l'engin, arracha ses écouteurs, sauta du siège et fit volte-face.

— C'était quoi, ça ?

Il regarda autour de lui et vit ce qui restait des deux premières tomates sur le sol, à côté de lui.

— *Vous me jetez des tomates ?* Ça va pas, non ?

— Je pourrais vous demander la même chose ! Vous avez la *moindre idée* de l'heure qu'il est ?

— Euh… Quelque chose comme 5 h ?

Malgré sa rage, elle ne put s'empêcher de remarquer ses pectoraux et la toison sombre de son torse, sa peau bronzée et son bermuda kaki qui ceignait des hanches étroites. Il avait aux pieds des bottes de sécurité d'où dépassaient des chaussettes foncées.

— 5 h 45. *Du matin !*

— Merci de la précision. Ça vous embête de me laisser tranquille ? J'ai une grosse journée devant moi et vous vous êtes plainte à la municipalité qu'on n'était pas venu tondre votre pelouse. Eh bien, c'est ce que nous faisons maintenant.

— Pas à 5 h 45 du matin, non !

— Oh que si !

Elle fit un pas vers lui.

— Non et non !

Il avança dans sa direction.

— Si.

La quatrième tomate qu'elle tenait en main fila en direction de sa tête.

Il fit un écart à la dernière seconde, évitant le projectile.

— Vous êtes complètement folle ?

Tandis qu'il la détaillait de haut en bas à l'abri de ses lunettes de soleil, Jenny se rendit compte qu'elle n'avait pratiquement rien sur le dos pour mener cette altercation avec le jardinier. Le phare n'avait pas l'air conditionné et, par cette chaleur insupportable, elle portait une nuisette sur une minuscule culotte. Elle croisa les bras sur ses seins libres.

— Dites donc, ma petite dame. Désolé de vous avoir réveillée, mais il faut que je me remette au travail si je ne veux pas augmenter mon retard dans cette journée déjà fichue.

— Vous n'allez pas faire redémarrer cette… *chose* à 6 h du matin ! J'ai cru qu'on m'attaquait ou quelque chose du genre.

— Tout juste. *Une attaque.* Sur l'île de Gansett qui est tellement dangereuse.

Jenny savait ce que c'était d'être attaquée là où elle s'était toujours sentie en sécurité et cette pensée ramena les images de son rêve, lui rappelant ce qu'elle avait raté à cause du vacarme de la tondeuse.

Qui sait si et quand elle aurait de nouveau ce rêve ? Cela faisait plus d'un an que Toby ne lui avait pas rendu « visite » dans son sommeil.

— On ne sait jamais quand un endroit sûr peut devenir dangereux.

En disant ces mots, son menton se mit à trembler et ses yeux se remplirent de larmes.

— Seigneur ! Vous n'allez pas vous mettre à pleurer !

Il pencha la tête pour s'en assurer.

— Si ?

— Non, je ne vais pas pleurer.

Elle n'avait pas du tout l'intention de pleurer, mais ce rêve-là la bouleversait pendant des jours à chaque fois qu'il revenait. Être tirée aussi brutalement d'un sommeil profond par-dessus le marché était le meilleur moyen de se retrouver submergée par l'émotion.

— Bien.

Il passa ses doigts dans ses cheveux bruns, raides et soyeux, geste qui tendit et fit saillir ses muscles – non qu'elle regardât ou quoi que ce soit – puis il ôta ses lunettes pour essuyer la sueur sur son visage, révélant des yeux d'un brun foncé. Elle ne put s'empêcher de remarquer qu'il semblait absolument épuisé.

— Écoutez, je suis désolé de vous avoir réveillée, reprit-il d'un ton plus conciliant. Je ne pensais pas que quelqu'un vivait vraiment ici. Il faut que je termine pendant que je le peux. Comme vous êtes déjà réveillée, ça vous ennuierait que je m'y remette ?

Sensible à cette impression d'immense fatigue qui émanait de lui, elle s'adoucit un peu. Légèrement.

— Et vous ne reviendrez pas d'aussi bonne heure ?

— Je ne reviendrai pas de si bonne heure.

— Bien.

— Bien.

Il se rinça de nouveau l'œil, regardant son corps à peine couvert avant de retourner à sa tondeuse façon char Sherman et lança le moteur.

Bon sang, que cette chose était bruyante ! Jenny se couvrit les oreilles et rentra dans le phare, claquant la porte derrière elle parce qu'il lui semblait ainsi avoir eu le dernier mot. Elle monta l'escalier en spirale jusqu'à la cuisine et se versa un verre d'eau glacée dont elle s'aspergea le visage avec l'espoir de rafraîchir sa peau enfiévrée. La chaleur était insupportable, annonçant une autre journée dont on ne verrait pas la fin.

Essayant de s'abstraire du vacarme inévitable de la tondeuse, elle prit le verre d'eau glacée et monta à l'étage qu'occupait sa chambre pour s'allonger sur le lit. Elle se tourna de côté, regarda la photo de Toby et contempla son sourire juvénile, espérant retrouver le sommeil et son rêve de la dernière minute où son univers n'avait pas encore été bouleversé.

Que lui avait-il dit avant de sortir de leur appartement de Greenwich Village, dans cette journée limpide de septembre, avant de disparaître de la surface de la Terre ? Si seulement elle pouvait s'en souvenir. Parfois, au cours des douze dernières années, elle avait pensé à l'hypnose pour réveiller sa mémoire, mais elle n'était jamais allée jusque-là. Le rêve lui faisait toujours cet effet. Elle se mettait à se poser des questions, ce qui la ramenait quelques pas en arrière dans ce cycle de chagrin sempiternel.

Il était moins terrible et à vif qu'avant, mais il ne la quittait pas, faisait autant partie d'elle que ses cheveux blond foncé qui refusaient de pousser au-delà de ses épaules, de la minuscule verrue au bord de sa lèvre supérieure ou de ses yeux bruns qui, de son avis, étaient trop rapprochés l'un de l'autre. Toby riait quand elle faisait cet inventaire de ses « défauts ». Il disait qu'elle était la plus belle créature de la planète et qu'il était l'homme le plus veinard de l'univers parce qu'elle l'aimait. Comment voulez-vous « tourner la page », après avoir connu l'amour dévorant d'un homme comme celui-là ?

Depuis peu, elle avait tenté de reprendre goût à la vie, acceptant des rendez-vous avec des hommes que ses amies, pleines de bonne volonté, lui avaient organisés. Elle était déjà allée dîner avec le très agréable – et très grand – chef des pompiers de l'île, Mason Johns. Ils avaient passé un bon moment ensemble, mais il n'y avait pas eu de véritable étincelle. Elle avait presque espéré qu'il ne l'appelle pas pour une autre sortie afin de ne pas avoir à refuser.

Linc Mercier, officier des garde-côtes, responsable de la station locale, lui avait téléphoné pour l'inviter à dîner le jour suivant et elle avait accepté son aimable invitation. Elle avait rencontré Linc à plusieurs reprises par l'intermédiaire de ses amis Mac et Maddie McCarthy et des nouveaux mariés, Tiffany et Blaine Taylor. Linc avait l'air plutôt sympa et il était assurément beau garçon mais, encore une fois, elle n'était pas là à le regarder et à se dire, *waouh*, comme le jour où elle avait fait la connaissance de Toby à Wharton, où ils avaient été admis tous les deux pour un MBA.[1]

Peut-être ne ressentirait-elle plus jamais ce genre d'émotion. Sans doute devrait-elle accepter le fait qu'elle avait eu de la chance cette fois-là et que bien peu de gens pouvaient en dire autant. Elle fixait la photo de Toby, repensant à son appel lorsque l'avion avait heurté la tour Sud. Il avait dit qu'il était désolé de lui faire ça et qu'il voulait qu'elle soit heureuse, que son bonheur était la chose qui lui importait le plus.

Elle souffla par le nez, longuement, se reprochant de s'apitoyer sur son passé comme elle l'avait fait bien trop souvent au cours des douze dernières années. Toby n'était plus. Il ne reviendrait pas. Elle l'avait accepté depuis longtemps. Il fallait à présent se débrouiller pour vivre ce qu'il avait ardemment souhaité pour elle : un véritable bonheur pour le restant de ses jours. Il était là quelque part et elle était bien décidée à le trouver, ne serait-ce que parce qu'elle le lui devait.

Si Alex Martinez cherchait une nouvelle preuve qu'il avait complètement raté sa vie, la première pouvait être les débris collants des tomates volantes qui séchaient sur son dos dans la chaleur brûlante. Il aurait de la véritable sauce spaghetti prête à consommer lorsqu'il aurait achevé de tondre la pelouse.

Tandis qu'il passait la plus grosse tondeuse en leur possession sur le grand terrain autour du phare Sud-Est, le soleil tapait sans merci. Il siffla le reste de l'eau qu'il avait apportée. La chaleur caniculaire n'arrangeait pas son humeur déjà maussade. Des nouvelles races d'orchidées qu'il cultivait dans le Jardin botanique des États-Unis à Washington D.C., il en était venu à tondre le gazon sur l'île de Gansett, retrouvant la vie qu'il menait lorsqu'il avait 16 ans.

Il avait renoncé au respect de ses collègues ainsi qu'à une

carrière prometteuse dans les sciences agricoles pour rentrer chez lui et aider son frère Paul à faire marcher l'affaire familiale sur l'île, mais aussi pour s'occuper de leur mère qui perdait pied rapidement, atteinte de démence sénile. Il y a un an, elle était encore à la tête de l'entreprise fondée par leur père sur Gansett voilà quatre décennies. À présent, son frère et lui faisaient de leur mieux pour ne pas laisser couler l'affaire tout en faisant face à la maladie de leur mère.

Alex avait souvent l'impression que sa tête allait exploser à force de penser aux tonnes de choses qu'il devait faire, tout en relevant le défi accablant qui consistait à veiller sur leur mère dans les limites si étroites de cet endroit qu'ils appelaient leur île. S'ils avaient habité sur le continent, Paul et lui auraient déjà recherché une résidence médicalisée de longue durée, surtout depuis l'épisode récent où leur mère était sortie de la maison et avait marché des kilomètres pieds nus jusqu'à la ville.

Cet incident avait fait une peur bleue aux deux frères, leur faisant prendre conscience de la nécessité d'une attention médicale qualifiée qu'ils ne pouvaient fournir, même avec le soutien extraordinaire du Dr David Lawrence, le médecin de l'île.

Quelque chose de bon était sorti du récent lancer de tomates : il s'était rendu compte qu'il demeurait en fait un homme capable d'être ému par une femme sexy, même lorsqu'elle était furibarde et lui jetait des tomates. Voilà une gardienne de phare vraiment désirable, pensa-t-il, en se rappelant la vue qu'il avait eue d'elle dans sa nuisette qui couvrait à peine ses atouts les plus importants. Dommage qu'elle soit si peu amicale. Il aurait pu souhaiter la connaître mieux – comme s'il avait le temps pour des aventures aussi frivoles ! Qui cherchait-il à tromper ?

Bon sang ! Il crevait de chaud et il n'était qu'à la moitié de cette immense pelouse. Penser à elle dans cette nuisette à peu près inexistante n'allait pas arranger sa température corporelle. Très frustré et incapable de se rappeler à quand remontait la dernière fois où il avait fait l'amour parce que ça remontait très loin, Alex coupa le moteur et traversa l'étendue de pelouse déjà tondue pour se diriger vers le phare où un tuyau d'arrosage était enroulé sur l'herbe.

Il ouvrit le robinet, laissa l'eau couler jusqu'à ce qu'elle devienne froide, puis se tint sous le jet en attendant d'en sentir la fraîcheur. Il savait qu'il devait retourner travailler, mais il demeura ainsi quelques minutes encore, savourant la douche rafraîchissante. Ces derniers temps, il y avait si peu de choses plaisantes dans sa vie qu'il devait prendre son plaisir là où il pouvait le trouver et cette douche était formidablement agréable.

Alex repoussa ses cheveux mouillés de son visage et sursauta en voyant la gardienne du phare qui le regardait se doucher sous son tuyau d'arrosage. Elle avait passé un débardeur minuscule et un bermuda extracourt qui mettait ses jambes en valeur. Elle le dévisageait comme si elle n'avait jamais encore vu un type à moitié nu prendre une douche sous un tuyau d'arrosage.

Il s'attendait à ce qu'elle lui passe un savon parce qu'il avait utilisé son eau ; mais alors, elle se lécha les lèvres et quelque chose craqua en lui. Il lâcha le tuyau et avala en quelques pas l'espace entre eux pour s'arrêter juste devant elle.

De grands yeux marron s'agrandirent sous l'effet de la surprise, mais elle ne recula pas et leva la tête pour le regarder intensément.

— Qu'est-ce que vous regardez ? demanda-t-il.

— Rien du tout. Et vous ?

Il fixait ses lèvres, humides et très tentantes. Tout en elle était désirable, en fait, à part l'histoire des tomates. Mais il ne pensait pas aux tomates à ce moment précis. Des framboises lui vinrent à l'esprit tandis qu'il détaillait ses lèvres pleines et se demandait si elles seraient aussi délicieuses à goûter qu'à regarder.

— Rien.

Alex fit encore un pas qui le mena encore plus près d'elle.

Les lèvres de la jeune femme s'ouvrirent de surprise et elle le regarda, sans doute pour juger de ses intentions. Et quelles étaient-elles, exactement ? Du diable s'il le savait.

— Qui êtes-vous ? interrogea-t-elle.

— Alex.

Comme il n'avait absolument rien à offrir à une femme, quelle qu'elle soit, il ne lui donna que son prénom.

— Et vous ?

— Jenny.

Il allait renoncer à son plan, qui était de goûter un peu à ces lèvres, lorsqu'elle les humecta de nouveau, ce qui facilita grandement sa décision.

— Si vous ne le voulez pas, dites non.

— Je, hum…

Ses mains se refermèrent autour des hanches de Jenny, lui tirant un cri de surprise tandis qu'il l'attirait contre lui.

— Ce n'est pas un non. Dernière chance…

Elle ne saisit pas la perche. Elle ne dit rien, continuant à le regarder avec de grands yeux étonnés qui le firent penser à du chocolat fondu. Puis les mains de Jenny atterrirent sur son torse nu et il se rendit compte qu'elle le pressait contre elle au lieu de le repousser.

Il pencha la tête et bougea lentement, lui laissant le temps de refuser quand elle le voudrait. Elle n'en fit rien. Ses lèvres se posèrent sur celles de Jenny et leur contact fut tout à fait incendiaire. Cela faisait si longtemps que ça ne lui était pas arrivé, mais sans doute n'était-ce pas uniquement pour cette raison.

C'était elle et le goût délicat de ses lèvres et le gémissement qui sortait de sa gorge tandis qu'elle entourait son cou de ses bras. Merde. *Putain de merde.* Il l'attira encore plus près, sans se soucier le moins du monde qu'elle sente son excitation immédiate, ni qu'il puisse la mouiller. Ses seins s'écrasèrent contre son torse et sa bouche s'ouvrit pour sa langue.

Oh, Seigneur ! C'était le baiser le plus chaud qu'il ait connu et il avait eu sa part de baisers torrides. Pourtant, au moment où il descendait dans sa douceur, elle commença à reculer. Il allait crier de dépit, mais elle l'entraîna vers la porte du phare.

— Pas dehors, dit-elle d'une voix rauque et sensuelle.

Tandis qu'il franchissait la porte à sa suite, son regard se planta fermement sur ses fesses et Alex remercia le dieu des baisers torrides qu'elle ne veuille pas encore le chasser. Et tant qu'il y était, il dit aussi *Merci à toi, Jésus.* Dans le vestibule, elle fit volte-face pour le regarder ; c'est alors qu'il vit que son torse trempé avait imbibé son débardeur, dévoilant le bout de ses seins. Il regarda attentivement ce spectacle délicieux.

Le désir le frappa quand il tendit les mains vers elle à l'instant précis où Jenny faisait de même. Par comparaison, le deuxième baiser fit pâlir le souvenir du premier. Il se baissa pour saisir ses fesses et la souleva contre son érection. Lorsqu'elle l'entoura de ses bras et de ses jambes et lui donna autant qu'elle recevait, Alex décida qu'il venait vraiment de mourir et était monté tout droit au paradis

Je te salue, doux Jésus.

---

1. Master in Business Administration, Bac + 4/5 en Administration des entreprises. (N.D.T.)

CHAPITRE 2

De toute sa vie, Jenny n'avait jamais fait quoi que ce soit approchant ce qui était en train de se passer dans le hall avec Alex, le type qui passait la tondeuse à gazon. Elle n'avait jamais embrassé un homme dont elle n'était pas amoureuse, encore moins un sur lequel elle avait lancé des tomates dans un accès de rage, voilà seulement une heure. Elle ne connaissait même pas son nom de famille et ne tenait pas vraiment à le savoir. Bizarrement, sa fureur s'était transformée en désir, au moment où elle l'avait vu prendre une douche sous son tuyau d'arrosage.

Il était terriblement séduisant et savait aussi embrasser. *Seigneur, prends pitié de moi !* Cet homme savait embrasser. Elle n'arrêtait pas de se dire qu'elle devrait arrêter. Elle ne maîtrisait pas ses émotions après le rêve et elle pensait à Toby, si bien que ce n'était probablement pas la meilleure idée qu'elle ait eue. Mais du diable si elle pouvait se forcer à y mettre un terme, surtout juste au moment où ça devenait intéressant.

Il la fit changer très légèrement de position et lui appuya le dos contre le mur, ce qui libéra ses mains qui remontèrent de sa taille à ses côtes, s'arrêtant juste en dessous de ses seins.

Jenny l'aurait volontiers supplié de continuer son avancée mais, comme il était en train d'aspirer très fort sa langue, elle ne pouvait pas vraiment parler. Si bien qu'elle se servit de son corps, cambrant ses reins pour être en contact plus étroit avec la colonne durcie de son érection et, mettant sa main sur la sienne, elle le pressa de continuer.

Non seulement il savait diablement bien embrasser, mais cet homme comprenait sans qu'il y ait besoin de paroles. Sa grande main vint couvrir son sein et Jenny faillit défaillir à cause de la montée de plaisir qui la traversa lorsqu'il en pinça brutalement le bout. Elle poussa un petit cri qui mit un terme au baiser, mais il n'arrêta pas ce qu'il faisait à son téton.

Juste au moment où elle craignait qu'il n'interrompe leur contact, il pencha la tête pour s'intéresser à son cou, léchant, mordillant et aspirant légèrement sa peau juste en dessous de l'oreille. Jenny avait oublié à quel point elle aimait être embrassée à cet endroit. Il fit rouler le lobe de son oreille entre ses dents, mordant plus fort au moment précis où il pinçait de nouveau son téton. La combinaison la fit crier. Elle n'était pas sûre de savoir si elle demandait grâce ou si elle le suppliait de continuer.

Il posa son front contre l'épaule de la jeune femme et parut vouloir retrouver le contrôle de lui-même ou sa raison, quelque chose qui l'aiderait à gérer la situation.

Jenny était étrangement émue par ce séduisant inconnu et arrondit sa main autour de son cou, espérant le rassurer et l'empêcher de s'en aller. En tout cas, pas tout de suite.

— Comment en sommes-nous arrivés là ? demanda-t-il.

Elle respirait l'odeur de l'herbe fraîchement coupée et de tomates qui s'accrochait à lui.

— Je ne sais pas trop.

— J'ai emprunté votre tuyau d'arrosage et l'instant d'après…

Jenny sourit de sa façon de résumer les événements.

— Je ne fais pas de choses comme ça.

— Comme quoi ? Comme ça ?

Il tordit de nouveau le bout de son sein, la faisant haleter et se tortiller contre la fermeté de sa prise.

— Oui, comme cela. Et ceci.

Elle l'entraîna dans un nouveau baiser torride, ce qui leur fit oublier les préliminaires et aller directement à des baisers bouche ouverte et langues mêlées.

Ses mains remontaient à présent sous son petit haut, repoussant son soutien-gorge pour prendre un sein nu. Les callosités de ses mains de travailleur lui firent à moitié perdre l'esprit lorsqu'elles vinrent au contact de ses tétons. Il joua avec ses seins jusqu'à ce qu'elle se trouve au bord d'un orgasme explosif, ce qui ne lui était encore jamais arrivé. D'habitude, il en fallait beaucoup plus pour la mener jusqu'à ce point, mais il y avait si longtemps qu'elle n'avait plus connu ce genre de désir. Un temps incroyablement long. Le souvenir soudain de la dernière fois où elle avait été embrassée avec une passion aussi insatiable amena dans sa tête des images de Toby et elle se détacha d'Alex tandis qu'elle reprenait ses esprits.

— Quoi ? interrogea-t-il, sa voix rauque contre son oreille. Qu'est-ce qui ne va pas ?

— Rien. *Tout.*

— Vous voulez arrêter ?

— Nous devrions probablement.

— Ouais. Je suppose.

Même s'il acquiesçait, il n'avait pas l'air de le vouloir. Il ôta ses mains de sous son débardeur et Jenny en aurait pleuré tandis qu'elle glissait à terre pour se détacher de son membre en érection. Lorsque ses jambes flageolèrent, il la retint jusqu'à ce qu'elle se stabilise.

— Je, hum….

Ses mains sur le visage de Jenny, il l'embrassa doucement.

— Je t'en prie.

— Je voulais seulement m'excuser pour les tomates.

— Pas la peine non plus. Aucune femme ne m'a jamais lancé des tomates ou embrassé dans un phare. Et moi qui croyais que cette journée allait être complètement fichue.

Elle leva la tête et lui sourit, éblouie par ses magnifiques yeux marron, son bronzage intense, l'odeur de l'herbe fraîchement coupée et le jeu de ses muscles sous ses mains.

— Merci de m'avoir laissé emprunter ton tuyau.

— C'est une métaphore ou quelque chose comme ça ?

— Quelque chose comme ça.

Il déposa un baiser sur son nez puis sur ses lèvres, s'attardant une minute entière dans un contact lèvres contre lèvres.

— Il faut que j'y aille.

Elle laissa retomber ses mains qui étaient sur les épaules d'Alex.

— Je sais.

— À bientôt, Jenny la gardienne du phare.

— À bientôt, Alex le tondeur de gazon.

Il l'embrassa de nouveau et partit, la laissant s'affaisser contre le mur tandis qu'elle essayait de comprendre ce qui venait tout juste de se passer. Jenny glissa ses mains sous son débardeur pour rajuster son soutien-gorge qui frotta contre le bout meurtri de ses seins. Par la fenêtre, elle le regarda traverser la pelouse à grandes enjambées pour rejoindre son engin. Lorsqu'il se baissa pour récupérer les écouteurs abandonnés, elle fixa la courbe de ses reins tandis qu'une perle de sueur descendait le long de son dos.

Sans doute n'avait-elle jamais fait quelque chose comme cela, mais elle espérait vraiment pouvoir recommencer. Bientôt. Après tout, la pelouse devait être tondue régulièrement, pas vrai ?

Jenny soupira de tout son cœur et tenta de rassembler ses esprits en remontant à l'étage pour voir ce que devenaient les brownies qu'elle avait mis dans le four pour le déjeuner ; elle devait les apporter à Sydney Donovan qui venait de subir une opération et retrouver quelques amies. Par chance, les gâteaux n'avaient pas brûlé pendant qu'elle faisait monter le thermomètre en compagnie d'Alex au rez-de-chaussée.

Alex… Elle aimait ce prénom. Elle l'avait toujours aimé. Elle était naturellement très curieuse à son sujet. Qui était-il ? Quelle était son histoire ? À leur âge, tout le monde en avait une. Quelques-unes, elle le savait, étaient meilleures que d'autres. Bien évidemment, elle pouvait interroger ses amies, qui connaîtraient probablement tous les détails les concernant, sa vie et lui. Sortant les brownies du four pour les laisser refroidir, elle décida de garder l'interlude matinal pour elle. Qui pouvait savoir s'il y aurait une suite et ses amies s'étaient donné beaucoup de mal pour organiser des sorties avec Mason et Linc, préparant d'autres rencontres. Pourquoi sacrifierait-elle la chance de faire la connaissance d'hommes sympathiques pour quelque chose qui serait probablement une erreur de jugement sans lendemain avec le jardinier ?

Elle n'allait pas faire ça. Ce serait stupide de raconter à ses amies ce qui s'était passé avec Alex. Tout d'abord, elle serait fâchée qu'elles pensent qu'elle était une fille libérée ou facile, ce qu'elle n'était pas. Du tout. Ou du moins elle ne l'avait jamais été. Jusqu'à aujourd'hui. En tout cas, elle ne voulait pas qu'elles pensent qu'elle était cette sorte de fille, ni l'*être* réellement.

Fille. Femme. Peu importe. Elle n'avait jamais été libre avec les garçons et n'avait aucune intention de commencer maintenant. Si quelqu'un lui avait dit la veille que la journée se déroulerait de cette façon, elle l'aurait traité de fou.

Jenny resta un long moment dans la cuisine, essayant de se contrôler. Il fallait qu'elle aille jusqu'à la grand-route ouvrir les portes pour laisser entrer les touristes qui envahissaient le domaine du phare chaque jour. C'était l'un des endroits les plus appréciés de l'île et il était l'heure d'ouvrir.

D'habitude, elle faisait à pied le kilomètre qui la séparait de la barrière et rentrait de même parce qu'elle aimait faire de l'exercice. Sauf qu'il faudrait passer devant lui puisqu'il travaillait sur la pelouse. Si bien qu'elle fit une exception à son rituel et prit ses clefs de voiture. Elle pouvait facilement mettre sa lâcheté sur le compte de la chaleur – c'est ce qu'elle se dit en montant dans sa voiture, mettant à fond l'air conditionné.

Dans son ancienne vie à New York, elle n'aurait pu imaginer vivre sans climatisation. Et, dans l'ensemble, cela ne la gênait pas dans le phare. Elle pouvait toujours compter sur une douce brise océanique, mais la chaleur inhabituelle avait rendu journées et nuits désagréablement moites. Et avait amené un séduisant jardinier à prendre une douche sous son tuyau d'arrosage.

Elle pouffa en se souvenant du coup à l'estomac qu'elle avait eu en regardant l'eau couler le long de son corps musclé. Bon sang, ce type était C.A.N.O.N. ; l'addition de la chaleur et de cette vision avait tout à fait grillé ses cellules cérébrales. C'était la seule explication possible à son comportement dévergondé.

Si vous ne le voulez pas, dites non.

Le souvenir de ces mots prononcés d'une voix rauque fut comme une explosion de chaleur que même le climatiseur lui soufflant en pleine figure ne put vaincre. Elle n'avait pas dit non. Elle avait plutôt dit *oui, oui, oui* – pas avec ces mots, mais par des gestes si effrontés qu'il avait probablement pensé qu'elle était une vraie salope. Mais il n'avait pas paru importuné par son attitude. Ou plutôt, il l'avait encouragée.

Jenny vida ses poumons de façon saccadée en le sentant la suivre du regard tandis qu'elle conduisait sur le chemin menant à la route. Elle sentit ses yeux toujours sur elle tandis qu'elle déverrouillait le portail et l'ouvrait tout grand. Comment diable avait-il fait entrer son camion et cette monstrueuse tondeuse sur la propriété ? Il doit avoir une clef, décida-t-elle. *Super...*

En rentrant, elle passa devant le camion pick-up vert marqué *Martinez Pelouse & Jardin* avec la remorque pour la *bête* et sentit qu'il la regardait toujours. *Martinez Pelouse & Jardin...* Elle se demanda s'il était propriétaire ou employé et se détesta de désirer en savoir davantage à son sujet. D'habitude, les patrons d'une entreprise comme ça ne tondent pas les gazons, n'est-ce pas ?

Oh, pour l'amour du ciel, Jenny. Laisse tomber et arrête d'y penser. C'étaient quelques baisers. Arrête de transformer ça en affaire d'État.

Elle continuait à marmonner toute seule en entrant dans le vestibule et s'arrêta net, assaillie par les images de leur rencontre sensuelle ; l'eau lui monta à la bouche tellement elle aurait voulu y goûter à nouveau. C'était de la folie pure et il fallait que ça cesse.

Elle monta l'escalier en tanguant jusqu'à sa chambre, s'assit devant son ordinateur pour enregistrer les conditions météorologiques et maritimes sur le site des garde-côtes qu'elle informait quotidiennement – une autre des obligations régulières de son poste. Ce travail n'était pas exactement la meilleure utilisation du MBA dont elle avait été diplômée à la *Wharton School of Business* de l'université de Pennsylvanie, mais elle aimait sa vie au phare et sur l'île, où elle s'était fait des amis très sympathiques.

Ils s'étaient arrangés pour qu'elle soit occupée et intégrée à la vie de l'île, ce qui était exactement ce dont elle avait besoin après les années difficiles qui avaient suivi la mort de Toby. Elle se sentait enfin enracinée et prête pour une nouvelle phase de sa vie, quelle qu'elle soit. La matinée passa rapidement à répondre aux quelques courriels de ses parents et sœurs qui se faisaient beaucoup plus de souci qu'ils n'auraient dû à son sujet – mais ne leur en avait-elle pas donné suffisamment de raisons ces dernières années ?

Ses parents parlaient de lui rendre visite pendant l'été et elle espérait qu'ils viendraient. Elle aimerait tant leur montrer « son » île et leur présenter ses nouvelles amies. En parlant de ces dernières, il était l'heure de se préparer pour aller chez Syd. Elle avait proposé d'arriver tôt afin que Luke, le mari de Syd, puisse aller travailler quelques heures.

Elle se rendit soudainement compte qu'elle n'entendait plus le monstre et s'approcha de la fenêtre pour regarder la pelouse où ne se trouvaient plus à présent ni la tondeuse ni l'homme qui la faisait marcher. Il était parti. Tant mieux. Il fallait qu'elle y aille, elle aussi. Mais en s'éloignant du phare au volant de sa voiture pour se rendre chez Syd, elle se demandait si et quand il reviendrait.

Peu de temps après, Jenny arriva à la maison de Sydney et Luke, située en bord de mer. Elle avait maintenant l'habitude des panoramas à couper le souffle qu'offrait l'île, mais le leur était l'un de ses préférés. Portant les brownies qu'elle avait préparés, Jenny frappa à la porte vitrée et entendit Buddy, le chien de Syd qui aboyait à l'intérieur.

Luke vint ouvrir et sourit lorsqu'il vit Jenny.

— Oh, super, te voilà. Syd est très pressée de se débarrasser de moi.

— C'est pas vrai ! cria Syd depuis le canapé où elle était assise.

Elle avait décoré la pièce dans des tons marine et crème et tiré le meilleur parti de la magnifique vue. Jenny adorait carrément cette pièce.

— Il a hâte de retourner travailler.

— Pas vrai non plus, répondit Luke en faisant un clin d'œil.

— C'est chouette de voir les tourtereaux s'entendre d'une façon aussi épatante, les taquina Jenny.

— Nous avons passé *beaucoup* de temps ensemble, expliqua Sydney. Et pas vraiment le temps le plus agréable.

Ses longs cheveux roux étaient retenus dans un chignon négligé sur le dessus de sa tête et, à part des cernes noirs sous les yeux, elle avait l'air en pleine forme.

Luke se pencha au-dessus du canapé pour embrasser sa femme.

— On pourra recommencer à s'amuser dans deux semaines, dit-il à Jenny. Elle a ordre d'y aller doucement. Interdiction de soulever des poids ou de se fatiguer à quoi que ce soit.

— J'ai compris, répondit Jenny. Je vais prendre bien soin d'elle. Ne t'inquiète pas.

— Appelle-moi si tu as besoin de quoi que ce soit, rappela Luke en s'adressant à Sydney. Je peux être de retour en deux minutes.

— Vas-y maintenant ! Vraiment, je n'arrive pas à me débarrasser de lui.

Ce qui fut dit avec un chaleureux sourire pour son beau mari.

— Qu'on ne dise jamais que je ne comprends pas les allusions. Je reviens dans quelques heures.

— Je serai là, assura Syd.

— Merci encore, Jenny, cria-t-il en se dirigeant vers la porte. C'est super de ne plus avoir de boulet à traîner.

Il referma rapidement pour avoir le dernier mot, laissant Sydney secouée d'un rire silencieux.

— Ça fait mal de rire, constata-t-elle.

— Vous êtes drôles tous les deux.

— On ne s'est pas quittés pendant plus d'une semaine. Je savais qu'il mourait d'envie de retourner à la marina mais qu'il ne l'avouerait jamais. Merci d'être venue me garder. Je lui ai dit que je me débrouillerais bien toute seule, mais il ne voulait pas me quitter.

— Il est adorable.

— Oui, c'est vrai. Il a été un vrai roc pendant tout ce temps. Tout ce tracas et on ne sait même pas si ça va marcher !

— Mais tout s'est bien passé, non ?

— Le médecin a dit que tout avait été parfait. On n'aurait pas pu faire mieux. Il a reconnecté avec succès mes trompes de Fallope.

— Alors, pourquoi est-ce que tu n'as pas l'air plus enthousiaste ? Tu veux un bébé, n'est-ce pas ?

— Oui, mais…

— Mais quoi ?

— Cela me fait peur d'avoir un bébé et puis de m'inquiéter tout le temps que quelque chose puisse lui arriver. Je ne sais pas si je pourrais y survivre une nouvelle fois. Mais j'essaie d'imiter Luke et d'être positive. Il dit que j'ai utilisé mon comptant de guigne pour une vie entière.

— Je suis bien d'accord avec lui.

— Moi aussi. Mais c'est quand même effrayant.

— Est-ce que je peux te demander quelque chose qui peut paraître étrange de but en blanc ?

— Bien sûr. Tu le sais.

Dès le début, les deux jeunes femmes s'étaient liées en raison de leur mutuelle et tragique expérience, devenant des amies intimes. Syd avait fait le premier pas vers Jenny à son arrivée sur l'île, lui faisant rencontrer un vaste cercle d'amis qu'elle avait rapidement adorés. Jenny ne s'était jamais sentie nulle part aussi bien depuis qu'elle avait perdu Toby et serait éternellement reconnaissante à Syd qui avait rendu cela possible.

— Est-ce que tu rêves de Seth et des enfants ? Comme s'ils étaient toujours en vie ?

— Pas autant que je le faisais juste après l'accident, mais ça m'arrive. Pourquoi ? Tu rêves de Toby ?

— Pareil que toi. Autrefois, c'était plus fréquent, mais à présent ça n'arrive que de temps à autre et ensuite je suis bouleversée pendant quelques jours.

— Ça me retourne aussi. Je m'en voulais parce que j'ai eu ce rêve quand Luke et moi étions en lune de miel. Pas vraiment le moment pour un retour dans le passé.

— Seigneur ! Qu'as-tu fait ? Qu'est-ce qu'*il a* fait ?

— Il a été super, comme pour tout. Il encaisse tout ce qui lui arrive et me calme aussi. Je lui dis qu'il a ce don particulier – de pouvoir m'apaiser.

— C'est un don précieux.

Jenny pensa à Alex et à la façon dont il lui avait inoculé de la passion plutôt que du calme.

— Oui. En tout cas, le rêve au cours de notre lune de miel m'a déstabilisée pendant plusieurs jours. C'est toujours un choc de se réveiller d'un cauchemar et de se souvenir de ce dont on a rêvé.

Jenny hocha la tête pour dire qu'elle était d'accord – et comprenait.

— J'ai rêvé de Toby ce matin. Même chose.

— Tu rêves quoi ?

— Toujours pareil. Du dernier matin que nous avons passé ensemble. Je voudrais tellement savoir ce qu'il m'a dit avant de partir et ce que je lui ai répondu, mais je me réveille juste avant d'arriver à ce moment-là. Toujours.

— Tu penses que cela ferait une grande différence de te rappeler ce qu'il a dit ?

— Intellectuellement, je sais que ça ne fera aucune différence. Il sera toujours mort, tu sais ! Mais j'aimerais m'en souvenir.

— Tu pourrais faire ton deuil.

— Si ça existe !

— Je n'aime guère ce mot pour la même raison.

— J'ai fini par le comprendre après douze ans. Je ne ferai jamais vraiment ce deuil, mais il est possible de trouver la paix, de même que le bonheur et la joie et d'autres choses que je pensais ne plus pouvoir revivre.

— L'amour aussi est possible, Jenny.

— Peut-être.

La jeune femme ne put s'empêcher de penser à son expérience fougueuse avec Alex. C'était loin, bien loin de l'amour, mais ça lui avait rappelé qu'elle était encore pleine de vie, toujours et tout à fait normale en tant que femme.

— Alors, pas d'étincelles avec Mason ?

— J'ai bien peur que non. Pourtant, c'est un type très sympa.

— Oui. Ce qui ne veut pas dire qu'il soit fait pour toi. Qui est le suivant ?

— Je dîne avec Linc demain soir.

— Oh, il est adorable. Je parie que ça va pétiller pour toi avec lui.

— J'imagine que je verrai.

Des étincelles… Est-ce cela qu'elle avait ressenti avec Alex ? Non, c'était une belle et longue flamme. Elle aurait tellement voulu raconter à Sydney ce qui s'était passé avec lui, mais elle décida qu'elle ne dirait rien. Cela lui semblait éminemment intime et pas seulement parce qu'elle s'était comportée d'une façon qui lui était inhabituelle. Dès l'instant où elle en parlerait à quelqu'un, cela ne leur appartiendrait plus en propre. Et pour le moment, elle voulait que ça reste entre eux.

Cela la conduisit à une autre pensée, bien plus surprenante : et s'il allait en parler à des gens ? Est-ce qu'il ferait ça ? Comment pouvait-elle être certaine du contraire ? Elle ne le connaissait pas du tout. Ces questions inquiétantes lui retournant l'estomac, elle prépara une tasse de thé pour Sydney et elles se racontèrent les divers potins de l'île.

— Alors, Daisy a vraiment refusé la maison qu'on lui offrait ? demanda Jenny.

— C'est ce que j'ai entendu dire. David veut qu'elle vienne habiter avec lui et ils discutent de cette possibilité.

— J'en suis ravie pour elle – et lui. J'ai toujours pensé que c'était un type bien, malgré ce qui est arrivé avec Janey.

— C'est ce que je trouve aussi. Il a été super avec nous lorsque nous réfléchissions aux options que nous avions avant l'opération. Il m'a recommandée à un chirurgien à Boston, quelqu'un qu'il connaissait pour avoir travaillé avec lui.

— Personne n'est ni tout blanc ni tout noir, pas vrai ?

— Je le sais d'expérience. Daisy a vraiment l'air heureuse avec lui.

— Des nouvelles de son ex ?

— Il est de nouveau en prison pour violation d'injonction restrictive. Même si Daisy ne se trouvait pas chez elle, les voisins l'ont vu qui donnait des coups dans la porte, ce qui équivaut à une violation de l'interdiction. Sa mise en liberté sous caution a été annulée.

— Dieu soit loué : il est de nouveau sous les verrous, là où il doit être.

— Je te crois. Pauvre Daisy. Imagine un homme de sa taille frappant une femme si fragile – ou quelque femme que ce soit, d'ailleurs.

— Je ne peux pas le concevoir. Je m'y refuse.

Un coup frappé à la porte annonça Maddie qui entrait. Elle portait Hailey dans son siège auto et la posa sur le sol à côté de Jenny.

— Je reviens avec le déjeuner que j'ai apporté.

— Attends que je te délivre, dit Jenny à Hailey qui lui adressa un grand sourire, montrant toutes ses petites dents.

Grâce à ses années d'expérience de tante, Jenny ouvrit les clips qui fermaient le harnais et souleva Hailey. À dix mois, elle était robuste et joufflue et ne présentait aucun signe du traumatisme qu'elle avait subi à la naissance. Comme son frère aîné Thomas, elle avait des cheveux blond clair et de grands yeux bleus.

— On dirait que tu as fait ça toute ta vie, remarqua Syd.

— J'ai trois nièces et deux neveux. Beaucoup de pratique.

Jenny tint le bébé serré contre elle, respirant sa bonne odeur de shampooing et lotion. Elle avait jadis espéré être une jeune maman, mais, depuis longtemps, accepté le fait qu'elle n'aurait probablement pas d'enfants. C'était encore une chose qui lui avait été enlevée par une journée de septembre sans nuages.

Maddie rentra, portant un énorme saladier, une baguette et un sac.

— Tu as fait quoi ? demanda Syd.

— Une grande salade et de la sauce aux épinards.

— Ça a l'air trop bon, soupira Syd. Je vais grossir de quinze kilos à cause de cette opération si vous n'arrêtez pas de m'apporter à manger.

— Les amies, c'est fait pour ça, répondit Jenny en souriant à Syd.

Syd lui tira la langue et Hailey l'imita aussitôt en faisant des bulles qui firent rire les deux jeunes femmes.

— Vous apprenez quoi à ma fille toutes les deux ? interrogea Maddie en revenant s'asseoir avec elles.

— Des choses qu'il faut qu'elle sache, répondit Jenny en tenant fermement Hailey tandis que le bébé se relevait en se tenant à la table basse.

— Oh, oh, elle avance en se tenant aux meubles !

— Ouais, répondit Maddie. Elle a commencé ce week-end.

C'était dit sans l'enthousiasme habituel de Maddie pour tout ce qui concernait sa famille. Jenny échangea un regard avec Sydney.

— Qu'est-ce qui ne va pas, Maddie ? demanda Syd.

— Quoi ? Rien.

— Allons, insista Syd. Dis-nous. On te connaît mieux que ça.

— Y'a rien. Vraiment. Vous voulez déjà manger quelque chose ? Les autres devraient arriver bientôt.

— Maddie…

— C'est ridicule comparé à ce par quoi vous êtes passées. On ne peut même pas dire que ce soit un problème.

Malgré ce qu'elle disait, les yeux de Maddie se remplirent de larmes et elle reporta toute son attention sur Hailey.

— Raconte-nous ce qui ne va pas, continua Jenny. Tu te sentiras mieux.

— C'est stupide et je me sens même idiote d'être contrariée pour ça.

— Dis-nous quand même, fit Syd.

Maddie et elle étaient amies depuis qu'elle avait passé un été à servir des boules de glace quand elles étaient au lycée.

— J'ai cru que j'étais enceinte. En fait, j'en étais sûre. Et je ne le suis pas. Tu vois ce que je veux dire ? Pourquoi je suis là en train de pleurnicher ? J'ai deux enfants en parfaite santé et ni Mac ni moi ne souhaitions que je sois enceinte de nouveau pour le moment, donc ce n'est pas vraiment un problème.

— Mais si, répondit Syd. Tu es triste parce que tu pensais que quelque chose allait arriver et, en fait, non.

Maddie ferma les yeux et secoua la tête.

— C'est idiot d'être contrariée à cause de quelque chose dont on ne voulait même pas en réalité.

— Je crois que j'ai suivi ta phrase, enchaîna Jenny.

— Mamamama ! déclara Hailey en mâchonnant son poing tandis qu'elle vacillait sur ses jambes toutes neuves.

— Maman est là !

Maddie tendit les bras pour prendre sa fille et la tint serrée sur son cœur, malgré les efforts de Hailey pour se libérer.

Laura McCarthy entra, suivie de son fiancé Owen Lawry, portant dans son siège auto le fils de Laura, âgé de cinq mois.

— Il ne va pas rester, annonça-t-elle en désignant Owen de son pouce. Il n'a pas voulu me laisser conduire ou porter Holden, si bien que je n'ai eu d'autre choix que de le laisser m'amener jusqu'ici.

— Nous sommes heureuses de te voir, assura Jenny, peu importe la façon dont tu es arrivée.

— Elle a oublié de vous dire qu'elle a été malade toute la matinée, expliqua Owen.

— OK. Dommage que tu doives y aller, *chéri*, enchaîna Laura, mettant sa main sur la poitrine d'Owen et le poussant vers la porte.

Elle le laissa l'embrasser avant de le faire sortir et referma derrière lui.

— Il est en train de me rendre absolument folle.

— Il s'inquiète pour toi, fit Syd. Nous toutes aussi.

— Je suis enceinte, continua Laura, pas mourante. Bien que, parfois, il me semble que je vais mourir.

— Ça doit être vraiment affreux, reprit Jenny en gardant un œil sur Maddie qui luttait toujours contre ses émotions.

— Désolée, fit Laura à l'attention de Syd en particulier. Je ne veux pas avoir l'air de rouspéter parce que je suis enceinte devant toi.

— Tu râles parce que tu as mal au cœur, pas parce que tu es enceinte, dit Syd.

L'une des choses que Jenny aimait chez Sydney, c'était son empathie constante, alors qu'elle avait perdu de façon si tragique son mari et ses enfants.

— Qu'est-ce qui ne va pas, Maddie ? demanda Laura.

Jenny regarda Maddie qui essuyait des larmes sur ses joues.

— Absolument rien. Rien du tout. Je suis complètement chamboulée aujourd'hui, à cause des hormones.

— Et elle est un peu déçue, je crois, ajouta Syd.

Maddie haussa les épaules.

— Peut-être un peu.

— Oh, fit Laura, alors tu n'es pas enceinte ?

— Il semble que non.

— Je pensais que tu ne voulais pas l'être, reprit Laura, les sourcils froncés d'incompréhension.

— Je ne le voulais pas.

Maddie renifla tandis que Hailey lui tapotait le visage.

— Jusqu'à ce que je ne le sois pas.

— Tu sais que ça a l'air vraiment très embrouillé ? souligna Laura.

— Oui ! Je le sais bien. Crois-moi. Mac était complètement fou à l'idée que je sois enceinte avant même que nous soyons prêts à parler d'un autre bébé. Il va être ravi d'apprendre que c'était une fausse alerte.

Maddie essaya les larmes de son visage.

— De toute façon, assez parlé de moi. Parlons de Syd et du fait qu'elle sera la prochaine à tomber enceinte.

— Ne me porte pas la poisse, répliqua Syd avec un sourire malicieux.

— Je suis vraiment désolée, fit Maddie en craquant à nouveau.

Elle tendit Hailey à Jenny et se leva avant de quitter la pièce.

Tenant le bébé, Jenny, qui était assise par terre, voulut se lever, mais Syd l'arrêta d'un geste de la main :

— Laisse-moi faire.

— Tu as besoin que je t'aide ? interrogea Jenny.

— Nan. J'y arrive.

Sydney se mouvait lentement, mais elle se mit sur ses pieds et suivit Maddie dans la cuisine.

— Je n'ai jamais vu Maddie dans un état pareil, dit Jenny à Laura. Elle est toujours tellement battante.

— Je sais. Ça ne lui ressemble pas.

Stéphanie, Abby et Grace entrèrent dans la pièce, apportant des plats couverts d'une charlotte, accompagnées de rires, de bruit et d'un certain désordre ; cela nécessita toute l'attention de Jenny qui tentait de les éloigner de la cuisine pour laisser à Maddie un peu de tranquillité.

— Que se passe-t-il ? demanda Abby.

— Maddie a une journée compliquée, répondit Jenny. Syd est avec elle.

— J'espère que tout va bien.

— Je pense que ça va s'arranger.

Elles disposèrent tous les mets sur la table de la salle à manger, à côté d'assiettes, de serviettes en papier et de fourchettes en plastique que Sydney avait sorties. Tandis qu'elles se servaient, la conversation se porta sur leur amie Janey Cantrell, qui venait d'accoucher d'un fils, prématuré de deux mois, après avoir subi en urgence une césarienne.

— J'ai parlé avec Joe ce matin, expliqua Laura, la cousine de Janey. Le bébé se porte bien et est sorti de couveuse, ce qui est un immense progrès.

— Et comment va Janey ? interrogea Grace.

— Elle se remet lentement, mais ça va mieux chaque jour, continua Laura. Les médecins lui ont dit de rester très prudente pour un bon mois jusqu'à ce qu'elle ait complètement récupéré. Elle a perdu beaucoup de sang.

— Elle a diablement de la chance d'être en vie, continua Stéphanie. La mère et le petit !

— Tu parles ! fit Laura. Je ne peux même pas penser à ce qui s'est passé sans avoir une sorte de poussée d'urticaire.

Grace tapota le bras de Laura.

— Mieux vaut que tu n'y penses pas.

— Imagine ton ancien fiancé qui te sauve la vie – et celle de ton enfant – et la façon dont David les a sortis d'affaire, continua Stéphanie. Quel scénario insensé pour eux tous.

— Grâce au ciel, David se trouvait juste là quand elle a eu les premières douleurs et il savait exactement ce qu'il fallait faire, enchaîna Grace.

— C'est vrai, approuva Jenny. Une sacrée chance !

Maddie et Sydney revinrent dans la pièce et saluèrent les nouvelles venues.

— Désolée d'être si mal en point aujourd'hui, dit Maddie.

Ses yeux étaient rouges et gonflés d'avoir pleuré.

— Je me sens vraiment idiote d'être là à me lamenter devant vous, les filles. La faute aux hormones.

— Pas besoin de t'excuser, fit Laura. On connaît toutes des jours comme ça. J'ai l'impression que je ne fais que pleurer et vomir ces temps-ci. Ce sera un miracle si Owen se montre le jour de notre mariage.

— Oh, arrête ! s'exclama Stéphanie en riant. Il a hâte de t'épouser.

— Je ne comprends pas pourquoi. Je n'ai guère fait que mettre au monde un enfant et vomir depuis qu'il me connaît.

— Il semble, coupa Sydney pince-sans-rire en montrant le ventre de Laura qui s'arrondissait, que vous avez aussi fait d'autres choses.

Jenny éclata de rire avec les autres et aida Hailey qui avait fait une véritable bouillie avec le petit pain qu'elle avait choisi sur la table.

— Pardon de me décharger sur toi, dit Maddie en s'asseyant par terre à côté de Jenny et Hailey. Tu es arrivée à déjeuner ?

— On se débrouille tout à fait bien, n'est-ce pas, Hailey ?

— Mamama !

Hailey fit tomber son petit pain tout écrabouillé par terre et tendit les mains vers sa mère, essuyant des menottes pleines de pain baveux sur les cheveux de Maddie.

— Wouah, fit Jenny. Elle fait du bon boulot.

— Pourquoi crois-tu que j'ai besoin de me doucher deux fois par jour ? demanda Maddie en câlinant sa fille contre son cœur.

— Ça va ?

— Oui. Aujourd'hui, on s'occupe de Syd. Je regrette vraiment que vous ayez à vous soucier de moi.

— Mais non. Nous nous soutenons toutes. C'est ce que je préfère dans ma vie ici.

— Tout à fait, reprit Maddie. Et nous sommes vraiment heureuses de t'avoir parmi nous.

— C'est vrai, enchaîna Jenny, qui se sentait honorée comme toujours de l'amitié sincère qu'elle sentait au milieu de ce groupe de femmes et d'hommes qu'elle aimait. Dites-moi, est-ce que Tiffany et Blaine ont déjà réapparu après leur grand jour ?

— J'ai entendu dire qu'on l'a rapidement vue à la boutique hier, répondit Maddie. Maman et Ned ont proposé de garder Ashleigh et Thomas une nuit de plus afin de laisser aux nouveaux époux un peu de temps pour eux. Ils ne peuvent pas s'absenter à cette époque de l'année et je pense qu'ils partiront en lune de miel cet automne.

— Vous savez, coupa Jenny, tout est arrivé si vite qu'on n'a jamais organisé de fête pour elle.

Les yeux de Maddie, soudainement intéressée, s'agrandirent.

— Tu as raison !

— Qui dit que nous ne pouvons pas en faire une après ?

— Vraiment personne, et ce serait super amusant si nous lui achetions des choses de son magasin !

— Hilarant ! Je serais ravie d'organiser ça au phare. Nous pourrions le faire sur la pelouse.

— Est-ce qu'on est enfin venu la tondre ?

Jenny eut l'impression que son visage s'empourprait à la seule mention de couper l'herbe.

— Oui, ce matin.

— Hé, les filles, dit Maddie, Jenny vient d'avoir une idée formidable. Que penseriez-vous d'un enterrement de vie de jeune fille pour Tiffany, la totale avec des trucs de sa boutique ?

— Oh oui ! s'exclama Stéphanie. Je retiens l'idée.

Elles passèrent le reste de l'après-midi sur la véranda à l'arrière de la maison de Syd et fixèrent la fête au week-end suivant tout en profitant du soleil et de la compagnie de bonnes amies. Buddy, le chien de Syd, occupait le milieu du terrain, tout comme Hailey. Toutes s'occupèrent à tour de rôle de Holden, les rires et la conversation ne s'interrompant pas un instant.

— Bon sang ! J'avais besoin de ça, dit Grace lorsqu'elles se séparèrent enfin à 17 h. J'ai l'impression que je ne fais que travailler.

— Bienvenue à l'été sur Gansett ! s'exclama Stéphanie. Il faut que je retourne au restaurant : le samedi soir, c'est toujours la folie.

— Oh, j'oubliais, coupa Grace. Je devais vous dire qu'Evan et

Owen jouent au Tiki Bar ce soir et ils veulent que nous venions toutes.

— Faut trop qu'on y aille ! enchaîna Abby.

Tout le monde fut d'accord pour dire qu'il y avait vraiment longtemps qu'elles n'avaient pas passé une soirée au Tiki Bar. Aucune encore cet été.

Elles avaient toutes des projets pour la soirée avec leur époux, fiancé ou petit ami et partirent prendre une douche et se changer. Jenny se souvenait d'être sortie chaque samedi soir et regrettait de n'être désormais que la moitié d'un couple. Mais elle n'allait certainement pas jalouser le bonheur durement gagné de ses amies. Toutes étaient passées par des moments terribles pour arriver là où elles étaient aujourd'hui et méritaient les bonnes choses que la vie avait à leur apporter.

Pourtant, en quittant la maison de Syd au volant de sa voiture, Jenny ne pouvait s'empêcher d'éprouver un tout petit peu de nostalgie en pensant à ce qui les attendait chez elles alors qu'elle-même se retrouverait dans un phare désert pour une nouvelle nuit solitaire.

CHAPITRE 3

Douze heures après que sa journée eut commencé, Alex se retrouva sur la propriété de l'entreprise *Martinez Pelouse & Jardin*, à l'heure où le magasin fermait pour la nuit. Sharon, la jeune femme qu'ils avaient embauchée pour s'en occuper durant l'été, lui fit un signe lorsqu'il passa devant elle. Elle avait été une envoyée du ciel pour Paul et lui pendant qu'ils s'occupaient de la partie paysagiste de leur affaire et de la santé de plus en plus compliquée de leur mère.

Il alla se garer dans l'immense bâtiment en aluminium où ils rangeaient leurs équipements et garaient le camion, ne prit pas la peine de décrocher la tondeuse étant donné qu'il reprendrait le travail dès l'aube suivante. Normalement, Alex ne passait pas la tondeuse, mais il fallait régler les arriérés et rattraper le retard, sauf à perdre tous les clients qui avaient besoin d'aménager leur jardin.

Il avait oublié combien il était désagréable de conduire la tondeuse toute la journée sous un soleil brûlant, surtout cette semaine dans la pire vague de chaleur de l'histoire récente. Quittant la « grange » comme ils appelaient le hangar des équipements, le jeune homme regarda la maison avec une inquiétude circonspecte. Qu'allait-il y trouver ? Sa mère serait-elle éveillée ou endormie pour la nuit ? Son frère serait-il énervé après avoir veillé sur elle et, d'une manière générale, de mauvaise humeur ?

Alex détestait ne pas savoir à quoi s'attendre et se reprochait d'exécrer si violemment la vie qu'il menait. Tout allait formidablement bien à Washington, avec un boulot qu'il aimait, de bons amis et des tournois de softball et basket-ball auxquels il avait participé pendant des années. L'automne dernier, il avait reçu un appel de son frère, lui apprenant que les pertes de mémoire de leur mère s'étaient aggravées et qu'il ne pouvait plus gérer cela désormais tout seul.

En l'espace de deux semaines, Alex avait quitté un travail qu'il aimait, vendu sa maison et était revenu sur son île natale de Gansett. Et voilà qu'il tondait à nouveau les pelouses douze heures par jour, rentrant chez eux chaque soir pour relever des défis qu'il n'aurait jamais pensé devoir affronter et face auxquels il se sentait totalement pris au dépourvu.

Un coup de klaxon attira son attention. Depuis combien de temps se tenait-il sur le seuil du hangar, contemplant la maison et redoutant ce qu'il y trouverait ? En parlant d'envoyés du ciel… Il fit un signe à David Lawrence et son amie, Daisy Babson, qui remontaient l'allée et se garaient devant la maison.

Paul et Alex n'auraient pas survécu à l'année écoulée si David ne les avait pas guidés dans le labyrinthe médical entourant la démence de leur mère. Et Daisy avait été un don céleste depuis que la vieille dame s'était sauvée de leur maison, pour s'échouer en ville dans un fauteuil à bascule sur la véranda de la jeune femme.

— Salut, vous deux, fit Alex en s'avançant pour les accueillir.

— Bonsoir, Alex, répondit David. J'ai de bonnes nouvelles. J'ai eu des réponses de deux agences sur le continent qui ont des candidates potentielles pour le poste d'infirmière. L'une d'elles est très pressée de déménager ; l'autre a dit qu'elle avait d'abord besoin de venir se rendre compte sur place.

Alex poussa un soupir de soulagement qu'il devait retenir depuis des semaines. De l'aide allait arriver.

— Quand pouvons-nous les rencontrer ?

— J'ai apporté leurs courriel et CV pour que Paul et toi puissiez y jeter un œil. J'ai pensé que si vous aimiez leur profil, on pourrait organiser quelque chose dès qu'elles seront ici.

— C'est formidable. Je ne peux pas te remercier assez de ton aide.

— Je suis heureux de pouvoir être utile. Je crois que ce sera une excellente solution et vous permettra de bien veiller sur votre maman tout en vous laissant un peu respirer.

— Ce sera chouette. On a du mal à trouver un peu d'air ces derniers temps.

— J'imagine.

— Comment va ta maman aujourd'hui ? interrogea Daisy. Je lui ai apporté un peu de parfum, celui qu'elle a trouvé tellement à son goût hier soir.

— Je ne l'ai pas vue depuis ce matin. Je viens tout juste de revenir. Entrez donc. Je sais qu'elle attend toujours votre visite.

Par l'une des dernières ironies de sa vie récente, le visage de sa mère s'éclairait chaque fois qu'elle voyait Daisy dont elle avait fait la connaissance à peine quelques semaines plus tôt, mais semblait souvent surprise que ses propres fils soient à présent des adultes.

— Je ne sais pas ce que nous ferions sans les paroissiennes qui restent avec elle pendant que nous travaillons. Et elles nous préparent aussi à manger. Tout le monde a été tellement extraordinaire.

La gorge d'Alex se serra sous le coup de l'émotion qui s'y logeait lorsqu'il pensait à la manière dont la communauté s'était mobilisée autour de sa famille lorsqu'elle en avait eu besoin. Il n'aurait certes pas choisi de revenir s'installer sur l'île, mais il était reconnaissant de l'accueil chaleureux que lui avaient réservé leurs amis de longue date pendant que Paul et lui géraient l'épreuve quotidienne qu'était devenue leur vie.

— Voilà ce qu'est Gansett, remarqua Daisy tandis qu'ils montaient les marches conduisant au vaste ranch où Alex et Paul avaient grandi. Les gens sont toujours heureux de prêter main-forte.

— Daisy ! s'exclama Marion lorsqu'ils entrèrent tous les trois. Je suis si contente de te voir !

Elle serra Daisy dans ses bras comme si elle n'avait pas vu la jeune femme depuis des semaines, alors qu'il ne s'était écoulé que vingt-quatre heures depuis sa dernière visite. Daisy s'était montrée d'une incroyable fidélité envers la vieille dame depuis leur rencontre inopinée.

— Je suis contente de vous voir aussi. Vos cheveux sont magnifiques aujourd'hui. Est-ce qu'on est venu vous coiffer ?

— Je ne sais pas. Est-ce que quelqu'un est venu aujourd'hui ?

— Oui, Maman.

La tension autour des yeux et de la bouche de Paul indiquait assez que la journée avait été difficile.

— Chloé est venue cet après-midi.

— On est venu me coiffer aujourd'hui.

Marion tapota légèrement ses boucles grises.

— Chloé est venue de la ville. Mon Georges me dit toujours de me faire coiffer parce qu'il sait que j'aime beaucoup cela. Il est tellement gentil avec moi pour ça.

— Sortons sur la véranda.

Daisy tendit son bras à Marion.

— Je sais que vous aimez beaucoup la chaleur.

— Oui, vraiment. J'ai toujours froid.

Espérant prendre la douche la plus froide de l'histoire des douches froides – pour plus d'une seule raison – Alex les regarda sortir. La persistance de sa mère à dire que son père était encore vivant figurait également sur la longue liste des symptômes de sa maladie. Ils avaient perdu leur père d'un cancer voilà dix ans et cela avait été la pire chose que Paul et Alex aient eu à vivre ; mais entendre leur mère parler de lui comme s'il vivait toujours rouvrait constamment cette ancienne blessure.

S'ils faisaient en sorte de ne pas en parler, Alex savait pourtant que cela affectait tout aussi profondément son frère.

David mit Paul au courant de la candidature des infirmières. Alex sortit des bières pour eux trois pendant qu'ils se penchaient sur les CV et courriels des deux femmes. L'une d'elles expliquait qu'elle avait un petit garçon et qu'elle cherchait un nouveau départ pour eux deux.

— Est-ce que votre cottage peut loger deux personnes ? demanda David en parlant de la maison d'amis qu'ils étaient en train d'arranger pour celle qui accepterait le poste d'infirmière.

— Il y a deux chambres, répondit Paul. Ce ne serait donc pas une difficulté. Dans combien de temps pouvons-nous les voir arriver ?

— C'est à vous d'en décider, répondit David. Je me libérerai quand vous voudrez que je les rencontre.

— C'est vraiment chic à toi, dit Alex. Je sais que nous l'avons dit un million de fois, mais on ne serait jamais arrivés jusqu'ici sans ton aide et ton soutien.

— Ravi de pouvoir le faire. C'est ce à quoi servent les amis, non ?

— Ouais, répondit Alex d'un ton un peu rogue. Dieu soit loué pour les bons amis !

— Et pour une bonne bière, déclara Paul dans un moment bienvenu de légèreté qui les fit tous rire. Je vais leur répondre à toutes les deux ce soir et arranger les entretiens. Je vous dirai quand elles viendront.

— Daisy et toi avez probablement mieux à faire que de venir voir comment nous allons chaque soir, reprit Alex. Encore que nous en soyons ravis.

— Daisy sait que ce lien spécial qu'elle a avec votre mère améliore les choses et elle insiste pour venir lui rendre visite chaque soir. Mais je suis heureux de le faire aussi.

La gentillesse de ceux qui les entouraient ajoutait encore à la bataille émotionnelle que se livrait Alex. Dans l'espace d'une seule journée, il passait par la gamme complète des sentiments : de la rage au désespoir, du soulagement à la gratitude, d'un amour pour sa mère qui le bouleversait à une colère contre Dieu qui lui avait tant repris à un âge encore si jeune.— Je ferais mieux d'aller prendre une douche avant d'empuantir toute la maison, dit-il. Merci pour tout, David.

— Pas de souci. Appelle-moi si vous avez besoin de moi. Peu importe l'heure.

David se leva.

— On ne va pas tarder à partir, alors à demain.

Alex fit un signe de tête et se dirigea vers la pièce qui était la sienne dans son enfance. Et le voilà, à 34 ans, de retour dans son ancienne chambre. Bien que cette maison et cette île soient à peu près le dernier endroit où il souhaitait être, il ne pouvait imaginer aller ailleurs alors que sa mère et son frère avaient besoin de lui. Ainsi qu'il l'avait découvert l'an passé, cela ne servait à rien de se lamenter en pensant à ce qui aurait pu être.

Il avait trop de choses à faire chaque jour pour réfléchir à ce que *c'était* de trop penser à la vie laissée derrière lui à Washington, ou à la femme qu'il croyait aimer jusqu'à ce qu'elle le dise clairement : elle n'attendrait pas qu'il résolve ses soucis familiaux. Il avait sans doute évité de se prendre une balle dans la tête, mais la fin de cette agréable relation était encore une chose qui le rendait amer.

Il passa sous le jet glacé de la douche et laissa l'eau pleuvoir sur lui jusqu'à être tout à fait engourdi et tremblant, un soulagement après avoir sué à grosses gouttes toute la journée. Il se lava les cheveux, rasa sa barbe naissante et permit enfin à ses pensées de rêver à l'interlude incroyablement intense qu'il avait partagé avec la séduisante gardienne du phare.

Jenny...

Il aimait son prénom et avait vraiment aimé l'embrasser. La journée avait été très longue, sans presque rien d'autre à faire que conduire la tondeuse et penser à ce qui s'était passé le matin dans le phare – et à combien il aimerait pouvoir recommencer. L'aspect plus ou moins anonyme de leur rapport avait été un soulagement supplémentaire. Où qu'il aille ces derniers temps, les gens lui demandaient des nouvelles de sa mère et, autant il appréciait leur sollicitude, autant il était agréable de passer un petit moment avec quelqu'un qui n'avait pas la moindre idée de l'enfer qu'était devenue sa vie.

Après au moins une demi-heure sous l'eau froide, il finit par arrêter la douche et entoura ses hanches d'une serviette de bain. Ayant trouvé un T-shirt propre et un bermuda de surf, un plan commença de se former dans sa tête, qu'il espérait pouvoir mettre en œuvre. Il alla dans la cuisine où il trouva sa mère en train de regarder *Jeopardy !*, la télévision allumée à pleine puissance et Paul assis à table, son ordinateur portable ouvert devant lui, avec une nouvelle bière dans une petite flaque de condensation. Il faisait terriblement chaud, mais leur mère avait tout le temps froid, si bien qu'on coupait la climatisation.

— Tu t'en roulais une là-dedans, mon vieux ? interrogea Paul en émettant un drôle de petit rire.

— Seigneur ! Tu peux la boucler ? J'essaie de me rafraîchir après une journée littéralement passée en enfer. Putain, je n'ai jamais eu aussi chaud de ma vie !

— Alexander, attention à ce que tu dis.

Sa mère choisissait les meilleurs moments pour être lucide et parfaitement maîtresse de ses facultés.

— Pardon, Maman.

Comme il l'aurait fait quand ils étaient adolescents, Paul se couvrit la bouche pour cacher le plaisir qu'il avait de voir Alex avec des ennuis. Alex lui fit un doigt d'honneur et Paul se mit à rire tout haut.

— Je vais le dire à Maman, menaça Paul.

— Vas-y !

Si Paul le rendait parfois dingue, Alex n'avait jamais été plus reconnaissant à son frère que depuis qu'il était rentré à la maison. Il ne pouvait s'imaginer affrontant tout seul ce cauchemar.

— Madame Garfield a laissé du poulet dans le four, annonça Paul. Vraiment délicieux.

Ce n'était pas un mince compliment car les frères avaient déclaré quelques jours plus tôt qu'ils ne voulaient plus voir un autre ragoût pour le restant de leurs jours. Néanmoins, les deux hommes, qui pouvaient à peine réchauffer une soupe sans provoquer un désastre, savaient gré aux dames de l'église qui insistaient pour les nourrir.

Alex mangea un poulet étonnamment bon et se resservit de salade avant d'aider Paul à l'épreuve quotidienne du coucher de leur mère. Tous les deux avaient fait – et vu – des choses qu'aucun fils ne devrait jamais avoir à faire ou voir et ils le faisaient de bon cœur, même si cette routine pesait d'une manière affreuse sur eux deux.

Aussi proches que Paul et lui soient, ils n'évoquaient jamais ces moments humiliants. Ils marchaient comme de bons soldats parce que c'était ce qu'il fallait faire et ce que leur père aurait attendu de leur part. Et ils le faisaient parce qu'ils aimaient leur mère et avaient pleinement conscience de tout ce qu'elle avait fait pour eux.

Malgré un épuisement tel qu'il n'en avait jamais connu, Alex était survolté par l'adrénaline déclenchée à s'occuper de sa mère et il savait qu'il n'arriverait pas à s'endormir de bonne heure.

— Ça t'embête si je prends la moto et sors faire un tour ? demanda-t-il à Paul.

Après sa récente fugue, l'un d'eux devait toujours rester à la maison avec leur maman, raison pour laquelle ils avaient rarement des projets de sortie après le travail.

— J'ai six semaines de retard pour la comptabilité, ce qui devrait m'occuper toutes les nuits cette semaine, alors vas-y. Je reste.

— As-tu besoin d'aide pour les comptes ?

Il savait pertinemment que son frère s'était chargé de tous ces lourds tracas pendant des mois avant de se décider à lui demander de rentrer pour l'aider.

— Nan, j'ai bien compris comment ça marche et ça me prendrait trop de temps de te montrer le système. Plus facile de le faire moi-même.

— Tu es sûr que ça ne t'embête pas que je sorte ?

— Vraiment pas, Al. J'ai Sam Adams et les Red Sox[1] pour me tenir compagnie. Qui pourrait demander plus que ça ?

La réponse enjouée contenait beaucoup plus de vérité que Paul n'avait voulu y mettre. Ils étaient tous les deux beaux garçons, entre 30 et 40 ans, sans femme ou enfants dans les parages ni l'un ni l'autre, et sans espoir de changement puisqu'ils ne pouvaient pas bouger d'un pouce sans penser d'abord au bien-être de leur mère.

Ouais, pensa Alex en se dirigeant vers la grange où il garait la Harley transportée depuis Washington, *les frères Martinez sont fin prêts pour le mariage.*

Il avait pensé qu'il serait en couple à présent, peut-être même avec deux enfants par-dessus le marché. Mais la vie ne s'était pas passée de la façon dont il l'avait envisagée ; qui pouvait savoir quand il aurait le temps de songer à une famille à lui ? Il serait probablement trop vieux et trop plein d'amertume quand il pourrait s'en occuper.

Les médecins avaient dit que leur mère pouvait vivre pendant des décennies avec sa maladie. Après avoir perdu son père si jeune, Alex n'était nullement pressé de vivre sans sa mère, mais il n'arrivait pas à visualiser un futur qui n'impliquerait pas de s'occuper d'elle quotidiennement. Quelle femme sensée voudrait vivre avec ça ?

C'est foutrement déprimant de vivre avec toi, se dit-il, profitant de l'occasion qui lui était donnée de jurer comme il le pouvait. *En fait, qui voudrait de toi ?*

Jenny l'avait désiré. Cette idée lui vint à l'esprit si soudainement qu'elle lui coupa presque le souffle et son pénis gonfla dans son bermuda. Il n'avait pas ressenti quelque chose approchant du désir depuis si longtemps qu'il se demandait si le bonhomme fonctionnait toujours. Aujourd'hui, il avait découvert que tout était en parfait état de marche et, Dieu lui vienne en aide, qu'il avait envie d'elle.

Il n'avait aucune raison de retourner au phare et pourtant il n'avait aucune bonne raison de ne pas y aller. Il quitta leur allée et s'engagea sur la route principale, roulant dans la direction opposée au phare Sud-Est. Avec le vacarme de la moto sous lui et le vent dans ses cheveux, il se sentit heureux de ne pas avoir pris son casque. S'il n'avait jamais conduit sans à Washington, il s'en encombrait rarement ici. Sans doute était-ce stupide, mais il se sentait en sécurité sur l'île comme nulle part ailleurs.

Et il faisait fichtrement trop chaud pour un casque. Il roula jusqu'aux falaises et rebroussa chemin en passant par la ville, fit deux fois le tour complet de l'île, ce qui le mena deux fois devant le phare Sud-Est. Au troisième tour, il bifurqua sur le chemin de terre qui se terminait au phare et contourna le portail fermé. Ce faisant, il se demandait si le vrombissement de sa Harley la mettrait suffisamment en colère pour qu'elle se mette à le bombarder.

Il pouffa, se souvenant de sa fureur et de cette tomate qui avait atterri sur son dos. C'était vraiment une première pour lui. Il n'avait jamais mis une femme dans une rage telle qu'elle lui jette des trucs ; mais jusqu'à présent, il ne s'était jamais comporté non plus d'une façon aussi spontanée avec une femme. La dernière fois qu'il en avait embrassé une qu'il connaissait à peine, ce devait être au lycée et ça ne comptait pas vraiment.

Se posant encore la question, il mit les gaz avant de s'arrêter devant le phare, sombre et fermé pour la nuit. La seule lumière venait de la pleine lune qui donnait à l'endroit un éclat jaune.

Super… Allait-il décrocher un prix pour avoir réveillé la même femme deux fois le même jour ? Il pensait enfourcher sa moto, faire demi-tour et ficher le camp de là lorsqu'un bruit au-dessus de sa tête lui fit lever les yeux.

Elle se penchait par la fenêtre pour le voir.

— Ne me dis pas que je t'ai réveillée une nouvelle fois.

— OK. Non. Qu'est-ce que tu fais ici ?

Que faisait-il là ? Alex n'en avait aucune idée. En fait, il avait *une petite* idée…

— Je vais aller me baigner. Tu veux venir ?

— Maintenant ?

— Qu'est-ce qui te gêne dans *maintenant* ?

— Il fait noir.

— Et alors ?

— Tu roules sur cette chose sans casque ?

— Ouais. Et alors ?

— C'est plutôt stupide ; pareil pour aller nager dans le noir.

— Fait trop chaud pour un casque et qui a dit que nager dans le noir était stupide ?

— Tout le monde.

— Tu veux te battre avec moi ou aller nager ?

— Je peux faire les deux ?

Alex sourit de cette réponse insolente.

— Super, fais-toi plaisir et prends deux serviettes pendant que tu y es.

— Tu me laisses une minute.

— J'ai toute la nuit.

Ben voyons, pensa-t-il. *J'ai toute la nuit pour dormir, ce que je devrais être en train de faire en ce moment.*

Mais il ne pensait plus à dormir lorsque Jenny sortit du phare quelques minutes plus tard, vêtue d'une robe courte, des tongs aux pieds et portant deux draps de bain. Il vit que son maillot était attaché autour de son cou et eut soudainement très envie de savoir si c'était un bikini.

S'il y a un Dieu au paradis, faites que ce soit un bikini. Et P.-S. Tu me dois bien ça.

Elle regarda la moto avec inquiétude.

— Où est-ce que nous allons aller nager ?

— Ici.

Il passa sa jambe gauche par-dessus la moto et se tint debout, la regardant de haut. Comment se faisait-il qu'il n'ait pas remarqué ce matin qu'il la dépassait d'une tête ? Sans doute parce qu'il avait été trop occupé à enfoncer sa langue dans sa bouche pour prêter attention à une affaire aussi triviale que la taille.

— Allez !

Il attrapa sa main et, contournant le phare, la mena aux marches qui descendaient à la plage.

— Je ne crois pas qu'il soit prudent de se baigner en bas pendant la nuit, dit-elle en reculant. Il y a des rochers et des trucs.

— Tu fais toujours ce qui est prudent ?

— Oui. Pas toi ?

— Pas toujours. La prudence est ennuyeuse.

Elle ne trouva apparemment rien à répondre, si bien qu'il en déduisit qu'elle se demandait si elle était ou non en sécurité dans la nuit avec lui. Ils descendirent prudemment les marches, aidés par la lumière de la lune, et atterrirent sur le sable où Alex envoya balader ses chaussures, attendant qu'elle fasse de même. Au bord de l'eau, il lâcha sa main pour enlever sa chemise, puis patienta le temps qu'elle passe sa robe par-dessus sa tête, révélant ce qui ressemblait à un bikini rose.

Merci, mon Dieu. Nous sommes presque quittes.

Il étala les draps de bain sur le sable et lui tendit une main.

— Prête ?

— Je ne sais pas si c'est une bonne idée. Qu'est-ce qui se passera si nous sommes pris par le courant ou quelque chose comme ça ? Personne ne sait même où nous sommes.

— C'est ce qui est rigolo. C'est toi, moi, la lune et la mer.

— D'accord, Dr Seuss.[2]

Il lui tourna le dos et regarda par-dessus son épaule.

— Grimpe sur Papa. Je te protège.

Elle se mit à rire – fort – et le surprit lorsqu'elle le prit au mot et sauta sur son dos, refermant ses bras autour de son cou.

— Ne me lâche pas.

— Je n'en rêverais même pas.

Pourquoi diable la laisserait-il tomber alors que c'était si bon de sentir ses cuisses serrées contre ses côtes ? Ses bras passés sous les jambes de Jenny, il avança dans l'eau, y entra lentement, restant près du rivage parce qu'il n'était pas complètement inconscient des risques que présentait une nage nocturne.

— Ahh, c'est bon ! fit-elle tandis que la fraîcheur de l'eau les submergeait.

Était-ce son imagination ou est-ce qu'elle le serrait plus fort ? Non, il n'imaginait rien.

— Sûr. J'ai cru que j'allais brûler aujourd'hui.

— Je ne pourrais pas passer toute la journée en plein soleil.

— Bien obligé.

Il la tint fermement et la souleva pour lui faire passer le petit déferlement des vagues. L'eau était calme comme toujours au sud de l'île, des conditions parfaites pour aller nager de nuit.

— Je peux te lâcher une seconde si je promets de revenir tout de suite ?

— Bien sûr.

Elle relâcha sa prise et se laissa glisser de son dos.

Alex attendit qu'elle ait les pieds sur le sable avant de la lâcher et se retourna pour se trouver face à elle.

— Beaucoup, beaucoup mieux.

Jenny referma ses bras autour de son cou, lui insufflant un étrange sentiment d'euphorie – ce qui était bizarre si l'on considère qu'il ne savait rien d'elle à part son prénom et l'endroit où elle habitait. Peut-être ce bien-être venait-il de l'anonymat et du soulagement d'avoir laissé derrière lui ses soucis pour le temps que durerait ce dernier interlude.

— Après mon départ, tu as pensé à ce qui s'est passé ce matin ?

— Pas du tout. Et toi ?

— Nan. Comme d'habitude, le bureau. Mes clientes n'arrivent pas à maîtriser leur libido quand je suis dans le coin.

Jenny pouffa, ce qui lui plut. C'était ce qu'il voulait.

— Elles ne sont que des humains, après tout.

— Ah bon ? C'est ce que je dis, moi aussi. Encore qu'aucune d'elles ne m'a jamais lancé des trucs.

— Je refuse de présenter mes excuses pour ça. Tu m'as réveillée à une heure indue !

Alex sourit de la voir indignée. Assez de bavardage, décida-t-il. Il pencha la tête et se rapprocha doucement pour l'embrasser. Au début, il ne fit que poser ses lèvres sur celles de Jenny, attendant de voir sa réaction. Serait-elle la même que le matin, lorsque la passion entre eux s'était enflammée comme de la broussaille sèche, ou bien le feu prendrait-il plus lentement cette fois-ci ?

Il eut sa réponse lorsque la langue de Jenny tapa sur sa lèvre inférieure, déclenchant une chaîne de réactions qui le fit gémir et la serrer plus fort contre lui. Les bras de la jeune femme se refermèrent autour de son cou et ses seins s'écrasèrent contre son torse.

Tout ça était fou et il n'avait rien fait de tel depuis le lycée, quand les filles n'arrêtaient pas de le poursuivre. De temps à autre, il en laissait une l'attraper – encore que rapidement – mais il avait toujours su tout ce qu'il fallait savoir d'elles. Au moment où il se disait que c'était de la folie, il prit ses fesses et les pressa dans ses mains.

Alex oublia tout, laissant le goût délicat de ses lèvres et les courbes voluptueuses de son corps l'emporter loin de ses tracas et soucis. La main de Jenny sur son visage l'apaisait et le calmait alors qu'il était très loin d'être calme. Il voulait davantage. Il *avait besoin* de plus. Sans interrompre leur baiser et sans relâcher sa prise il se releva et, la portant, rejoignit la plage.

---

1. Bière officielle du club de base-ball de Boston, les Red Sox. (N.D.T.)
2. Dr Seuss, (Theodor Seuss Geisel), auteur pour enfants, caricaturiste politique et animateur américain (1904-1991). Il a illustré quelque soixante livres. (N.D.T.)

CHAPITRE 4

J'ai *complètement perdu la tête*, pensa Jenny tout en s'accrochant aux épaules musclées d'Alex.

Si elle doutait d'avoir tout son bon sens, elle savait qu'elle n'avait pas du tout l'intention de le chasser. Ce type était chaud bouillant et, pour la première fois de sa vie, elle ne se souciait pas de ne pas le connaître. Rien n'avait d'importance en dehors du plaisir d'être dans ses bras, embrassée par quelqu'un qui n'était pas au courant de sa terrible tragédie, qui n'avait pas pitié d'elle à peine s'étaient-ils *dit bonjour*. Il n'avait pas la moindre idée de qui elle était et elle s'en trouvait ravie.

Quand ils sortirent de l'eau, l'air lourd et salé s'ajouta à l'atmosphère chargée d'érotisme. Et lorsqu'il s'allongea avec elle sur les serviettes, Jenny sentit les muscles d'Alex gonfler et se tendre sous ses mains. Il n'interrompit pas son baiser un seul instant, penchant la tête pour avoir un meilleur angle, sa langue la taquinant et l'affolant, lui faisant oublier les valeurs auxquelles elle avait été fidèle toute sa vie.

C'était si agréable de se sentir serrée dans les bras d'un homme solide, séduisant et plein d'assurance qu'on ne pouvait penser à des valeurs ou à de futurs délires dans la maison des fous. On verrait ça plus tard. En attendant, elle profitait pleinement de la façon protectrice dont il l'entourait de ses bras, de la manière sensuelle dont il l'embrassait et des coups de langue qui l'excitaient, jamais trop, mais juste ce qu'il fallait.

Mais tout à coup, cela ne lui suffit plus d'être contre lui. Ce n'était pas assez de l'embrasser et de le toucher. Elle voulait davantage. Elle se retourna sur le dos et l'attira, l'encourageant à venir se coucher sur elle. Elle n'avait rien fait de semblable depuis si longtemps qu'elle en avait presque oublié comment utiliser son corps pour envoyer les signaux appropriés.

Jenny referma ses jambes autour des hanches d'Alex, espérant qu'il comprendrait ce qu'elle voulait.

Il comprit et le plaisir envahit la jeune femme. Presque de leur propre gré, ses jambes s'ouvrirent pour l'accueillir dans leur étreinte. Le gémissement qui sortit de sa poitrine ne fit qu'ajouter au désir fou qui battait dans ses veines. Alors, il bougea les hanches et poussa la dure colonne de son érection contre elle, la faisant crier sous le coup du désir qui l'emplissait brutalement.

Alex interrompit le baiser pour se focaliser sur le cou de Jenny, l'embrassant de l'oreille à la gorge et le long de sa clavicule. Il tira sur le nœud qui fermait le haut du bikini dans sa nuque.

— Je peux ? demanda-t-il d'une voix enrouée.

Le mot *non* était suspendu sur le bout de sa langue, mais elle ne pouvait se forcer à le prononcer. Non plus qu'à dire quoi que ce soit, si bien qu'elle se contenta de hocher la tête, retenant son souffle tandis qu'il libérait ses seins gonflés. Pendant un temps interminable, il ne fit que regarder ce qu'il venait de découvrir, tandis que la brise chaude crispait douloureusement le bout des seins de la jeune femme.

Jenny se tortillait sous lui, cherchant un peu de soulagement.

— Du calme, murmura-t-il. Je ne vais pas m'en aller.

C'était exactement ce qu'il fallait dire. Il n'y avait pas de limite de temps, personne ne les attendait.

Il baissa le visage vers sa poitrine.

— Attends !

Le front d'Alex atterrit sur le sternum de la jeune femme.

— Qu'est-ce qu'il y a ?

— Tu n'es pas marié ou quelque chose comme ça ?

— Bon sang, non ! Je ne serais pas ici en train de faire ça avec toi si j'avais quelqu'un d'autre. Et toi ?

— Pas mariée. Ni quoi que ce soit.

— Maintenant que nous avons éclairci ce point, pouvons-nous revenir à ce que nous étions en train de faire ?

Si elle ne désirait rien plus intensément que de retourner à leur occupation précédente – parce que ça allait devenir encore plus intéressant – elle sentait qu'il y avait encore quelque chose à préciser.

— Ce n'est pas exactement vrai.

— Quoi donc ?

— Le « *ni quoi que ce soit* ». J'ai fait des rencontres. Quelques-unes. Ici et là. Mais rien de sérieux.

— Super. Ravi que tout soit clair. Feu vert pour continuer ?

Tout en parlant, ses lèvres laissaient une traînée enflammée sur le bout de ses seins.

— Encore une chose.

Il soupira bruyamment, marquant toute sa frustration.

— J'écoute.

Elle avait presque peur de le dire parce qu'elle ne voulait pas qu'il parte. Pas tout de suite en tout cas.

— Je ne veux pas faire l'amour avec toi.

— Qui a dit que je voulais faire l'amour avec toi ?

Jenny souleva ses hanches d'un quart de centimètre, amenant son sexe en contact direct avec son pénis gonflé et lui arrachant un sifflement torturé.

— Toi.

Son petit rire enroué la fit sourire.

— Je suppose que c'est moi et j'imagine que j'aurais pu reprendre ma moto et m'enfuir si tu n'avais pas mis les choses au point. Mais pour le moment, continua-t-il en l'embrassant dans le sillon de ses seins, cela me suffit largement.

Jenny se demanda si cela lui suffirait à elle et se reprocha d'avoir écarté la suggestion qu'il avait faite de s'enfuir à toute vitesse. Si seulement elle n'était pas aussi sûre de se détester le lendemain matin…

Quand ses lèvres se refermèrent autour de son téton, elle fut certaine qu'elle se détesterait au réveil parce qu'elle n'avait pas dit non.

Elle prit une poignée de ses cheveux longs, s'y accrochant comme si sa vie en dépendait pendant qu'il léchait, aspirait et mordillait. *Dieu du ciel !* La douleur provoquée par ses dents qui pinçaient sa chair délicate faillit la faire jouir immédiatement. Il continua jusqu'à la rendre à peu près délirante de plaisir, puis reporta son attention sur l'autre sein.

Elle devait lui faire mal à empoigner ainsi ses cheveux, mais il ne dit rien et elle n'osait pas le lâcher. Jenny ouvrit les yeux pour regarder le ciel étoilé tout en cambrant le dos pour se rapprocher de cette bouche brûlante qui la tourmentait.

Il s'arrêta soudainement, laissant tomber sa tête contre la poitrine de la jeune femme.

— Qu'y a-t-il ?

Jenny écoutait attentivement sa respiration bruyante et le clapotis des vagues sur la plage.

— Tu veux que j'arrête ?

— Pas vraiment.

— Alors, tu serais d'accord si je t'embrassais ici ?

Ses lèvres se posèrent sur son ventre, déclenchant des frissons sur sa peau.

— Mm.

— Et ici ? interrogea-t-il en descendant plus bas.

— C'est bon aussi.

*Je ne vais pas le laisser faire ça, hein ? Apparemment si. Oh, ciel !
Il faut que j'arrête toute cette folie. C'est de la folie. Complète.*

Alex défit les nœuds qui retenaient sa culotte et son maillot
se détacha, la laissant entièrement nue dans le rayon de lune.

— C'est autorisé sur l'île de Gansett ? marmonna Jenny.

Alex se mit à rire et continua d'embrasser son ventre tout en
s'installant entre ses jambes.

— Tu t'en soucies vraiment ?

— Je n'ai pas l'habitude.

— L'habitude de quoi ?

— *De ça.* Avec des hommes que je connais à peine ou dont je
viens tout juste de faire la connaissance, ou en fait, avec
personne.

— Eh bien, c'est vraiment dommage. Pourquoi pas ?

— C'est une histoire terriblement longue et ce n'est ni le
temps ni le lieu.

— J'aimerais que tu me racontes ton histoire terriblement
longue plus tard, mais tu as raison : ce n'est ni le temps ni le lieu.
J'ai d'autres choses en tête pour le moment.

— Je *ne peux pas.*

Mais tout en gémissant ces mots, elle resserra sa prise dans
les cheveux d'Alex. Elle n'aurait pu dire si elle voulait l'attirer
encore plus près ou le repousser.

— Si, tu peux.

Le frottement de ses favoris contre son ventre faisait mentir
ses paroles et elle se cambra contre lui, essayant de se rapprocher encore.

Parfaitement consciente de l'endroit où il voulait aller tandis
qu'il descendait le long de son ventre en le couvrant de baisers,
Jenny savait qu'il fallait l'arrêter maintenant, tant qu'elle le
pouvait encore. Elle avait eu quelques rapports sexuels depuis la
mort de Toby, mais n'avait jamais permis *ça*. Il semblait que
c'était trop intime avec un type qu'elle n'aimait pas. Alors, pour-

quoi permettait-elle aux larges épaules d'Alex d'ouvrir ses jambes, ou à ses grandes mains rugueuses de s'arrondir sur ses fesses pour la mettre dans la position qu'il souhaitait ?

Pendant un temps très long, il resta sans bouger au-dessus d'elle, comme s'il lui donnait une dernière chance de vraiment dire non. Mais elle ne le fit pas. Elle ne dit rien, parce que son cerveau refusait de fonctionner correctement. Lorsqu'il vint presser sa langue contre son intimité, elle en était presque à le supplier de se hâter.

Toby savait y faire. Alex aussi. Il léchait, suçait et *mordait...* Seigneur... Puis il enfonça deux doigts en elle et elle jouit très fort, ses jambes tremblant violemment. Il recula, mais seulement une seconde avant de recommencer, reprenant depuis le début comme s'il ne venait pas de lui offrir l'un des orgasmes les plus puissants qu'elle ait jamais eus. Si elle avait été de sang-froid, elle se serait demandé comment il avait réussi à ne pas inviter de sable dans leur rapport, mais il avait fait ça aussi facilement que tout le reste jusqu'ici.

— J'en veux un autre, grogna-t-il de sa voix étranglée.

— Je ne peux pas.

— C'est ce que tu avais dit et tu as pu.

Il enfonça et plia ses doigts profondément en elle, penchant la tête pour lui prouver qu'elle avait tort.

D'habitude, elle était trop sensible après la première fois pour enchaîner une seconde, mais il continua malgré cela et la fit jouir de nouveau moins de cinq minutes plus tard. De la folie pure.

Apparemment satisfait de lui-même et de son ouvrage, Alex rampa pour s'installer à califourchon tout en gardant ses doigts entièrement plongés en elle. Il suça fortement son téton gauche, la faisant gémir avant de continuer vers sa bouche où il l'embrassa en donnant de profonds coups d'une langue qui conservait son odeur.

— Putain, tu es tellement chaude !

Ces mots grossiers, dits contre ses lèvres, la firent frissonner des pieds à la tête.

— Mm, chuchota-t-il, voilà quelqu'un qui aime les cochonneries. Il faudra que je m'en souvienne la prochaine fois.

La prochaine fois...

Ces trois mots l'arrachèrent enfin à la stupeur sexuelle dans laquelle il l'avait entraînée. Elle repoussa ses épaules pour se libérer de lui immédiatement. Naturellement, il résista aux efforts qu'elle faisait pour le déloger, pliant les doigts pour lui rappeler qu'il était toujours en elle, comme si elle avait besoin de cela.

— S'il te plaît. Arrête.

Il retira aussitôt ses doigts d'entre ses jambes et roula sur le dos. Ils restèrent ainsi, côte à côte, haletant tandis que l'air lourd de la nuit les submergeait.

Les jambes de Jenny continuaient à trembler et son clitoris pulsait sous l'effet prolongé de deux orgasmes torrides. Ses yeux brûlaient des larmes qu'elle refusait de verser. Elle avait 37 ans et n'avait jamais fait quelque chose qui ressemblait, même de loin, à cela. Elle n'avait aucune raison de se sentir honteuse et pourtant... D'une certaine façon, c'était exactement ce qu'elle éprouvait.

— Tout va bien ?

Il allait partir et, qu'il soit gentil avec elle, cela la rendait encore plus triste.

— Je vais bien.

— Qu'est-ce qui ne va pas ?

Alex se souleva sur un coude pour la regarder.

— Rien.

— Tu as des regrets ?

— Eh bien, *oui*. Voyons !

— Pourquoi ? Nous n'avons rien fait de mal.

— Nous nous connaissons à peine et nous faisons des galipettes sur la plage comme dans une scène de *From Here to Eternity.*[1]

Il eut un petit rire qui était aussi sexy que tout ce qu'il faisait. Cet homme était un concentré de sexe qui marchait et parlait.

Jenny s'assit, couvrant ses seins d'un bras tout en tâtonnant dans le noir à la recherche du haut et du bas de son bikini, de préférence les deux.

— Les choses sont un peu difficiles pour moi en ce moment, commença-t-il. Et je suis plutôt content que tu ne saches rien de plus que mon prénom et ce que je fais comme métier. Mais je vais te dire mon nom de famille, si tu veux vraiment le savoir.

— Non.

C'était sorti avant que Jenny prenne une seconde pour y réfléchir.

— Si tu me dis ton nom, je vais être tentée de téléphoner à mes amies demain pour apprendre tout ce qu'il est possible de savoir à ton sujet. Pour moi, tu es Alex le tondeur de gazon.

Il se mit à rire :

— D'accord, Jenny Phare, mais il y a déjà une autre chose de moi que tu sais.

— Quoi donc ?

Il prit son sein dans sa main en l'embrassant.

— J'ai envie de toi et je veux recommencer.

Elle secoua la tête en les repoussant, sa main et lui.

— Non. Ce fut un moment de folie sans suite, qu'on ne doit jamais répéter.

— Tu vas m'ôter le goût de vivre si tu me dis que nous ne recommencerons jamais.

— Ne plaisante pas avec la mort. Pas avec moi, en tout cas.

— Pourquoi ?

Elle se mordit la lèvre et secoua la tête. Le lui dire changerait tout.

— Quand tu dis que les choses sont difficiles, tu ne penses pas à une femme ?

— Si, mais pas dans le sens où tu l'entends. C'est une affaire familiale et pas une question sentimentale.

Bizarrement soulagée de savoir qu'il ne fuyait pas une relation difficile – ou pire un mauvais mariage –, Jenny mit la main sur le haut de son bikini et le renoua derrière sa nuque.

Le frôlement de ses doigts sur son dos tandis qu'il nouait sous ses omoplates l'autre moitié du bikini lui donna la chair de poule et ses tétons intéressés se tendirent.

Ça suffit, vous deux. La fête est terminée.

Ses lèvres étaient douces contre son épaule et lui firent regretter de ne pas être quelqu'un de différent, quelqu'un qui pourrait se donner du bon temps avec un type sexy et ne pas se détester pour autant le lendemain.

— C'était plus amusant de l'enlever que de le rattacher.

Jenny sourit dans le noir. Il était gentil, drôle, sexy et tant d'autres choses pour lesquelles elle n'était pas prête. Cela faisait peu de temps qu'elle avait décidé d'essayer quelques sorties avec un homme. Faire des galipettes nue sur la plage avec un type dont elle avait fait la connaissance le matin même était beaucoup trop éloigné de sa zone de confort.

Il l'aida à retrouver l'autre moitié de son maillot, lui tourna le dos pendant qu'elle se rhabillait, secoua les serviettes et la raccompagna jusqu'au phare sans plus la toucher.

Jenny ne savait pas si elle était soulagée ou déçue qu'il ait gardé ses mains pour lui. À la porte, elle se tourna vers Alex, regardant son visage désarmant illuminé par les rayons de lune.

— Eh bien, hum… j'imagine que je te reverrai quand tu reviendras tondre le gazon.

Son sourire sûr de lui énerva Jenny.

— Peut-être plus tôt.

— Alex, vraiment, je ne me sens pas faite pour ce genre de choses…

Il la fit taire avec un baiser profond, démentant ce qu'elle venait de dire.

— À bientôt, Jenny Phare.

Il la lâcha si soudainement qu'elle dut se retenir à la porte pour ne pas tomber tandis qu'il lui passait les serviettes de bain.

Elle s'accrocha à la poignée de la porte pendant qu'il faisait démarrer la moto avant de disparaître dans un nuage de poussière. Sa mère avait toujours dit à ses sœurs et elle de se méfier des hommes qui préféraient les motos. Alex était exactement le genre d'homme dont sa mère se méfiait : un peu téméraire, un peu désinvolte et à vous faire avoir des tas d'ennuis.

Jenny se dit qu'elle tiendrait compte de l'avis de sa mère et se tiendrait loin, très loin de lui.

Après une longue journée riche en émotions, Maddie se sentait totalement épuisée et se reprochait d'avoir fait toute une histoire parce qu'elle n'était pas enceinte alors qu'elle ne voulait même pas l'être.

Elle était gênée en se souvenant d'avoir craqué chez Syd. Comme si elle avait le droit de pleurer une grossesse même pas désirée en présence de son amie qui avait tant de difficulté à tomber enceinte après avoir perdu deux enfants dans un accident.

— Tu es vraiment une amie horrible, murmura-t-elle dans la pénombre.

Ses enfants avaient refusé d'aller se coucher et, sentant qu'elle était au bord de la crise de nerfs, Mac l'avait envoyée prendre le frais dehors avec un verre de vin pour décompresser pendant qu'il tentait de les mettre au lit.

Je dois être reconnaissante pour tant de choses, pensa-t-elle, assise dans un fauteuil à bascule sur la véranda d'où l'on voyait l'océan en contrebas.

Deux enfants extraordinairement intelligents et beaux, son merveilleux mari, si bien accordé à elle qu'il pouvait deviner lorsqu'elle avait besoin d'une pause, une agréable maison, sa mère et sa sœur tout près d'elle et heureuses avec des hommes qui les adoraient, son adorable nièce Ashleigh avec un futur beau-père qu'elle avait appris à aimer, une belle-famille et le genre d'amis qu'autrefois elle rêvait d'avoir...

Avec tant de bonheur dans sa vie, quel droit avait-elle d'être absolument anéantie par une chose aussi stupide qu'une fausse alerte de grossesse ?

— Tu n'as aucun droit d'être triste comme ça. Aucun.

— Tu parles toute seule, ma chérie ? interrogea Mac en la rejoignant sur la véranda, seulement vêtu d'un pantalon de pyjama taille basse qui ne cachait rien d'un torse admirablement musclé.

Maddie lança un long regard concupiscent vers le magnifique buste de cet homme et l'ajouta à la liste des choses pour lesquelles elle devait avoir de la gratitude. Ce torse et l'homme à qui il appartenait étaient à elle – la meilleure chose dans une vie emplie de choses formidables.

— Aujourd'hui, personne n'a envie d'entendre mes chagrins.

— Je suis là pour les écouter chaque jour. Est-ce que tu vas me dire ce qui te tracasse tant et te donne envie de pleurer ?

— C'est tout à fait stupide et j'ai l'impression d'être une conne parce que j'ai pleurniché devant Syd aujourd'hui alors qu'elle passe par des choses terribles. Je suis une idiote et une mauvaise amie.

— Madeline... Tu vas me fâcher à dire des choses comme ça. Qui est-ce qui a préparé des repas pour Joe et Janey au moins deux fois par semaine pendant qu'elle était alitée ? Qui a remplacé Laura auprès de Holden quand elle se sentait si mal ? Qui s'est occupé de Buddy pendant que Luke et Syd étaient sur le continent ? Qui prend soin d'Ashleigh au moins autant que sa mère ? Allons ! Tu es une amie formidable, une sœur, une tante, une belle-sœur et une cousine par alliance géniales.

Il la fit se lever, se glissa dans le fauteuil et l'installa sur ses genoux, refermant ses bras autour d'elle. Il effleura son cou :

— Tu es la femme et la mère la plus incroyable. Tu es ce qui cimente toute notre équipe indisciplinée et tout le monde le sait.

Rassurée par son époux et son amour dévorant pour elle, Maddie se sentit enfin capable de confesser son chagrin le plus profond.

— Je voulais ce bébé qu'apparemment nous n'allons pas avoir.

— Je le sais. Et, même si ça peut choquer, moi aussi.

Elle souleva la tête qu'elle avait posée sur son épaule.

— Toi aussi ? Vraiment ?

— Comment est-ce que je pourrais ne pas vouloir un autre petit, juste comme les deux que nous avons déjà ? Ils sont si formidablement extraordinaires, et qu'est-ce qu'un de plus au milieu de notre pagaille ?

— Je pensais que tu étais furieux.

— Pourquoi diable serais-je en colère alors que c'est ma faute, en premier lieu ? Tu étais soûle, j'étais sobre et j'ai oublié le préservatif. Quel droit avais-je d'être en colère contre quoi que ce soit ?

— Tout de même… Je ne pensais pas que c'était ce que tu voulais.

— Tu sais ce dont j'ai peur sur cette île avec ses grossesses dingues, surtout après ce qui est arrivé à Janey et P.J.[2] C'est ce qui me faisait peur. Mais le fait d'avoir un autre bébé ? Pas tant que ça.

Le fauteuil se balançait doucement sous eux, brassant l'air lourd.

— Seigneur, il fait chaud !

— Si chaud. Il n'y a pas la plus petite brise.

— On devrait en avoir pour quelques jours, continua Mac.

— Heureusement qu'on a la clim'.

— Je me disais qu'on devrait l'éteindre dans notre chambre et faire l'amour tout trempés de sueur.

Pour la première fois depuis des heures, Maddie éclata de rire :

— Je te fais confiance pour vouloir une chose pareille.

— Allons ! Je sais que tu en as envie aussi. On peut s'arranger avec les règles.

— Mes règles se sont arrêtées aussi rapidement qu'elles étaient venues.

— Attends… Alors, elles n'ont duré qu'une journée ?

— Même moins, en fait.

— Je ne voudrais pas que tu penses que je suis plus qu'obsédé par ce qui se passe à ce niveau-là, mais est-ce qu'elles ne durent pas plus longtemps normalement ?

— Oui, c'est probablement à cause de la chaleur ou je ne sais quoi.

— Ou de quelque chose.

— Que veux-tu dire ?

— Et si tu *étais* vraiment enceinte et que les règles d'un jour étaient une fausse alerte ?

Tel un éclair, cette possibilité frappa Maddie au cœur.

— Ce ne sont pas des choses qui arrivent !

— C'est peut-être le moment de faire un test de grossesse, mon amour.

Et tout à coup, les larmes coulèrent le long de ses joues en un torrent incontrôlable.

— Hum, hum, des pleurs permanents, des sautes d'humeur…

Mac prit son sein dans sa main, la faisant sursauter sous l'effet de la sensation presque suffocante qui la traversa pour cette simple caresse.

— Des seins sensibles… Je ne suis pas détective, mais il semble que j'ai déjà été témoin de ces signes.

— Ne me donne pas de faux espoirs. Je ne peux pas supporter de ne pas être enceinte deux fois en deux jours.

— Demain, on achètera un test et nous aurons la réponse.

Il l'embrassa dans le cou et sur la joue, envoyant une ligne de feu sur ses lèvres.

— Comme il n'y a rien que nous puissions faire pour résoudre ce dilemme ce soir, que dirais-tu de te changer les idées avec un peu de sexe bien chaud et transpirant ?

— Ça pourrait aider à condition que tu ne t'inquiètes pas si je pleure tout le temps.

— Tant que tu pleures de plaisir, je peux accepter quelques larmes.

Il l'embrassa et lui tapota les fesses pour l'inciter à se lever.

— Reste ici, je reviens.

Pendant son absence, Maddie s'appuya contre la balustrade, regardant la pelouse en pensant à la possibilité que Mac avait évoquée. C'était bizarre que ses règles n'aient duré qu'une journée et même pas entière.

Mac revint avec le moniteur bébé portable qu'il posa sur l'une des tables en teck qui meublaient la véranda. Ensuite, il commença à retirer les coussins de deux des chaises longues. Il les posa sur le sol et tendit la main à Maddie.

— Ici ?

— Ici.

Elle se pelotonna à côté de lui sur le lit de fortune, posant sa tête sur son bras étendu.

— Je déteste te voir triste pour quoi que ce soit, dit-il.

— Pardon. Je suis folle et je le sais…

Il l'embrassa de tout son cœur, réduisant au silence ses mots comme ses inquiétudes.— Tu n'es pas folle. Tu es adorable et je t'aime.

— Arrête d'être gentil avec moi ou bien je vais recommencer à pleurer.

— D'accord. Tu es une mégère et une vieille sorcière et je t'aime toujours.

Elle rit malgré les larmes qui emplissaient ses yeux.

— Comment ai-je fait pour trouver un époux aussi fabuleux ?

— Tu as eu beaucoup, beaucoup, beaucoup de chance.

— C'est vrai.

— Nous en avons eu tous les deux. Et je vais te dire quelque chose : si finalement tu n'es pas enceinte, nous essaierons encore le mois prochain.

Tout en parlant, il lui retira son T-shirt et sa petite culotte, puis ôta son pantalon de pyjama.

— Je pensais que tu ne voudrais plus jamais revivre ça.

— Je souhaite ne plus jamais te voir souffrir ou être en danger. C'est ce que je refuse. Pas le bébé. Alors, nous nous organiserons différemment cette fois-ci. En faisant en sorte d'être là où nous devrons être bien avant que tu sois au terme de ta grossesse pour ne pas nous retrouver face à quelque drame.

— Tu as une idée de ce que ce sera d'avoir trois enfants de moins de 5 ans ?

— Pire que d'avoir deux enfants de moins de 5 ans ?

— On m'a dit que c'était bien pire.

— Tu passes d'un combat singulier à une zone de guerre.

— Quoi ?

— Pardon, c'est une blague de basket-ball. Ce qui veut dire qu'ils seront plus nombreux que nous.

— Oui. Et tu penses au moment où ils seront tous adolescents en même temps ? Ça sera comment ?

— Tu seras là avec moi ? demanda Mac.

— Où pourrais-je être ?

— Alors, ce sera fantastique comme le reste de notre vie. Tout va bien, ma chérie. Tant que nous sommes ensemble, ils ne nous auront pas.

Tout en parlant, il se positionna derrière elle, son bras autour de la taille de Maddie pour la soutenir et son pénis confortablement logé contre ses fesses.

Maddie se tortilla, essayant de se rapprocher encore de lui – cette nouvelle position n'était pas habituelle.

— On commence à transpirer ici, fit-il en se laissant glisser contre elle dans un mouvement aidé par la légère sueur sur leur peau.

— Mac… Dépêche-toi.

L'addition de la chaleur écrasante, de sa proximité, du glissement de son érection et de l'excitation érotique de faire l'amour dehors firent que Maddie fut proche de l'orgasme avant même qu'il l'ait touchée. Il posa sa main à plat sur son ventre et plaça ses jambes entre les siennes. Ses mains remontèrent de son ventre pour jouer avec ses seins, pinçant ses tétons et la mettant en feu.

Ses seins étaient si sensibles qu'elle faillit le supplier d'arrêter, mais il continua, glissant sa main plus bas pour l'arrondir sur son mont de Vénus tandis que son gland poussait contre ses reins. Maddie agrippa le coin du fauteuil de repos, cherchant quelque chose à quoi s'accrocher tandis qu'il entrait en elle par petites poussées qui étaient loin de lui suffire.

— Doucement, ma chérie. Repose-toi contre moi.

— Quelle chaleur, soupira-t-elle en gémissant sous le souffle d'air chaud qui la brûlait de l'intérieur à chaque inspiration qu'elle prenait.

— Tu es tellement chaude.

Elle poussa ses fesses en arrière, dans une attente douloureuse.

— Je voulais dire que l'air était chaud, précisa-t-elle.

— Ça aussi.

Elle avait beau pousser vers lui, sa main sur la hanche de Maddie lui permettait de rester logé bien en elle. Puis ses doigts glissèrent entre ses lèvres humides, juste au-dessus de là où ils étaient joints, la taquinant et la cajolant jusqu'à ce qu'elle jouisse. Il la rendait folle en combinant des poussées profondes et les petits mouvements circulaires de ses doigts.

Elle était sur le point de crier grâce lorsqu'il les fit basculer ensemble sur le ventre, elle en dessous et lui sur elle, plongeant à présent en elle avec des coups de boutoir et des doigts insistants qui l'emmenèrent droit au paradis.

Il s'écroula sur elle, tous les deux transpirant abondamment et haletant tandis qu'il continuait à pulser en elle.

— Je te donnerai tout ce que tu voudras.

Se sentant entièrement protégée, elle soupira de contentement. Il savait toujours comment la faire se sentir mieux.

— J'ai tout ce dont j'ai besoin tant que je t'ai, ainsi que notre famille.

Tout en prononçant ces mots, elle décida que peu importait ce que le test de grossesse annoncerait, elle devrait s'estimer bienheureuse.

---

1. Film américain : *Tant qu'il y aura des hommes* – 1953 de Fred Zinneman, à partir du roman de James Jones. (N.D.T.)
2. Peter Joseph Cantrell, fils de Janey McCarthy et de Joe (Joseph) Cantrell. Voir le tome 9. (N.D.T.)

CHAPITRE 5

— C'était trop génial ! s'écria Josh Harrelson dans le micro qui reliait la table de mixage au studio d'enregistrement : Evan McCarthy venait tout juste d'enregistrer la première chanson à paraître sous le label *La Brise de l'Île*. Ça balance, mon vieux !

— T'es sûr ?

Les angoisses d'Evan n'étaient jamais loin de ressurgir, surtout quand il s'agissait de sa propre musique.

— Trop trop trop génial. Si ça ne cartonne pas, c'est que j'y connais foutrement que dalle dans mon boulot !

— Je pensais que tu avais renoncé à dire des grossièretés, souligna Evan, soulagé par cet éloge et comme toujours amusé par les propos colorés de Josh.

— Qu'est-ce que j'ai dit qu'étaient des gros mots ?

Il semblait sincèrement perplexe, ce qui fit rire Evan.

— Rien du tout de rien du tout.

Evan consulta sa montre. Flûte, il était presque 2 h du matin !

— Faut que j'y aille avant que Grace envoie une équipe de secours.

— Attends seulement qu'elle écoute la chanson que tu as écrite pour elle. Tu vas pas croire à ton bonheur, mon pote.

Evan ne pouvait pas imaginer être plus heureux qu'il l'était déjà, fiancé à la plus belle femme – au-dedans comme au-dehors – qu'il ait connue ; et lui dirigeant sa propre affaire et sur le point de lancer son propre label de disques, depuis son île natale de Gansett. La vie ne pouvait pas aller mieux et, en ce moment, Grace était ce qui le rendait le plus heureux.

D'excellente humeur après la séance d'enregistrement, il voulait la voir, être avec elle, respirer son parfum envoûtant, même si elle était profondément endormie. Il la prendrait comme il la trouverait, peu importait, songea-t-il. Il conduisait la vieille moto de son frère Mac pour rentrer chez eux. Une autre moto le croisa dans un nuage de poussière, roulant à toute vitesse sur les routes sinueuses de l'île. Evan espéra qu'il s'agissait de quelqu'un du coin qui connaissait les tours et détours, sans quoi il risquait bien de finir contre un arbre s'il ne ralentissait pas.

Le portable d'Evan vibra dans sa poche, mais il ne l'en sortit pas avant d'être entré dans le parking, devant la pharmacie qui appartenait à Grace, en pleine ville ; il gara la moto au pied des marches menant à leur appartement situé à l'arrière de l'officine. Il sortit son portable de la poche avant de son jean et les yeux lui sortirent presque de la tête lorsqu'il vit le texto de son agent, Jack Beaumont. Il n'avait plus eu de nouvelles de Jack depuis des mois, quand sa carrière prometteuse de chanteur avait été prise dans les suites de la banqueroute de sa maison de disques, laissant son premier album bloqué dans une bataille juridique.

Tu es réveillé ? disait le message de Jack. *Si oui, appelle-moi. Urgent.*

Evan regarda l'escalier, pressé de rejoindre Grace après seize heures passées au studio, mais il savait qu'il n'arriverait pas à dormir avant de savoir ce qu'il y avait de si important pour que

Jack lui envoie un texto en pleine nuit. Il trouva son numéro dans ses contacts et appela.

— Salut, Evan. Désolé de t'appeler au milieu de la nuit, mais je viens de recevoir un appel absolument incroyable et je ne voulais pas attendre pour t'en parler.

Le ton inhabituellement enthousiaste de la voix de Jack mit immédiatement Evan en garde contre ce qu'il allait pouvoir lui dire.

— Tu es là ?

— Ouais, répondit Evan. Je suis là. Que se passe-t-il ?

— Je sais de source sûre que le juge va rendre des décisions demain dans l'affaire de la faillite de *Starlight Records*. L'une d'elles concerne ton album. Il va en permettre l'acquisition par *Long Road Records*.

Long Road Records appartenait à Buddy Longstreet, présentement roi de la country. Un an plus tôt, Evan aurait vendu son âme au diable pour une telle nouvelle, mais tout était différent à présent.

— Evan ? Tu m'as entendu ?

— Oui. Je suis juste en train de digérer tout ça.

La pensée de Grace, de leur vie formidable sur l'île, entourés de leur famille et de leurs amis, le studio dans lequel il avait mis son cœur et son âme, l'ami qu'il avait persuadé de le rejoindre sur l'île pour être son ingénieur du son, les artistes qui avaient retenu le studio jusqu'en octobre… Tout cela traversa l'esprit d'Evan comme un film qu'on fait défiler en avance rapide.

— Je pensais que tu serais fou de joie.

— Je le suis. Bien sûr que je le suis. C'est simplement que je ne suis pas sûr de comprendre tout ce que cela implique.

— Cela veut dire que Buddy Longstreet va mettre tout son poids derrière ton album et ta carrière : tu vas devenir la star que nous avions toujours prévue. C'est ce que tu souhaites, n'est-ce pas ?

Tout à coup, Evan se sentit incroyablement nauséeux tandis

que des tracs paralysants lui revenaient en mémoire, avec les raisons pour lesquelles il avait été si soulagé de voir sa carrière prendre une direction inattendue.

— Hum… Je…. Euh… Écoute, on pourrait en parler dans la matinée ?

— Bien sûr.

Jack semblait avec raison perplexe.

— Je te rappelle tout à l'heure.

Evan raccrocha et s'assit sur la dernière marche, l'esprit galopant vers les conséquences, scénarios et complications qu'il n'avait pas anticipés. Il avait considéré que les enregistrements étaient une cause perdue et tenté de ne plus y penser au cours des mois où il avait été trop occupé à lancer le studio pour penser à des choses qu'il ne contrôlait pas.

— Ev ?

La voix sexy et endormie de Grace traversa le silence.

— Tu es en bas ?

Il se leva et commença à monter les marches.

— Je suis là, ma chérie.

Sous les rayons de lune, il la vit bâiller tout en resserrant sa robe de chambre en soie autour de sa taille.

— J'ai entendu la moto, mais ensuite tu n'arrivais pas. J'ai pensé qu'il se passait quelque chose.

Sur le palier, il passa un bras autour d'elle et la souleva.

— Il n'y a rien qui puisse arriver de fâcheux quand je te retrouve.

Elle poussa un petit cri de surprise et referma ses bras autour du cou d'Evan, le tenant fermement.

Une fois rentrés, ils tombèrent sur le lit encore tiède de son corps, dans un méli-mélo de bras et de jambes. La chaleur allumait ses sens et débarrassait son esprit de tout ce qui n'était pas elle.

— Tu es en forme, cette nuit !

Elle passa ses doigts dans les cheveux d'Evan dans un geste

qui voulait le calmer, mais cela ne fit que nourrir le feu. Elle connaissait bien ses humeurs. Souvent, après avoir joué ou enregistré, il était plein d'adrénaline. Ce soir, ce qui lui importait par-dessus tout, c'était elle et tout ce qu'elle apportait dans sa vie.

— C'est toi. Tu me fais cet effet-là.

— D'accord, répondit-elle en riant. C'est entièrement ma faute.

À la pâle lueur d'une veilleuse, il la contemplait, buvant chaque détail de son merveilleux visage.

— Tu sais que je t'aime plus que tout ?

Grace fronça les sourcils.

— Bien sûr. Tu t'inquiètes à ce sujet ?

Il secoua la tête.

— Juste pour en être sûr.

La main arrondie sur sa nuque, Grace l'attira à elle. Au moment où ses lèvres vinrent au contact de celles de la jeune femme, il oublia tout ce qui n'était pas elle. Il n'y avait plus qu'elle.

— Il faut que tu dormes, reprit-elle.

Il tira sur la ceinture de sa robe de chambre.

— J'ai plus envie de toi.

— Evan…

— Quoi, ma chérie ?

— Je t'aime plus que tout au monde, moi aussi. J'aime tout ce qui est notre vie.

— Moi pareil.

Et il craignait de faire quoi que ce soit qui pourrait mettre en danger cette vie, même si cela signifiait échanger un rêve contre un autre. Pourtant, il ne voulait pas y penser pour le moment. Pas quand il avait devant lui un temps précieux avec son amour.

L'année dernière à la même époque, il pensait que sa vie était parfaite. Il ôta ses vêtements et s'enfonça dans le corps chaud et accueillant de Grace, trouvant la véritable perfection. Chaque fois qu'il la touchait, il savait qu'elle était la perfection ; il ne pouvait imaginer de passer une journée sans elle, sans même parler de semaines ou de mois où il serait en tournée pour promouvoir un album qui appartenait à une vie antérieure. Toutes les années avant de la connaître paraissaient avoir été vécues par quelqu'un d'autre et non par lui.

Elle caressa ses épaules, se focalisant sur la boule de tension à la base de son cou.

— Tu es tellement tendu, Ev. Ça va ?

— Mm, je me sens mieux à présent.

Rien ne pouvait se comparer au délicieux plaisir de faire l'amour avec Grace. Tout en elle lui plaisait, et cela depuis le tout début. Ils étaient ensemble depuis plus d'un an maintenant et chaque jour était meilleur que le précédent.

Les mains de Grace glissèrent le long de son dos, serrant fortement ses fesses pour le maintenir profondément en elle pendant qu'elle jouissait. La légère pression des muscles de la jeune femme fit perdre à Evan tout contrôle et il poussa un cri lorsqu'il la rejoignit dans l'orgasme.

— Bon sang, ce que c'était bon !

Il emprisonna sa bouche dans un baiser profond et sensuel qui ralluma ses ardeurs, comme s'il ne venait pas d'avoir une érection d'une puissance inouïe.

— C'est toujours diablement bon.

— Je n'ai rien à quoi le comparer, fit-elle d'un ton léger, et je vais devoir te croire sur parole.

Evan sourit en l'embrassant de nouveau.

— Fais-moi confiance quand je te le dis, ce n'est jamais comme ça.

Il l'embrassa encore.

— Jamais.

Ses bras se refermèrent autour de lui, l'entourant de son amour et de son parfum dont il ne pouvait plus se passer.

— Quand est-ce que tu vas m'épouser et faire de moi une femme honorable ?

— J'y ai beaucoup pensé et ai interrogé autour de moi pour savoir quelle est la meilleure destination en plein hiver quand tout le monde s'apprête à quitter cette île. On m'a parlé d'un endroit sur les îles Turquoises, mais je veux davantage de renseignements.

— Il nous faut un endroit où ils acceptent les enfants, lui rappela-t-elle.

— C'était sur ma liste de critères.

— Je n'arrive pas à croire que nous parlions vraiment de ça.

— Nous allons faire plus qu'en parler.

— Que veux-tu dire ?

— Ne bouge pas.

Il se retira d'elle, se leva et alla chercher son ordinateur portable posé sur le bureau, puis l'apporta sur le lit.

— Qu'est-ce que tu fais ?

— Je veux regarder cet endroit dont on m'a parlé.

Il renseigna le moteur de recherches et cliqua sur le lien qui menait à la station balnéaire.

— Oh, regarde-moi ça !

Grace s'assit pour mieux voir, sans plus se soucier d'être nue. Bien des choses avaient changé depuis l'année précédente et maintenant, voilà qu'ils faisaient réellement des projets de mariage.

— Je veux me marier sur la plage au coucher du soleil.

— Ça me semble parfait, dit-elle avec un soupir de contentement qui fit plaisir à Evan.

Il la regarda attentivement.

— On se décide ?

— Maintenant ?

— Pourquoi pas ?

Il commença à remplir un questionnaire de destination pour lune de miel.

— Combien de personnes ? C'est toi qui comptes : tes parents, les miens, tes frères, les miens, ma sœur, Joe, Abby, Stéphanie, Maddie, Thomas, Hailey, P.J. Qui est-ce que j'oublie ?

— Laura, Owen, Holden, les jumeaux, ton oncle Frank, Shane.

— Il faut que j'invite aussi mon oncle Kevin et sa famille.

— Tante Joann ?

— Nan, elle ne quitte jamais Gansett.

— Des amis ?

— Tiffany, Blaine et Ashleigh. Oh là là, Ned ! Il faut l'inviter.

— Bon sang, il devrait être le premier sur la liste – avec Francine. Mais ça va faire beaucoup de monde.

— Nous connaissons beaucoup de monde. Jenny, Syd, Luke.

Evan riait tandis que le nombre augmentait.

— On en est à combien ?

— Je ne sais plus. Cinquante adultes, six enfants ?

Evan tapa le nombre et appuya sur *Retour*. Puis il cliqua sur l'option « Mariage sur une plage au coucher du soleil » dans le menu déroulant, le mois de janvier comme préférence et appuya de nouveau sur *Retour*.

— Voyons ce qu'ils proposent.

Ils scrutèrent l'écran jusqu'à ce que la date du 18 janvier – disponible – apparaisse.

— 18 janvier, fit Grace.

— On y va ?

Elle souffla lentement par le nez et le regarda.

— Tu es sûr ?

— Je vais faire comme si tu ne m'avais pas posé la question.

— Vas-y.

Evan cliqua sur le lien « Réservez cette date. »

— Il me faut une carte de crédit. Tu me passes mon porte-feuille, veux-tu ?

Grace tendit la main pour le prendre sur la table de chevet et le lui donna.

— Combien est-ce qu'il faut avancer ?

— Deux mille cinq cents pour réserver.

— Et ça sera officiel.

— Absolument. Ils vont nous envoyer un courriel demain pour les détails.

— Je n'arrive pas à croire que nous venons de faire ça, remarqua-t-elle tandis qu'il posait l'ordinateur sur le bureau avant de se remettre au lit.

— Que vont dire tes parents ? demanda-t-il.

Il s'était à présent habitué au peu de soutien qu'ils offraient à leur fille unique lorsqu'elle ne se conformait pas exactement à l'idée qu'ils se faisaient de l'avenir pour elle.

— Ils n'approuveront pas, mais on s'en fiche. Ce n'est pas leur mariage.

— Ils viendront ?

— Je l'espère.

— Et dans le cas contraire ?

— Alors, ils rateront le plus beau jour de ma vie. Tant pis pour eux.

— Je ne voudrais pas que quoi que ce soit vienne te le gâcher, Gracie.

— Je t'épouserai ce jour-là, non ?

— Parfaitement.

— Alors rien, et je veux bien dire *rien*, ne pourrait me le gâcher.

— Tu es la meilleure chose qui me soit arrivée. J'ai hâte de pouvoir passer une autre bague à ton doigt et rendre tout ça officiel.

— J'ai hâte aussi. 18 janvier.

— C'est là qu'il faudra être et pas autre part.

— Je ne serai nulle part ailleurs.

Evan étouffa un bâillement. Il ne voulait pas encore dormir. Ils avaient deux entreprises florissantes et peu de temps à passer ensemble, surtout à cette époque de l'année lorsque l'île était si active. Il détestait perdre une minute de leur temps pour dormir, plus encore maintenant qu'ils avaient fait cet immense pas en avant dans leur vie à deux.

— Tu ne peux pas te dédire maintenant que nous avons réservé, fit-elle sur un ton taquin.

— Le but n'est pas de me défiler.

— J'ai vraiment hâte.

Ses bras se resserrèrent autour de lui, le gardant contre elle tandis qu'elle se laissait aller au sommeil.

— Moi aussi, ma chérie.

Evan resta éveillé un long moment, pensant à la nouvelle que Jack lui avait apprise un peu plus tôt. Qu'allait-il bien pouvoir faire à ce sujet ?

Le lendemain, Alex était de retour au boulot avant 6 h, conduisant l'un des camions de l'entreprise vers le nouveau local des studios de *La Brise de l'Île*. L'idée de monter un studio d'enregistrement sur l'île de Gansett lui avait tout d'abord paru étrange avant d'apprendre que son vieil ami Evan McCarthy était à l'origine du projet. Depuis qu'ils étaient collégiens, Evan était foldingue de musique et Alex croyait que le studio aurait un immense succès entre les mains de son ami.

Voilà plusieurs semaines, Evan les avait appelés, demandant que quelqu'un vienne s'occuper de la végétation qui envahissait les deux côtés de l'allée menant au studio. Alex remonta vers l'adresse que leur avait donnée Evan et grommela à la vue de la jungle qu'il devrait dompter.

— Ça va me prendre toute une fichue journée, marmonna-t-il en envoyant un texto à Paul pour lui dire que le boulot était plus important que prévu.

Désolé, répondit Paul. *Putain, je suis déjà en train de rôtir.*

La chaleur était meurtrière comme la veille, tapant avec une intensité infernale. Aujourd'hui, Alex avait mis de l'écran total, ce qui n'était pas dans ses habitudes car il était si brun de peau qu'il craignait rarement de prendre un coup de soleil. Mais cette vague de chaleur, c'était vraiment autre chose, ce qui expliquait la crème. Avant de commencer à s'occuper des buissons, il vaporisa aussi une bonne dose de produit antimoustique.

— On y va quand même ! dit-il en se mettant à l'œuvre avec la tronçonneuse.

Il passait des mois de frustration sur les broussailles d'Evan lorsque ce dernier arriva sur une vieille moto Honda qui avait apparemment connu des jours meilleurs.

— J'hallucine ou quoi ? s'exclama Evan quand Alex eut coupé le moteur pour saluer son ami.

— Je sais que je le mérite, mais ce n'est probablement pas prudent de provoquer un homme qui tient une tronçonneuse, surtout par cette chaleur.

Evan mit les mains en l'air et éclata de rire.

— Du calme. Je suis pacifique.

— Désolé de venir si tard. Les choses ont été… compliquées.

— Comment va ta maman ?

Alex s'attendait à cette question étant donné qu'il y répondait plusieurs fois dans une même journée.

— Elle a décliné rapidement, mais on s'en sort, grâce à la générosité de beaucoup de gens.

— S'il y a quoi que ce soit que nous puissions faire, n'hésite pas à demander. Je pense ce que je dis, Al.

— Merci. Ta mère et d'autres dames de l'église ont été incroyables. Elles nous permettent de tenir debout.

— Si tu peux te libérer ce soir, Owen et moi jouons au Tiki. Tout le monde vient, alors ça devrait être un bon moment.

— Faudra que je voie comment ça va à la maison, mais si je peux, je viendrai.

— Appelle-moi si je peux aider.

— D'accord. Merci.

Alex regarda les broussailles.

— Je ferais mieux de m'y remettre. J'en ai pour un bon moment.

— Ma famille et les amis seront reconnaissants de tes efforts. Ils râlent beaucoup au sujet de voitures éraflées quand ils viennent me voir.

— Je vais t'arranger ça.

— Merci, mon vieux. Monte au studio si tu as besoin de te rafraîchir.

— Je pourrais bien te prendre au mot.

— À plus tard.

Evan fit démarrer sa moto et descendit l'allée vers le studio.

Alex lança sa tronçonneuse et se remit au travail. Cette tâche abrutissante lui laissait tout le temps de penser à ce qui était arrivé la nuit précédente avec Jenny. Il avait passé beaucoup de temps à contempler le plafond lorsqu'il était rentré chez lui, revivant chaque minute exquise qu'il avait passée, plongé en elle.

Elle avait répété qu'elle n'avait pas l'habitude de ce qu'ils avaient fait ensemble, mais il l'avait su avant qu'elle ne le lui dise. Elle aurait aussi bien pu avoir les mots *bonne fille* tatoués sur le front. Malgré ses craintes, elle avait réagi comme une vilaine fille – une très vilaine fille – et il avait beaucoup aimé ça.

Lui aussi avait répondu. En fait, il n'avait réagi de cette façon avec personne depuis très longtemps. Même Aimée, la femme avec laquelle il était sorti pendant deux ans à Washington, ne l'avait pas ému comme Jenny. Elle était un paradoxe fascinant – moitié innocence, moitié diablesse – et il avait hâte de la revoir. Même si elle avait déclaré qu'il ne s'agissait que d'un unique interlude, il ne croyait pas une minute qu'elle le pensait honnêtement. Elle avait été gênée parce qu'elle l'avait laissé aller aussi loin, puis avait réagi en conséquence.

Comment ne serait-elle pas curieuse alors qu'ils s'étaient enflammés tous les deux comme un baril de poudre ? Il désirait terriblement savoir ce que ça serait de faire l'amour avec elle, mais il ne pouvait pas y penser pour le moment, parce qu'une érection intense ne ferait qu'ajouter à cette chaleur insupportable.

Frustré, recuit et épuisé après une nuit blanche, Alex arrêta sa tronçonneuse et se dirigea vers son camion pour prendre une des bouteilles d'eau qu'il avait mises au congélateur en pensant à une autre journée caniculaire. Il les avait laissées à dégeler dans le camion pendant qu'il travaillait. Pendant qu'il buvait goulûment l'eau fraîche et s'aspergeait avec une autre bouteille, Alex sut avec certitude qu'il se rendrait à nouveau au phare – dès qu'il le pourrait.

CHAPITRE 6

Rentrant après une nouvelle journée de douze heures, Alex avait besoin d'une douche, d'une bière fraîche et de quelque chose à manger – dans cet ordre-là. Mais ce qu'il découvrit fut un rassemblement d'employés devant les serres ; son frère parlementait avec sa mère, aussi nue qu'un ver.

Debout devant elle, Paul tenait son peignoir de bain dans ses mains et avait, manifestement, essayé de le lui faire passer.

— Seigneur ! murmura Alex en sortant du camion et en se mettant à courir pour aider Paul, qui se détendit un peu en voyant Alex se précipiter vers eux.

Marion lui tournait le dos, si bien qu'elle ne vit pas Alex approcher, mais lui entendit ses sanglots.

— Je veux que tu ailles chercher ton père tout de suite et que tu me l'amènes, tu entends ?

— Je ne peux pas, répondit Paul en regardant Alex d'un air implorant.

— Je ne te le demande pas, je te dis de le faire. Tu feras ce qu'on te dit de faire.

Ignorant l'attroupement des employés qui regardaient se

dérouler leur drame désolant, Alex s'approcha de sa mère et passa ses bras autour de ses épaules.

— Je suis là, Marion, commença doucement Alex, d'une voix qui n'était pas très différente de celle de son père. Je suis là et je m'occupe de toi.

Elle tendit les bras vers lui et lui prit les mains.

— Oh, Georges ! J'attendais que tu reviennes à la maison. Les garçons ont été intenables cet après-midi.

Paul se rapprocha en hésitant.

— Je suis là maintenant, répéta Alex.

Il prit le peignoir des mains de Paul et le posa sur les épaules de sa mère.

— Pourquoi sommes-nous dehors ? demanda-t-elle à Paul, sa colère laissant à présent place à la confusion.

Le visage de Paul était tiré par l'épuisement et le désespoir comme Alex ne l'avait jamais vu, sauf au moment où leur père était mourant.

— Tu as voulu aller chercher Papa après ta douche.

— Mais Papa est mort, n'est-ce pas ? interrogea-t-elle d'une petite voix qui donna à Alex envie de pleurer contre la terrible injustice de cette horrible maladie.

— Oui, confirma Alex, épargnant à Paul d'avoir à prononcer ces mots. Rentrons manger une glace, Maman.

— Pas avant le dîner, répliqua-t-elle d'un ton de réprimande qui rappela à Alex la mère qu'il connaissait autrefois.

Paul se tourna vers les employés qui étaient sortis du magasin et des serres pour voir ce qui se passait.

— Le spectacle est terminé, intima-t-il assez brusquement. Retournez travailler.

— Je crois que je voudrais faire la sieste, annonça Marion lorsqu'ils furent rentrés.

— Les dames de l'église passent te prendre pour la soirée bridge de la paroisse, lui rappela Paul. Tu veux y aller, n'est-ce pas ?

— Bien sûr. J'attendais ça avec impatience. Réveille-moi à temps pour que je sois prête, veux-tu ?

Les moments de lucidité étaient presque plus difficiles à supporter que les sorties hors de la réalité.

— Bien sûr, Maman, répondit Paul.

Alex l'accompagna dans la chambre à coucher parentale et l'aida à se coucher. Il descendit les persiennes et revint vers le lit pour remonter les couvertures sur elle. Il se pencha et embrassa sa joue.

— Dors bien, Maman.

— J'étais toute nue devant tous ces gens, Alex ?

— Juste une seconde. Ils ont compris que tu avais oublié ton peignoir. N'y pense plus.

— Je suis désolée.

— Il n'y a pas de quoi. Tu ne l'as pas fait exprès. Ils le savent.

— Paul et toi ne devriez pas avoir à gérer des choses comme ça. Vous devriez être partis avec votre famille et au lieu de ça…

— Nous sommes exactement où nous voulons être, Maman. Nous t'aimons et nous sommes heureux de pouvoir prendre soin de toi. Maintenant, ne t'inquiète pas. Repose-toi pour pouvoir profiter de ta soirée avec ces dames.

— Je t'aime aussi, Alex. Et ton frère. Tu le lui diras, n'est-ce pas !

— Je n'oublierai pas.

Alex la laissa dormir ; il aurait voulu se trouver seul afin de pouvoir hurler tout son soûl sa rage face à cette situation. Dans le salon, il trouva Paul assis dans l'un des fauteuils, les coudes sur ses genoux, la tête dans les mains.

— Elle m'a demandé de te dire qu'elle t'aime et qu'elle est désolée de nous faire vivre ça.

La tête de Paul se releva brusquement, ses yeux pleins de larmes agrandis par la surprise.

— Totalement lucide, ajouta Alex.

— Putain de putain, prononça Paul, les dents serrées.

— Que s'est-il passé ?

— Madame Connor a appelé pour dire qu'elle devait partir parce que son petit-fils était tombé malade pendant son camp d'été et qu'il fallait qu'elle aille le chercher. Elle a fermé en partant et Maman s'est retrouvée seule ici pendant peut-être vingt minutes. Quand je suis arrivé, elle était toute nue, debout dans la cour. J'ai couru dans la maison pour lui chercher son peignoir. Pendant le temps que j'étais à l'intérieur, elle a descendu l'allée vers la serre en appelant Papa… J'ai couru derrière elle, continua Paul et lorsqu'elle m'a vu venir, elle a commencé à me crier de la laisser tranquille et d'aller chercher Papa. Les gens sont sortis du magasin et de la serre pour voir la cause de tout ce bruit. Tu connais la suite.

Alex sortit deux bières fraîches pour son frère et lui, les ouvrit toutes les deux et en tendit une à Paul avant de s'asseoir dans un des fauteuils.

— Depuis combien de temps étais-tu là quand je suis arrivé ?

— À peu près quinze minutes.

— Merde…

— Oui, tu l'as dit.

— Je suis désolé de ne pas être rentré plus tôt.

Paul balaya les excuses.

— Tu ne savais pas ce qui était en train de se passer.

— Où en sommes-nous avec les candidates pour le poste d'infirmière ?

— Nous avons organisé un entretien par Skype dans une heure avec l'une des deux, Hope Russel. C'est celle qui a le petit garçon. L'autre candidate s'est désistée parce qu'elle ne pense pas que la vie sur une île lui conviendra. Alors, ça nous laisse Hope.

— C'est ironique, non ?[1]

— Ne me fais pas rire. Je l'ai dit à David. Il va venir vers 18 h pour assister à la conversation.

— Est-ce que Maman sera là ?

— Madame Ferry doit venir la chercher un peu avant cette heure-là pour la soirée de bridge.

Si Marion ne pouvait plus jouer, ses amies n'oubliaient pas de l'emmener pour assister au moins à la partie.

— Nous avons planifié l'entretien à un moment où elle ne serait pas là. Tu pourras être présent ?

— Certainement. Je voudrais aussi entendre ce qu'elle dira.

Il pensa à Jenny et à quel point une heure ou deux passées enveloppé par sa douceur lui feraient du bien ; mais le désespoir peint sur le visage de son frère était sa priorité pour le moment.

— Après ça, toi et moi, nous irons manger des steaks gigantesques, de quoi nous boucher les artères, avant d'aller voir Evan et Owen jouer au Tiki.

— Oh, c'est le plan ?

— Oui. Maman sera absente au moins jusqu'à 23 h et nous sortons aussi. Putain, peut-être même que nous finirons bourrés.

Pour autant qu'il ait hâte de revoir Jenny, Paul avait davantage besoin de lui.

— D'accord, répondit Paul d'un air sombre en levant sa bouteille de bière en direction d'Alex.

Sortant de la pharmacie, Grace monta en courant l'escalier, bien décidée à prendre une douche avant qu'Evan ne rentre. La climatisation dans l'officine n'avait pas réussi à faire oublier la température oppressante et elle se sentait dégoûtante après une longue journée dans l'air conditionné. Comme elle grimpait les marches, elle remarqua la moto et poussa un gémissement.

— Pourvu qu'il ne s'approche pas trop ! murmura-t-elle en ouvrant la porte.

Elle entra chez eux et le trouva assis sur le lit, la tête entre les mains. Oubliant tout jusqu'au fait qu'elle devait sentir la transpiration, Grace laissa tomber son sac et ses clefs par terre et se précipita vers lui.

— Evan !

Il leva la tête, semblant surpris de la voir là.

— Je ne t'ai pas entendue entrer.

— Qu'est-ce qu'il y a ?

Il secoua la tête et lui tendit une main.

— Rien, ma chérie.

Elle s'assit à côté de lui.

— Je t'en prie, ne me mens pas. S'il y a quelque chose, on s'en occupera, mais si tu me racontes des bobards, on a un problème bien plus grave.

Il posa son menton sur leurs mains jointes.

— Il se trouve que Buddy Longstreet a réussi à sortir mon album des suites judiciaires concernant la banqueroute de *Starlight*.

— Attends… Alors, ça signifie quoi ?

— Ça veut dire qu'il va sortir sous le label *Long Road Records*.

— Oh.

Un incroyable éventail de conséquences se mit à tourner dans la tête de Grace pendant quelque trente secondes de silence abasourdi.

— Quand est-ce que tu l'as appris ?

— Première nouvelle que ça pouvait se passer, la nuit dernière ; Jack m'a rappelé aujourd'hui pour confirmer que c'était fait. Le juge a décidé aujourd'hui que Buddy pouvait devenir propriétaire de l'album en payant les droits au tribunal.

— Il va falloir que tu assures la promotion.

— Probablement.

— Ce qui veut dire que tu seras sur les routes pendant des semaines d'affilée.

— C'est possible.

— Et pour le studio ?

— Je ne sais pas. C'est une des nombreuses choses pour lesquelles je suis là, assis, en train de réfléchir, alors que je devrais être parti pour la marina où je dois retrouver Owen.

Grace remarqua ses étuis de guitare alignés comme des soldats contre le mur près de la porte. Il les avait rapportés du studio pour le concert. Que serait sa maison sans lui, ses instruments et ses immenses chaussures partout ? Son estomac lui faisait mal et, la poitrine serrée, elle avait des difficultés pour respirer.

— C'est vraiment une bonne nouvelle, Ev ! Tu as tellement travaillé pour cet album ; si personne ne devait l'entendre, ce serait horrible.

La tête toujours posée sur sa main, il la regarda en souriant.

— Tu vois toujours le bon côté des choses, hein ?

— Pourquoi regarder autre chose ? Le fait est là et il faut que nous trouvions quoi faire.

Evan caressa son visage.

— Tu es extraordinaire. Mon extraordinaire Grace.

Elle savait qu'il avait écrit une chanson à laquelle il avait donné ce titre, mais il ne la lui avait pas encore interprétée. Il avait dit qu'il la gardait pour une occasion spéciale.

— Je ne veux pas te quitter une seule journée, fit-il. Ne parlons pas de semaines d'affilée.

— Tu feras une tournée pour la promotion du disque et puis tu reviendras ici pour reprendre ta vie sur l'île. Voilà ce que tu vas faire.

— Ça pourrait prendre des mois, Grace. Et ensuite, qu'est-ce qui se passera s'il a du succès ?

Il secoua la tête :

— Je ne sais pas si je peux faire ça. Buddy va vouloir que je parte en tournée avec lui, ce qui signifie des salles immenses.

— Tu penses au trac ?

— Ouais. Même s'il fait horriblement chaud, je me prends

une sueur froide à chaque fois que je pense à tout ce monde devant lequel il faut que je me produise.

— Peut-être que tu peux refuser ?

— Alors que Buddy aura payé je ne sais combien pour avoir les droits ? Tu crois qu'il va accepter comme ça de me laisser filer sans rien faire pour la promotion de l'album ?

Evan passa une main sur sa joue et son début de barbe.

— Désolé, mais il faut que j'aille rejoindre Owen. On commence dans une heure et je dois préparer les choses.

— On en reparlera plus tard. Passe une bonne soirée. Rien ne va se décider tout de suite, alors nous avons le temps de réfléchir.

— C'est vrai.

Il se pencha pour l'embrasser.

— Essaie de ne pas t'inquiéter, d'accord ? Ça ne change rien à ce qui est vraiment important. Je te le promets.

Grace sourit et passa ses doigts dans ses cheveux.

— Prends la voiture. Je demanderai à Laura de passer me chercher.

— Tu es sûre ?

— Tu ne peux pas transporter toutes ces guitares sur la moto, Evan.

— Comment crois-tu que je les apportées ici ?

Elle en resta bouche bée.

— Pfff… fit-il en riant. Owen est passé les prendre au studio et les a apportées ici un peu plus tôt. Il ne voulait pas les laisser exposées à la chaleur, si bien qu'il n'est pas allé jusqu'à la marina.

— Je te croirais bien capable de les transporter sur la moto.

Il sourit et l'embrassa encore une fois.

— Je dois admettre que j'y avais sérieusement pensé.

Il se leva et passa dans la salle de bains. Tout en se brossant les dents, il dit :

— N'oublie pas de t'hydrater avant de boire ce soir. Il fait une chaleur de dingue.

— Crois-moi, je le sais. Il faisait affreusement chaud dans la pharmacie aujourd'hui. Ça va aller pour toi si tu joues dans cette fournaise ?

— Je n'aurai probablement plus une goutte en moi, mais ça ira.

— Ah non ! J'ai des projets à ce sujet.

Il se figea, la brosse à dents dans la bouche, les yeux agrandis de stupeur.

— Quoi ?

Il arrêta de se brosser les dents :

— Tu n'aurais jamais dit ça il y a un an. J'ai eu une influence affreuse sur toi.

— Nan, tu m'as libérée. Je suis une version améliorée de mon ancien moi grâce à toi.

Il cracha la pâte dentifrice, s'aspergea d'eau et passa le peigne dans ses cheveux.

Sortant de la salle de bains, il s'approcha d'elle et tira gentiment sur sa main jusqu'à ce qu'elle se mette debout devant lui. Il l'entoura de ses bras et l'embrassa de nouveau.

— Je suis aussi une bien meilleure version de moi-même grâce à toi.

— Je t'aime, chuchota-t-elle en s'attardant un moment afin de se ressourcer dans l'amour irrésistible qu'elle avait pour lui.

— Je t'aime encore plus.

— Impossible.

— Que si.

— On débattra de ce sujet plus tard. Va travailler.

— Tu me retrouves là-bas ?

— Je ne manquerais ça pour rien au monde.

— Bien, parce que je n'ai jamais le trac quand tu es là.

Grace cacha sa surprise en l'entendant exprimer une chose qu'il n'avait encore jamais dite devant elle. Elle le regarda soulever toutes les guitares et se débrouiller pour leur faire passer la porte. Elle éprouvait un sentiment de peur dévastatrice : que tout ce qu'ils avaient réussi ensemble puisse être menacé par ce changement inattendu de leurs projets.

La journée de Jenny avait été affreusement improductive à cause d'un sentiment tenace de culpabilité et de honte pour la façon dont elle s'était comportée avec Alex. Tout ce qu'elle avait tenté d'accomplir avait échoué parce qu'elle n'était pas suffisamment à ce qu'elle faisait ; mais aussi à cause de la chaleur torride qui aspirait littéralement tout ce qu'elle avait de vie en elle.

Vers 15 h, elle avait cédé à l'épuisement provoqué par la chaleur et était montée dans sa chambre s'étendre un peu. Elle avait sombré dans un sommeil agité, en proie à des rêves étranges qui la firent se tourner et retourner, se réveillant finalement palpitante de désir insatisfait.

Elle se rendit compte alors qu'elle avait rêvé d'Alex.

— Seigneur ! murmura-t-elle entre des lèvres sèches.

Toutes les cellules de son corps étaient en alerte, comme elles l'avaient été la nuit précédente lorsqu'il lui avait fait perdre la tête sous le coup d'un désir si puissant que, de toute la journée, elle avait été incapable de se libérer de cette stupeur sexuelle.

Elle consulta le réveil, incrédule de voir qu'il était si tard, puis sauta du lit pour courir dans la salle de bains : Linc Mercier venait la chercher dans vingt minutes. Après une douche rapide et très froide, censée faire baisser la température de son corps aussi bien que celle de sa libido soudainement affamée, elle garda un œil sur l'allée pour surveiller l'arrivée de Linc et un autre sur le miroir de la chambre devant lequel elle tentait de faire quelque chose avec ses cheveux.

Mais la chaleur et l'humidité avaient d'autres idées et elle abandonna l'espoir de discipliner les boucles qui, depuis qu'elle était toute petite, se formaient autour de son visage lorsqu'il faisait chaud. Dieu sait pourquoi, Toby les appelait ses boucles *banane*, se souvint-elle avec un pincement de nostalgie au cœur. Elle n'avait pas pensé à ça depuis des années.

Son visage était si brillant de transpiration qu'elle décida de ne pas se maquiller, mais appliqua un peu de poudre pour en atténuer le reflet. Cette sortie était vouée à l'échec avant même qu'elle ait quitté sa chambre et c'était la faute d'Alex. Il avait fait disjoncter son circuit imprimé par sa voix rauque, son corps sexy et ses baisers incendiaires.

— Arrête de penser à lui et focalise-toi sur l'homme avec lequel tes amies ont été assez gentilles de t'organiser un rendez-vous, grogna-t-elle tout en fourrant dans un petit sac son téléphone portable, ses clefs, un peu d'argent et son rouge à lèvres.

Puis elle descendit l'escalier en claquant des talons, vêtue de la plus légère de ses robes. Elle ne s'encombra pas d'un gilet, sachant qu'elle n'en aurait pas besoin.

Elle était bien trop perturbée pour un premier rendez-vous ce soir, mais il était trop tard pour annuler. Par ailleurs, elle n'avait nulle envie de décommander. Il était temps de sortir de nouveau et de rencontrer des gens – des hommes, surtout – sauf si elle voulait passer le reste de sa vie toute seule. Et ce n'était pas ce qu'elle souhaitait. Elle avait aimé être une moitié de couple pendant les années qu'elle avait passées avec Toby et espérait revivre cette sorte de lien spécial un jour ou l'autre.

Elle semblait certaine d'une seule chose : si elle demeurait cloîtrée dans sa petite zone de sécurité, elle ne parviendrait jamais à son objectif et sacrifierait toute chance qui lui restait d'avoir un enfant.

Si le phare était une destination touristique appréciée, les hommes célibataires ne faisaient pas la queue devant sa porte. À part celui qui était venu tondre la pelouse…

— Tu ne songes pas à lui, tu t'en souviens ?

Bien… Plus facile à dire qu'à faire après le rapport sexuel le plus explosif qu'elle ait eu en douze longues années. Elle n'oublierait jamais la première fois où elle avait fait l'amour après la mort de Toby. Ça lui avait pris plus de cinq ans avant de pouvoir même envisager la possibilité de le faire avec quelqu'un d'autre. L'homme, Drew, était assez sympathique. Ils étaient sortis ensemble plusieurs fois ; il connaissait son histoire, si bien qu'il se montrait patient et attentionné, ce qui n'avait fait que rendre tout ça encore plus déchirant.

Ensuite, elle avait pleuré sans pouvoir se contrôler. Tout bien considéré, il avait dit et fait tout ce qu'il fallait avant de la ramener chez elle en promettant d'appeler. Elle n'avait plus jamais entendu parler de lui, sans pouvoir lui en vouloir. C'était l'une des raisons qui lui avaient fait apprécier l'anonymat avec Alex. Il ne soupçonnait pas qu'il devait être attentif et patient avec elle et c'était exactement ce qu'elle voulait.

Lorsqu'elle était sortie avec Mason Johns la semaine précédente, ils n'avaient jamais évoqué son passé, mais elle savait qu'il le connaissait. Ses amies le lui auraient dit pour s'assurer qu'il traverserait son champ de bataille émotionnel avec la plus grande délicatesse. Pour dire la vérité, elle détestait être « la fille qui avait vécu une tragédie » ; pour un bref moment – quoiqu'aussi blessant que surprenant – la nuit dernière, elle avait été « seulement Jenny » pour la première fois en douze ans. Elle avait plutôt bien aimé être « Jenny tout court » une nouvelle fois.

Cela ne lui était pas arrivé depuis très longtemps et elle devait avoir beaucoup changé au cours de ces années, si son comportement avec Alex pouvait en être une indication.

Tu ne dois pas penser à lui !

Un coup rapide frappé à la porte d'entrée la fit sursauter et elle respira profondément par le nez puis expira par la bouche avant de descendre au rez-de-chaussée accueillir Linc. C'était un grand ami du nouveau mari de Tiff, Blaine Taylor. Blaine étant le chef de la police de l'île de Gansett, Jenny considérait que sa recommandation valait approbation rassurante.

Elle ouvrit la porte et, sans reculer, reçut en pleine figure la vague de chaleur.

Oh, quel chic...

Il portait un bermuda en madras avec un polo rose. Il lui adressa un sourire éloquent. Grand et large d'épaules, il avait des cheveux blonds coupés court et des yeux bleus amicaux. Il était suffisamment viril pour pouvoir porter une chemise rose.

— Il ne fait pas trop chaud pour toi ? interrogea-t-il.

— C'est terrible.

— Tu es ravissante.

— Merci, mais j'ai l'impression d'être une fleur fanée.

— La chaleur t'incommode ?

— Carrément. Pas d'air conditionné dans le phare, ce qui n'a pas d'importance en temps normal, mais pas cette semaine.

Exécutant un salut galant, il lui offrit le bras.

— Par ici, madame. Je vous promets un bon coup d'air glacé grâce à la clim' pour aller avec le dîner.

— Tu m'as eue avec la mention de l'air glacé.

Elle n'avait pas plus tôt prononcé ces mots qu'elle commença à les regretter. Est-ce que dire qu'il « l'avait eue » ne la faisait pas paraître trop libre ou facile ? Après s'être comportée comme jamais la nuit dernière, elle avait des motifs de s'interroger sur tout.

Mais Linc ne fit que rire de son commentaire et la conduisit à une BMW deux places bleu roi, lui ouvrant la portière passager.

— Belle voiture, fit-elle tandis qu'il se glissait sur le siège du conducteur.

Comme il l'avait promis, il lança l'air conditionné à plein volume.

— Merci. C'est mon principal petit plaisir.

Jenny ferma les yeux et laissa l'air frais la submerger.

— Je suppose qu'on en a tous un.

— Quel est le tien ?

— Pour le moment, c'est ta clim'.

— Très drôle.

Il lança le moteur et, laissant un nuage de poussière derrière lui, s'éloigna du phare.

— Et qu'est-ce que c'est autrement ?

— J'ai pas mal bougé, si bien que je n'ai pas tellement d'affaires dont je ne puisse me passer, mais ma liseuse est une excellente compagne.

Elle le regarda, admirant son profil agréable et l'odeur subtile mais séduisante de son parfum. Il était exactement le genre d'homme qu'elle avait toujours recherché : beau, un peu bon chic bon genre, sûr de sa réussite et de lui-même, manifestement spirituel et intelligent.

Elle décida de lui laisser vraiment ses chances ce soir-là et la meilleure façon d'y arriver serait d'oublier tout du moment de folie avec Alex. Il appartenait au passé et elle ne voulait pas y revenir. Il n'y avait aucune raison d'y accorder davantage d'attention, surtout lorsque l'homme parfait venait juste d'apparaître à sa porte avec toutes les qualités qu'elle recherchait chez un partenaire.

— Alors, tu lis beaucoup ? interrogea-t-il.

— J'aime beaucoup ça.

— Quoi en particulier ?

— Tout et n'importe quoi. Surtout des romans policiers ou à suspense. Des mémoires.

Elle ne précisa pas qu'elle s'était mise récemment à dévorer les souvenirs de veuves et veufs du 11 septembre. Du temps s'était suffisamment écoulé et elle était capable de lire l'histoire de partenaires que d'autres avaient perdus au cours de cette journée atroce.

— J'imaginais que tu étais une fille à lire des histoires d'amour.

— J'en lisais beaucoup autrefois, mais plus autant à présent.

Il faisait juste la conversation et elle ne voulait pas le mettre mal à l'aise, si bien qu'elle ne développa pas. Pour dire la vérité, elle s'était éloignée d'un genre de lectures qu'elle appréciait auparavant : lire des romans où les personnages imaginés trouvaient une fin heureuse lui faisait regretter l'amour qu'elle avait perdu.

Linc l'emmena dîner à la *Maison du Homard* et la régala d'histoires sur les garde-côtes et de récits extraordinaires depuis qu'il avait été titularisé dans les équipes de sauvetage en mer. Il la fit rire en lui parlant de sa vie de grand frère avec quatre sœurs plus jeunes et complices.

— Je suis mortellement ennuyeux à ne parler que de moi, déclara-t-il en versant le restant de leur bouteille de chardonnay dans le verre de Jenny.

— Pas du tout. J'ai beaucoup aimé tes histoires.

— Je serais également heureux de pouvoir entendre un peu de la tienne.

— Ma vie est loin d'être aussi intéressante. Personne à rechercher ou à secourir. Mais j'ai quand même deux sœurs plus jeunes, alors je compatis.

Elle plaisantait, car ses sœurs étaient ses meilleures amies.

— Les tiennes ont l'air un peu plus fougueuses que les miennes, qui ont épousé leur petit ami du lycée et m'ont fait cinq fois tante.

— Je parie que tu as des photos.

Ravie qu'il le demande, elle tira son mobile de son sac et chercha la dernière image de ses neveux et nièces.

— Eh bien oui, j'en ai. Voici Michael, Lacey, Brent, Tyler et Mackenzie.

Il fit défiler les photos, manifestant un véritable intérêt.

— Ils sont incroyablement mignons et, clairement, les cheveux blonds sont de famille.

— Ouais. Nous sommes tous blonds.

Elle trouva une autre photo de toute la famille prise à Noël dernier et la lui montra.

— En voici une de nous tous. Mon père, avec les yeux et les cheveux foncés, est le roi de la blague au sujet des blonds.

Linc haussa un sourcil, ajoutant encore à son charme ravageur.

— Et vous le laissez faire ?

— Dans une maison pleine de femmes, il a dû supporter bien plus de choses que nous. Il mérite de s'amuser quand il peut le faire.

— Une belle famille. Où habitent-ils ?

— Ils sont tous en Caroline du Nord.

— Et comment se fait-il que tu aies atterri si loin de chez toi ?

Elle suspectait qu'il le savait déjà et espérait l'entendre d'elle-même.

— C'est une très longue histoire.

— On ne m'attend nulle part. Et toi ?

Il était charmant, de conversation agréable et amusant. Ce serait trop facile de lui raconter son drame ; mais elle n'était pas d'humeur à se pencher sur ses souvenirs.

— Si tu le veux bien, j'aimerais éviter de parler de cette longue histoire, pour le moment en tout cas. Ce soir, je m'amuse, et elle n'est pas drôle.

— Pas de souci, répondit-il en faisant courir ses doigts sur le bord de son verre. Du moment que tu sais que cela m'intéresse.

Elle ne pouvait pas rater le double sens de ses mots et lui sourit, reconnaissante de sa gentillesse, de l'intérêt qu'il lui portait et du fait qu'il ne tentait pas de lui soutirer son histoire quand elle n'y était manifestement pas disposée. C'était déjà arrivé auparavant et elle s'était immédiatement refermée. Désirant changer de sujet, elle reprit :

— Quelques amis jouent ce soir au Tiki Bar, à la marina des McCarthy. Est-ce que tu aimerais un peu de musique avec de vrais musiciens ?

— J'adore, surtout quand Evan et Owen jouent ensemble. J'allais te demander si tu voulais y aller.

— Super ! s'exclama Jenny, ravie de poursuivre cette soirée et de voir leurs amis communs.

Il paya la note et, l'air de rien, lui prit la main pour sortir du restaurant.

Jenny replia ses doigts sur cette main beaucoup plus grande, s'étonnant des étranges dernières vingt-quatre heures qu'elle venait de vivre. La nuit dernière, Alex était arrivé au phare à peu près à la même heure et… Eh bien, pas besoin de revenir sur tout ça.

Et la voilà ce soir, Linc Mercier et elle se tenant par la main pendant ce qui pourrait bien devenir l'une des meilleures soirées qu'elle ait passées depuis que Toby était mort. Pourtant, si elle appréciait beaucoup Linc, il ne lui inspirait pas ce même niveau de désir nerveux et poignant qu'elle avait vécu avec Alex.

Oh, pour l'amour du ciel ! Laisse une chance à cet homme !

Elle s'admonesta jusqu'à ce qu'ils soient revenus à la voiture ; Linc lui tint de nouveau la portière, attendant qu'elle soit bien installée avant de la refermer et de faire le tour pour prendre place derrière le volant.

Pendant le trajet du port Sud à la marina dans le port Nord, elle constata qu'elle avait déjà passé plus de temps avec Linc qu'avec Alex. Pourtant, elle n'était pas en train de lui sauter dessus comme elle l'avait fait avec Alex.

Cette pensée la rendit furieuse – contre Alex. Si elle ne l'avait pas rencontré, elle ne serait pas en train de le comparer à Linc, alors qu'elle se trouvait dans la voiture de l'homme qui était exactement le genre dont elle avait besoin dans sa vie. Au contraire du comportement assez mystérieux d'Alex, Linc était direct, disponible et beau comme il n'était pas permis. Non qu'Alex ne soit pas bel homme… Là n'était pas vraiment la question en ce qui le concernait.

Bien décidée à repousser toute pensée d'Alex au plus profond de son esprit, elle se promit de profiter de sa soirée avec Linc.

Il tendit la main par-dessus la console centrale pour prendre celle de Jenny. Lorsqu'ils se garèrent dans une place de parking près de la marina, il arrêta le moteur mais ne la lâcha pas. Assis dans la lumière du jour qui faiblissait, à quelques pas de la marina, elle était tout à fait consciente de sa présence et du fait qu'il avait l'intention de l'embrasser.

S'il le fait, décida-t-elle, elle le laisserait faire. Elle tourna la tête et vit qu'il la regardait.

— Tu es incroyablement belle, mais on doit te le dire tout le temps.

Ce qui aurait pu être un peu insipide de la part d'un autre homme paraissait vraiment sincère venant de lui.

— Non, pas tout le temps.

— Eh bien, quelqu'un devrait te le dire chaque jour, parce que c'est vrai.

Il fut un temps où un merveilleux jeune homme lui avait répété tous les jours qu'elle était belle.

— J'ai dit quelque chose qui t'a contrariée ?

Jenny secoua ce moment de mélancolie.

— Pas du tout.

Il se tourna vers elle, leva une main vers son visage et se pencha pour l'embrasser. Pendant que cela se passait, Jenny se sentait étrangère à la situation, comme si elle regardait quelqu'un d'autre embrasser le séduisant officier des garde-côtes. Le baiser était agréable. Il bougeait lentement, sans jouer le grand jeu au premier signe d'intérêt de la part de Jenny. Il montrait une retenue qu'elle appréciait.

Et lorsqu'il recula et lui sourit, elle lui sourit en retour.

Pendant qu'ils se dirigeaient main dans la main vers le Tiki Bar, elle se rendit compte qu'elle n'avait absolument rien senti pendant ce baiser parfaitement agréable.

Ça aussi, c'était la faute d'Alex.

____

1. Hope en anglais veut dire espoir. (N.D.T.)

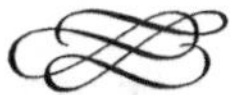

CHAPITRE 7

Mac, Maddie, Abby, Adam, Luke, Sydney, Grant, Stéphanie, Tiffany, Blaine, Grace et Laura avaient réquisitionné une grande table au Tiki Bar.

Laura donna une petite tape sur le bras de Jenny lorsqu'elle vint s'asseoir à côté d'elle.

— Tu passes un bon moment ?

— Très bon.

— Oh, super !

— Chut, fit Jenny. Faut pas qu'il t'entende.

Ils présentèrent Jenny et Linc à l'ami de Grant, Dan Torrington et sa petite amie, Kara Ballard lorsqu'ils vinrent rejoindre le groupe. Jenny avait fait la connaissance de Dan, mais pas celle de Kara.

Evan et Owen étaient en train de jouer *Home* de Phillip Phillips. La combinaison de cette musique géniale et du coucher de soleil glorieux sur le lac Salé, la table rassemblant de bons amis et le bel homme assis à côté d'elle, tout cela fit que Jenny se détendit un peu. Elle était bien décidée à profiter d'une soirée parfaite malgré l'inquiétude qui ne la quittait pas au souvenir des événements de la veille au soir.

La conversation roulait facilement et les rires fusaient. Mac et Grant cuisinèrent Adam au sujet de son voyage avec Abby sur le continent pour rendre visite à Janey, Joe et bébé P.J. à l'hôpital.

— Le bébé est *tellement* mignon, souligna Abby.

— Je crois qu'il me ressemble, ajouta Adam. Il a ma mâchoire solide et bien dessinée.

— Grant, tu veux bien mettre un coup de poing à sa mâchoire solide et bien dessinée ? cria Mac à l'autre bout de la table.

— Oh, j'aimerais beaucoup, répondit Grant. Mais je ne peux pas mettre en danger les outils de ma profession.

Il agita ses doigts ostensiblement.

Adam renifla et faillit s'étrangler avec une gorgée de bière.

— Il n'ose pas risquer ses petits doigts sur cette mâchoire.

Abby referma son poing et fit mine de l'abattre sur la mâchoire de son petit ami.

— Vous me le paierez ! dit-il sans plaisanter tandis que les autres poussaient des gémissements.

Sur la scène, Evan prit un banjo et l'accorda rapidement.

— Il joue aussi du banjo ? demanda Jenny, incrédule.

— Il joue de *tout*, répondit Grace, regardant son fiancé avec fierté. Il a tellement de talent.

— Depuis toujours, affirma Mac. Il nous rendait dingues quand il apprenait à jouer de la guitare et du piano. Cela n'a pas toujours été aussi bien que maintenant.

— Je n'ai pas joué du banjo depuis un moment, alors je vais faire ce que je peux, annonça Evan dans le micro en se lançant dans une introduction compliquée au banjo de la chanson *I Will Wait – J'attendrai* – de Mumford & Fils.

— Ils n'ont encore jamais joué ça, remarqua Mac.

— C'est nouveau, expliqua Laura. Ils l'ont travaillée.

— Ils sont vraiment bons, souligna Maddie.

Tous les yeux étaient fixés sur Evan et Owen ; c'est pourquoi

Jenny ne remarqua pas immédiatement qu'Alex venait d'entrer dans le bar. Lorsque Grace l'appela par son prénom, Jenny se rendit compte qu'il venait d'arriver avec un autre type qui lui ressemblait énormément.

— Venez par ici ! cria Grace en leur faisant signe d'apporter des chaises à leur table. Vous tous, vous connaissez AM et PM, n'est-ce pas ?

— Non, pas moi, fit Linc.

— Alex et Paul Martinez, expliqua Grace. Des amis d'Evan depuis le lycée.

Alex Martinez. Alors, il était au moins copropriétaire de l'entreprise... Jenny fut un peu déçue de perdre l'anonymat qu'elle avait partagé avec lui et, tout aussitôt, se morigéna d'y attacher de l'importance. Elle ne pouvait nier qu'il avait vraiment beaucoup de chic dans une chemise blanche légèrement froissée, dont les manches étaient roulées sur des avant-bras bronzés, et un bermuda vert olive. Ses cheveux bruns brillaient dans la lumière de cette fin de journée, mais ses yeux étaient visiblement inquiets ; Jenny se demanda s'il avait des soucis. Bien évidemment, elle se détesta immédiatement de s'en préoccuper.

Linc se leva pour serrer la main des deux frères.

— Vous connaissez Jenny ? interrogea-t-il en faisant un geste dans la direction de la jeune femme.

Jenny aurait voulu pouvoir se rouler en boule et filer sous la table. Mais elle rencontra calmement le regard intense qu'Alex dirigeait sur elle et parvint même à lui serrer la main lorsqu'il déclara :

— Je ne peux pas dire que j'ai eu ce plaisir.

Elle aurait voulu le gifler lorsqu'il serra sa main un peu plus fort qu'il n'aurait fallu, mais elle n'allait pas lui donner cette satisfaction.

— Mon frère, Paul.

— Salut, Jenny.

Paul se pencha pour lui serrer la main.

— Ravi de faire ta connaissance.

— Moi aussi.

Il était aussi beau que son frère, mais semblait ne pas avoir les côtés rudes d'Alex.

— Nous avons soif, continua Alex. Une nouvelle tournée pour la table ?

— Je ne vais pas dire non, répondit Mac. On a une addition en cours. Prends-toi quelque chose sur notre compte.

— Merci.

Son imagination lui jouait-elle des tours, ou bien est-ce qu'il la dévisageait ? Et pourquoi fallait-il que Linc choisisse ce moment pour passer son bras autour d'elle ? Alex lança un regard noir en direction de la main qui s'arrondissait sur l'épaule de Jenny avant de continuer vers le bar, saluant Evan et Owen lorsqu'il passa devant la scène.

Le regard rivé sur son dos, elle suivit chacun de ses mouvements pendant qu'il s'approchait du bar et échangeait des propos aimables avec la serveuse, une jeune blonde dont le visage s'était illuminé en le voyant et qui semblait bien le connaître. Bien sûr qu'elle le connaissait… Jenny aurait pu parier que la plupart des jeunes filles célibataires de l'île étaient sorties avec lui. Un type comme lui devait circuler pas mal.

— Comment va ta maman, Paul ? interrogea Maddie avec un sourire plein de gentillesse et de sollicitude.

— Des jours plus ou moins bons. La plupart du temps mauvais. Aujourd'hui, ça a été horrible. C'est pour ça que nous sommes sortis boire.

— Je suis vraiment désolée, fit Maddie. Si nous pouvons faire quoi que ce soit pour aider, j'espère que tu n'hésiteras pas à appeler.

— Je te remercie. Tout le monde a été formidable. Nous venons d'avoir un entretien prometteur avec une infirmière potentielle et nous espérons pouvoir l'engager pour nous seconder.

— J'espère vraiment que ça se fera, ajouta Grace. Je ne sais pas comment vous avez pu gérer ça tous les deux pendant si longtemps sans aide professionnelle.

— C'est grâce à la générosité de très nombreux amis et du Dr David Lawrence, qui a été notre rocher.

L'esprit de Jenny tournait à toute vitesse en écoutant la conversation tandis qu'Evan et Owen jouaient *Cool Change* de Little River Band. Qu'avait sa mère ? Est-ce que c'était à cela qu'il pensait en parlant de problèmes avec des femmes – bien loin d'être romantiques ? Elle sursauta en se rendant compte que Linc lui parlait.

— Pardon. Que disais-tu ?

— Je te demandais où tu étais partie.

— Désolée. Je rêvassais.

Alex fit porter la tournée de boissons par l'une des serveuses et resta adossé au bar, fixant Jenny depuis l'autre bout de la salle bondée.

Jenny sentait son regard braqué dans sa direction, aussi intimement que ses doigts sur elle et en elle la nuit précédente. Elle bougea sur son siège, soudainement consciente d'une pulsation intense entre ses jambes. Comment était-ce possible ? Comment pouvait-il lui faire ça d'un simple regard, alors qu'un homme parfaitement merveilleux était assis à côté d'elle – qui même *la touchait* – et qu'elle ne sentait absolument rien ?

Le pire était ce petit sourire satisfait sur son beau visage, disant à Jenny qu'il savait exactement l'effet qu'il lui faisait. Si bien qu'elle décida de l'ignorer. Elle reporta toute son attention sur Evan et Owen qui interprétaient *Ho Hey*, des Lumineers. Comme d'habitude, leur jeu était plein d'énergie et magnifique.

Une demi-heure plus tard, elle était toujours uniquement focalisée sur la scène et ses amis autour de la table, mais elle devait absolument se rendre aux toilettes ; ce qui voulait dire passer devant Alex, toujours posté devant le bar. Qu'est-ce qui était le pire ? Le côtoyer un instant ou mouiller ses vêtements ? À ce moment précis, elle n'aurait pu le dire.

— Je dois aller aux toilettes, dit-elle à Linc, charmée de le voir se lever pour l'aider à repousser sa chaise. Je reviens tout de suite.

Il fallait qu'elle se concentre pour ne pas vraiment risquer de se salir ; elle fonça vers le petit coin, fière d'elle-même parce qu'elle réussit à ne pas jeter un seul regard dans la direction d'Alex lorsqu'elle se faufila devant lui. Elle fit ce qu'elle avait à faire – à son plus grand soulagement – puis se laissa une minute afin de se calmer et reprendre le contrôle de ses émotions absurdes.

Pourquoi réagissait-elle aussi fortement quand il s'agissait de lui ? Qu'avait-il qui le rendait différent des autres hommes ? Pourquoi ne pouvait-elle éprouver le même degré d'intérêt pour Linc, qui était un type super ?

Laura, Sydney et Tiffany entrèrent dans les toilettes, à la recherche de Jenny.

— OK, madame, accouche ! commença Tiffany. Linc a l'air de bien t'aimer. Et toi ?

— C'est vraiment un homme sympathique, répondit Jenny, tentant désespérément de manifester le niveau d'enthousiasme qu'elles espéraient.

Sydney la regarda de plus près.

— Oh, non.

— Quoi ? interrogea Grace en regardant Jenny pour vérifier.

— Elle ne l'aime pas, continua Syd.

— Je n'ai jamais dit ça !

— Pas besoin. Je t'ai vue plus enthousiaste en ramassant des fraises qu'en le traitant de « type sympa ».

— J'aime beaucoup les fraises, répondit Jenny en croisant les bras d'un air mécontent. J'ai fait sa connaissance ce soir. Je ne prononce pas de verdict. Pas encore.

— Est-ce qu'il y a des étincelles ? continua Tiffany. Il y en a ou il n'y en a pas. Crois-en mon expérience : j'ai connu les deux et on ne peut pas confondre étincelles et absence d'étincelles.

— Merci de ces paroles de sagesse, Obi-Wan.[1] Mais le jury n'est pas d'accord à propos des étincelles.

Tiffany secoua la tête.

— C'est pas bon du tout.

— C'est juste un homme, fit Laura, comme si Jenny ne se trouvait pas juste devant elle. Nous continuerons à essayer jusqu'à tomber sur le bon.

— Non, coupa Jenny.

Les mots avaient été prononcés avec plus de force qu'elle ne l'avait souhaité.

— Plus de rendez-vous. Pour le moment en tout cas. Je vais probablement revoir Linc et mes parents ont annoncé leur visite. Je vous dirai quand je serai prête pour continuer.

— D'accord, maugréa Tiffany en la considérant d'un air entendu. Mais nous n'abandonnerons pas tant que tu ne seras pas aussi heureuse que nous le sommes.

— On t'aura prévenue, conclut Laura en feignant de la menacer.

Elle m'ignore... Comme si ça allait m'empêcher de la fixer.

Après être allé chercher à boire, Alex était resté au bar, tentant de leur donner à tous deux un peu de répit après le choc de tomber l'un sur l'autre en réalisant qu'ils avaient des amis communs. Et elle était là, accompagnée. Formidable.

Elle t'a dit qu'elle avait des rencontres de temps en temps. Rien de sérieux, qu'elle a dit.

Le mec blond avec une chemise rose était beaucoup trop tactile pour dire qu'il n'y avait rien de sérieux entre eux. Et est-ce qu'il n'avait pas l'air stupide avec un polo *rose* de surcroît ? Est-ce qu'un type qui se respecte porte du rose ?

Et tu es jaloux.

Je ne suis pas jaloux.

Si.

Pris au beau milieu de cette discussion avec lui-même, il faillit ne pas entendre l'échange qui se déroulait deux tabourets plus loin le long du bar.

— Elle était cul nu, disait une voix féminine et elle courait dans le jardin en grondant son fils comme s'il avait à peu près 12 ans. C'était tordant. La femme est complètement timbrée.

Alex vit rouge : il se détacha du bar et fit deux pas pour affronter la femme, surpris de voir qu'il s'agissait de Sharon, la gérante de leur magasin.

Elle resta bouche bée lorsqu'elle le vit devant elle. Il imaginait bien qu'il devait avoir l'air furieux.

— M. Martinez… Je ne vous avais pas vu.

— C'est évident.

— Je… hum…

— Ma mère n'est pas « complètement timbrée ». Elle souffre de démence sénile, une maladie qui affecte son comportement et sa mémoire.

— Je suis vraiment désolée. Je ne savais pas.

— C'est exactement la raison pour laquelle vous auriez dû vous taire.

La femme ouvrit la bouche puis la referma tout aussitôt.

Le silence était tombé autour d'eux et Alex avait conscience que tous ceux qui se trouvaient à proximité s'intéressaient à ce qui se passait.

— Prenez vos affaires et fichez le camp. Ce soir. Vous êtes virée.

— Vous ne pouvez pas me licencier !

— Je viens de le faire. Et maintenant, enlevez de chez nous ce qui vous appartient ce soir ou bien j'enverrai mon ami Taylor, le chef de la police, pour vous aider.

En tant que gérante, elle vivait dans un appartement derrière le magasin.

— Vous êtes aussi fou qu'elle ! Qui allez-vous trouver pour me remplacer à ce moment de l'année ?

— Je me fiche de devoir fermer le magasin. Je ne vous paierai pas un centime de plus.

Elle attrapa son sac et, suivie de son amie qui écarquillait les yeux, quitta le bar.

Comme elles partaient, Alex remarqua que Jenny avait assisté à tout l'échange en sortant des toilettes. Elle le contemplait avec de grands yeux de biche pleins de désarroi et de compassion. La dernière chose qu'il voulait d'elle, c'était la compassion. Il posa son verre entamé sur le bar, jeta quelques pièces pour payer sa bière, la note non réglée de Sharon et un pourboire pour son amie serveuse, puis sortit sans un mot à quiconque.

Paul courut derrière lui.

— Alex ! Qu'est-ce qui vient de se passer, bon sang ? Qu'as-tu dit à Sharon ? Pourquoi m'a-t-elle lancé qu'il me faudrait un bon avocat ?

Bouillant de rage, Alex continua à marcher jusqu'à ce que Paul le rattrape, le prenne par le bras et lui fasse opérer un demi-tour.

— Putain, qu'est-ce qui s'est passé ?

— Je l'ai entendue dire des horreurs à son amie à propos de Maman. Elle a dit qu'elle était cul nu et complètement dingue. Alors, je l'ai virée.

— Seigneur, tu l'as renvoyée ?

— Je l'ai mise à la porte.

— D'accord.

Paul passa ses dix doigts à plusieurs reprises dans ses cheveux, geste indiquant que son cerveau travaillait activement.

Alex pouvait assurément faire le lien.

— Désolé, Paul. Je sais que c'est toi qui prends les décisions d'embauche et de renvoi et qu'on n'avait vraiment pas besoin de cette putain d'affaire juste en ce moment, mais je refuse de payer quelqu'un qui dit des horreurs sur notre famille en public.

— Je suis d'accord avec toi, frérot. À cent dix pour cent.

— Mais tu flippes.

— Un peu.

Il laissa retomber la main qui était dans ses cheveux, paraissant plus las qu'Alex ne l'avait jamais vu.

— On va trouver une solution. Rentrons avant que cette femme puisse faire encore plus de mal avant de vider les lieux.

Alex jeta un regard vers le bar, souhaitant avoir les couilles pour rentrer et exiger de Jenny qu'elle vienne avec lui. Mais il n'en avait pas assez dans la culotte et pas le droit de gâcher sa soirée avec un type qui avait probablement sacrément moins de soucis que lui.

Il se trouva qu'Evan et Owen jouaient *Let Her Go* de Passenger. *Laisse-la partir.* Jenny était une gentille fille avec un type sympa qui s'intéressait à elle. Il partirait seul, mais bon sang, comme il aurait voulu avoir les tripes…

Après avoir été témoin de la colère d'Alex, Jenny était plus que jamais attirée par lui et anéantie d'apprendre que sa mère souffrait de démence. Avec des fils au milieu de la trentaine, madame Martinez ne pouvait pas être tellement âgée. La grand-mère de Jenny avait souffert de cette maladie quand elle était devenue une vieille dame ; elle savait donc à quel point il était difficile de s'en occuper et combien c'était dévastateur pour les membres de la famille.

Elle l'admirait d'avoir affronté son employée grossière et de l'avoir renvoyée immédiatement, remarquant toutefois la lueur de panique dans ses yeux lorsqu'il avait calmement dit à la femme de ficher le camp.

En retrouvant Linc à leur table, le cerveau de Jenny tourbillonnait de ce qu'elle avait appris au sujet d'Alex au cours de la brève confrontation avec son employée. Il était loyal à sa famille – farouchement –, prêt à la défendre, ne supportant pas un instant qu'on puisse se moquer de l'infirmité de sa mère et sexy en diable lorsqu'il était en colère.

Mais la souffrance atroce qu'elle avait sentie en lui était plus forte que toutes les pensées qui traversaient son esprit actif.

— Tout va bien ? interrogea Linc.

Jenny commença par le rassurer, mais elle n'était pas à son aise. Sa peau la picotait et, les sens en alerte, elle ressentait le besoin de faire quelque chose, *n'importe quoi* pour soulager le chagrin d'un homme qu'elle connaissait à peine.

— J'ai un peu mal au ventre. Est-ce que tu serais vraiment fâché si je rentrais ?

Elle se détestait de lui mentir, mais il fallait qu'elle parte.

Immédiatement. Avant qu'elle cède au pressant désir qu'elle avait de courir après Alex.

— Pas du tout.

Linc tendit un billet de vingt à Mac pour couvrir leur part de l'addition et se leva.

— À plus, vous tous ! fit Jenny.

Tiffany lui adressa un clin d'œil et leva le pouce pour lui souhaiter bonne chance.

Jenny fit les gros yeux à son irascible amie.

Linc posa une main protectrice sur le bas de son dos et Jenny se sentit mal à l'aise. Elle ne lui appartenait pas et ne voulait pas qu'on puisse le penser, surtout un certain homme aux yeux sombres qui avait mis sa vie sens dessus dessous en l'espace de deux jours.

Il se tenait juste à l'extérieur de la marina, parlant avec animation à Paul, lorsque Jenny et Linc les dépassèrent, marchant de l'autre côté de la rue.

Elle lui jeta un coup d'œil et le regard d'Alex percuta le sien, la faisant presque haleter tellement elle était consciente de son ardent désir. Comme des éclats de métal attirés par un magnétisme d'une force puissante, Jenny le ressentit à vingt pas de distance et dut se forcer à avancer alors que tout ce qu'elle voulait, c'était courir à lui.

— Tu vas bien ? interrogea Linc, heureusement inconscient de la connexion torride avec Alex qu'elle finit par interrompre en détournant les yeux.

— Oui, merci, répondit-elle.

Non, elle ne se sentait pas bien. Elle avait accepté l'invitation d'un homme et son esprit était rempli de la pensée d'un autre. Voilà qui ne lui était certainement jamais arrivé.

— Désolée d'écourter notre soirée.

— Pas de souci. Je me lève à 6 h 30 de toute façon.

Après un retour silencieux par la ville, ils arrivèrent au phare. Jenny n'avait pas encore fermé le portail pour la nuit, si bien que Linc descendit la longue allée plongée dans l'obscurité.

— C'est plutôt effrayant ici la nuit. Tu n'as jamais peur ?

— Pas vraiment. Avant, j'allais fermer avant le coucher du soleil afin d'avoir la propriété pour moi toute seule.

Sauf, pensa-t-elle, *lorsque des hommes à moto en font le tour.*

— J'ai vraiment passé une bonne soirée, Jenny. J'aimerais te revoir.

Comment répondre avec diplomatie ?

— Moi aussi.

Cela au moins était vrai.

— Les choses sont un peu… perturbées dans ma vie pour le moment.

— Est-ce que c'est une façon polie de dire que tu ne veux plus sortir avec moi ?

Jenny tressaillit, heureuse de l'obscurité.

— C'est une manière polie de dire que ma vie est perturbée et que tu ne tombes pas au meilleur moment.

Il réfléchit une minute.

— Très bien, alors. Que dirais-tu si je t'appelais dans une semaine ou deux pour voir si les choses se sont arrangées ?

— Ce serait super, répondit-elle avec un soupir de soulagement en comprenant qu'il n'allait pas la pousser à accepter un second rendez-vous.

Il se pencha vers elle, mais lui évita un embarras et une gêne supplémentaires en l'embrassant sur la joue.

— Merci pour le dîner, dit Jenny.

— Merci pour le plaisir de ta compagnie.

Jenny sortit de la voiture et apprécia le fait qu'il attende pour partir qu'elle soit entrée dans le phare. Elle monta les marches en courant jusqu'à la cuisine tout en essayant de décider quoi faire. Devait-elle aller chez Alex ? Et pour faire quoi, exactement ? Le pousser à discuter de quelque chose dont il ne voulait pas parler ?

Dans le tiroir sous le micro-ondes, elle trouva l'annuaire laissé par son prédécesseur et le feuilleta pour chercher l'adresse de *Martinez Pelouse & Jardin*. Elle la trouva et savait même où c'était. Mais elle ignorait s'il habitait là.

En dessous de l'adresse de l'entreprise, elle trouva ce qui concernait Georges et Marion Martinez ainsi que Paul Martinez, tous à la même adresse. Donc, ils vivaient sur place.

Jenny ne savait pas encore ce qu'elle avait l'intention de faire avec cette information lorsqu'elle monta dans sa chambre, à l'étage du dessus ; elle passa un short et un débardeur, lançant la robe qu'elle avait mise pour la soirée au bout de son lit. Elle enfila ses pieds dans des sandales confortables et redescendit l'escalier, attrapant son sac et ses clefs qu'elle avait laissés dans la cuisine avant de dégringoler les marches jusqu'au rez-de-chaussée.

Elle ouvrit la porte d'un coup et cria de peur en voyant la haute silhouette qui se tenait debout sur le seuil. Dans le noir.

— C'est moi, fit Alex. J'ai frappé.

— Je... J'étais en haut. Je ne t'ai pas entendu.

— J'entends tes clefs. Tu vas quelque part ?

— Je… hum, je partais à ta recherche.

— Vraiment ?

Il fit un pas en avant puis un autre.

Par instinct de préservation, Jenny recula jusqu'au moment où son dos vint heurter le mur, au fond du hall, à l'endroit précis où leur précédente rencontre avait eu lieu. Son sac et ses clefs tombèrent sur le sol avec fracas.

— Qu'est devenu beau-gosse ?

— Qui ?

— La chemise rose avec qui tu étais tout à l'heure.

— Il est rentré chez lui.

— Tu l'as renvoyé chez lui avec le sourire ?

Une goutte de sueur glissa dans le sillon de ses seins et elle n'aurait pu dire si c'était à cause de la chaleur ou de sa proximité. Probablement les deux.

— En quoi est-ce que cela te regarde ?

Dans l'obscurité, ses mains trouvèrent les hanches de Jenny.

— J'en fais une affaire personnelle.

Il se blottit dans son cou et elle fondit. Comment faisait-il ça aussi facilement ? Elle voulait protester contre ce qu'il venait de dire, mais les cellules de son cerveau étaient aussi grillées que ses terminaisons nerveuses.

— Tu l'as renvoyé tout sourire ? insista-t-il, cette fois avec plus d'intensité.

— Je l'ai renvoyé sans qu'il sache vraiment où notre si belle soirée avait déraillé.

— Où, exactement, est-ce que ça a mal tourné ?

Avec ses lèvres et son souffle contre son cou, les bouts de ses seins durcirent.

— Tu sais parfaitement quand ça s'est passé.

— Je veux que tu me le dises.

— Ça a foiré à l'instant où tu es entré au Tiki Bar.

— Pourquoi ?

Cet échange l'énervait de plus en plus et il en allait de même pour le désir qui pulsait entre ses jambes.

— Tu le sais.

— Si j'en étais sûr, je ne le demanderais pas.

— Si, tu le ferais, parce que tu aimes me tourmenter.

Son petit rire rauque contre son cou fit courir des frissons le long de ses bras.

— C'est ce que je suis en train de faire ?

— Comment est-ce que tu es arrivé jusqu'ici, d'ailleurs ? Je n'ai pas entendu ta moto.

— Mon frère m'a déposé.

— Tu lui as parlé de moi ?

— Nan. Je lui ai dit que j'allais marcher un peu dans l'un de mes endroits préférés. J'ai toujours beaucoup aimé venir ici.

Ses mains quittèrent ses hanches pour venir prendre ses seins.

— Maintenant, je l'aime encore plus qu'autrefois. Alors, qu'est-ce qui s'est passé lorsque je suis entré dans le Tiki Bar ? reprit-il.

Elle avait espéré qu'il aurait oublié qu'elle n'avait pas répondu à sa question.

— J'ai pensé à ce qui s'est passé la nuit dernière.

— J'y ai pensé aussi. Toute la foutue journée.

Il poussa son érection contre son ventre.

— Je me suis baladé toute la journée avec ça, et c'est ta faute.

— Comment est-ce ma faute ?

— Je ne pensais qu'au fait que tu es sacrément sexy et que je voulais y goûter encore.

À ces mots, les lèvres de Jenny brûlèrent d'envie de l'embrasser de nouveau.

— Alex ?

— Hum ?

— Tu veux parler de ce qui s'est passé tout à l'heure avec ta maman ?

— Putain, non !

Sa réponse catégorique lui fit regretter sa question.

— Voici ce dont j'ai besoin.

Ses mains étaient larges et rugueuses contre le visage de Jenny tandis qu'il l'immobilisait pour prendre violemment possession de sa bouche. Lèvres, langue, dents et gémissements concupiscents réunis dans une vague de désir explosif.

— Emmène-moi là-haut.

---

1. Personnage de *Star Wars*. (N.D.T.)

CHAPITRE 8

J enny se dirigea vers l'escalier avant même que les mots aient été entièrement prononcés par le jeune homme. Sa main entourant celle d'Alex, elle le mena, deux étages plus haut, jusqu'à sa chambre.

— C'est magnifique, prononça-t-il avec respect en se dirigeant vers la fenêtre pour regarder le reflet de la lune sur l'eau.

Jenny profita de l'instant pour planquer la photo de Toby dans le tiroir de sa table de chevet. Avant qu'elle ait pu en avoir du remords, Alex tendit une main vers elle.

Elle alla à lui.

— Pardon d'avoir été impoli tout à l'heure quand tu m'as demandé ce qui s'était passé avec ma mère. C'était gentil à toi de poser la question, mais c'est la dernière chose dont j'ai envie de parler.

—Je comprends.

Et c'était vrai. Comment ne l'aurait-elle pas fait ? Elle avait sa liste personnelle de choses dont elle préférait ne pas parler.

Il la regarda comme s'il voyait tout ce qui se passait en elle.

—Je pense qu'en fait, oui, tu comprends.

Il jeta un coup d'œil vers le lit puis la regarda.

— Tu veux ?

— Oui, répondit-elle sans hésitation.

Pour la première fois depuis qu'elle avait perdu Toby, elle se sentait exactement là où elle devait être et même si rien ne sortait de cette intense attirance qu'il y avait entre eux, elle était bien décidée à en profiter tant qu'elle durerait.

— Je ne partage pas. Si nous faisons cela, et j'espère que nous le ferons beaucoup, tu ne le feras avec personne dans le même temps.

— Toi non plus.

— Enregistré. Je n'ai été avec personne depuis un an que je suis revenu ici. Je suis sain et je peux le prouver. On a besoin d'un préservatif ?

Lorsqu'elle avait pris la décision d'accepter des rencontres, elle était allée voir Victoria, la sage-femme de l'île pour une contraception.

— Non.

— Seigneur, je pense que, pendant une seconde, j'ai failli mourir sur place.

— Je t'en prie, ne fais pas ça.

— Je parlais figurativement.

Il tira sur le débardeur de Jenny et le passa par-dessus sa tête.

Le cœur de la jeune femme battait si fort qu'elle le sentait dans ses tempes et entre ses jambes tout comme sous la plante de ses pieds, en un rythme régulier de désir et d'adrénaline. Elle demeura absolument immobile pendant qu'il déboutonnait et baissait la fermeture Éclair de son short, glissant ses mains à l'arrière pour le faire descendre. La chaleur de ses mains brûla ses fesses à travers sa culotte en soie.

Elle eut du mal avec le bouton du bermuda d'Alex et faillit pleurer de soulagement lorsqu'elle parvint à l'ouvrir. La fermeture Éclair suivit et elle imita ses mouvements, se servant de ses mains sur ses fesses finement dessinées pour faire glisser le vêtement à terre. Sauf qu'il ne portait rien en dessous.

— Tu fais partie d'un commando ?

— Il y a une autre façon de supporter cette chaleur accablante ?

Il leva une main et fit passer par-dessus sa tête la chemise blanche en coton qu'elle avait admirée un peu plus tôt, le laissant nu devant elle. Dans la pâle lumière de la lune, elle voyait les contours parfaits de ses muscles, son bronzage intense, la peau plus claire sous la taille, sa toison pectorale sombre qui descendait jusqu'à une touffe plus noire autour de son érection, longue et épaisse entre ses jambes.

— Tu vois quelque chose qui te plaît ?

De l'avoir regardé, Jenny n'avait plus une goutte de salive dans la bouche, si bien qu'elle se contenta de hocher la tête.

— Moi aussi. Je vois des tas de choses qui me plaisent. En commençant juste ici.

Il passa ses doigts dans son dos et libéra ses seins de la pression du soutien-gorge.

Elle gémit de soulagement pendant qu'il ôtait ses sous-vêtements en dentelle et frottait son corps contre ses bouts de sein tendus. Quelque chose en elle se brisa sous l'urgence du désir provoqué par le contact. Elle empoigna ses cheveux et l'entraîna dans un baiser profond et minutieux. Elle avait hâte de pouvoir goûter à cette deuxième fois qu'il lui avait promise lorsqu'ils étaient en bas.

Quand l'arrière de ses jambes toucha le lit, elle se rendit compte qu'il les avait fait reculer. Il atterrit sur elle, bras et jambes mêlés, son érection dure et chaude contre son ventre tandis que sa langue poussait hardiment dans la bouche de Jenny.

— Aussi doux que soient tes baisers, ce n'est pas encore de ce goût-là que je me suis langui depuis la nuit dernière.

Il l'embrassa depuis la gorge jusqu'à la poitrine, taquinant ses tétons et descendant vers son nombril.

Jenny sentait une chaleur brûlante remonter depuis l'intérieur de son corps. Aucun homme ne lui avait fait ça en douze années et d'avoir Alex s'y adonnant deux fois en deux jours était irrésistible, pour ne pas dire plus.

Il glissa vers le bas du lit, écarta les jambes de Jenny et ouvrit son sexe avec sa langue.

— Mm, c'est ce à quoi j'ai pensé toute la journée.

La palpitation de son souffle sur ses plis intimes et le frottement de ses favoris contre la peau interne de ses cuisses la rendirent folle ; elle se cambra pour essayer de rapprocher encore la chaleur de sa bouche.

— Tout doux.

Son bras au travers de son abdomen la clouait sur le lit tandis qu'il continuait la torture sensuelle. Il léchait, aspirait et taquinait, la faisant crier de plaisir. Puis il ajouta ses doigts, enfonçant le majeur et l'index en elle pendant qu'il roulait son clitoris entre ses lèvres. Il continua jusqu'à ce qu'elle soit au bord de l'orgasme, puis recula, ralentissant les mouvements de sa langue et de ses doigts.

Jenny s'affaissa sur le lit, respirant difficilement et transpirant beaucoup à cause de la chaleur autant que du désir qui la traversait, battant sur un rythme continu. Elle allait le supplier lorsqu'il recommença depuis le début, plus lentement cette fois. Elle empoigna ses cheveux et tenta de le faire aller plus vite, mais il ne voulait pas se hâter.

Elle grogna de frustration, ce qui le fit rire.

— Patience.

— Je n'en ai aucune.

— Débrouille-toi.

Les mains de Jenny tombèrent le long de ses côtes et elle agrippa les draps pendant qu'il continuait de la torturer avec sa langue et les poussées profondes de ses doigts. Les hanches de Jenny montaient à la rencontre de sa bouche et, comprenant ce qu'elle voulait, il suça son clitoris, faisant aller et venir sa langue dessus.

Elle explosa, criant sous le plaisir suffoquant qui la traversa comme une déchirure.

Il demeura avec elle durant tout ce temps avant de venir la couvrir de son grand corps musclé.

— C'était formidable, murmura-t-il en se mettant en position et poussant en elle. Seigneur, c'était incroyable.

Il bougea les hanches.

— Oh, ce que tu es *étroite* !

Jenny enfonça ses doigts dans les muscles de son dos en essayant de l'accueillir. Bien qu'elle fût tout à fait prête après l'orgasme puissant qu'elle venait d'avoir, il était imposant et elle n'avait pas fait l'amour depuis des années. Un léger gémissement s'échappa de ses lèvres serrées.

— Ça fait mal ?

— Un peu.

— On va y aller doucement, alors.

Il se pencha sur elle et prit ses tétons dans sa bouche, suçant et tirant tandis qu'il s'introduisait lentement en elle. Petit à petit, il se frayait un chemin, bougeant avec précaution et la regardant de près avec ses yeux comme du chocolat noir.

— C'est mieux ?

Elle fit un signe de tête, glissa ses mains depuis ses épaules jusqu'à ses reins, puis vers ses fesses moulées et musclées qu'elle agrippa pour l'empêcher de bouger jusqu'à ce qu'elle soit prête.

Il poussa un gémissement torturé.

— Il faut que je bouge.

— Pas encore.

Pulsant, et tout entier en elle, il laissa tomber sa tête sur l'épaule de Jenny, leur transpiration se mêlant, lustrant leurs deux corps. Entre la chaleur extérieure et celle qu'ils généraient ensemble, Jenny n'était pas loin d'imploser. Elle desserra graduellement sa prise et se tortilla sous lui.

— Prête ? chuchota-t-il contre son oreille.

— Je crois.

— Tiens-toi à moi.

Elle s'accrocha à ses épaules tandis qu'il commençait à bouger, lentement tout d'abord, jusqu'à ce qu'il soit certain qu'elle le suivait.

— Putain que c'est chaud, murmura-t-il. Et je parle de toi, pas de la température ambiante.

Jenny gémit tandis qu'il accélérait, pressant ses fesses dans ses grandes mains tout en la martelant de ses poussées. Il l'emmena dans une course folle, ne lui laissant aucune chance de penser à quoi que ce soit qui ne fût lui. Il devait avoir de l'endurance même dans les rapports sexuels parce qu'il maintint son rythme impitoyable bien plus longtemps qu'il n'aurait dû en être capable.

Soudainement, il ralentit à nouveau, poussant au plus profond d'elle et demeurant là tandis qu'il la regardait avec intensité. Il repoussa les cheveux qui s'étaient collés sur son visage et l'embrassa doucement, s'attardant à ses lèvres tandis qu'il pulsait en elle.

— Tiens-toi bien !

Avant qu'elle ait pu lui demander pourquoi, il les avait retournés et Jenny se retrouva sur lui, tout cela sans perdre leur contact.

— Quand on parle d'une putain de chaleur, murmura-t-il.

Il prit ses seins dans ses mains, puis il fit courir ses pouces autour de ses tétons.

Jenny aplatit ses mains sur son torse, s'adaptant à la nouvelle position et à la présence de son membre à l'étroit en elle.

— Chevauche-moi, dit-il d'une voix rauque, ses mains trouvant ses hanches pour guider ses mouvements.

Elle fit pivoter ses hanches et il gémit, poussant en elle. Son pouce appuya contre son clitoris, la faisant vaciller et perdre le rythme jusqu'à ce qu'il l'aide à le retrouver.

Ses yeux se fermèrent et ses lèvres s'ouvrirent.

— Ouais, comme ça. *Seigneur... C'est si bon.*

Jenny n'avait jamais eu plus chaud de sa vie et une partie seulement pouvait en être attribuée au climat.

Il maintint la pression sur son clitoris tandis qu'elle bougeait au-dessus de lui, lui tirant un orgasme puissant qui la traversa toute comme un feu de forêt. Elle revint à la réalité pour le trouver de nouveau sur elle, la martelant pendant qu'il trouvait sa propre jouissance, poussant en elle encore et encore ; enfin, il s'écroula sur elle.

— Ciel, je suis en train de brûler.

Il se retira d'elle et prit sa main.

— Allons nous baigner.

— Tu ne veux quand même pas que je bouge juste maintenant ?

— Allons ! Il fait tellement chaud que je n'arrive pas à respirer. Il faut que nous nous rafraîchissions.

Elle ne s'était jamais trouvée avec une telle bombe sexuelle, mais cela semblait lui convenir – un peu rude, un peu bourru et tout à fait sexy.

Il la força à quitter le lit, mais l'arrêta quand elle tendit la main vers son T-shirt.

— Juste comme nous sommes, fit-il en mettant la main sur ses seins et en taquinant ses tétons douloureux.

— Je ne sors pas toute nue.

— Mais si. Viens !

Il l'entraîna à sa suite vers l'escalier.

— Tu es fou ! Je travaille ici. Il y a des gens qui passent en bas tout le temps.

— Il n'y a personne à cette heure-ci.

Tout en se querellant avec elle, il continua à descendre les marches, la tenant fermement par la main.

Jenny fit une dernière et vaine tentative de l'arrêter avant qu'il ne lui fasse traverser au pas de course le vestibule, dans sa glorieuse nudité, l'obligeant à le suivre, pareillement, dans toute sa nudité magnifique ! Elle ne s'était jamais trouvée nue dehors avant ce qui s'était passé la nuit précédente et voilà qu'elle recommençait.

Ils descendirent les marches jusqu'à la plage et atterrirent sur le sable. Jenny décida de ne plus s'inquiéter d'être surprise dans le plus simple appareil et de profiter de la chose la plus folle qu'elle ait jamais faite. Ils entrèrent dans l'eau fraîche, s'aspergeant mutuellement, et elle fut forcée d'admettre que, pour la première fois de la journée, elle n'avait pas l'impression de rôtir au-dessus d'un feu à ciel ouvert.

— Maintenant, tu vois ce dont je parle, fit-il en se laissant tomber entièrement à la renverse dans l'eau.

Jenny avait commencé à se demander où il était passé lorsqu'elle sentit son érection dans le sillon de ses fesses.

— Comment peux-tu être prêt à recommencer après ce qui vient juste de se passer là-haut ? interrogea-t-elle, en désignant le phare.

— C'est toi qui me fais cet effet, ma chérie. Tu m'allumes comme personne ne l'a jamais fait.

Cette révélation lui alla droit au cœur, mais Jenny refusa de l'admettre. Cette relation n'était pas à propos de cœur et de fleurs ; elle était purement physique. Elle ferait bien de s'en souvenir avant de s'attacher à Alex. Il ne connaissait même pas son nom de famille ou quoi que ce soit à son sujet en dehors de l'endroit où elle habitait et quelques-uns de ses amis.

Linc Mercier en savait plus long sur elle que l'homme en train de jouer avec ses tétons tandis que ses lèvres chaudes et humides torturaient son cou. Jenny n'en revenait pas que son sexe puisse se serrer à l'idée d'en avoir davantage. Elle serait incapable de bouger le lendemain.

— Penche-toi un peu en avant, chuchota-t-il de cette voix rauque qui l'enivrait à chaque fois.

— Pourquoi ?

— Fais ce que je te demande.

Il garda une prise ferme sur ses hanches tandis qu'elle lui obéissait, non sans hésitation.

Lorsqu'elle fut dans la position qu'il souhaitait, il se glissa en elle par-derrière, s'enfonçant en une seule longue poussée jusqu'à la garde ; le choc, autant que le flot d'eau fraîche en elle, la fit crier.

— Mal ?

Elle avala désespérément, tentant de former des mots.

— Non.

Il plaqua le dos de Jenny contre lui, écartant largement ses jambes, si bien qu'elles se trouvaient de chaque côté des siennes et manœuvrant son clitoris et ses tétons par-derrière.

— Je t'ai dit que nager était ce qu'il nous fallait pour nous rafraîchir.

Le rire tremblant de la jeune femme déclencha la même hilarité chez lui. *C'est de la folie pure !* Puis il plia les genoux, l'ouvrant davantage encore pour pouvoir prendre son sexe dans sa main à l'endroit où ils étaient joints. Il ne bougeait presque pas et pourtant il parvint à l'amener au bord de la jouissance en adoptant le bon angle pour sa pénétration, la pression de ses doigts et le frottement de ses favoris sur sa nuque.

De sa main, elle couvrit la sienne pour l'empêcher de la retirer et dirigea son attention vers l'endroit qui pulsait pour lui. Alors que c'était impossible, il l'ouvrit encore davantage, l'étirant presque douloureusement tandis qu'il entrait de plus en plus profondément en elle, lui offrant une jouissance brutale contre leurs mains jointes.

Ses bras l'enserrèrent fortement comme il la rejoignait, gémissant contre son oreille tout en l'échauffant de l'intérieur. Il la souleva, l'éloignant de lui et la retourna pour qu'elle se trouve face à lui, glissant ses bras autour d'elle et se perdant dans un baiser profond qui la fit de nouveau frissonner des pieds à la tête.

Elle détourna la tête, interrompant le baiser.

— Quoi ?

— On arrête, mon pote. C'est tout ce que tu auras cette nuit.

— On vient juste de commencer.

— Non, c'est terminé.

— Allons…

Il pinça ses tétons, son érection de nouveau vivante sous elle.

— Seigneur, tu es une machine effrayante.

— Pas d'ordinaire.

— Arrête de vouloir me faire croire que nous faisons quelque chose de spécial alors que nous savons tous les deux qu'il s'agit simplement de calmer une forme de démangeaison.

Elle avait dit cela d'une manière plus rude qu'elle ne l'aurait voulu et, à en juger par la façon dont ses muscles se tendirent, elle venait de toucher là où ça faisait mal.

— Désolée, mais voyons… Nous savons ce qu'il en est. Et ce que ce n'est pas.

— Alors, tu connais cette sorte d'alchimie avec tout le monde ? Ce mec en polo rose… Il t'allume comme je le fais ?

Il marque un point, pensa Jenny.

— Non, mais…

Les lèvres d'Alex l'empêchèrent de continuer.

— Pas de mais. Ça le fait pour nous, on ne peut le nier.

— Peut-être bien, mais tu ne connais même pas mon nom de famille et tu ne peux pas dire le contraire.

— Tu t'appelles Wilks et tu viens du Sud, à en juger l'accent que tu reprends chaque fois que tu es contrariée, et c'est souvent le cas quand je suis dans les environs.

— Comment connais-tu mon nom de famille ?

— J'ai demandé à quelqu'un.

— À qui ?

— Ça ne te regarde pas.

Jenny se débattit pour se libérer, mais elle ne pesait pas lourd contre la prise serrée de ses bras musclés.

— Stop ! fit-il en riant doucement tandis qu'il prenait le lobe de son oreille entre ses dents. J'ai demandé à Owen tout à l'heure et il m'a dit comment tu t'appelais.

Super ! gémit-elle.

— Il va rentrer chez lui et dire à Laura que tu as posé des questions à mon sujet et demain, elles seront après moi comme des abeilles sur du miel.

— Non. Je lui ai dit que tu étais furieuse contre moi parce que j'avais débarqué vraiment trop tôt chez toi pour tondre la pelouse.

— C'est vrai ?

Il acquiesça, mordilla sa lèvre inférieure et réussit à brouiller son cerveau, tant et si bien qu'elle oublia presque qu'ils se disputaient.

— Attends.

Ses mains pressant ses fesses, il se releva et marcha en la portant jusqu'à la plage.

Jenny garda ses bras et ses jambes serrés autour de lui quand il se dirigea directement vers les marches ; il ne la lâcha pas avant d'être arrivé dans sa chambre. Quand ils y parvinrent, ils étaient de nouveau secs.

— Est-ce qu'il fait toujours aussi chaud ici pendant l'été ?

— Jamais autant.

Il vint s'allonger sur elle, s'installant dans le V de ses jambes et immobilisant ses bras au-dessus de sa tête.

— Ça suffit, dit-elle sur un ton qui la convainquit à peine elle-même et, à en juger par la grimace qui avait éclairé le visage d'Alex, il n'était pas davantage persuadé.

— Je ne plaisante pas.

— OK.

Ses lèvres parcoururent son cou pendant que son corps puissant la maintenait clouée sur le matelas, l'entourant de sa force, de l'odeur musquée du sexe et de l'eau salée, mais aussi du désir manifeste qu'il avait d'elle et qui pulsait contre le ventre de la jeune femme.

— Tourne-toi, dit-elle.

— Pas envie.

— C'est mon tour de prendre les commandes.

— Je croyais que tu n'en pouvais plus.

— Tu te défiles ?

— Certainement pas.

Il lui lâcha les mains et fit ce qu'elle demandait, se laissant aller sur le dos, les genoux levés et les bras ramenés autour de sa tête.

Jenny se lécha les lèvres et regarda l'homme séduisant qui était étendu devant elle. Elle pouvait le toucher et l'embrasser où elle voulait, ce qui la remplit d'un sens aigu de son propre pouvoir, d'autant que les yeux d'Alex étaient enfiévrés d'un désir évident. Son érection s'allongea jusqu'à dépasser son nombril. Étant le diable qu'il était, il écarta délibérément les jambes, la mettant presque au défi de se focaliser sur l'endroit où il le désirait le plus.

Se souvenant de la façon dont il l'avait torturée, elle fit courir ses mains sur l'intérieur de ses jambes, prenant son temps et le faisant attendre ce qu'il voulait, comme elle avait été obligée de le faire. Elle fit traîner ses cheveux sur son érection et il gémit en soulevant les hanches.

— Patience, dit-elle d'un ton moqueur.

Il aboya une sorte de rire.

— J'en ai pas.

— Cherche !

Plus il tentait de se faire obéir, plus elle le faisait attendre. Malgré leur bain récent, il se mit à transpirer abondamment lorsqu'elle fit glisser ses seins contre son torse et son sexe.

— Putain de merde, murmura-t-il d'un ton féroce, la faisant sourire.

Il savait comment utiliser des mots grossiers.

— Ma mère te laverait la bouche avec du savon si elle t'entendait parler comme ça, le gronda Jenny d'une voix guindée.

— Ma mère a essayé de me faire passer le goût des jurons, mais personne n'a encore inventé un savon suffisamment fort.

Il glissa ses mains dans les cheveux de Jenny, appuyant sur l'arrière de sa tête pour lui montrer ce qu'il voulait.

— Je vais rincer ta bouche avec quelque chose d'autre que du savon.

— Seigneur, tu es vraiment culotté !

Son rire fit trembler ses côtes, attirant son attention.

Elle lécha et grignota ses tablettes de chocolat jusqu'à ce que son rire se transforme en gémissement et que la pression de ses doigts dans ses cheveux devienne presque douloureuse. Elle décida alors d'avoir pitié de lui et fit courir sa langue sur la longueur rigide de son érection.

Il poussa un cri aigu qui se transforma en un autre gémissement.

— *Jenny.*

Elle leva la tête pour rencontrer son regard.

— Oui ?

— Pour l'amour du ciel, ne *t'arrête* pas.

— Alors, reste tranquille et laisse-moi me concentrer.

— Oui, s'il te plaît, concentre-toi. Il ne faudrait pas que tu rates quelque chose.

Il était vraiment tout à fait irrévérencieux, mais franchement amusant aussi.

— Chut.

Ce fut dit contre son manche tendu. Elle referma sa main autour de la base et la pressa. Comment pouvait-il être aussi dur après avoir joui comme il l'avait fait – deux fois ? Tout en le branlant, elle fit courir sa langue sur son gland, la plongeant dans la fente, puis en dessous pour taquiner sa peau délicate sous le capuchon.

— Oh, putain de putain, c'est bon.

Jenny retint un rire et le prit dans sa bouche tout en gardant une prise ferme sur la base. C'était une autre chose qu'elle n'avait pas faite depuis qu'elle avait perdu Toby et elle espérait qu'elle se souviendrait comment agir. Elle ne voulait pas penser à Toby juste en ce moment, pas quand Alex était si prêt et vivant sous elle, la suppliant avec de très légers mouvements de ses hanches de le prendre plus profondément.

Elle ouvrit plus grand la bouche et le laissa glisser vers sa gorge, puis se saisit de ses testicules.

Il empoigna une touffe de ses cheveux et cambra le dos, jurant doucement entre ses dents tandis qu'elle suçait, aspirait et pressait légèrement la zone la plus sensible de son corps.

Les lèvres de Jenny étaient étirées presque à lui faire mal tandis que son membre durcissait alors que cela semblait impossible.

—*Arrête* ! cria-t-il.

Elle sut qu'il la prévenait qu'il allait jouir, si bien qu'elle lui rendit la monnaie de sa pièce et recula, le laissant suant et haletant dans l'attente de la jouissance qu'elle lui avait refusée.

Il retomba sur le matelas avec un rire dur tout en respirant difficilement et pulsant dans la main de la jeune femme.

— T'es vraiment méchante !

— La vengeance est chienne et moi aussi, le taquina Jenny tout en continuant à le caresser avec sa langue.

— Non, ce n'est pas vrai, répondit-il en repoussant une mèche de ses cheveux derrière son oreille.

Il fit courir son doigt sur sa joue.

— Cependant, je ne refuserais pas un peu plus de ce traitement.

Ses lèvres seules le touchant, elle continua :

— Hum, laisse-moi y réfléchir.

Il sursauta sous la connexion électrique de ses lèvres qui vibraient.

— Tu n'as pas l'intention de me tuer ?

— Certainement pas.

Il lui lança un regard étrange qui se changea rapidement en

quelque chose d'autre lorsqu'elle le reprit dans sa bouche, lui donnant de grands coups de langue et maintenant une pression légère. Tout le corps d'Alex tremblait et sa main se resserra plus fortement encore dans les cheveux de la jeune femme.

— Jenny… souffla-t-il en cambrant le dos. *Jenny.*

La seconde fois, il prononça son prénom plus doucement et ce fut le seul avertissement qu'il lui donna avant de jouir dans sa bouche.

— *Putain !*

D'un revers de main, elle essuya le fourmillement sur ses lèvres.

— Viens ici.

Il tendait les bras vers elle et la fit s'allonger sur lui.

— C'était incroyable. *Tu es* incroyable.

— Je… Je suis contente de savoir que je n'ai pas oublié comment faire ça, dit-elle.

Elle regretta immédiatement cet aveu révélateur.

— Il est évident que tu n'as pas oublié. Tu m'as rendu dingue, mais j'imagine que c'était le but.

— À chacun son tour. Ce n'est que justice.

Elle aimait la façon dont il la tenait. Elle aimait l'odeur de savon, de saine transpiration et de sel qui émanait de lui. Elle aimait beaucoup de choses qu'elle ressentait lorsqu'elle était avec lui. Malgré tout cet amour qui était en elle, elle se souvenait de quoi il s'agissait en fait – et de ce que ce n'était pas.

Elle le savait : il n'y avait aucune raison pour qu'une femme de son âge ne puisse pas avoir une amourette torride pendant l'été, qui soit de pur sexe. Ça arrivait tout le temps, non ? Ce n'était pas parce qu'elle ne l'avait jamais fait qu'elle ne pouvait pas commencer maintenant quelque chose de nouveau et de différent. Elle avait assurément eu son compte de statu quo. Peut-être une aventure sensuelle pendant l'été était-elle exactement ce dont elle avait besoin pour faire bouger les choses avant de s'engager dans une relation plus importante.

— Je t'entends presque penser, reprit-il en faisant courir ses doigts dans les cheveux de Jenny, laissant des frissons sur son crâne comme sur ses lèvres.

Il tapota le front de la jeune femme avec son doigt.

— Qu'est-ce qui se passe là-dedans ?

— Pas grand-chose. Tu as réussi à faire griller presque toutes les cellules de mon cerveau cette nuit.

— Tu as réussi le même tour de force avec moi.

Sa toison pectorale lui picotait le nez et Jenny sourit. C'était bon d'entendre qu'ils étaient tous les deux pareillement affectés par ce qui s'était passé entre eux.

— Je peux te demander quelque chose ?

— Certainement, répondit-elle en hésitant.

— Tu as dit que cela faisait longtemps que tu n'avais pas fait ça, ce qui m'amène à me demander pourquoi une femme superbe et sexy comme tu l'es décide de vivre seule dans un phare.

Le cerveau de Jenny resta accroché aux mots « femme superbe et sexy ».

— Vivre dans ce phare, sur cette île, a été une très bonne chose pour moi, que tu le croies ou non.

— Tu as déjà été mariée ?

La question, tout comme sa curiosité, la prit par surprise.

— Non. Toi ?

— Nan. Fiancée ?

Jenny ferma très fort les yeux.

— Une fois.

— Que s'est-il passé ?

— Ça… Il, hum…

— Pas de souci. Tu n'es pas forcée de me le dire. Nous avons tous des choses dont nous préférons ne pas parler.

Tout en étant soulagée qu'il ne la pousse pas à répondre, elle souhaitait tout à coup savoir ce dont il préférait ne pas parler. Non qu'elle refusât de lui parler de Toby, mais elle savait à quel point cette histoire changeait les choses. Les gens la regardaient différemment et elle ne désirait pas qu'Alex la regarde avec des yeux différents. Pas encore, tout du moins. Si cela devait continuer, il le lui redemanderait bien un jour et il faudrait qu'elle parle. Mais pour le moment, elle aimait le fait qu'il n'était pas au courant de sa terrible tragédie.

— Tu n'étouffes pas avec moi allongée sur toi ? interrogea-t-elle.

— Pas trop épouvantable.

Si elle n'avait vraiment pas envie de bouger, il faisait décidément trop chaud pour rester collés l'un contre l'autre, partageant leur chaleur corporelle.

— Qu'est-ce que tu dirais d'une douche bien froide ?

— Ça me semblerait le paradis !

Il la lâcha et Jenny se leva, consciente au plus haut point de sa nudité, ce qui était assez stupide vu ce qu'ils avaient fait ensemble.

Ce mouvement faillit lui tirer un gémissement parce que ses muscles déjà douloureux protestaient.

Demain – ou je crois plutôt qu'on est déjà demain –, ça va être drôle.

Il la suivit lorsqu'elle se dirigea vers la salle de bains attenante, où la cabine de douche était tout juste assez grande pour eux deux. Jenny fit couler l'eau, la laissa refroidir et prit des serviettes sous le lavabo.

— Cet endroit est absolument génial, déclara Alex en regardant la salle de bains.

— Il a tout ce dont j'ai besoin, sans parler de la vue extraordinaire.

Ils se tinrent pressés l'un contre l'autre sous la douche, rincèrent l'eau salée, le sable et le sexe, se lavant tour à tour. Il lui massa même les cheveux avec le shampooing. Sa tendresse était sans doute plus difficile à interpréter que le côté rudement érotique qu'il avait montré plus tôt.

— Il faudrait que j'y aille, reprit-il lorsqu'ils furent propres, secs et enveloppés dans des serviettes.

— Tu n'es pas obligé. Sauf si tu le veux.

— Je ne le souhaite pas vraiment.

Il fit descendre ses doigts le long du bras de Jenny, prit sa main et la ramena vers le lit.

— Nous devrions changer les draps. Ils sont pleins de sable et dégueulasses.

Elle traversa la pièce, se dirigeant vers le coffre où elle rangeait du linge de rechange et prit des draps propres.

— C'est toi qui as peint ça ? demanda-t-il en désignant une peinture du panorama posé sur un chevalet.

— Oui, c'est mon chef-d'œuvre.

Il regarda plus attentivement.

— C'est vraiment bien.

— Merci. Peut-être qu'un jour j'arriverai à le terminer vraiment.

Ensemble, ils changèrent les draps.

Lorsque le lit fut prêt, il vint de son côté et tira sur la serviette qu'elle avait nouée au-dessus de ses seins.

— Il fait trop chaud pour dormir autrement que dans le plus simple appareil.

Elle le laissa ôter la serviette et regarda pendant qu'il laissait tomber la sienne sur le sol à côté de la première.

— Tu sais que nous n'allons pas salir ces draps propres.

Tout en riant, il la suivit dans le lit.

— On dirait que tu me mets au défi.

— Pas du tout.

Il se tourna sur le côté pour la regarder.

— Tu es vraiment trop loin là-bas.

Elle se tourna à son tour.

— Mieux ?

— Encore trop loin.

Elle se glissa un peu plus près.

— Il fait trop chaud pour se rapprocher davantage.

Il posa sa main sur la hanche de Jenny à travers le drap.

— Il fait trop chaud pour ça ?

— Je suppose que ça pourrait être OK.

Se soulevant sur un bras, il se pencha pour l'embrasser doucement.

— J'ai passé un vraiment, vraiment bon moment ce soir après une journée vraiment, *vraiment* affreuse. Et je t'en remercie.

Elle caressa son visage, faisant courir son pouce sur sa barbe naissante.

— J'ai passé aussi un moment vraiment agréable.

Alex sourit et l'embrassa de nouveau avant de reposer sa tête sur l'oreiller à côté d'elle.

— Tu es sûre que ça va si je reste ? Tu n'auras pas d'ennuis en tant que gardienne du phare ou quelque chose comme ça ?

— Pas de souci, répondit-elle en gloussant.

— Je devrais rentrer à la maison, mais mon frère y est et je suis sacrément confortable ici.

— Détends-toi et essaie de dormir pendant que tu le peux.

Il porta leurs mains jointes sur sa poitrine et Jenny sentit le battement de son cœur, puissant et régulier. Bien après qu'il fût endormi, elle demeura éveillée, pensant qu'elle l'aimait beaucoup et qu'elle se sentait étrangement liée à lui, malgré les plans qu'elle faisait de rester à distance émotionnelle d'un homme qui lui avait d'abord paru si peu fait pour elle.

Plus elle passait de temps avec lui, puis elle commençait à soupçonner qu'il pourrait bien lui convenir.

CHAPITRE 9

Evan et Owen interprétèrent les dernières notes de *Ring of Fire – Cercle de feu,* joué en raison de la chaleur, puis ils s'éloignèrent de quelques pas des micros pour siffler leur bouteille d'eau comme ils l'avaient fait toute la nuit.

Grace était heureuse de voir qu'Evan suivait le conseil qu'il lui avait donné et s'hydratait entre les bières.

— Oh là là, quelle soirée sur Gansett ! s'exclama Owen au milieu des acclamations de l'auditoire. Nous avons un cadeau spécial pour vous ce soir. Comme vous le savez, mon pote Evan est le propriétaire du nouveau studio d'enregistrement *La Brise de l'Île,* ici sur Gansett. Il a gravé le premier single sous ce label et va le chanter pour la première fois ici, ce soir. Est-ce qu'on n'a pas de la chance ?

D'autres cris de joie des spectateurs dans le Tiki Bar.

— Oh, Grace, continua Owen, il va falloir que tu viennes sur la scène, si tu veux bien.

Grace mit quelques secondes avant de comprendre l'invitation d'Owen. Elle regarda Laura sur sa gauche et Stéphanie à sa droite.

— Vas-y, l'encouragea Stéph.

Elle la poussa.

— Il t'attend.

Evan hochait la tête, lui faisant signe de venir le rejoindre.

Le cœur de Grace battait vite et fort lorsqu'elle se leva et se dirigea sur des jambes flageolantes vers la scène.

— Mesdames et messieurs, continua Owen, applaudissons la fiancée d'Evan, Grace Ryan.

Les hululements et les cris venant de la table autour de laquelle étaient rassemblés les amis et la famille, tout comme ceux des clients du bar firent rougir Grace d'embarras. Elle détestait être le centre de l'attention, ce que son fiancé savait pertinemment.

Owen lui prit la main et l'aida à monter les marches.

— Je te revaudrai ça, fit-elle entre ses dents.

— Il m'y a obligé, répondit Owen en descendant les marches, la laissant seule sur scène avec Evan.

— N'est-ce pas qu'elle est adorable ? demanda Evan en déclenchant un nouveau tonnerre d'applaudissements et de sifflets.

— Tu es un homme mort, siffla-t-elle à l'intention de son fiancé.

Comme s'il n'avait pas le moindre souci, Evan rejeta la tête en arrière et se mit à rire.

— Assieds-toi dans mon bureau, ma chérie.

Lorsqu'elle fut installée sur le tabouret qu'Owen avait abandonné, Grace joignit les mains, essayant de faire abstraction de la sueur qui lui coulait dans le dos. La douche fraîche qu'elle avait agréablement partagée avec Evan tout à l'heure n'était plus qu'un souvenir.

— Je gardais cela pour une occasion spéciale, reprit Evan.

Tout en parlant dans le micro, il ne la quittait pas du regard.

— Nous nous sommes rencontrés ici même, il y a tout juste un an et ma dame et moi avons fait quelques projets de mariage ; alors je pense que ça compte comme occasion spéciale !

Autres applaudissements et sifflets. Elle allait vraiment devoir le tuer pour la mettre dans un embarras pareil. Puis il commença à gratter sa guitare et tout s'effaça hors lui, sa musique, ses mots et l'amour tandis qu'il lui chantait *Mon Incroyable Grace*.

Mon incroyable Grace, comme elle est douce
Elle a pris un malheureux et en a fait un homme
Quand j'étais perdu, elle était là
Quand j'étais aveugle, elle m'a ramené à la maison

C'est Grace qui m'a appris comment aimer
Et Grace qui a chassé ma peur
Mon adorable Grace est tellement précieuse
Elle me donne de l'espoir pour continuer

Incroyable Grace, j'ai tant de chance
D'être l'homme qu'elle aime
D'être celui qu'elle a choisi
D'être celui qui la ramène à la maison

Mon incroyable Grace, comme elle est douce
Elle a pris un malheureux et en a fait un homme
Quand j'étais perdu, elle était là
Quand j'étais aveugle, elle m'a ramené à la maison

Quand nous aurions dix mille jours ensemble
J'en voudrais encore davantage
Toute une vie avec mon incroyable Grace
Ne sera jamais suffisante

Mon incroyable Grace, comme elle est douce
Elle a pris un malheureux et en a fait un homme
Quand j'étais perdu, elle était là
Quand j'étais aveugle, elle m'a ramené à la maison.

Lorsqu'il joua les dernières notes, les larmes coulaient sur le visage de Grace et tout ce à quoi elle pouvait penser, c'était à ce que serait sa vie lorsqu'il partirait. Elle ne pouvait imaginer un jour sans lui, encore moins des semaines interminables.

Repoussant la guitare dans son dos, Evan l'entoura de ses bras et l'auditoire partit dans un délire, applaudissant et tapant du pied pour manifester combien il appréciait cette belle chanson.

Grace ne pouvait s'arrêter de pleurer.

— De bonnes larmes ? demanda Evan.

Elle fit oui de la tête.

— Tu es fâchée que j'aie fait ça ici ?

Elle fit non de la tête.

— Tu peux parler ?

Elle fit encore un signe de tête, ce qui le fit rire. Il fallut quelques minutes pour que Grace retrouve son sang-froid, essuie ses larmes et se détache de son étreinte.

— C'était formidable. Je te remercie vraiment.

Il l'embrassa sur-le-champ et devant tout le monde.

— Nous revenons dans quelques minutes, annonça Evan aux spectateurs.

De la musique enregistrée explosa à travers les haut-parleurs.

Evan tendit une main pour aider Grace à sauter du tabouret.

Owen parut pour qu'elle puisse descendre facilement les marches.

Elle l'entendit dire à Owen :

— Je reviens tout de suite.

La main posée dans le bas de son dos, Evan l'escorta jusqu'à leur table, où ses amis et frères les accueillirent sous des applaudissements.

Grace s'éventa, sûre qu'elle était rouge comme une tomate, autant de l'heureux choc émotionnel qu'elle venait de recevoir que de la chaleur.

— C'était incroyable, Ev, dit Maddie.

— Ça va être un succès de dingue, ajouta Grant.

— Tu me diras si tu as besoin d'un avocat spécialisé, continua Dan. Je connais des gens.

— Merci, tout le monde. Je suis content que vous ayez aimé.

Evan accepta la bière que Mac lui tendait et l'offrit à Grace.

Elle avala une longue gorgée avant de la lui rendre.

— Merci, dit-elle d'une voix douce, espérant qu'il savait qu'elle ne parlait pas de la bière.

— Merci à *toi*.

Il l'embrassa sur le front et se pencha tout près de son oreille pour chuchoter.

— J'ai hâte de t'épouser. Je sais que tu es effrayée par ce que je t'ai dit tout à l'heure, mais quand je songe à l'année prochaine, notre mariage a la priorité sur mon agenda. Peu importe ce qui peut arriver d'autre, nous avons une date à honorer en janvier.

— Est-ce que tu joueras encore cette chanson à notre

mariage ? demanda-t-elle en levant la tête vers lui, encouragée par sa promesse.

— Tu parles !

La sonnerie du téléphone sortit Jenny d'un profond sommeil. Sur le moment, un mouvement à ses côtés l'avait fait sursauter avant qu'elle ne se souvienne qu'Alex était resté.

— Que se passe-t-il ? demandait-il d'une voix rauque et pâteuse de sommeil.

Tout à coup complètement éveillé, il s'assit dans le lit.

— J'arrive tout de suite.

Il se leva et commença à regarder autour de lui pour trouver ses vêtements.

Jenny alluma pour qu'il y voie.

— Qu'est-ce qu'il y a ? interrogea-t-elle, clignant des yeux pour le distinguer mieux.

Le dos tourné, il passait son bermuda.

— Ma mère. Paul pense qu'elle fait peut-être une crise cardiaque.

— Oh, mon Dieu.

Jenny se leva et se dirigea vers sa commode pour prendre des vêtements.

— Tu fais quoi ?

— Je vais te conduire pour que tu arrives plus vite.

— Tu n'y es pas obligée.

— Je sais.

Elle s'habilla aussi vite qu'elle le pouvait, ce qui n'était pas facile avec des mains qui refusaient de travailler comme elles le devaient et un corps qui n'était que muscles douloureux. Lorsqu'ils furent prêts, ils dégringolèrent l'escalier en spirale jusqu'à la cuisine où Jenny chercha son sac et ses clefs avant de se souvenir qu'elle les avait laissés la veille dans le hall.

Dans la voiture, elle mit l'air conditionné à fond, heureuse d'échapper à la chaleur quand c'était possible. Elle lança un coup d'œil à Alex et vit qu'il fixait la route à travers le pare-brise, sa mâchoire rigide à force d'être tendue.

— Elle a déjà eu des problèmes cardiaques ?

— Non.

— Je t'amène chez toi ?

— Ça t'embête d'aller à la clinique ? Paul a appelé le SAMU et ils sont en route pour y arriver.

— Bien sûr.

Jenny conduisit en direction de la ville aussi vite qu'elle l'osait sur la route sinueuse ; elle se gara dix minutes plus tard devant l'entrée des urgences de la clinique.

— Tu veux que je vienne avec toi ?

Pendant une seconde, il parut en proie à l'indécision.

— Non. Pas besoin. Merci de m'avoir conduit.

— J'espère qu'elle va se remettre.

— Moi aussi.

Il sortit de la voiture au moment où l'ambulance entrait dans le parking.

Jenny déplaça sa voiture pour ne pas gêner, mais ne parvint pas à prendre la décision de partir. Elle se gara et regarda de loin Paul qui sortait par l'arrière de l'ambulance. Alex et lui se tenaient debout et regardaient les ambulanciers descendre la civière. David Lawrence sortit de la clinique à leur rencontre, puis les deux frères se précipitèrent à l'intérieur avec lui.

Elle savait qu'elle devrait partir. La crise que traversait la famille d'Alex ne la concernait pas. Mais à cause de la seconde d'hésitation qu'elle avait vue sur son visage, elle verrouilla la voiture. Elle abaissa très légèrement le siège. Et surveilla les portes de la clinique tout le reste de la nuit.

~

Après la longue nuit sans sommeil – et le marathon de sexe qui lui avait prouvé qu'il n'était plus aussi jeune qu'autrefois –, Alex émergea dans la lumière du petit jour, avec l'impression d'avoir été agressé. La chaleur accablante le frappa en pleine figure lorsqu'il quitta l'intérieur frais de la clinique. Il sursauta en voyant la voiture de Jenny sur le parking.

À part celui de David, c'était le seul véhicule et il était difficile de ne pas le voir.

S'approchant de la voiture, il constata qu'elle s'était endormie avec toutes les fenêtres ouvertes. La découvrir là, manifestement à l'attendre, lui porta un coup en plein cœur ; il souhaita ardemment avoir d'elle beaucoup plus que ce qu'ils avaient déjà partagé. Il savait que c'était stupide de penser cela. Après tout, qu'avait-il à lui offrir à part des problèmes familiaux et professionnels ? Mais il ne pouvait nier le manque qu'il éprouvait au plus profond de lui-même. Il lui toucha doucement l'épaule, essayant de ne pas l'effrayer.

Elle se réveilla, les yeux papillonnants.

— Comment va-t-elle ?

— Elle s'est fait une méchante brûlure à l'estomac à cause de quelque chose qu'elle a mangé hier pendant le bridge.

— Merci, mon Dieu.

— David la garde en observation quelques heures encore. Je rentre à la maison chercher ma camionnette et je reviens les prendre.

— Je vais te conduire.

— Ce n'était pas la peine de m'attendre, Jenny.

— Je sais.

Il la regarda longuement, buvant des yeux le spectacle de ses grands yeux marron, ses lèvres roses gonflées par les baisers et ses doux cheveux blonds, essayant de décider ce qu'elle avait en elle qui le bouleversait ainsi. Elle l'avait attendu toute la nuit et pourtant, il lui avait dit que ce n'était pas nécessaire. Pourquoi avait-elle fait ça ?

— Tu viens ?

Se rendant compte qu'il la fixait, il hocha la tête et fit le tour de la voiture pour s'asseoir sur le siège passager.

Sans lui demander où elle devait aller, elle le conduisit chez lui. Entrant dans la propriété de *Martinez Pelouse & Jardin*, il lui dit de contourner les serres.

— *Home sweet home* – douce maison –, fit-il dans un effort pour briser le silence – et la tension.

— C'est joli, remarqua-t-elle en approchant du ranch où il avait grandi.

— C'était gentil à toi d'avoir attendu.

Elle haussa les épaules comme si ce n'était rien de sacrifier une bonne nuit de sommeil pour lui.

—J'ai eu beaucoup de temps pour penser en attendant.

Oh, s'il vous plaît, qu'elle ne me dise pas qu'elle ne veut plus me revoir !

Il perdrait réellement tout désir de vivre s'il ne pouvait se perdre en elle de temps en temps. Ou chaque jour. Tous les jours, ce serait certainement préférable à une fois de temps à autre. Il retint son souffle, attendant ce qu'elle allait dire.

— Tu as viré la femme qui s'occupait du magasin.

Il soupira de soulagement : elle ne parlait pas de ne plus le voir.

— Tu as entendu ça, hein ?

—Je pense que tout le bar l'a entendu.

Au rappel du nouveau défi qui les attendait, Alex se sentit encore plus épuisé.

—Je voudrais t'aider.

Il refusait déjà d'un mouvement de tête alors qu'elle n'avait pas fini de parler.

La main de la jeune femme sur son bras l'arrêta immédiatement.

— Attends que je finisse. J'ai un MBA de Wharton et une longue expérience de la vente au détail. J'ai travaillé pendant que j'étais à la fac dans un magasin de vêtements. Je ne connais rien aux plantes ou aux serres ou à l'horticulture, mais je pourrais probablement faire correctement semblant et apporter ma petite contribution. Si cela pouvait t'aider.

Touché par son offre et sa sincérité, il répondit :

— Tu ne sais peut-être pas grand-chose dans le domaine horticole, mais tu fais pousser – et tu lances – de sacrées tomates.

Le rire de Jenny le remplit d'un bonheur insensé. Comme lorsqu'un membre se réveille d'un engourdissement, cette impression parcourut son corps comme une pelote d'épingles et d'aiguilles. Cela faisait longtemps qu'il n'avait pas éprouvé quelque chose ressemblant au bonheur.

— C'est vraiment gentil à toi de proposer ça.

— Je veux aider.

Ces trois mots l'émurent profondément. Il devait être vraiment mal ce matin si cela suffisait à lui redonner courage.

— Et pour ce que cela vaut, ajouta-t-elle en faisant un geste en direction des serres et du magasin devant elles, cela n'a rien à voir avec ce qui s'est passé hier soir.

— C'est vrai.

— Eh bien, ce n'est pas pour cela que je t'ai fait cette proposition. Ton frère et toi passez par une épreuve difficile. Ma grand-mère a été atteinte de démence sénile et je sais comme c'est difficile. J'aimerais pouvoir penser que, tout en nous brûlant mutuellement les neurones, nous avons peut-être pu former le début de quelque chose qu'on appelle de l'amitié. C'est ce que je t'offre : amitié et assistance professionnelle. Aucun lien, aucune attache, aucune obligation. Si cela peut aider.

Il lui prit la main et la serra dans la sienne.

— Cela nous aiderait énormément. Sharon est arrivée chez nous avec une expérience de gestion. Le reste du personnel est composé d'étudiants et on ne peut pas dire qu'il y ait quelqu'un qui puisse la remplacer.

Il la regarda.

— Si tu es sérieuse, j'accepte ton offre avec reconnaissance, mais seulement de façon temporaire, jusqu'à ce que nous puissions trouver quelqu'un de permanent. Je ne peux pas te demander de renoncer à ta vie présente pour m'aider.

— Je ne renonce à rien, mais je suis contente de te soulager un peu en attendant.

— Il faut que j'en parle avec Paul. Embauche et renvoi sont habituellement son domaine.

— Bien sûr, je comprends. Je vais te donner mon numéro et tu peux m'appeler si tu as besoin de mon aide. Dans le cas contraire, aucun souci.

Elle lui dicta son numéro, qu'il programma dans son portable.

— Est-ce que ce n'est pas un numéro de la région de New York ?

— J'y ai habité.

— Je parle à Paul ce matin et je t'appelle ensuite.

Il se pencha au-dessus de la console centrale et l'embrassa.

— Merci.

Elle mit sa main sur sa joue et la caressa.

— Essaie de dormir un peu.

— Je ne vois pas ça dans mon agenda.

Elle était si superbe et douce qu'il prit plus qu'un baiser.

— C'est vraiment important pour moi que tu m'aies attendu et que tu me proposes ton aide. Merci.

Son sourire était adorable et fort.

— Les amis sont faits pour ça.

— Je t'appelle tout à l'heure.

— OK.

Tandis qu'il entrait dans la maison pour prendre une douche et se changer avant de retourner à la clinique, les pensées d'Alex étaient pleines de Jenny. Il ne pouvait nier leur incroyable attraction physique qui ne ressemblait à rien de ce qu'il avait pu connaître avec une autre femme ; mais beaucoup plus éloquente tout à coup était la connexion sentimentale. Elle l'avait touché profondément ce matin-là et il avait hâte de la revoir.

Jenny reprit le volant et rentra chez elle dans un état second, sidérée par le regard d'Alex avouant son émotion qu'elle l'ait attendu et offert son aide. Elle serait folle de nier qu'il se passait quelque chose de puissant entre eux. Ce qui avait commencé comme une affaire purement physique s'était transformée en un sentiment bien plus important au cours des vingt-quatre dernières heures.

Pour être honnête, elle avait trouvé avec lui exactement ce qu'elle cherchait lorsqu'elle disait à ses amies qu'elle était prête à faire de nouvelles rencontres. Elle n'avait connu cette sorte d'attraction qu'une seule fois et cela avait été aussi immédiat avec Toby. Ils s'étaient rencontrés dans un cours de comptabilité et s'étaient plaints du rythme intense des enseignements et de la fac en général.

Elle lui avait parlé une seule fois et avait su qu'il était quelqu'un de peu ordinaire. Cela ne leur avait pas pris longtemps pour devenir inséparables. Ils n'avaient pas varié pendant trois années incroyables, jusqu'au jour où une horrible tragédie les avait séparés.

Longtemps après la disparition de Toby, elle avait pensé qu'elle ne ressentirait plus jamais quelque chose de semblable et ça avait été le cas jusqu'à sa rencontre avec Alex ; elle avait immédiatement su qu'il se passait quelque chose de différent. Au début, elle avait pensé que ce n'était peut-être que physique, mais à présent elle savait que ça pourrait être davantage – s'ils le souhaitaient.

Est-ce qu'elle le désirait ?

Oui, se dit-elle sans hésitation. *Oui, je veux que ça aille au-delà de l'attirance physique.*

Le voir souffrir pour l'état de santé de sa mère l'avait émue, elle aussi. Elle s'était sentie transportée de joie au milieu de la nuit lorsqu'elle avait eu l'idée de les aider au magasin, son frère et lui. Peut-être que ce ne serait pas beaucoup, mais c'était quelque chose qu'elle pouvait faire pour soulager leur accablant fardeau.

Jenny rentra chez elle et alla tout droit au lit. Chaque muscle de son corps était douloureux et raide après la gymnastique sexuelle de la nuit précédente. Malgré la chaleur implacable, elle dormit quelques heures ; mais en fait, elle se sentit moins bien encore lorsqu'elle se réveilla.

Si j'avais besoin d'une preuve que je ne suis pas faite pour du sexe non-stop, la voilà, se dit-elle en s'asseyant sur le bord du lit.

Elle se traîna jusqu'à la salle de bains, certaine qu'il était impossible de se sentir aussi mal après trop de sexe. Ça ressemblait davantage à une grippe – avec un excès de galipettes pour arranger les choses.

Elle avala des antalgiques, prit une douche longue et fraîche et émergea de la salle de bains tel un zombie. L'idée de manger lui donnait la nausée et elle descendit dans la cuisine chercher de l'eau avant de remonter se coucher.

Allongée et regardant le plafond, Jenny espérait qu'Alex n'attraperait pas ce qu'elle semblait couver. C'était sans doute la dernière chose dont il avait besoin en ce moment. Son téléphone portable se mit à sonner et elle regarda qui l'appelait, ravie de voir le numéro de sa mère.

— Coucou !

— Bonjour, ma chérie. Comment ça va ?

— En fait, je suis au lit en train de me demander si je n'ai pas la grippe.

— Oh, ça, c'est moche. Qu'est-ce que tu as comme symptômes ?

— J'ai mal partout et envie de vomir.

Elle ne mentionna pas les muscles excessivement douloureux ni la raison de leur état ; pourtant, sa mère aurait probablement été ravie d'apprendre qu'elle avait trouvé quelqu'un de spécial avec qui passer un peu de temps.

— Ça n'a pas l'air trop bien. Il fait toujours chaud ?

— Pire que ça.

— Je voudrais être près de toi pour prendre ta température et t'apporter de la bière au gingembre comme je le faisais autrefois.

— Je voudrais bien que tu sois là aussi !

Sa famille de la Caroline du Nord lui manquait, mais la possibilité d'aller dans un endroit neuf, où personne ne savait ce qui lui était arrivé, l'avait enthousiasmée lorsqu'elle avait lu dans un journal qu'on cherchait un gardien pour le phare de l'île de Gansett.

— Et comment ça va chez vous ?

Sa mère la régala avec les nouvelles de ses sœurs et de leur famille, en particulier une histoire amusante au sujet de son neveu Tyler qui avait été grondé à la maternelle pour avoir envoyé des coups de pied à ses amis avec ses nouvelles bottes.

— Inutile de dire qu'Emma lui a confisqué ses bottes jusqu'à ce qu'il puisse jouer gentiment avec ses amis, continua sa mère en parlant de la plus jeune de ses deux sœurs.

— Pauvre Tyler. Il adore ces bottes.

— Je sais, mais comme l'a dit Emma, qui aurait pu dire qu'elles avaient un sale caractère ?

Jenny sourit en imaginant son minuscule neveu avec des cheveux si blonds qu'ils étaient presque blancs. Elle avait fait le projet avec Toby de revenir un jour en Caroline du Nord quand leur carrière aurait bien démarré. Ils espéraient aussi attendre quelques années avant de fonder une famille pour que leurs enfants puissent grandir en même temps que leurs neveux et nièces.

L'injustice pure de ce qui était arrivé à Toby – et à elle – ne quittait jamais vraiment ses pensées, surtout lorsqu'elle retrouvait ses sœurs et leur famille.

— Est-ce que Papa et toi avez toujours l'intention de venir me voir ?

— On aimerait beaucoup. Il faut qu'il termine de s'occuper de quelques affaires au boulot, puis je t'enverrai par courriel des possibilités de date.

— Ça m'a l'air bien.

— Tu me diras comment tu te sens, d'accord ?

— Oui. Je t'envoie un texto demain.

— Je t'aime, ma chérie.

Jenny reposa son téléphone et caressa l'idée de se lever et d'essayer de manger quelque chose, mais son estomac se retourna à cette seule idée, si bien qu'elle resta allongée, sommeillant par intermittence jusqu'à l'appel de Syd, un peu plus tard dans l'après-midi.

— Tu dormais ? interrogea Sydney.

— J'ai honte de l'admettre. Je n'ai pas trop chaud. En fait, ce n'est pas vrai. J'ai l'impression que je vais imploser d'avoir aussi chaud, mais j'ai peut-être de la fièvre en plus de cette affreuse vague de chaleur.

— Berk, ça n'a pas l'air très drôle.

— Je suis sûre que ce n'est pas grave. Je ne me sens vraiment pas en forme. Mais, et toi ? C'était chouette de te voir sortir hier soir.

— J'étais contente de cette soirée. J'en ai marre de regarder mes quatre murs.

— Tu te sens mieux ?

— Toujours un peu fatiguée et sensible, mais beaucoup mieux.

— Je suis bien contente de l'apprendre. Combien de temps est-ce que vous devez attendre avant d'essayer la nouvelle plomberie ?

Sydney se mit à rire.

— Encore deux semaines, mais ne va pas croire que Luke ne fait pas le compte à rebours !

— Oh, pauvre homme.

— Le pauvre homme survivra. Nous avons… improvisé.

— J'en suis sûre, répondit Jenny, amusée par son amie. Tu sais… tous les deux, vous me donnez de l'espoir.

— Comment ça ?

— De vous voir tous les deux si heureux après tout ce par quoi tu es passée, cela me fait penser que je pourrais connaître ça, moi aussi.

— Tu connaîtras à nouveau le bonheur. Je le sais.

Jenny pensa à Alex et à ce qu'ils avaient partagé la nuit précédente. Elle aurait voulu en parler à Sydney, mais elle hésita, parce que si elle le faisait, cela ne leur appartiendrait plus uniquement à eux. Pour le moment, elle voulait le garder secret.

— En parlant de choses qui t'arrivent, Luke est tombé sur Mason hier. Il a dit qu'il avait vraiment passé un bon moment avec toi et qu'il voudrait bien te revoir.

Jenny se sentit gênée et heureuse que Sydney ne puisse voir son expression.

— C'est un type formidable, mais il n'est pas celui que j'attends.

— Je sais que tu as dit que le jury n'avait pas donné sa décision au sujet de Linc…

— Il n'est pas non plus mon idéal.

— Oh, j'espérais tellement… Vous aviez l'air de bien vous entendre hier soir.

— C'est vrai. C'est juste, tu sais, pas d'étincelles, soupira Jenny. J'ai l'air de me prendre pour une fichue princesse. Vous vous êtes tous donné beaucoup de mal pour m'organiser des rendez-vous.

— Arrête ! dit gentiment Syd. S'il n'y en a pas, il n'y en a pas.

Tu n'as plus 18 ans. Tu te connais et tu sais ce que tu recherches. S'il te plaît, tu ne nous dois aucune explication.

— Tout de même, j'espère que vous savez à quel point j'apprécie ce que vous faites pour moi, même si cela n'a pas marché comme nous l'espérions.

— Nous le savons. Dis-nous quand tu es prête pour un nouvel essai. Nous avons d'autres possibilités à l'écurie.

Jenny se mit à rire en pensant à des hommes canons qui attendraient, les uns à côté des autres, chacun dans un box, d'être choisis par la femme idéale. Si seulement c'était aussi facile.

— Il s'est passé des choses hier soir après mon départ ?

— Oh, tu aurais dû voir ça ! Evan a joué la chanson qu'il venait d'enregistrer au studio : *Mon Incroyable Grace*. Il a fait monter Grace sur scène et la lui a chantée. Je te jure, nous étions tous en train de pleurer à chaudes larmes – et surtout elle.

— Je suis désolée d'avoir manqué ça.

— C'était vraiment quelque chose et ils ont fixé une date pour le mariage. Le 18 janvier sur les îles Turquoises.

— Une destination idéale, soupira Jenny. Formidable.

— Ils ont pensé que ce serait super d'avoir tout le monde là-bas au milieu de l'hiver.

— C'est une idée magnifique.

— On se rassemble toutes ici cet après-midi pour finaliser les détails de la fête pour Tiffany. Si tu te sens mieux, viens nous rejoindre.

— Volontiers, si je ne suis pas contagieuse.

— Parfait. J'espère à tout à l'heure.

— Syd… Je voulais juste dire… Les autres et toi avez été une bénédiction pour moi. Tu n'as pas idée.

— Oh, ma chérie. Si, je le sais. Les gens, ici, m'ont sauvé la vie de mille façons et nous sommes ravis de t'avoir dans notre groupe.

— Merci. J'espère à cet après-midi.

— On t'attend.

Jenny raccrocha, se tourna sur le côté et se pelotonna contre son oreiller en repensant à toutes les choses merveilleuses qu'elle avait découvertes sur l'île. Avant cela, elle n'avait fait que battre de l'aile en Caroline du Nord, travaillant pour une société de relations publiques, entourée de personnes bien intentionnées qui s'attendaient tout le temps à ce que son armure craque.

Ici, personne ne l'avait connue avant la terrible tragédie. Personne n'avait connu Toby. Personne ne les avait connus ensemble. Si ses amis sur Gansett étaient au courant de ce qui s'était passé, son drame ne définissait pas leurs relations comme dans sa ville natale.

Ici, elle pouvait respirer et, depuis qu'elle vivait dans le phare, elle s'était enfin sentie guérie. La nuit qu'elle avait passée avec Alex lui avait montré qu'elle était toujours capable de ressentir des émotions qu'elle croyait enterrées à jamais. Une partie de son cœur resterait toujours brisée par la perte d'un homme aussi merveilleux et beau dans la fleur de sa jeunesse. Mais sa vie n'était pas terminée et le temps passé avec Alex avait réveillé son désir et sa passion et l'espoir d'une seconde chance. Est-ce que ce serait avec lui ou non demeurait encore à vérifier, mais il lui avait montré qu'il était possible de retrouver cette connexion.

Et elle avait hâte de le voir.

CHAPITRE 10

*P*ar moments, Maddie McCarthy détestait vivre sur une île où elle ne pouvait avoir exactement ce qu'elle voulait quand elle le voulait. La pharmacie, tout comme la supérette, était en rupture de stock pour les tests de grossesse, si bien qu'elle n'avait pas eu d'autre choix que de prendre rendez-vous avec la sage-femme de l'île, Victoria Stevens, pour savoir si oui ou non elle était enceinte.

Contrariant, non ?

Si elle habitait ailleurs, elle aurait déjà su. Mais si elle habitait ailleurs, elle n'aurait pas rencontré Mac et trouvé la vie idéale avec l'homme parfait. En fait, il était pratiquement parfait. Il l'avait rendue dingue pendant deux jours, en attendant le moment du rendez-vous.

Elle avait catégoriquement refusé qu'il l'accompagne à la clinique, déclenchant une querelle assez véhémente – qu'elle avait gagnée. Et Victoria était en retard, ce qui augmentait encore la contrariété de Maddie.

David Lawrence émergea par les doubles portes battantes qui conduisaient aux salles d'examen, escortant un patient vers l'accueil. Lorsqu'il eut terminé, il se retourna et la vit, assise là.

— Bonjour, Maddie. Comment vas-tu ?

— Je vais bien, et toi ?

Elle lui serait éternellement et à jamais reconnaissante parce qu'il avait sauvé la vie de leur Hailey chérie, sans parler de ce qu'il avait fait pour Janey et P.J.

— Terriblement occupé, mais je ne voudrais pas qu'il en soit autrement. Des nouvelles de Janey et du bébé ?

— P.J. est sorti de couveuse et respire tout seul. Janey reprend des forces de jour en jour. Ils pensent rentrer d'ici deux semaines.

— C'est une excellente nouvelle.

— Comment va mon amie Daisy ? demanda Maddie avec un petit sourire en coin.

— Elle est fantastique. J'ai fini par la décider à emménager avec moi.

— Oh, c'est vraiment formidable, David ! Je suis heureuse pour vous deux.

— Je suis assez content pour nous aussi.

— Vous méritez tous deux le meilleur.

— C'est gentil à toi de le dire alors que tu connais mon histoire.

— Janey et toi n'étiez pas faits l'un pour l'autre, répondit Maddie en haussant les épaules. Elle était destinée à Joe et je commence à croire que tu attendais Daisy.

— Je crois que tu pourrais bien avoir raison.

Victoria déboucha par les portes battantes.

— Bonjour, Maddie. Désolée d'être en retard. Entre.

— À plus tard, David.

— Salut, Maddie.

Suivant Victoria vers une salle d'examen, Maddie sentait les battements de son cœur jusque dans sa gorge. C'était trop drôle de penser qu'à peine une petite semaine plus tôt, l'idée qu'elle soit à nouveau enceinte les horrifiait, Mac et elle. Mais à présent que la possibilité en avait miroité devant leurs yeux, ils ne rêvaient que d'apprendre qu'elle attendait un enfant.

— Qu'est-ce qui se passe ? Ton rendez-vous était marqué urgent.

— Je me sens un peu idiote, mais je pense que je pourrais être enceinte et je n'arrive pas à trouver un test de grossesse sur cette île paumée, si bien que tu étais ma seule possibilité.

— Quels sont tes symptômes ?

— J'ai eu des règles très courtes, moins d'une journée, qui n'étaient peut-être pas vraiment des règles, des seins douloureux ; je suis terriblement émotive, irritable comme ça n'est pas permis, excitée comme pas possible. Pareil que les deux dernières fois.

— De quand datent tes dernières règles ?

Maddie donna une estimation.

— Et tu as eu des rapports non protégés depuis ?

— Oui. Tout à fait par accident et à cause d'un certain abus de vin.

— Ah ! fit Victoria, les yeux tout à coup brillants. J'allais dire… Je pensais que vous aviez décidé d'attendre un peu avant de parler d'un autre bébé.

— Nous l'avions décidé, mais…

Maddie haussa les épaules et sourit à la jolie sage-femme.

— Parfois, les ennuis arrivent comme ça.

— C'est vrai et, de ce fait, je suis toujours très occupée.

Elles se mirent à rire ensemble tandis que Victoria prenait quelques notes dans son ordinateur portable.

— On va faire un test urinaire et un examen rapide pour voir ce qu'il en est. Ça te va ?

— Oui, ça me paraît bien.

En fait, pas pour ce qui était de l'examen. Mais après deux grossesses, elle s'était habituée à ces humiliations liées aux gestations. Victoria l'emmena au laboratoire pour le test urinaire, puis la laissa dans la salle d'examen pour qu'elle se déshabille.

Très nerveuse, Maddie passa la chemise qui couvrait à peine ses seins généreux et s'assit au bord de la table d'examen.

Même si elle voulait désespérément le bébé qu'elle ne portait peut-être pas, l'idée de trois enfants en dessous de 5 ans était décourageante, pour ne pas dire plus. Thomas et Hailey étaient bien élevés, de bons dormeurs et des enfants relativement faciles, mais être parents, c'était beaucoup de travail. Une situation totalement absorbante.

Mac avait dit que, s'ils devaient avoir trois enfants, ce serait aussi bien de les avoir rapprochés pour qu'ils puissent grandir ensemble comme il l'avait fait avec sa fratrie et Maddie avec sa sœur. Si elle était d'accord avec ces paroles raisonnables, elle espérait qu'elle pourrait gérer en même temps deux bébés qui porteraient des couches.

— Tu te montes un peu la tête, murmura-t-elle.

Elle ne savait même pas avec certitude si elle était enceinte et elle était déjà en train de faire des plans. Lorsque Victoria frappa à la porte, Maddie était pratiquement au bord de la crise de nerfs.

— Très bien, fit Victoria avec son habituel enthousiasme énergique pour tout ce qui concernait les grossesses, voyons ce que nous avons. Tu sais comment ça se passe.

Elle enfila des gants et installa les pieds de Maddie dans les étriers qui avaient fait leur apparition de façon magique en bout de table.

Pendant que Victoria tapotait et poussait en elle et sur elle, Maddie fixait le plafond, essayant de se préparer à la possibilité d'une fausse alerte.

— Ton utérus est un peu élargi, mais ça pourrait être un reste de Hailey. Donc je ne veux rien affirmer tant que nous n'avons pas les résultats du test. Tu peux te rasseoir. Si tu veux te rhabiller et venir me retrouver dans mon bureau, je vais voir ce qui se passe au labo.

— Merci, Vic.

Déçue de ne pas avoir déjà un verdict décisif, Maddie passa ses vêtements, puis se dirigea vers le bureau de Victoria au bout du couloir.

— Il leur faut encore quelques minutes, alors assieds-toi. Je peux t'apporter un café ou quelque chose ?

— Non, merci.

Le téléphone de Victoria se mit à sonner et elle le regarda avec l'envie de répondre.

— Vas-y, dit Maddie en riant. C'est juste moi.

Victoria sourit.

— Je fais vite.

Elle prit le portable.

— Salut. Non, je suis au travail. Où es-tu ?

Elle écouta quelques instants.

— Sûr. Ça m'a l'air bien. Tu me retrouves ici à 17 h ? Très bien. À plus tard.

Après une autre pause pendant laquelle elle devint toute rouge, Victoria reprit :

— Je raccroche maintenant.

Elle reposa le téléphone et parut embarrassée en regardant Maddie.

— Désolée.

— Alors, qui est-ce ? interrogea Maddie avec un sourire taquin.

— Hum, eh bien… Tu connais Seamus O'Grady.

— Bien sûr. Je l'adore.

— C'est son cousin, Shannon. Nous sommes sortis ensemble.

— S'il ressemble un tant soit peu à Seamus…

— Il lui ressemble tout à fait, en plus jeune et encore plus sexy, si c'est possible.

Maddie s'éventa.

— Chaud brûlant, ma chère. Tant mieux pour toi !

— Ça a été *très* bon pour moi, si tu comprends ce que je veux dire.

Elles éclatèrent ensemble de rire, ce qui se transforma rapidement en fou rire, atténuant fort à propos la tension de Maddie.

— Merci, dit la jeune femme en essuyant des larmes de rire. J'avais besoin de ça.

— Ravie d'avoir aidé, même s'il est affreusement peu professionnel de discuter de ma vie sexuelle avec mes patientes.

— Oh, je t'en prie. Nous sommes passées par deux grossesses ensemble et tu avais ta main dans mon minou il y a cinq minutes. Je pense qu'on peut affirmer sans crainte que nous sommes des amies à présent.

Victoria se remit à rire de l'affirmation de Maddie et toutes deux essuyaient de nouvelles larmes lorsqu'on frappa à la porte.

— Entrez, cria Victoria.

— Les résultats du test que vous attendez, fit la réceptionniste en regardant les deux femmes avec curiosité.

Maddie comprit qu'elles étaient probablement rouges l'une comme l'autre, l'air bête après leur crise de fou rire.

— Merci, répondit Victoria en parcourant des yeux la page. Elle sourit :

— Félicitations, Maman. Il semble que nous soyons partis pour trois.

Maddie fondit aussitôt en larmes qui n'étaient pas de rire. Elle ne savait pas trop si c'était le soulagement ou la peur qui la faisaient pleurer comme une folle.

Victoria se leva et fit le tour de son bureau.

— Qu'est-ce qu'il y a ? Je pensais que tu serais enchantée !

— Je le suis, affirma Maddie entre des sanglots. Je suis ravie.

— Hum, tu n'en as pas l'air.

— J'ai été sur des montagnes russes d'émotions cette

semaine, à la pensée que j'étais enceinte, puis en étant convaincue que je ne l'étais pas ; et maintenant en découvrant que je le suis alors que mon amie Syd meurt d'envie de l'être et ce n'est pas juste que j'attende comme ça un bébé alors qu'elle en veut tellement un.

— Waouh, voilà un tas d'hormones en une seule phrase.

— Tu vois ? Je suis une épave. Comment est-ce que je vais gérer *trois enfants* de moins de *5 ans* ?

— Aussi merveilleusement que tu t'occupes de deux. Si quelqu'un peut le faire, c'est toi. Regarde les choses comme ça ; au moins, les tiens n'arrivent pas deux par deux, comme ton amie Laura qui attend des jumeaux.

— C'est vrai, admit Maddie en essuyant ses larmes.

— Tout ira bien, je te le promets. Vous aurez quelques années démentes, puis vous aurez droit à des choses faciles comme l'école et l'adolescence et le fait qu'ils voudront conduire.

Maddie se remit à sangloter en pensant à ces soucis inimaginables.

— Je suis allée trop loin ? interrogea Victoria.

— Peut-être juste un petit peu.

Victoria se remit à rire, et avant de s'en rendre compte, Maddie riait tout en pleurant.

— Mon mari va me quitter, soupira Maddie.

Le visage de Victoria se figea de stupeur.

— Non… Impossible !

Entre sanglots, larmes et rire, Maddie agita la main.

— Il n'a pas le projet de me quitter maintenant. Ça, du moins, je le sais. Mais si je suis comme ça pendant neuf mois, il sera parti bien avant que ce bébé n'arrive.

— Non. Cet homme est fou de toi.

— Espérons, parce qu'il ne sait pas encore ce que c'est que la folie.

— Va prendre un bon bain et te pomponner.

Maddie prit le mouchoir en papier que Victoria lui offrait et s'essuya le visage.

— Désolée d'être une débile pareille. J'ai été dans un bel état toute la semaine.

— Tu n'es pas débile, Maddie. Tu es enceinte.

— Je suis une débile enceinte.

— Ça ira mieux lorsque tu auras absorbé le choc. Je te le promets.

Maddie hocha la tête et ramassa son sac, puis serra Victoria dans ses bras.

— Merci de m'avoir soutenue.

— Pas de souci. Prends rendez-vous pour une échographie et nous saurons le terme de ta grossesse lors de ta prochaine visite. Nous confirmerons aussi qu'il n'y en a qu'un.

Maddie blêmit à la seule idée qu'il puisse y en avoir plus qu'un.

— Je suis encore allée trop loin.

Victoria mit une main devant sa bouche pour s'empêcher de rire.

— Sois heureuse avec ton Irlandais canon.

— Eh bien, merci, répondit Victoria en faisant un clin d'œil. J'espère l'être vraiment tout à l'heure.

Secouant la tête devant l'inconvenance de Victoria, Maddie se dirigea vers la réception afin de prendre rendez-vous pour la visite de suivi. Elle aurait bien du mal pour que Mac ne vienne pas à celui-là. Elle se trouvait avec un fils de 3 ans, un bébé de dix mois et un autre en approche. Ses seins déjà trop gros exploseraient à nouveau très prochainement, les vergetures de la précédente grossesse commençaient enfin à pâlir et elle venait à peine de pouvoir à nouveau entrer dans ses vêtements normaux.

Et voilà qu'elle allait recommencer tout ça. Maddie sortit de la clinique en traînant les pieds dans la chaleur étouffante, aveuglée par le soleil brillant malgré les lunettes de soleil qu'elle ramena du sommet de sa tête devant ses yeux irrités. Elle se dirigea vers son SUV et s'arrêta net en voyant son mari, appuyé contre la voiture, bras croisés et le regard de ses yeux bleus fixé sur elle.

— Qu'est-ce que tu fais ici ? demanda-t-elle, sans doute moins surprise de le voir qu'elle n'aurait dû l'être.

— Je t'attendais.

Maddie fit quelques pas supplémentaires qui la menèrent juste devant lui. Il ne manquait jamais de lui couper le souffle lorsqu'il la regardait comme si tous ses espoirs et ses rêves étaient accrochés à elle, ce qui était le cas. Et ceux de Maddie étaient tout pareillement liés à lui.

— Où pourrais-je bien être lorsque tu t'apprêtes à savoir si oui ou non nous allons avoir un autre bébé ?

Il tendit la main et remonta les lunettes de soleil dans les cheveux de Maddie, la faisant grimacer du choc lumineux sur ses yeux douloureux.

— Tu as pleuré. Alors, c'est un non ?

Avant qu'elle ait eu le temps de répondre, elle se retrouva entre ses bras puissants, et recommença à sangloter.

— Je suis vraiment désolé, ma chérie. On essaiera à nouveau le mois prochain. On essaiera chaque mois jusqu'à ce que nous y arrivions.

Elle secoua la tête.

— Tu ne veux pas recommencer ?

— Ce n'est pas nécessaire.

— Je ne comprends pas.

— Je suis enceinte.

Aussi longtemps qu'elle vivrait, elle n'oublierait jamais l'expression de son visage lorsqu'il comprit ses mots. Choc, stupéfaction, admiration, amour... Puis ses yeux se remplirent de larmes et elle retomba amoureuse de lui comme au premier jour.

— Tu l'es ? Vraiment ?

— Vraiment.

Il l'écrasa contre lui, la serrant si fort qu'elle pouvait à peine respirer.

Elle s'accrocha tout aussi fort à lui, son rocher, son amour, sa vie.

— Si tu étais contente de cette nouvelle, pourquoi est-ce que tu pleurais ? demanda-t-il après l'avoir tenue ainsi plusieurs minutes.

— Parce que je ne peux pas ne pas pleurer. J'ai l'impression de ne faire que ça ces jours-ci.

— Est-ce que je t'ai dit aujourd'hui à quel point je t'aime ? interrogea-t-il.

— Faut pas être gentil avec moi. Ça me fait pleurer.

Ses mains sur son visage l'assurèrent qu'elle était aimée et chérie.

— Je t'aime plus que tout. Tu n'as pas idée comme tu m'as rendu heureux – aujourd'hui et tous les jours.

— Alors, tu es heureux de ce bébé ? Même si nous ne l'avons pas planifié – lui ou elle ?

— Comment est-ce que je pourrais ne pas être ravi d'un bébé que nous allons avoir ensemble, peu importe comment il ou elle est arrivé ? C'est *notre* bébé, Maddie. Le tien et le mien et nous l'aimerons – lui ou elle – autant que je vous aime, Thomas, Hailey et toi.

Maddie s'accrocha à lui, fortifiée comme toujours par son amour.

— Mais tu mettras celui-ci au monde dans l'hôpital le plus grand et le plus sûr que je trouverai – sur le continent. Tu m'as compris ?

— Oui, Mac. J'ai compris.

Et jamais, au grand jamais, elle ne perdrait courage.

David libéra Marion Martinez à 14 h, avec instruction de suivre une diète stricte pendant quelques jours. Paul était parti s'occuper du magasin et des employés tandis qu'Alex attendait avec leur mère qui demandait toutes les deux minutes quand leur père viendrait la chercher. La même question, répétée sans cesse, avait usé les nerfs déjà à vif d'Alex.

— Je vais attendre Papa, déclara-t-elle lorsqu'Alex lui dit qu'il était temps de rentrer chez eux.

— Papa ne viendra pas, répondit Alex.

— Bien sûr que si. Il vient toujours me chercher.

— Il est mort, Maman. Il y a dix ans. Tu le sais.

— Comment peux-tu dire une chose aussi affreuse ? s'exclama-t-elle, horrifiée. Qu'est-ce qu'on t'a donc fait pour mériter une telle attitude ? Nous t'avons aimé et avons pris soin de toi et supporté tes bêtises.

Des bêtises, aurait-il pu demander. *Quelles bêtises ?*

Autant qu'il le sache, son frère et lui avaient été des fils modèles. Mais s'il posait la question, cela ne ferait que l'agiter davantage et c'était la dernière chose qu'il désirait.

— J'attends ton père et c'est tout.

— Marion, intervint David en entrant dans la pièce, je viens de parler avec Georges et il m'a dit qu'il était retenu à son travail. Il veut que vous rentriez à la maison avec Alex et il vous retrouvera là-bas.

Alex attendit, retenant son souffle, ce qu'elle allait dire.

— Bien, alors, allons-y, Alex. Je ne veux pas faire attendre ton père.

Comme Alex poussait le fauteuil roulant hors de la pièce, il regarda David :

— Je pourrais t'embrasser pour ça, dit-il entre ses dents.

— C'est très gentil, mais je crois que je vais décliner.

David accompagna Alex, qui poussait le fauteuil, jusqu'à la porte principale de la clinique.

— Tu nous as sauvés, David. De plus d'une façon.

— Ravi de pouvoir vous aider. Appelle-moi si tu as besoin de quoi que ce soit – de jour comme de nuit.

— Nous ne pourrons jamais te remercier comme il faut.

— Pas besoin. C'est pour ça que j'ai passé toutes ces années à la fac. Je veux pouvoir aider les gens.

— Tu représentes une sacrée différence pour notre famille. N'en doute jamais !

— Tant mieux. Je vais attendre avec ta maman que tu ailles chercher la camionnette.

Alex partit à petites foulées à travers le parking, sensible à quelques douleurs et élancements qu'il ne pouvait attribuer au dur travail qu'il accomplissait chaque jour. Il avait eu une envie folle d'appeler Jenny, juste pour entendre sa voix, sinon pour autre chose, mais il s'en était abstenu jusqu'au moment où il pourrait être tout à elle.

L'air conditionné fonctionnant à plein régime, il amena la camionnette jusqu'à l'entrée de la clinique et sortit pour aider sa mère à y prendre place.

— Arrête cette horrible climatisation, Alex. Je suis gelée.

— Tu dois être la seule personne dans l'État du Rhode Island qui a froid aujourd'hui.

David rit de leur désaccord et agita la main lorsqu'Alex démarra, puis rentra en poussant le fauteuil roulant.

— Tu conduis trop vite, lui dit sa mère lorsqu'Alex sortit du parking pour passer sur Ocean Road.

— C'est à peine si j'avance.

— Ne réponds pas à ta mère !

Alex se mordit l'intérieur de la joue pour ne pas répliquer vertement. Elle ne pouvait s'en empêcher. Peut-être que s'il n'arrêtait pas de se le répéter, il finirait par le croire. Il conduisit jusqu'à chez eux aussi lentement que possible. Lorsqu'il tourna dans l'allée menant à *Martinez Pelouse & Jardin,* une file de voitures les suivait, mais au moins sa mère n'était-elle pas irritée contre lui.

Avant sa maladie, elle n'avait pour ainsi dire jamais prononcé un mot de colère contre Paul ou lui. Elle avait été une mère stricte qui avait placé très haut ses espoirs pour ses fils, mais elle avait également été gentille, douce et généreuse. C'étaient ces qualités qu'il regrettait le plus. La démence la rendait coléreuse, soupçonneuse et impulsive, entre autres choses qui rendaient leur vie difficile.

Une heure plus tard, il avait installé sa mère dans son lit pour une sieste avant le dîner. Alex alla dans la pièce à vivre et s'étendit sur le canapé. La journée de travail était totalement fichue et, de toute façon, il ne pouvait laisser sa mère seule. Il tira son téléphone portable de sa poche et fit défiler les textos de clients et de quelques amis qui avaient voulu prendre des nouvelles.

Comment allait-il ? Cela dépendait du moment où on lui posait la question. À part l'affaire déplaisante avec Sharon, la soirée de la veille avait été formidable, depuis le moment où il avait rejoint Jenny, jusqu'à celui où Paul l'avait appelé pour lui parler des douleurs dans la poitrine de leur mère. Aujourd'hui, les choses avaient plutôt craint, sauf lorsque Jenny l'avait reconduit chez lui et avait offert son aide. Ça, c'était super. Être à côté d'elle lui faisait du bien, ce qui était plus que suffisant pour qu'il veuille aller la retrouver.

Les hauts et bas de sa vie quotidienne récente lui donnaient la nausée, pensée qui lui rappela qu'il devait manger. Mais se lever pour aller chercher de quoi le satisfaire lui aurait pris une énergie qu'il n'avait tout simplement pas. Si bien qu'il resta sur le sofa et appela Jenny. Il voulait entendre sa voix. Non, il *avait besoin* de l'entendre, une pensée qui aurait dû lui faire une peur bleue. Or non. Elle l'apaisait.

— Hum, allô ?

— Salut, c'est moi. Tu dormais ?

— Ouais. Je me suis écroulée. Comment va ta maman ?

Alex se la représenta sur son lit, le visage rosi de sommeil.

— À la maison et reposant dans son lit.

— J'en suis bien contente, fit-elle. Et toi ?

— J'ai l'impression que quelqu'un m'a flanqué une raclée.

— Très drôle. Même chose pour moi. Je me suis demandé si ce n'était pas autre chose qu'une nuit blanche et le reste…

— *Le reste* ? reprit-il en riant. C'est ainsi que nous disons ?

— Qu'est-ce que tu dirais ? Non, attends, ne réponds pas. J'ai peur de ce que tu dirais.

Il était au téléphone avec elle depuis cinq minutes et il souriait déjà comme un idiot.

— Je peux venir chez toi plus tard ?

— Certainement, mais je te préviens, j'ai peut-être la grippe et pas question qu'on refasse « le reste ».

— Tu as mal partout ?

— Ce n'est peut-être pas un mot suffisant pour ce que je sens.

— Je sais ce qu'il te faut pour te remettre sur pied.

— Non. Hors de question.

Il gloussa :

— Quels symptômes grippaux as-tu ?

— Un manque d'intérêt complet pour tout ce qui ressemble à de la nourriture, une léthargie générale et peut-être de la fièvre.

— Oh là là, de la fièvre par cette chaleur ?

— Je sais. Une horreur.

— Je vais venir dès que je pourrai m'échapper d'ici. Je ne sais pas quelle heure il sera.

— Je ne bouge pas. Je devais aller retrouver mes amies, mais je les ai déjà appelées pour leur dire que je restais à la maison. Si c'est la grippe, pas besoin de la leur refiler – à toi non plus d'ailleurs.

— Tel que je vois les choses, j'ai déjà été extrêmement bien exposé à quoi que ce soit que tu as, donc il n'y a aucune raison pour que tu sois malheureuse toute seule.

— Là, je crois que tu marques un point.

— Hum, oui, c'est vrai. Et j'aimerais vraiment te revoir.

— Alex ! Oh, Seigneur ! Tu es comme un gosse de 15 ans !

— Je sais, OK ? Je ne t'ai pas entendue te plaindre de mon énergie la nuit dernière.

— Je vais raccrocher.

— J'arrive dès que je peux.

— Je ne verrouille pas la porte pour que tu puisses entrer.

— Jenny…

— Oui ?

— J'ai hâte de te voir.

Il raccrocha avant qu'elle ait pu répondre. Qu'elle réfléchisse à ça jusqu'à ce qu'il arrive. Il ferma les yeux pour une courte sieste et sourit à la pensée qu'il allait bientôt la voir. Il en avait vraiment hâte.

Maddie arriva terriblement en retard chez Syd à la réunion où se préparait la fête pour Tiffany, mais elle avait une bonne excuse. Elle avait fait une escapade avec Mac durant l'après-midi ; ses beaux-parents s'occupaient des enfants et ils avaient eu une rare occasion de passer un peu de temps seuls. Quelques heures après la bonne nouvelle donnée par Victoria, Maddie ne savait toujours pas si elle devait le dire à ses amies ou attendre en pensant à Sydney.

Elle n'avait pas résolu ce débat intérieur lorsque, après un coup rapide sur la porte de Syd, elle pénétra dans la maison.

— Il y a quelqu'un ?

— On est dehors ! lui parvint la voix de Sydney depuis l'arrière.

Maddie traversa la cuisine et passa la porte coulissante.

— Prends-toi un verre de vin et sors nous rejoindre, cria Sydney. Nous avons trouvé un peu de brise.

— Si tu peux appeler ça ainsi, grommela Stéphanie.

Elle s'éventait avec la dernière édition de la *Gazette de Gansett.*

Comme il ne serait plus question de vin dans un futur envisageable, Maddie se servit un verre d'eau glacée et sortit sur la véranda ; la chaleur pesait, écrasante, sur l'île. Le mot « incinérateur » venait à l'esprit.

— Combien de temps est-ce que cette horreur va durer ? interrogea-t-elle tout en passant le verre sur son visage, cherchant un soulagement comme elle le pouvait.

— J'ai entendu aux nouvelles qu'on en avait encore pour quelques jours, répondit Laura.

— *Jours* ? s'inquiéta Abby. Comme dans plus d'un seul ?

— J'en ai bien peur, continua Laura. Ils annoncent des orages pour la fin de la semaine.

— Jamais assez tôt pour moi, enchaîna Maddie. Hé, où est Jenny ?

— Malade, expliqua Sydney. Elle a de la fièvre.

— Hum, pas de chance.

Maddie vint s'asseoir auprès de sa mère, qui se détendait sur une chaise longue.

— Coucou, Maman.

Elle se pencha pour embrasser la joue congestionnée de Francine.

— Je suis contente que tu aies pu venir.

— Pourquoi as-tu pleuré ? interrogea Francine en regardant attentivement sa fille aînée.

— Quoi ? Mais non.

— Si, tu as pleuré. Qu'est-ce qui se passe ?

Tout s'arrêta tandis que les autres la fixaient et Maddie se recroquevilla sous la chaleur des regards appuyés autant qu'à cause de l'humidité pesante.

— Hum, eh bien, en fait c'est plutôt drôle.

— Qu'est-ce qu'il y a de si drôle ? interrogea Grace.

Maddie lança un coup d'œil à Sydney et vit que sa vieille amie attendait d'apprendre ce qu'elle avait à dire.

— Il semble que, en dépit de mes comédies l'autre jour, je sois tout de même enceinte.

Les filles se mirent toutes à crier de joie et à serrer Maddie dans leurs bras jusqu'à ce qu'elle fonde en larmes de nouveau.

— Je le savais, déclara Francine d'un air fin. Ça se voyait sur ta figure. Pareil que les deux dernières fois.

— Je suis contente que tu l'aies su parce que, pour ma part, je m'étais convaincue que je ne l'étais pas.

Sydney vint à elle pour la prendre dans ses bras.

— Félicitations, Maddie. Je suis tellement heureuse pour toi !

— Je croise les doigts pour toi aussi. Mains et orteils.

— Si cela doit arriver, ça arrivera, répondit Sydney. Que ma situation ne t'empêche en aucun cas d'être enthousiaste. Tu m'entends ?

Les mots amicaux de son amie déclenchèrent un nouveau torrent de larmes chez Maddie.

— Faut pas que tu sois gentille avec moi, parce que ça me fait pleurer. Personne ne doit être gentil avec moi pendant les neuf prochains mois.

— D'accord, espère de connasse, plaisanta Stéphanie. Arrête de pleurnicher et qu'on se mette à organiser cette fête pour ta sœur.

— Beaucoup mieux, répondit Maddie en riant.

Elle tamponna ses larmes avec un mouchoir en papier que sa mère lui avait tendu.

— Comment Mac prend-il la nouvelle ? demanda Francine.

— Bien, de façon surprenante. Il est très excité mais aussi absolument déterminé à nous installer très tôt sur le continent pour s'assurer qu'on n'ait pas un accouchement susceptible de dérailler.

— Je parie qu'il n'aura pas à te forcer la main cette fois-ci, commenta Abby.

— C'est vrai. J'ai retenu la leçon avec Hailey. Aucun risque que ça arrive une nouvelle fois.

Malgré le besoin de recommencer à pleurer toutes les larmes de son corps qui semblait ne pas pouvoir la quitter, Maddie se força à faire un sourire mouillé à l'attention de ses amies.

— J'ai parlé avec Patty, annonça-t-elle en parlant de la vendeuse du magasin de Tiffany. Elle m'a donné le planning de cette semaine, si bien que nous saurons quand Tiffany n'y est pas. Il semble que mardi sera le jour où nous ferons nos emplettes ; samedi, on a prévu la fête.

— Tu as discuté de cette idée avec Blaine ? demanda Francine. Ils pourraient avoir des projets pour la soirée de samedi si c'est leur seul jour libre.

— Je pensais qu'on pourrait organiser la fête pour eux deux ; elle ne s'attendra sûrement pas à ouvrir des cadeaux venant de sa boutique, ajouta Maddie.

— Oh, j'aime bien cette idée ! enchaîna Abby. Nous inviterons tous les garçons en leur disant qu'il faut qu'ils viennent soutenir Blaine. Pas besoin qu'ils sachent de quel genre de fête il s'agit.

Les autres hurlèrent de rire à la pensée des hommes qui assisteraient à une fête où seraient offerts des jouets et de la lingerie affriolants.

— C'est le moins qu'on puisse leur faire après qu'ils se sont si souvent invités dans nos soirées de filles, fit remarquer Maddie.

— Tout à fait, approuva Grace. Mais si vous me faites ça, vous autres, je vous tuerai toutes. Vous m'entendez ?

— Voilà une nouvelle tradition en train de se mettre en place, enchaîna Stéphanie.

Elle se frotta les mains et lança un sourire diabolique à Grace.

— Pas question, fit Laura. C'est moi la suivante et ils n'ont pas encore inventé une nuisette polissonne pour couvrir ce corps-là.

— Tu nous mets au défi ? demanda Maddie à la cousine de son mari.

— Oh, flûte ! grommela Laura. Je n'aurais rien dû dire !

— C'est parfait pour Tiffany, enchaîna Francine. Elle va adorer.

— Blaine aussi – mais il n'appréciera pas vraiment avant d'être rentré chez eux avec les cadeaux, gloussa Syd.

— Ça va être formidable ! se réjouit Maddie. Comment va-t-on faire pour apporter tout ça jusqu'au phare ?

— J'ai l'idée parfaite, s'exclama Sydney. Je pense que voilà ce que nous devrions faire…

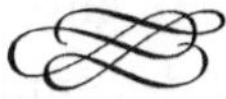

CHAPITRE 11

*E*lle attendit le moment où le ferry de 17 h quittait la digue du port Sud avant de s'approcher du bureau où étaient vendus les billets des ferries.

— Madame Cantrell !?

La jeune femme qui s'occupait des réservations de voitures semblait surprise de la voir.

— Comment allez-vous ?

— Très bien, merci. Je voudrais réserver un passage pour ma voiture sur le ferry de 9 h demain matin.

— Oh, hum, pouvez-vous patienter une petite minute ?

— Comment vous appelez-vous ?

— Kristen.

— Non, Kristen, je ne vais pas attendre pendant que vous appelez votre chef pour lui dire que je veux enregistrer ma voiture sur le bateau.

Carolina parlait d'une voix calme et amicale, mais ses mots ne l'étaient pas du tout.

— Mon fils et moi *sommes les propriétaires* de cette société et je vous demande de me prendre une réservation.

— Ou-i, madame.

Les mains de Kristen tremblaient en tapant sur l'ordinateur ; elle prit ensuite un bordereau qui sortait de l'imprimante.

— Voilà ! Je suis sûre que vous savez qu'il faut être ici une heure avant le départ du bateau.

— Certainement. Merci de votre aide, Kristen.

Carolina prit un stylo et inscrivit son numéro de téléphone sur un bout de papier qu'elle fit glisser sur le comptoir.

— Si votre *chef* vous fait des ennuis à ce sujet, vous m'appelez, d'accord ?

Kristen prit le papier et le fourra dans sa poche.

— D'accord.

Satisfaite que l'affaire soit réglée, Carolina tourna le dos à la guérite de réservation et se trouva nez à nez avec son fiancé, Seamus O'Grady, debout et jambes écartées, les bras croisés sur sa large poitrine. Même lorsqu'il fronçait les sourcils de contrariété, il était sexy en diable.

— Qu'est-ce que tu fabriques, mon amour ?

— Je m'occupe de quelque chose qui ne te regarde pas.

— Quelle est cette affaire qui ne me concerne pas ?

Carolina enfonça son index dans la poitrine de Seamus.

— Il s'agit de mon *petit-fils,* que je vais aller voir demain.

— Mais tu as été tellement malade…

— Passé composé. Je me sens bien à présent. La congestion est terminée. Si je ne vois pas ce bébé, mon fils et ma belle-fille, je vais tuer quelqu'un. Et comme tu te trouves là, tu as vraiment intérêt à ne pas te mettre en travers de ces projets.

— Je vais passer quelques coups de fil.

— Qui vas-tu appeler ? Si tu annules ma réservation ou si tu engueules cette gentille Kristen qui m'a aidée…

— J'allais téléphoner à l'un des capitaines d'astreinte pour qu'il me remplace demain, comme ça, je pourrais t'accompagner.

— Oh, fit Carolina, calmée.

Il fit courir son pouce sur sa joue, si bien qu'elle eut envie de s'appuyer contre lui, alors qu'en fait, elle se disputait avec lui.

— J'ai envie de les voir aussi, ma chérie. C'était terrible quand tu étais trop malade pour le voyage, parce que je savais que ça te brisait le cœur de ne pas pouvoir y aller.

— Je ne peux pas attendre un jour de plus sans ça.

— Je comprends.

— Tu comprends, mais c'est toi qui me disais que je ne pouvais pas y aller.

Impatienté, il leva les mains en l'air.

— Parce que tu étais *contagieuse*. Tu ne pouvais pas risquer ça avec un bébé prématuré.

— Je le sais bien ! Je voulais seulement…

Elle secoua la tête, contenant difficilement une frustration qui fit long feu lorsqu'elle regarda le magnifique et honnête visage de Seamus.

— Tu as raison. Je sais que tu as raison, mais ça me rend folle d'être coincée ici pendant qu'ils sont à Providence. J'ai déjà raté tellement de trucs avec mon petit-fils.

Le sourire chaleureux de Seamus adoucissait son attitude et son délicieux accent irlandais eut son effet habituel sur elle.

— Caro, ma chérie. Tu n'as rien manqué de ce qui importe. Ce petit va t'aimer très fort.

Il l'entoura de ses bras et déposa un baiser sur son front.

— Désolé d'avoir été une peau de vache en te tenant éloignée de lui, mais je savais que tu ne te le pardonnerais jamais si tu lui passais des germes qui lui feraient du mal.

— Ça n'a pas suffi que je me fasse déchiqueter en tombant dans un buisson épineux. Ensuite, il a fallu que j'attrape la grippe par-dessus le marché !

— C'était vraiment très injuste.

Elle le regarda.

— Tu as fini ta journée ?

— Oui, merci, mon Dieu. Je suis épuisé, en surchauffe et affamé.

— Allons au Beachcomber pour dîner et ensuite, direct à la maison et au lit.

Même si elle n'était plus contagieuse, son niveau d'énergie n'était toujours pas revenu à la normale.

— On se lève tôt demain.

— Voilà qui me plaît énormément, ma chérie.

Il garda son bras autour d'elle pendant qu'ils remontaient la colline vers le mythique hôtel blanc, ancré en plein centre-ville de Gansett.

— Tant que nous serons sur le continent, que dirais-tu de faire quelques emplettes ?

— Quel genre ?

Il approcha son annulaire de ses lèvres.

— Pour quelque chose qui brillerait sur ton adorable doigt.

— Je n'en ai pas besoin, Seamus.

— Et si c'est moi qui veux ?

— Il existe tant d'autres plus belles choses pour dépenser ton argent.

— Cite-m'en une.

— Il y a sûrement quelque chose que tu aimerais et que tu n'as pas.

Son bras se resserra autour d'elle tandis que ses lèvres glissaient dans ses cheveux.

— Maintenant que tu as accepté de m'épouser, il n'y a pas une seule chose que je veuille et que je n'aie pas et tu vas avoir une bague. Et voilà et c'est tout !

Au cours de l'année écoulée, Carolina avait appris à choisir sagement ses batailles avec lui. Elle suspectait qu'elle ne pouvait gagner celle-ci.

— Si tu le dis, mon chéri.

Il éclata de rire en la voyant capituler plus facilement qu'à l'ordinaire et les passants les regardèrent, se demandant probablement ce qu'un homme jeune et sexy faisait avec une vieille folle comme elle. *Qu'ils s'interrogent*, pensa-t-elle en glissant la main dans la poche arrière de son short d'uniforme kaki. Chaque centimètre de ce corps sexy, autoritaire et dominateur lui appartenait.

Une porte claquée à la volée et une voix forte tirèrent Alex d'un sommeil profond. Il se frotta le visage : Paul rentrait du travail, parlant dans son téléphone. Alex consulta sa montre qui indiquait que deux heures s'étaient écoulées. Il fut debout et se dirigea vers le couloir pour voir si tout allait bien du côté de sa mère avant même d'être complètement réveillé.

Heureusement, elle dormait paisiblement dans son lit et ne s'était pas échappée pendant qu'il était profondément endormi ! Il retourna dans la cuisine, où Paul avait ouvert une bière et se tenait debout, appuyé contre le plan de travail, son portable coincé entre oreille et épaule.

— Ça me paraît bien, disait-il. Je vous retrouve au ferry. Nous nous réjouissons de vous voir samedi.

Paul raccrocha et mit son portable en charge.

— C'était l'infirmière. Hope. À qui nous avons parlé l'autre jour. Son fils et elle vont venir samedi se faire une idée de l'endroit.

— Et de nous !

— Et de nous.

— Bon, écoute… Une de mes amies a proposé de venir nous aider au magasin. Elle a un MBA de Wharton et beaucoup d'expérience de la vente – pas en horticulture, mais elle captera probablement vite ce qu'elle a besoin de savoir. Tu en penses quoi ?

— Une *amie*, hein ? Et est-ce que cette *amie* a un rapport quelconque avec le fait que tu n'es pas rentré à la maison hier soir ?

— Je t'ai appelé pour te dire que je passais la nuit ailleurs et tu as dit que tu étais d'accord, alors ne me casse pas les couilles. Tu veux son aide ou pas ?

— Ta MBA de Wharton se contentera-t-elle de douze dollars de l'heure ?

— Elle ne fait pas ça pour l'argent. Elle a su que nous étions dans l'embarras et a proposé son aide. Rien de plus.

Paul le regarda d'un œil sceptique.

— Rien de plus ?

— Paul… Tu vas la boucler et répondre à ma question ? Tu veux de son aide ou non ?

— Bien sûr, répondit Paul avec un sourire narquois. J'aimerais beaucoup que ton *amie* vienne nous aider au magasin. Dis-lui de m'appeler demain matin et nous fixerons un rendez-vous.

— Tu es vraiment un connard.

— C'est pour ça que tu m'aimes.

— Juste. Continue à te le dire. Je vais prendre une douche. Tu restes à la maison ce soir ?

— Où pourrais-je aller ?

— Ça t'embête si je sors un peu ?

— Ça ne m'embête pas, mais quand tu parles d'*un peu*, tu veux dire deux heures ou toute la nuit ?

— Pfff… grogna Alex, exaspéré.

Il laissa Paul, qui riait dans la cuisine, et alla prendre une douche. Il aurait volontiers cogné son frère qui le taquinait ainsi, mais il ne pouvait nier que, la situation eût-elle été renversée, il aurait fait de même.

Ils se les étaient brisées menu mutuellement depuis qu'ils savaient parler. En fait, ça avait été leur passe-temps favori jusqu'à ce qu'ils se retrouvent à devoir s'occuper de leur mère. C'était plutôt agréable de savoir que, malgré tout le drame et le désespoir engendrés par la maladie de leur mère, sa relation avec son frère demeurait intacte.

Vêtu d'un bermuda et d'un T-shirt, Alex revint dans la cuisine où Paul dînait, son ordinateur ouvert à côté de lui.

— Ce portable me donne des brûlures d'estomac.

— Prends des trucs qu'on a donnés à Maman.

— N'importe quoi ! Il faudrait peut-être que j'en achète un autre. Celui-ci est tellement lent.

— Appelle Adam McCarthy, qu'il regarde s'il peut faire quelque chose avant de dépenser tes sous pour un nouveau.

— Bonne idée. J'oublie toujours qu'il est revenu sur l'île.

Alex attrapa ses clefs et fourra son portefeuille dans sa poche arrière.

— Et si je t'aidais à lever Maman, à la changer et tout avant de partir ?

— Nan, je peux m'en occuper. D'ailleurs, il se peut même qu'elle dorme d'une traite jusqu'à demain.

— Tu m'appelles si tu as besoin de moi.

— Je ne voudrais pas interrompre quelque chose.

— Tu veux bien la fermer ?

Paul en riait encore lorsqu'Alex sortit, laissant la porte se refermer bruyamment derrière lui. Son frère pouvait lui porter sur les nerfs, mais c'était bien d'entendre rire dans leur maison pour changer.

Dans le hangar, il enfourcha la Harley et se dirigea vers la ville. Il s'arrêta dans trois magasins où il trouva ce qu'il cherchait. Puis il reprit la route en direction du phare, son corps vrombissant d'excitation. C'était extraordinaire de voir la vitesse à laquelle Jenny était devenue un point lumineux dans une vie faite uniquement d'une routine ennuyeuse.

Alex gara sa moto et prit le sac qu'il avait rangé dans le coffre sous la selle. Comme promis, elle avait laissé la porte non verrouillée pour lui. Il grimpa l'escalier quatre à quatre, pressé de la voir.

Dans la cuisine, il posa son sac sur la table.

— Jenny ?

Pas de réponse. Bon sang, est-ce qu'elle dormait encore ? Il monta à l'étage où se trouvait sa chambre. Elle était roulée en boule sur le côté, le visage posé sur sa main, ses cheveux blonds étalés sur l'oreiller. Alex s'assit au bord du lit et se pencha pour embrasser son épaule nue. La chaleur intense de sa peau lui brûla les lèvres.

— Eh ho !

Les yeux de Jenny papillonnèrent et s'ouvrirent.

— Salut, fit-elle d'une voix qui résonnait, enrouée et endormie.

Il ne lui en fallut pas davantage pour que son pénis se dresse avec insistance contre sa fermeture Éclair.

Du calme, mon garçon. Elle est malade et nous ne sommes pas venus ici pour ça.

— Comment te sens-tu ?

— Pas terrible. J'ai chaud.

Il posa une main sur son front.

— Tu as une sacrée fièvre. Tu as pris quelque chose ?

— Tout à l'heure. Ça n'a pas fait grand-chose.

— Je t'ai apporté à dîner.

Ses yeux s'ouvrirent de surprise.

— Tu as fait ça ?

Il hocha la tête :

— Je n'ai pas pu trouver de nouilles au poulet, mais ils avaient du poulet avec du riz chez le traiteur.

L'estomac de Jenny gronda, ce qui les fit rire tous les deux.

— Je crois comprendre que tu es d'accord pour un petit dîner.

— C'est tentant.

— Ne bouge pas. Je te l'apporte.

Alex redescendit à la cuisine pour disposer le repas sur un plateau qu'il trouva dans un tiroir sous le four. Il ouvrit des portes et des tiroirs dans la minuscule cuisine bateau et dénicha un bol et une cuillère. Il ajouta une pile de crackers et un verre de bière glacée au gingembre sur le plateau, puis monta le tout dans la chambre.

Jenny était assise, le dos appuyé sur une pile de coussins. Elle alluma et il vit que ses joues étaient rouges de fièvre.

— Je n'arrive pas à croire que tu m'aies apporté de quoi dîner.

— Pourquoi pas ? Tu es malade, non ?

— Je sais, mais quand même… C'était vraiment gentil à toi.

— J'en ai pris pour moi aussi. Je reviens.

Il redescendit chercher la boîte de minestrone et le Coca qu'il avait achetés pour lui puis monta la rejoindre.

Appuyé sur une autre pile de coussins, il dévora son plat et la baguette servie avec. Ils mangèrent dans un silence convivial, ce qui lui plut énormément. Être auprès d'elle le calmait et apaisait son esprit en ébullition.

— Comment va ton estomac ? demanda-t-il.

— Mieux qu'il ne l'a été de toute la journée. C'est super. Encore merci.

— Pas bien difficile.

— C'était *gentil* à toi.

— Si tu le dis.

— Oui. Comment va ta maman ?

— Elle dort beaucoup.

Elle le regarda longuement et attentivement et, conscient de la présence de Jenny, Alex sentit des picotements sur la peau.

— Tu as pu dormir un peu ?

— Deux heures.

— J'espère que tu ne vas pas attraper ce que j'ai, quoi que ce soit.

— Je ne suis jamais malade. Ne t'inquiète pas pour moi.

— Moi non plus et je m'inquiète pour toi. Tu brûles la chandelle par les deux bouts. Je n'aimerais vraiment pas te contaminer.

Alex était profondément ému qu'elle se soucie ainsi de lui. Revenu habiter sur son île natale avec sa mère et son frère, et même si la communauté de Gansett les entourait de compassion, Alex s'était senti très seul au milieu de ce chaos. Il ressentait moins cette solitude lorsqu'il était avec elle.

— Tu as fini ? s'enquit-il lorsqu'elle reposa sa cuillère.

— Oui, merci. C'était super.

— Je suis content que tu aies aimé.

Il rapporta le plateau à l'étage inférieur et lava les assiettes avant de revenir dans la chambre.

— Tu veux que j'y aille et te laisse dormir ?

— Je préférerais vraiment que tu restes un moment, si tu n'as rien d'autre à faire.

— Rien d'impératif et je serai vraiment content de rester.

— Je vais aux toilettes. Installe-toi confortablement.

Elle se leva lentement, les couvertures repoussées révélant un débardeur minuscule et une culotte en dentelle, encore plus microscopique.

Alex réprima un gémissement en détaillant des kilomètres de jambes magnifiques et des fesses toniques. Elle se dirigea vers la salle de bains, moitié marchant, moitié clopinant et il se laissa retomber sur les oreillers, priant pour être délivré du désir qui s'était mis à battre en lui à la vue de la peau nue de Jenny.

Il n'avait jamais eu une réaction physique aussi forte avec une femme. Depuis la première fois qu'il l'avait touchée, elle l'avait ému de toutes les façons possibles ; il commençait à se rendre compte que le besoin d'elle n'avait fait qu'augmenter depuis qu'il avait fait l'amour avec la jeune femme.

Soulevé sur une main, il la regarda revenir, remarquant qu'elle marchait avec précaution pour se remettre au lit.

— Tu es vraiment mal en point !

— Extrêmement.

— Je suis désolé.

— Ce n'est pas ta faute. Je n'avais pas fait… ça… depuis vraiment longtemps.

— Tu aurais dû me dire que j'étais trop brusque avec toi.

— J'étais trop occupée par des orgasmes multiples pour te dire quoi que ce soit.

Alex se mit à rire et passa un bras autour d'elle, l'attirant à lui.

— La prochaine fois, je serai plus prudent.

Elle posa un bras sur le sien.

— Je t'ai aimé exactement comme tu étais.

Il respira l'odeur fraîche et délicate de ses cheveux, se satisfaisant d'être auprès d'elle, même si une autre partie de son corps ne l'était pas du tout. Il fallait que cette partie-là se calme, mais il lui semblait impossible de contenir ce désir. Lorsqu'elle était tout près de lui comme en cet instant, il la désirait. Si elle était dans la pièce, il la désirait.

— J'ai parlé à Paul et il accepte avec reconnaissance ta proposition. Il a dit qu'il fallait que tu l'appelles pour fixer un rendez-vous.

— Je le ferai dès que je pourrai bouger à nouveau.

— Je vais lui dire que tu ne te sens pas dans ton assiette. On peut gérer les choses pendant quelques jours ; ne t'inquiète pas tant que tu n'es pas mieux. Tu nous enlèves une belle épine du pied et nous nous réglons sur toi.

— Je suis contente de pouvoir faire quelque chose pour vous aider tous les deux.

— C'est sympa à toi de vouloir nous prêter main-forte.

— Parle-moi de ta maman. Comment était-elle avant que ça ne lui arrive ?

— Elle était formidable, soupira-t-il. Amusante, drôle et intelligente. Elle aimait lire, tricoter, broder et jouer au bridge avec ses amies. Elle ne peut plus faire aucune de ces choses à présent. Papa est mort voilà dix ans et, même si elle était bouleversée de le perdre, elle l'a remplacé immédiatement dans l'entreprise. C'est difficile de croire qu'elle dirigeait encore tout voilà seulement un an. La maladie a progressé rapidement.

— Waouh, fit Jenny. Qu'est-il arrivé à ton papa ?

En temps normal, Alex détestait parler de l'une des époques les plus sombres de sa vie, mais c'était très facile avec elle parce qu'il sentait un intérêt sincère.

— Il s'est battu contre le cancer pendant près de sept années et est mort voilà dix ans.

— Je suis vraiment désolée.

— C'était un homme bien et ils s'entendaient à merveille tous les deux. Dansant encore ensemble dans le salon après vingt-cinq ans de mariage. La pire chose dans la maladie de ma mère est qu'elle oublie tout le temps qu'il n'est plus là. Elle le réclame sans cesse.

— Mon Dieu, ça doit être tellement dur pour Paul et toi !

— Affreux. C'est comme si elle le perdait à nouveau chaque fois que nous lui disons qu'il est parti. Ça me fait tellement de chagrin.

Elle se tourna vers lui, son bras s'arrondissant autour de sa taille tandis qu'elle se pelotonnait contre lui.

— Elle a beaucoup de chance d'avoir deux fils aussi dévoués.

— Elle l'a été aussi pour nous. L'autre jour, après l'incident dans la cour, elle était totalement lucide. Elle nous a dit à quel point elle était désolée de nous imposer ça ; que nous devrions être mariés avec notre propre famille à présent.

Tout à coup, il se reprit en se rendant compte qu'il en disait sans doute trop. Il embrassa Jenny sur le front.

— Pardon. Je ne suis pas venu ici pour déverser toutes nos misères sur toi.

— Ce n'est pas ce que tu es en train de faire, Alex.

— En fait, je préférais quand tu ne savais pas.

— Je suis contente d'être au courant et j'espère que tu n'hésiteras pas à me parler de ce par quoi vous passez.

— Ce n'est pas honnête envers toi de t'impliquer autant dans tout ça alors que je n'ai absolument rien à t'offrir. Mais voilà, je n'arrive pas à me tenir loin de toi.

— Je suis heureuse que tu sois là et tu n'as pas à m'offrir quoi que ce soit d'autre que ta compagnie.

— Toi et moi savons tous les deux qu'il ne faut pas beaucoup de temps avant que des choses comme celles-ci deviennent beaucoup plus compliquées.

— Pas besoin qu'elles se compliquent. Je n'ai pas l'intention d'ajouter à ton niveau de stress ou de te donner un souci supplémentaire chaque jour.

— Tu es trop formidable pour être vraie.

— Non, pas du tout, fit-elle dans un rire qui devint un bâillement.

Il caressa ses cheveux et son dos.

— Endors-toi.

— Il ne faut pas que tu rentres chez toi ?

— Non, Paul y est. Je reste ici.

Elle poussa un long soupir et se détendit contre lui.

La tenir tandis qu'elle se reposait fut le meilleur moment de ce qui avait été une longue journée pourrie.

Il s'assoupit à son tour et s'éveilla lorsqu'elle s'agita, bougeant les lèvres et sa main agrippant son bras. Alex n'aurait pu dire si elle souffrait ou si elle rêvait et il ne voulait pas la réveiller alors qu'elle était si peu en forme.

— Toby, attends… Ne t'en va pas. Je t'en prie, ne pars pas !

— Jenny, murmura-t-il, embrassant sa joue puis ses lèvres. Réveille-toi, ma chérie. Tu fais un cauchemar.

Ses yeux étaient baignés de pleurs qui coulèrent le long de ses joues lorsqu'elle les ouvrit et le regarda, apparemment désorientée.

Bouleversé par ses larmes, Alex les essuya doucement.

— Ça va ?

Elle hocha la tête, mais il voyait bien que ce n'était pas le cas, d'autant que les larmes continuaient à couler.

Il lui caressa le dos, essayant de l'apaiser.

— Désolée, dit-elle après un long moment de calme. Le rêve… Ça m'a perturbée.

— Tu n'as pas à t'excuser parce que tu es bouleversée.

Il continua à lui masser le dos, souhaitant pouvoir faire quelque chose pour qu'elle se sente mieux.

— Je reviens tout de suite, dit-elle.

Elle se leva et se dirigea vers la salle de bains.

Ému par son chagrin manifeste, Alex se laissa retomber sur l'oreiller, passant ses mains dans ses cheveux en l'attendant. Il avait beaucoup de questions, mais il ne savait pas s'il oserait en poser ne serait-ce qu'une seule.

L'eau coula dans la salle de bains pendant plusieurs minutes avant qu'elle ne ressorte, les larmes arrêtées. Elle se glissa de nouveau dans le lit.

— Tu veux que je m'en aille ?

Elle se tourna sur le côté pour être face à lui.

— Non.

Il lui prit la main et posa sa paume à plat contre la sienne.

— Je peux te demander quelque chose ?

Elle fit oui de la tête, fixant leurs mains jointes.

— Qui est Toby ?

CHAPITRE 12

*J*enny étouffa un petit cri à cette question posée d'une voix douce. Elle avait eu le rêve, une seconde fois dans la même semaine, ce qui n'était pas arrivé depuis la mort de Toby. Que signifiait cette répétition, au moment précis où elle commençait quelque chose de nouveau avec Alex ?

Et, manifestement, elle avait parlé pendant son sommeil. Qu'avait-elle dit ? Voulait-elle le savoir ?

— Il... C'était mon fiancé.

— Oh.

Alex continuait à lui caresser la main, son contact envoyant des courants électriques jusqu'en haut du bras de Jenny et dans tout son corps.

— Ça s'est mal fini ?

— On pourrait dire ça.

Dis-lui ! Dis-lui ce qui s'est passé pour qu'il sache. Je ne veux pas le lui dire. Je ne veux pas qu'il sache. Je veux profiter de ce temps avec lui sans que mon affreuse tragédie se dresse entre nous.

— Je suis désolé.

— Merci.

Elle se força à le regarder en face.

— Tu veux bien me dire ce que j'ai dit pendant que je dormais ?

— Je ne veux pas te contrarier.

— Je veux savoir.

— Tu as prononcé son nom en lui demandant de ne pas partir.

Jenny ferma les yeux aussi fort qu'elle le pouvait contre la montée insupportable de la douleur. Que cela puisse encore la blesser ainsi après tant de temps...

— Tu veux en parler ?

— Pas vraiment.

— OK.

Immédiatement, Jenny se sentit coupable de se refermer alors qu'il lui avait confié tant de choses personnelles. Mais elle avait déjà vu ce qui se passait. Du moment où elle lui dirait comment et quand elle avait perdu Toby, il la regarderait différemment. Cela colorerait la façon dont il lui parlerait, la manière dont il la toucherait, ce qu'il penserait d'elle.

Alex l'entoura de son bras, l'aidant à se blottir contre sa poitrine.

Elle ferma les yeux et respira son odeur agréable de savon et de déodorant, essayant de se détendre alors même que son esprit galopait, assailli de questions : pourquoi avait-elle eu récemment le rêve – par deux fois. Que voulait-il dire ? L'aurait-elle à nouveau ? Pourrait-elle enfin revivre les derniers moments passés avec Toby ? Avait-elle besoin de réponses à ces questions avant de pouvoir avancer avec Alex ?

— Je t'entends presque penser, fit-il, les lèvres s'arrondissant en un sourire contre son front.

— Pardon.

— Arrête de t'excuser.

— Arrête d'être gentil avec moi.

— Et pourquoi est-ce qu'il ne faut pas que je sois gentil avec toi ?

— Parce que tu m'as tout dit de ce qui te concerne et moi, j'ai bien peu partagé de mon histoire avec toi.

— Pas besoin de t'excuser pour ça. Je comprends mieux que la plupart des gens ne pourraient le faire.

— Mais ce n'est pas juste.

— Je ne tiens pas un compte. Et toi ?

— Non, mais…

Il l'embrassa doucement, tendrement.

— Pas de mais, pas d'inquiétude. Nous passons un moment ensemble. Cela ne veut pas dire que tu dois me confier tes secrets les plus enfouis, les plus sombres.

Il avait dit exactement ce qu'elle avait besoin d'entendre et pourtant elle continuait à s'en vouloir de ne pas lui parler. Peut-être était-ce parce qu'elle avait senti une connexion honnête et sincère avec lui ; ce qu'elle n'avait éprouvé avec aucun homme rencontré depuis la mort de Toby. Elle repensa au premier avec lequel elle avait fait l'amour, des années après avoir perdu son fiancé : sa réponse excessivement émotive lui avait fait peur au point de le faire fuir. Cette expérience lui avait appris à se montrer circonspecte lorsqu'elle parlait à des partenaires potentiels.

Oui, pensa-t-elle, *il vaut mieux qu'il ne sache pas.*

Comme ça, il ne se sentirait pas obligé d'être particulièrement prudent avec elle. D'ailleurs, il avait suffisamment d'ennuis de son côté sans se charger des siens par-dessus le marché.

Bien que satisfaite de sa décision, elle savait qu'elle n'avait fait que s'acheter un peu de répit. Lorsque les gens apprendraient qu'ils sortaient ensemble – s'ils en arrivaient là –, quelqu'un finirait par lui raconter son histoire.

Peu importe ce qui se passerait, elle ne pouvait pas risquer ça.

~

L'alarme du téléphone d'Alex se déclencha alors qu'il faisait encore sombre dehors. Un moment, il ne se souvint plus où il était. Puis il respira le parfum des cheveux de Jenny, ce qui le calma et le tranquillisa. Incroyable… Comment lui faisait-elle cet effet en étant simplement endormie auprès de lui ?

Il bougea avec précaution, espérant qu'elle resterait endormie pendant quelque temps encore, mais leurs bras et jambes se trouvant mêlés, il l'éveilla malgré lui.

— Il faut que tu y ailles ? interrogea-t-elle de cette voix endormie et sexy qui le troublait chaque fois qu'il l'entendait.

— Ouais. J'ai perdu toute la journée d'hier, alors il faut que je m'y colle vraiment aujourd'hui.

— Bois beaucoup d'eau.

— Oui, m'dame. Comment te sens-tu ?

— Mieux.

— Bien.

Il se pencha pour l'embrasser.

— Ce soir, si je peux m'échapper, je veux t'offrir une sortie en amoureux.

— Oh…

— Tu es d'accord ?

— Je… hum. Je pensais que tu voulais seulement… tu sais… baiser.

— Je veux ça aussi.

— Je pensais que c'était tout ce que tu voulais.

Alex aurait aimé qu'il fasse jour. Pouvoir la regarder en face pendant cette conversation.

— Je ne vais pas nier que ça a commencé comme ça. Ni prétendre que je n'ai pas quelques hésitations à m'engager avec quelqu'un alors que ma vie est aussi chamboulée. Malgré tout ce que je viens de dire, j'aime être avec toi.

Il lui prit la main.

— J'aime comment je me sens lorsque je suis près de toi.

Elle entoura de ses mains celles d'Alex dans un geste qui le rassura et renforça son désir de passer davantage de temps avec elle.

— Comment est-ce que tu te sens quand tu es avec moi ? demanda-t-elle, le souffle un peu court.

— Calme. Quand je suis près de toi comme ça, mon esprit arrête de s'affoler pendant un temps, ce qui est un soulagement très bienvenu.

Il l'embrassa sur le front puis sur les lèvres.

— Ensuite, parfois, je suis tout sauf calme, mais j'aime ça aussi. J'aime énormément ça. Alors... on sort en amoureux ? Oui ?

— OK.

— Tu ne me convaincs pas que c'est ce que tu veux.

— Ne me comprends pas de travers. J'aimerais beaucoup sortir avec toi, mais une part de moi est heureuse que personne ne soit au courant pour nous. À la minute où nous mettrons un pied en ville tous les deux, les gens sauront.

— Ça m'est égal si ça t'est égal.

— Ce que je ne voulais pas te dire hier soir... Il faudra que je t'en parle avant que nous sortions officiellement ensemble, avant que quelqu'un d'autre ne te le dise.

Elle avait l'air si triste et résignée qu'il regretta presque de lui avoir demandé de sortir avec lui. Presque...

— Avant d'aller où que ce soit, nous parlerons. Tu peux tout me dire, si tu penses que je dois le savoir. Ça te va ?

Elle poussa un soupir léger mais audible.

— Oui.

— Quoi que ce soit, je ne veux pas que tu t'inquiètes d'avoir à me le dire. Tu me jures de ne pas te ronger les sangs toute la journée ?

— Je promets d'essayer.

— J'imagine qu'il faudra que je me contente de ça. Je t'appelle plus tard.

— Dis à Paul que je viendrai le voir dans le courant de la journée pour commencer au magasin.

Alex s'assit au bord du lit et enfila ses bottes de motard.

— Pas avant de te sentir mieux.

— Je me sens beaucoup mieux. Assez bien pour travailler.

Elle se souleva sur un coude. Dans la faible lueur du jour naissant, il discernait sa silhouette tandis qu'elle le regardait se préparer.

— Donc, quand nous irons à cette sortie que tu me proposes, tu penses qu'on pourrait y aller sur ta moto ?

Il se tourna pour la regarder.

— C'est ce que tu veux ?

— Hum-hum.

— Il faudra que tu mettes un jean ou un pantalon long et il fait affreusement chaud.

— Tu n'en portes pas quand tu es à moto.

— C'est parce que je suis un idiot, mais je ne prends pas de risques avec des passagers.

— Alors, tu balades beaucoup de personnes ?

Par jeu, il lui emprisonna le menton.

— Pas une seule depuis que je suis revenu ici.

Il se pencha en avant, appuyé sur ses mains et l'embrassa une dernière fois.

— À plus tard.

— Passe une bonne journée au boulot.

— Prie pour qu'il pleuve !

— Je prie. On a eu assez de chaleur. Si ça me tue comme ça, je ne peux pas imaginer ce que ça doit être pour toi de travailler en plein soleil.

— Affreux.

Il l'embrassa encore et puis une autre fois, ses lèvres qui touchaient à peine celles de Jenny s'attardant.

— OK. Cette fois, j'y vais pour de vrai.

— Cette fois, je te laisse vraiment partir.

Même si ses doux baisers l'avaient fait bander comme un âne, il dégringola l'escalier en spirale, le sourire aux lèvres. Combien d'heures allaient passer avant qu'il puisse la revoir ?

~

Longtemps après qu'elle eut entendu sa moto démarrer et s'éloigner, Jenny resta étendue sur le lit à fixer le plafond. Elle avait dit à Alex qu'elle se sentait mieux et, physiquement, elle était moins endolorie et meurtrie que la veille. Mais pour ce qui était des émotions… Elle se sentait anéantie par le retour d'un rêve qui possédait toujours le pouvoir de l'accabler en lui rappelant ce qu'elle avait perdu.

Elle avait prononcé le nom de Toby à haute voix pendant qu'Alex était avec elle… Mon Dieu, qu'avait-il pensé ! Il avait été gentil et compréhensif, mais Jenny savait que le temps était venu de lui dire la vérité au sujet de son passé. Il était injuste de lui cacher une chose pareille, d'autant que leurs amis communs étaient au courant. Si elle ne voulait pas qu'il l'apprenne de la bouche de quelqu'un d'autre, il fallait qu'elle trouve le courage de le lui dire elle-même.

Elle pensa qu'il n'avait pas été si difficile de divulguer les détails de son passé à d'autres hommes avec lesquels elle était sortie depuis qu'elle avait perdu Toby. Mais il en allait différemment cette fois, elle en était consciente. Leur connexion était plus essentielle et cela rendait plus malaisé de lui dire ce qu'il devait entendre.

Ce n'était pas comme si son passé était quelque grand secret inavouable. Mais elle avait raconté l'histoire un nombre suffisant de fois pour savoir que cela changeait la façon dont les gens la voyaient et elle appréciait la manière dont Alex la regardait maintenant. Cela changerait-il lorsqu'il saurait ? Ou bien son regard serait-il empreint de cette pointe de compassion que d'autres lui avaient réservée une fois la vérité connue ?

Cela ne lui avait pas manqué depuis qu'elle avait quitté sa ville natale. Elle ne regrettait nullement l'attention et l'inquiétude envahissantes des gens bien intentionnés qui l'aimaient. Sa vie était exactement divisée en deux : avant la grande tragédie et après. Ceux qui l'avaient connue avant s'étaient trouvés profondément affectés par la perte qu'elle avait subie ; tant et si bien qu'elle éprouvait parfois des difficultés à vivre avec des personnes qu'elle avait toujours connues, notamment ses parents et ses sœurs.

C'est pourquoi être sur Gansett était un tel soulagement, personne ne l'ayant connue avant. Si ses amis proches étaient au courant de ce qu'elle avait perdu et lui avaient offert un réconfort, un soutien et une amitié incomparables, ils ne la regardaient pas comme sa famille et ses vieux amis le faisaient. Ils ne surveillaient pas avec vigilance le moindre signe de détresse ou de désespoir.

Elle ne voulait pas qu'Alex l'observe de la même façon. Elle voulait tourner la page du désespoir et être avec lui la remplissait d'espérance. D'une façon ou d'une autre, il fallait qu'elle lui raconte son histoire en lui faisant comprendre que, autant elle regrettait Toby et ne ferait jamais le deuil de sa perte, autant elle était prête à aller de l'avant, à saisir une nouvelle chance. Et, juste en ce moment, c'était plutôt un progrès fondamental après être restée refermée sur elle-même pendant une douzaine d'années.

Le soleil se levait à l'horizon et Jenny se mit debout puis se dirigea vers la salle de bains sur des jambes un peu moins douloureuses que la veille. Elle n'était pas prête à courir un marathon ou toute autre course, mais elle n'avait pas non plus l'impression d'avoir été renversée par un autobus. Son estomac protestait et la pensée d'un café lui fit venir l'eau à la bouche – autant de bons signes.

Elle prit une douche, passa une nouvelle robe légère, avala un petit déjeuner et deux tasses de café. Puis elle décida qu'elle devait voir Syd. En dépit du rythme rapide de son cœur, Jenny se déplaçait lentement ; elle fit la vaisselle du petit déjeuner avant de remonter se laver les dents et refaire le lit. Elle descendit au premier où elle prit son sac et ses clefs, puis au rez-de-chaussée et sortit dans l'air lourd.

Agrippant le volant, elle conduisit jusqu'au portail et sortit de la voiture. La porte qui menait au phare et ses alentours devait être ouverte pour la journée. Puis elle poursuivit sa route vers la maison de Syd. Elle respecta la limitation de vitesse malgré son désir d'appuyer sur le champignon pour y arriver plus vite. Lorsqu'elle tourna dans l'allée de Syd, elle fut soulagée de voir la Volvo de son amie ; mais la camionnette de Luke était partie.

Si elle aimait bien le merveilleux mari de Sydney, elle voulait avoir un peu de temps seule avec son amie. Jenny descendit de voiture, fit le tour de la maison et frappa à la porte.

Les aboiements bruyants de Buddy firent sourire Jenny. Il avait l'air vraiment féroce, mais c'était un véritable chou.

— Chut, Buddy, fit Sydney en ouvrant la porte. Salut, entre ! Tu te sens mieux ?

L'accueil joyeux de Sydney ainsi que son sourire lumineux eurent raison du faible contrôle que Jenny avait sur elle-même. Elle ne pleura pas, mais dut faire appel à tout son sang-froid pour empêcher ses larmes de couler.

Syd lui attrapa la main et l'entraîna vers le canapé.

— Oh, mon Dieu, Jenny. Qu'est-ce que tu as ?

— Je… J'ai rencontré quelqu'un.

— Attends, quoi ? Qui ?

— Alex Martinez.

Les yeux de Sydney s'agrandirent de surprise et de plaisir.

— Raconte. Et n'oublie aucun détail.

— Il est venu couper le gazon et il m'a réveillée avec la tondeuse, si bien que je lui ai lancé des tomates.

— Tu l'as bombardé de tomates. Pour de vrai ?

— J'étais vraiment en colère. Il a interrompu le rêve que je faisais de Toby avec la tondeuse.

— Oh, merde. C'est pour ça que tu m'as demandé l'autre jour si je rêvais de Seth et des enfants ?

Jenny fit oui de la tête.

— Alors, que s'est-il passé quand tu lui as jeté des tomates ?

— Je l'ai touché dans le dos avec l'une d'elles. Ensuite, nous avons discuté de l'heure convenable pour tondre la pelouse et il a promis qu'il ne reviendrait plus d'aussi bonne heure, alors je l'ai laissé terminer. Est-ce que j'ai mentionné que je ne portais à peu près rien sur moi lorsque j'ai déboulé du phare pour lui lancer des tomates ?

Syd porta deux doigts à ses lèvres qui s'arrondirent en un sourire.

— En tout cas, je me suis habillée et j'allais ouvrir le portail pour la journée lorsque je l'ai surpris en train de se passer sous le jet d'eau. Il… Euh, il est plutôt sexy.

— J'ai remarqué.

— Je ne suis qu'une fille et cela faisait un moment, alors je n'ai pas pu m'empêcher de regarder. La seconde suivante, il était juste devant moi, dégoulinant d'eau jusque sur moi et me regardant avec d'intenses yeux marron.

Sydney était pendue à chacun de ses mots, presque incapable de respirer en attendant que Jenny continue.

— Ensuite, il m'a embrassée.

— Il t'a volé un baiser comme ça ?

— Il m'a dit de dire non si je ne voulais pas. Je n'arrivais pas à respirer, encore moins à parler, alors je n'ai pas dit non.

— Encore heureux que tu n'aies pas dit non. Qu'est-ce qui s'est passé ensuite ?

— C'était un bon baiser. Je veux dire un baiser 20/20 +, *plus* qui a duré et duré et duré jusqu'à ce que nous soyons à l'intérieur du phare et que je me retrouve pressée contre le mur.

— Oh, putain !

— Exactement. Il est revenu plus tard dans la nuit et nous sommes allés nager. Et des choses.

— Quel genre de choses ?

— Des choses que je n'ai faites avec personne en douze ans.

— Jenny…

— J'ai eu des rapports sexuels depuis la mort de Toby. Deux ou trois fois. Mais je n'ai jamais permis des choses qui étaient tout simplement trop…

— Intimes ?

— Oui, exactement.

— Et tu as laissé Alex faire ces choses ?

— Permis, répondit Jenny dans un rire. Tout était tellement hors de contrôle qu'il ne s'agissait pas vraiment de permettre quoi que ce soit. C'était arrivé avant que j'aie pu réagir.

Sydney s'éventa.

— J'ai besoin d'un verre – ou d'une cigarette.

— Tu ne fumes pas, remarqua Jenny en riant.

Ce rire les aida à dissiper un peu de la tension que Jenny apportait. Parler à Sydney l'aidait, comme elle l'avait prévu.

— Je voudrais bien être fumeuse. Alors, qu'est-ce qui s'est passé ensuite ?

— Il est très bon pour certaines choses – tellement bon que je n'ai pas eu la moindre occasion de m'appesantir sur le passé ou quoi que ce soit d'autre que ce qui était en train de se produire, à l'instant même.

— C'est vraiment formidable, soupira Sydney.

— C'était super et extrêmement bouleversant aussi.

— Dans un sens positif ?

— Je crois. Il est très sexy.

— Oui, c'est vrai et son frère aussi.

— C'est seulement lorsque nous avons vu Alex au Tiki Bar

que j'ai découvert ce qui se passait avec sa maman. J'ai fait la connaissance de son frère et appris son nom de famille.

— Attends, alors vous n'aviez pas échangé vos identités ?

— Non, répondit Jenny, rouge d'embarras. Je pense que nous étions tous deux rassurés par l'anonymat. Il n'était pas au courant de mes emmerdes, ni moi des siennes. C'était un soulagement, tu sais ?

— Je peux tout à fait le comprendre.

— Tu connais cette façon qu'ont les gens de te regarder, comme s'ils te surveillaient et attendaient que tu t'effondres.

— Je connais ce regard.

— Je le déteste. J'étais contente d'être avec quelqu'un qui ignorait tout de moi à part mon prénom et l'endroit où j'habite. C'était rassurant, d'une certaine manière.

— On dirait aussi que ça t'a enlevé quelques inhibitions.

— On pourrait aussi dire ça. Après l'incident au Tiki entre Alex et son employée, j'ai bien vu qu'il était vraiment contrarié. Il a fallu que je me rappelle que j'étais là avec Linc et que je ne pouvais évidemment pas courir après Alex devant tout le monde. Mais je le voulais. J'ai dit à Linc que je ne me sentais pas bien et lui ai demandé de me ramener chez moi.

— Pas étonnant que tu aies dit qu'il n'y avait pas d'étincelles avec Linc alors que tu te sentais attirée de toutes les façons par quelqu'un d'autre.

— Je sais que je n'en étais vraiment pas fière. Je n'aurais jamais dû sortir avec Linc après ce qui s'était passé avec Alex. J'avais fait sa connaissance seulement la veille et vous, mes amies, vous vous étiez donné le mal de m'arranger ce rendez-vous avec Linc, si bien que je ne voulais pas annuler.

— Qu'a dit Linc lorsqu'il t'a ramenée chez toi ?

— Qu'il avait passé un bon moment et souhaitait me revoir.

— Aïe !

— Je lui ai dit que les choses étaient compliquées pour l'instant et que ce n'était pas le meilleur moment pour moi de commencer quelque chose. Je suis une mauvaise fille.

— Arrête ! s'exclama Syd. Tu avais ce projet avec Linc bien avant de jeter des tomates sur Alex. Comment aurais-tu pu savoir ce qui allait se passer ?

— C'est vrai, mais tout de même… J'aurais probablement dû annuler la soirée avec Linc après avoir fait des galipettes toute nue sur le sable avec Alex.

Sydney s'éventa de nouveau.

— C'est vraiment chaud bouillant.

— Plus encore lorsque, au moment où j'avais décidé d'aller chercher Alex, je l'ai trouvé, debout sur le seuil de ma porte. On ne pouvait plus se lâcher. Nous… tu sais… avons fait l'amour. Beaucoup, beaucoup de sexe, tellement de sexe que je ne pouvais plus bouger hier. Je pense qu'il a pu me donner de la fièvre à force de baiser.

Sydney se tordait de rire.

— Ma chérie, si quelqu'un mérite d'être baisé à en attraper de la fièvre, c'est toi.

— Je ne lui ai pas parlé de Toby, continua Jenny en abordant le cœur du sujet. Avant que ça n'aille plus loin, il faut que je le lui dise. D'autant que j'ai encore eu le rêve la nuit dernière et j'ai prononcé à haute voix le nom de Toby. Alex m'a demandé qui c'était. J'ai répondu que c'était mon fiancé. Je n'ai pas réussi à lui dire le reste.

— Parce que tu as peur du regard.

— Oui ! J'aime la façon dont il me traite maintenant : pas comme si j'étais fragile et cassable, mais au contraire forte et sexy. Je ne veux pas que ça change et je ne veux pas qu'il l'apprenne de quelqu'un d'autre.

— C'est une situation difficile.

Sydney se leva et se dirigea vers la cuisine.

— Il nous faut quelque chose à boire.

Jenny la suivit et accepta avec reconnaissance le grand verre de limonade glacée que Sydney lui versa.

Sydney s'adossa contre le plan de travail, regardant Jenny d'un air sagace.

— Tu aimes vraiment cet homme ?

— Oui. Je sens une connexion avec lui que je n'ai jamais eue avec une autre personne. Il m'a dit que c'était un moment très difficile pour lui s'il voulait commencer quelque chose, qu'il n'avait rien à m'offrir ; mais ça ne m'empêche pas de vouloir être avec lui. Et ça ne l'a pas détourné de moi.

— Alors, je pense que tu vas lui raconter ton histoire, mais tu lui dis aussi ce que tu veux. Mets ça sur la table tout de suite. Dis-lui que ça te blesserait s'il te traitait de façon différente à l'avenir à cause de ce qu'il saura à ton sujet.

— Tu crois que ça va marcher ?

— Je crois qu'il le comprendra mieux que d'autres hommes le feraient. Il est en plein dans une histoire dramatique avec sa mère et apprécie probablement le répit qu'il trouve avec toi autant que tu le fais.

— Pourquoi est-ce que j'ai mal à l'estomac à chaque fois que je m'imagine en train de lui raconter mon histoire ?

— Parce que c'est toujours douloureux d'en parler après toutes ces années et que tu n'en as pas eu l'occasion depuis longtemps.

— Je savais que tu comprendrais.

— Bien sûr que oui, ma chérie. J'ai vécu avec ça. Je sais exactement ce par quoi tu passes, essayant de tourner la page tout en continuant à vénérer le passé. Ni l'une ni l'autre n'avons demandé ce qui nous est arrivé, et le seul choix que nous ayons eu a été de continuer notre vie. Ce n'est pas toujours ce qu'il y a de plus facile.

— Certes non. Mais pour la première fois depuis que j'ai perdu Toby, je veux tenter à nouveau ma chance. Je m'inquiète qu'il ne veuille pas la même chose, mais je ne peux nier la connexion que je sens avec lui – et pas seulement sur un plan physique. C'est plus que ça.

— Il ressent ça, lui aussi ?

— Je crois.

— Alors, il faut que tu lui fasses un peu confiance, Jenny. Raconte-lui ton histoire, dis-lui ce que tu attends et ce que tu ne veux pas de lui, et essaie de te faire plaisir. Tu as attendu longtemps pour ça.

— J'ai peur aussi que si je m'engage vraiment avec lui et que ça ne marche pas pour quelque raison que ce soit…

Elle haussa les épaules.

— Ce serait moche, mais c'est toujours le risque dans ce genre de chose.

— C'est plus un risque pour moi que ça ne serait pour la plupart des gens.

— C'est vrai, mais l'autre option est de rester seule pour le restant de tes jours et je ne crois pas que c'est ce que tu veux non plus.

— Je n'en peux plus d'être seule et j'aime la façon dont je me sens lorsqu'il est près de moi. C'est excitant !

Sydney posa son verre et traversa la cuisine pour serrer Jenny dans ses bras.

— C'est la chose la plus merveilleuse que j'aie entendue depuis très longtemps. J'espérais tellement que tu trouverais quelqu'un d'extraordinaire.

— Ne me porte pas la poisse, grommela Jenny en lui rendant son étreinte. C'est encore tout neuf.

Sydney la libéra mais garda ses mains sur les épaules de son amie.

— Mais il y a une connexion. Cela n'arrive pas tous les jours.

— Non.

Elle regarda Sydney.

— Tu t'inquiètes parfois de ce qui pourrait arriver à Luke et de devoir passer à nouveau par tout ce cauchemar ?

— Lorsque nous nous sommes rencontrés, cela me faisait peur tous les jours, surtout après l'accident à la marina lorsqu'il a été blessé. Après, j'ai été une épave pendant des semaines. J'étais obsédée par ce qui aurait pu arriver.

— Comment est-ce que tu as pu sortir de ça ?

— Luke m'a tirée de là. Il m'a dit que je m'inquiétais sans nécessité, que pendant toutes les années où il avait travaillé à la marina, c'était la première fois qu'il avait été sérieusement blessé ou vu quelqu'un d'autre l'être. Il m'a répété que sa vie quotidienne n'était pas particulièrement risquée, ce à quoi j'ai répondu que celle de Seth ne l'était pas non plus. Avec le temps, il m'a aidée à voir que ce qui était arrivé à Seth et aux enfants était une tragédie terrible, mais que je ne devais pas m'inquiéter car il était peu vraisemblable que ça se reproduise.

Jenny réfléchit à ce que Syd avait dit et dut admettre que c'était tout à fait sensé.

— Ça se résumait à un choix en fait, continua Syd. Est-ce que je ne saisissais pas une merveilleuse seconde chance avec Luke parce que j'avais peur d'aimer et de perdre encore ? Ou bien est-ce que je prenais le risque que tout puisse aller bien, tout simplement.

— Pas de regret d'avoir choisi l'option B ?

— Pas un seul. Luke m'a aidée à voir que, si la vie de Seth était finie comme celles de mes enfants, la mienne ne l'est pas. Toi et moi n'avions pas tiré les bonnes cartes, mais nous gardons précieusement la mémoire des personnes que nous avons perdues, tout en aimant à nouveau. Du moins, c'est ce que je crois.

— C'est beau de croire ça. La dernière fois où j'ai parlé à Toby, après que l'avion a heurté la tour, quand il savait ce qui allait se passer… Il m'a dit qu'il voulait que je sois heureuse, que mon bonheur était la chose la plus importante au monde pour lui. Imagine… Il avait conscience qu'il allait probablement mourir et il ne pensait qu'à moi.

— Il savait ce que tu avais le plus besoin d'entendre et aussi que lorsque serait venu le temps de véritablement tourner la page, ces mots-là seraient d'une extrême importance pour toi.

Jenny essuya les larmes qui coulaient malgré le désir qu'elle avait de traverser cela sans en verser une seule. Elle avait suffisamment pleuré au cours des douze années écoulées. On aurait pu croire qu'elle n'en avait plus une goutte de reste à présent.

— Je te dirais même qu'à mon avis tu te sentiras mieux lorsque tu auras parlé à Alex de Toby. Cela pèse sur toi à un moment où tu devrais te sentir heureuse d'avoir trouvé quelqu'un avec qui tu te trouves bien. Dis-le-lui dès que tu le pourras afin de ranger le passé là où il doit être et de commencer à jouir de l'avenir.

— C'est un excellent conseil.

— Il travaille à son compte, n'est-ce pas ?

— Oui.

— Tu as son numéro ?

Jenny fit oui de la tête. Elle l'avait programmé dans son portable lorsqu'il l'avait appelée la nuit précédente.

— Envoie-lui un texto, demande-lui où il travaille et s'il pourrait être intéressé par une livraison de déjeuner.

— Je ne vais pas l'embêter au milieu de sa journée de boulot.

— Pourquoi pas ?

Jenny ne put trouver une seule bonne raison de ne pas le faire.

Le sourire béat de Sydney la fit rire.

— Prends ton téléphone avant de changer d'avis.

Sans être réellement convaincue que c'était une bonne idée, elle sortit son portable de son sac.

— Prête à écrire sous ma dictée ? demanda Syd.

— Tu es toujours aussi directive ?

— Seulement pour la bonne cause. Tu es sur *message* ?

Jenny chercha son nom sur l'écran.

— Prête.

— Demande-lui s'il est intéressé par une livraison de déjeuner.

Secouant la tête, Jenny soupira.

Intéressé par une livraison de déjeuner ?

Son téléphone vibra presque immédiatement avec une réponse.

Je meurs déjà de faim, alors ça me paraît génial. Je travaille sur la propriété des Chesterfield aujourd'hui. Tu sais où ça se trouve ?

Je sais où c'est. Des souhaits particuliers ?

Fais-moi la surprise.

OK. À plus tard.

T'attends avec impatience.

Sydney se tenait debout à côté de Jenny, lisant les textos à mesure qu'ils étaient envoyés et reçus.

— Je crois que je pourrais être amoureuse de ce type, moi aussi.

— Bas les pattes. Tu as ton homme sexy à aimer.

— Vrai et Alex est tout à toi.

Elle serra très fort Jenny avec un seul bras.

— Je suis si heureuse que ça t'arrive !

— Arrête, tu vas me porter malheur.

Sydney se mit à rire.

— Merci de m'avoir parlé de lui.

— Merci d'avoir écouté. Ça fait des jours que je mourais d'envie d'en parler à quelqu'un.

— Tu devrais l'inviter à notre fête samedi. Nous avons demandé aux garçons de venir pour nous venger de toutes les fois où ils ont interrompu une de nos soirées entre filles. Nous avons imaginé de les faire assister à la remise de jouets sexuels et de lingerie fine, c'est le moins qu'ils méritent.

— Oh, Seigneur, j'adore ! Mais je ne sais pas si je suis prête à exposer Alex à ce genre de petite fête *et* à notre bande le même jour.

— Ce sera un bon test, remarqua Sydney avec un sourire narquois.

— Je vais y réfléchir.

Elle serra son amie dans ses bras.

— Merci vraiment de m'avoir écoutée.

— Avec plaisir. Toi et moi sommes liées par une histoire malheureuse et je suis heureuse que tu sois venue vers moi.

— Il n'y avait personne d'autre à qui j'aurais pu me confier. Je savais que tu me dirais exactement quoi faire.

— Bien entendu, je veux être tenue au courant de tous les détails de ce déjeuner.

Sydney la raccompagna à la porte.

— Ça va être difficile de lui raconter ton histoire, mais une fois que ce sera fait, tu te sentiras mieux. Je te le promets.

— J'espère que tu as raison.

— J'ai toujours raison. Demande à Luke.

— Je n'y manquerai pas, répondit Jenny en passant la porte. La prochaine fois que je le verrai.

Le rire de Sydney la suivit tandis qu'elle descendait l'allée. Réconfortée par le soutien de son amie, Jenny se rendit en ville et choisit sandwichs, boissons, chips, biscuits et fruits à l'épicerie. En songeant à la chaleur, elle lui prit aussi deux bouteilles d'eau et un sac de glaçons pour conserver tout cela au frais.

La pensée de le voir la laissait étourdie et tout excitée ; elle partit pour la propriété des Chesterfield, bien décidée à lui dire ce qu'il devait savoir à son sujet pour pouvoir ensuite profiter de ce qui adviendrait entre eux.

CHAPITRE 13

Le trajet avec le ferry avait été interminable et la route jusqu'à Providence fut encore plus longue. Carolina était pour ainsi dire hors d'elle-même parce qu'ils étaient bloqués dans les embouteillages sur la nationale 95. Elle essayait vainement de voir ce qui provoquait ce bouchon.

— Détends-toi, ma chérie, répéta Seamus pour la dix millième fois depuis qu'ils avaient quitté leur maison.

— Je ne veux pas me détendre. Je veux voir les enfants.

— Tu les verras. Très bientôt. On dirait qu'il y a eu un accident là-bas. Une fois qu'on l'aura passé, ça roulera sans encombre.

— Ce voyage n'a pas été une traversée paisible.

— Je t'avais dit qu'on aurait de la houle aujourd'hui.

— Et je t'ai répondu que je m'en fichais.

La traversée difficile l'avait rendue nauséeuse mais, heureusement, elle n'avait pas vomi. Même si cela avait été, elle n'aurait pas changé ses projets d'aller voir Joe, Janey et bébé P.J. À en juger par l'appel de son fils un peu plus tôt, il était tout aussi ravi qu'elle puisse enfin venir les voir.

Ils se trouvaient dans le camion de Seamus, qui voulait

rapporter du bois de charpente pour des travaux projetés chez eux. Carolina l'avait à peine écouté quand il avait détaillé les améliorations qu'il voulait entreprendre. Elle se fichait bien d'avoir un toit qui laissait passer l'eau et d'autres choses du même genre quand elle était sur le point de faire la connaissance de son petit-fils !

Ils avançaient tout doucement dans l'embouteillage, pare-chocs contre pare-chocs, et elle avait l'impression que l'univers conspirait pour la tenir loin de ceux qu'elle aimait ; cependant, elle se retint de partager cette pensée avec Seamus. Il lui dirait qu'elle était sotte, ce qui était vrai. C'était seulement une suite d'événements regrettables qui l'avait tenue éloignée de son petit-fils.

Tout d'abord, il y avait eu ce buisson épineux dans lequel elle était tombée lorsque, joueuse, elle avait fait l'erreur de se sauver en courant après s'être raccommodée avec Seamus à l'issue de l'une de leurs disputes régulières. Ensuite, elle avait attrapé un virus qui avait duré pendant tout le temps de la visite de la mère de Seamus – Carolina avait plaisanté avec Nora O'Grady, femme d'une nature enjouée, disant que son fils s'était chargé d'une invalide. Et aujourd'hui, la mer démontée et un trafic ralenti avaient rendu la matinée insupportable.

Après quelque trente minutes à avancer comme des tortues à moins de cinq kilomètres à l'heure, ils dépassèrent l'accident qui avait provoqué un encombrement sur la nationale.

— Fonce comme si on te poursuivait ! intima-t-elle à Seamus.

— Quelle aide seras-tu pour bébé P.J. si tu arrives à l'hôpital par la porte des urgences ?

— Ne parle pas. Conduis.

Il éclata de rire, ce qui donna à Carolina envie de le frapper – sauf qu'il conduisait pour l'amener voir son petit-fils.

Lorsqu'il se gara devant l'hôpital un peu plus tard, Carolina fut dehors avant même qu'il ait arrêté le moteur.

— Calme-toi, tu veux ?

— Je ne me calmerai pas. Il faut que tu te dépêches.

Ils se chamaillèrent jusqu'à l'ascenseur à propos de leur appréciation différente de l'urgence. Il appuya sur le bouton de l'unité de soins postnatals intensifs. À l'accueil, elle demanda où se trouvait la chambre qu'ils cherchaient.

— Ils n'y sont plus, répondit l'infirmière. On les a transférés il y a une heure dans une chambre normale à l'étage de pédiatrie.

— Voilà une excellente nouvelle, souligna Seamus.

— En effet, confirma l'infirmière.

Carolina savait que c'était une excellence nouvelle, mais c'était aussi un délai supplémentaire. De retour dans l'ascenseur, elle garda les bras serrés sur sa poitrine, comme si cela pouvait empêcher son affreuse anxiété de cogner dans tout son corps. Heureusement, Seamus se rendit compte que la toucher juste à ce moment ne serait vraiment pas dans son intérêt.

Dans l'unité pédiatrique, on les dirigea vers une chambre tout au bout du couloir – bien évidemment. Debout devant la porte, elle se figea tandis que des semaines d'inquiétude pétrifiaient ses membres.

Le bras de Seamus se posa sur ses épaules.

— Allons, ma chérie. Tout va bien. Entrons les voir.

Aussi muette qu'inerte, Carolina lui fit signe qu'elle était prête et le laissa la conduire dans la chambre. Et là se trouvaient son fils, grand et beau, sa magnifique épouse et leur nouveau-né. Caro faillit s'évanouir de soulagement : elle pouvait enfin poser les yeux sur eux trois. Joe et Janey avaient l'air épuisés et pâlis, mais leurs sourires étaient radieux lorsqu'ils accueillirent Carolina et Seamus.

Carolina tint son fils serré dans ses bras beaucoup plus longtemps qu'elle ne l'avait fait depuis des années.

— Je suis si heureuse de te voir !

Il s'accrocha à elle comme il le faisait lorsqu'il était petit et elle en fut plus que ravie.

— Moi aussi, Maman.

— Vous n'avez pas idée comme je suis content qu'elle puisse enfin vous voir, déclara Seamus d'une voix drolatique qui les fit tous rire.

— Viens prendre ton petit-fils, Carolina, proposa Janey.

Caro essuya des larmes qu'elle n'avait pas su être là avant qu'elles ne l'aveuglent ; elle serra sa belle-fille dans ses bras et le bébé avec.

— Oh, je peux ? Tu es sûre que ça va ?

— Affirmative. Il avait hâte de faire ta connaissance. Nous lui avons beaucoup parlé de toi.

— Heureusement, il ne se souviendra pas qu'il a fallu deux semaines à son idiote de grand-mère pour venir le voir après sa naissance.

Carolina s'assit dans un fauteuil à bascule et reçut le bébé emmailloté des mains de Janey.

— Mais ce n'était nullement volontaire de ta part, lui rappela Joe.

— Je pense qu'aujourd'hui, s'il l'avait fallu, elle aurait été capable de nager jusqu'au continent dans des eaux infestées de requins.

— Tu as parfaitement raison, je l'aurais fait, répondit Caro, émerveillée par le petit visage, les lèvres parfaites, le nez minuscule, les cils légers comme des plumes, le duvet de cheveux d'un blond doré.

Comment aurait-il pu être autrement que blond avec Joe et Janey pour parents ?

— Oh, il te ressemble tout à fait au même âge, Joseph !

— Pauvre bougre, répondit son fils. J'espérais tellement qu'il tiendrait de sa magnifique maman.

— Oh, tais-toi ! coupa Janey. Il sera aussi beau que son papa.

Caro passa un doigt sur la douceur adorable d'une joue de bébé.

— Quand pourra-t-il être chez lui ?

— Ils vont le permettre dans les deux prochains jours, expliqua Joe. Mais ils veulent que nous restions dans les environs pendant une semaine ou deux, si bien que nous irons chez Frank, l'oncle de Janey, jusqu'à ce qu'ils nous donnent le feu vert pour l'amener sur l'île.

— Nous ne voulons pas nous éloigner s'il a besoin de quelque chose, enchaîna Janey.

— Il a obtenu son diplôme de l'unité de soins postnatals intensifs ce matin, compléta Joe avec fierté.

Il s'assit à côté de sa femme sur un petit canapé devant une fenêtre qui donnait sur le centre-ville de Providence.

— Tout s'est passé si vite que je n'ai pas eu le temps de t'envoyer un texto.

— Pas grave.

Caro n'avait pas encore quitté le bébé des yeux.

— Nous vous avons trouvés.

Berçant Peter Joseph Cantrell, ainsi prénommé en l'honneur de feu son mari et père de Joe, Carolina inspira profondément comme elle ne l'avait pas fait depuis deux semaines. Ils allaient bien. Ils se portaient tous bien et son petit-fils nouveau-né était absolument parfait malgré une naissance chaotique.

— P.J., je veux te présenter quelqu'un. Eh bien, je ne veux pas que tu écoutes trop toutes les bêtises qu'il raconte, mais il a juré d'être un très bon papy pour toi.

Seamus se glissa devant elle et se pencha pour déposer un baiser sur la joue du bébé.

— Salut, toi, P.J. Je suis ton charmant et beau Papy Seamus, mais tu peux m'appeler Da, parce que c'est ainsi que mes neveux et nièces appellent mon papa. Je promets de te gâter-pourrir.

— Si tu ne tiens pas à t'attirer des ennuis, n'écoute pas un mot de ce que dit ce charmeur d'Irlandais.

Carolina décolla enfin ses yeux du bébé pour adresser un beau sourire à son fiancé.

— Il t'entraînera à chaque fois là où il ne faudrait pas.

— Regarde, mon amour… fit Seamus en souriant.

Il désignait d'un mouvement discret les parents du bébé.

Janey avait posé la tête sur la poitrine de Joe ; quant à lui, son bras était passé fermement autour d'elle. Tous les deux dormaient profondément.

Carolina pencha la tête et sourit à son petit-fils.

— On dirait que Mamie et Papy vont s'occuper de toi pendant un petit moment.

Elle n'aurait pas voulu qu'il en soit autrement.

En se dirigeant vers la propriété des Chesterfield, Jenny pensait à ce qu'elle devait dire à Alex, espérant qu'elle pourrait aller jusqu'au bout sans devenir trop émotive.

Elle ne voulait pas l'effrayer et le voir partir comme le premier type avec lequel elle avait couché après la disparition de Toby. Il avait pris ses jambes à son cou après avoir été témoin de sa tempête émotionnelle et elle ne pouvait pas lui en vouloir. C'était beaucoup à absorber. Elle ne pouvait le nier. Pas plus que, en entrant dans la longue allée qui menait à la propriété de madame Chesterfield, elle se sentait de nouveau malade.

Alex était en train de tailler les haies, mais il l'attendait et arrêta ce qu'il faisait lorsqu'il la vit s'engager dans l'allée circulaire.

Lorsqu'elle sortit de la voiture, les paquets de l'épicerie dans une main, il s'avançait vers elle à grandes enjambées à travers la pelouse.

Tout le corps de Jenny se tendit pour le regarder.

Alex portait son « uniforme » habituel de travail qui consistait en un torse délicieusement nu, un bermuda kaki et des chaussures de travail avec des chaussettes blanches qui dépassaient aux chevilles. Sa peau brillait de transpiration qui humidifiait sa toison pectorale et faisait luire ses muscles abdominaux.

Il était magnifique, sexy et, à en juger par son large sourire, très heureux de la voir.

— Quelle bonne surprise ! s'exclama-t-il en approchant.

Il baissa la tête pour l'embrasser sur la joue puis sur les lèvres.

Jenny aurait voulu s'accrocher à lui et se perdre dans l'un de ses baisers inoubliables. Mais ce n'était pas pour cela qu'elle était venue, si bien qu'elle se détacha à regret de lui.

— Désolé, je suis tout en sueur et tu es si jolie et parfaite.

— Ça m'est égal que tu transpires.

Pour prouver sa sincérité, elle fit courir son index sur son torse moite, s'arrêtant lorsqu'elle arriva à son nombril et remarqua la bosse rigide de son érection.

Elle leva la tête pour le regarder.

— Tu as faim ?

— Affamé, répondit-il d'un ton truffé de sous-entendus qui reçurent toute l'attention des endroits les plus sensibles de Jenny.

— Allons chercher un peu d'ombre.

Il lui prit la main et la mena à son camion où il récupéra un drap de bain. Il le lança sur son épaule.

— Je suis bien content de l'avoir laissé dans le camion depuis la dernière fois où je suis allé faire du surf.

— Tu surfes ?

— Eh oui. Je pourrais t'apprendre si tu veux.

— J'aimerais beaucoup.

— On fera ça un de ces jours.

Il se dirigea lentement vers un bosquet d'arbres tout au bout à droite du terrain sur lequel il avait travaillé.

— Faut que tu voies ça.

Écartant le rideau de branches d'un saule, il lui fit signe de le précéder dans un jardin en pleine floraison, entouré sur quatre côtés de hautes haies.

— Oh, mon Dieu !

Jenny fit un tour complet sur elle-même, admirant la découverte incroyable de milliers de fleurs : lys, roses et tournesols – pour parler seulement de celles qu'elle pouvait facilement identifier.

— C'est fabuleux. Et ce parfum…

— C'est fou, hein ? La propriété des Chesterfield nous paie pour en prendre soin, même si personne n'habite plus ici. C'était la fierté et la joie de madame Chesterfield.

— Je vois pourquoi. C'est extraordinaire.

Il lui fit faire rapidement le tour du jardin, l'émerveillant par sa connaissance approfondie de chaque sorte de roses, de la façon dont on devait s'en occuper, ainsi que du nom latin de chaque plante.

— Comment est-ce que tu sais tout ça ?

— C'était mon boulot dans une autre vie.

L'extrémité du jardin à droite était bien à l'ombre et Alex la guida de ce côté avec sa main dans le creux de ses reins. Il étala la serviette :

— Après toi.

Jenny s'installa avec précaution sur le sol, ses jambes protestant contre le mouvement.

— Encore endolorie ? interrogea-t-il en s'asseyant près d'elle.

— Pas comme hier.

— Je me fais des reproches.

— Tu ne devrais pas. C'était amusant.

Elle sourit, espérant le rassurer.

— Super chouette.

— Tellement amusant que je n'ai pas pensé à grand-chose d'autre depuis.

— Ah bon ?

— Vouais.

Il plongea le nez dans le sachet qui était le plus proche de lui.

— Qu'est-ce que tu as apporté pour le déjeuner ?

— J'ai pris des sandwichs salade dinde et poulet. J'aime bien les deux, donc tu peux choisir.

— Moitié-moitié ?

— Ça me paraît bien.

Jenny déballa les sandwichs, lui tendit la moitié de celui à la dinde avec un Coca. Elle ouvrit un paquet de chips et le posa près de lui en tendant la main vers le raisin. Pendant ce temps, il dévora un casse-croûte entier avant qu'elle ait entamé le sien.

Il vida une bouteille de Coca pendant que Jenny le regardait, fascinée.

— Pardon, complètement déshydraté par la chaleur, expliqua-t-il. Merci pour ça.

— Ça me fait plaisir.

— Hum, non. Le plaisir est vraiment pour moi. Ma longue et ennuyeuse journée est devenue beaucoup plus intéressante.

Il lui donnait chaud lorsqu'il disait des choses comme ça, mais elle ne voulait pas se laisser tellement emporter par le bonheur d'être avec lui qu'elle en oublie pourquoi elle était venue.

— J'avais en quelque sorte une arrière-pensée.

— Oui, je vais m'occuper de toi ici même, dans le jardin. Tu n'avais pas besoin de m'apporter à déjeuner pour me mettre en appétit. Je suis plutôt prêt quand il s'agit de toi.

Jenny se mit à rire – fort.

— Tu aurais dû avoir davantage de fessées quand tu étais enfant.

— Je suis d'accord pour que tu me corriges quand tu voudras.

— Alex. Arrête.

— Pourquoi ? Si j'arrête de t'embarrasser, je ne te verrai plus rougir adorablement chaque fois que je dis une chose scandaleuse.

— Je ne rougis pas.

— Hum, si, je t'assure. Et c'est chaud bouillant.

Jenny rejeta longuement l'air de ses poumons. Il était vraiment trop pour elle et pourtant il était juste ce qu'il lui fallait également.

— Si tu peux être sérieux une minute, je voudrais te parler de quelque chose.

— Je peux l'être, tant que tu ne vas pas me dire toutes les raisons pour lesquelles nous ne pouvons décidément pas continuer à faire ce que nous avons fait.

— Ce n'est pas ce que je veux dire, répondit-elle, émue de son inquiétude.

— Oh, bien.

Il lança un grain de raisin dans sa bouche et se renversa sur un coude.

— Le temps que j'ai passé récemment avec toi est directement lié à mon désir de vivre.

— Tu n'es pas en train de me mettre la pression ?

Il lui adressa un large sourire.

— Aucune.

Savait-il seulement à quel point il était sexy ? Et il n'essayait même pas de l'être.

— Alors, de quoi veux-tu parler ?

Jenny prit une longue inspiration, convoquant le calme et le courage dont elle avait besoin pour aller jusqu'au bout de ce qu'elle avait à dire.

— Je veux te parler de Toby.

Il la dévisagea ; aucun muscle de son corps ne bougea pendant un long moment.

— OK.

— C'est important que tu l'entendes de ma bouche et suffisamment de personnes sur l'île connaissent mon histoire. Alors, je ne voulais pas que quelqu'un d'autre te mette au courant. Je suis désolée d'avoir interrompu ton travail aujourd'hui, mais je ne pouvais pas attendre davantage pour m'ôter ça de la poitrine.

— Tu n'as rien interrompu et je veux entendre tout ce que tu souhaites me dire. Mais je n'aime pas te voir aussi nerveuse à l'idée de me parler.

— C'est assez difficile pour moi.

— Je me suis douté que ça devait l'être, sans quoi tu n'aurais pas rêvé de Toby en lui demandant de ne pas partir.

Elle ferma les yeux et respira longuement par le nez.

— Je ne fais plus ce rêve que rarement et je l'ai eu deux fois récemment. J'essaie de comprendre ce que ça veut dire.

Sa main sur le genou de Jenny était chaude, forte et rassurante.

— Commence par le début. Prends tout le temps dont tu as besoin.

Jenny se força à dire les mots qu'elle aurait préféré ne jamais prononcer à nouveau.

— Toby a été tué le 11 septembre. Il était dans la tour Sud du World Trade Center, au-dessus de l'étage où l'avion s'est encastré.

Alex rejeta longuement l'air de ses poumons.

— Oh, mon Dieu ! Je suis vraiment désolé. Je ne sais pas quoi dire.

— Tu n'as pas besoin de dire quelque chose. Si tu veux bien seulement écouter. Ensuite, j'aimerais te dire comment gérer cette situation, si tu es d'accord.

— Bien sûr, je t'écoute attentivement.

Jenny se focalisa sur un buisson de roses roses.

— Nous étions ensemble depuis trois ans, pratiquement depuis le début de nos études à Wharton ; c'était notre première année d'expérience professionnelle à New York. Nous devions nous marier juste un mois après les attaques.

Jenny fit rouler une bouteille d'eau fraîche entre ses mains.

— Les choses ont été difficiles depuis, pour ne pas dire plus. Je me suis sentie mieux, beaucoup mieux, depuis mon arrivée ici il y a un peu plus d'un an. L'île m'a permis le nouveau départ dont j'avais désespérément besoin.

— Je peux te demander quelque chose ?

— Tout ce que tu veux.

— La nuit dernière avec moi, c'était la première fois ?

— Non, mais c'était la première fois depuis longtemps et la première fois où cela a compté, et c'est pour cela que je voulais t'en parler.

— Je suis heureux que tu l'aies fait ; mais cela m'horrifie que tu aies dû passer par une chose aussi terrible.

— Merci. Cela m'épouvante encore moi aussi. Pour tous ceux qui l'aimaient et tous les autres qui ont disparu ce jour-là. Je suis révoltée pour lui parce que sa vie commençait tout juste et elle lui a été retirée par des gens qui ne pensaient pas un instant que la vie est un cadeau merveilleux pour nous tous. J'abomine beaucoup de choses quand j'y pense, mais plus que tout, je déteste lorsque les gens me regardent et ne voient que ma tragédie.

Il réfléchit à ce qu'elle venait de dire pendant quelques minutes sans bouger ni parler.

Jenny but une gorgée de son Coca Light, attendant ce qu'il pourrait dire.

— Tu as dit que c'était la première fois où cela avait compté. Pour quelle raison le supposes-tu ?

— Je ne sais pas, mais ça a été différent avec toi depuis le début. J'ai presque peur de le dire, parce que c'est terriblement révélateur. Et la dernière chose que je souhaite, c'est que ça te mette davantage de pression à un moment où tu as plus qu'assez de soucis à gérer.

— Je n'ai pas la pression. Je me sens honoré que tu prennes la peine de me parler avant que je l'apprenne par quelqu'un d'autre. J'apprécie que tu m'aies dit ce que tu ne veux pas et je le comprends aussi. Je déteste que tout le monde ici pense à moi comme le type dont la mère souffre de démence. Ces choses finissent par définir une personne.

— Oui, fit Jenny en poussant un soupir de soulagement. Tout à fait vrai.

— C'est pour cela que j'étais content que tu ne saches pas, au début, qui j'étais et ce que j'avais à gérer. L'anonymat était une protection.

— Pour moi aussi. Mes amies m'ont arrangé des rencontres et je sais que les types étaient parfaitement préparés ; c'est gentil de la part de mes amies d'y avoir veillé. Mais je préférais vraiment que tu ne sois pas au courant.

— J'ai été brutal avec toi.

— Pas du tout. Tu as été parfait. Si c'est différent la prochaine fois, je ne serai pas contente de toi.

Cela lui tira un petit rire.

— Me voici prévenu.

Il la regarda :

— Tu es extraordinaire.

— Non.

— Si, vraiment. Tu as survécu à la plus horrible des choses et tu es encore capable de rire et de plaisanter, de me taquiner et de sourire si merveilleusement que ça me fait mal. Si je dis que tu es extraordinaire, c'est que tu es *extraordinaire*.

Profondément émue de ces mots chaleureux, elle reprit :

— Ça a pris un temps très, très long avant que je sois capable de faire l'une ou l'autre de ces choses.

— J'en suis persuadé.

Il l'embrassa sur la main, déclenchant une tempête à la surface de sa peau par le simple contact piquant de ses favoris.

— Est-ce que tu te sens mieux après m'en avoir parlé ?

— Oui. J'étais mal à l'aise hier soir parce que je n'avais pas répondu quand tu m'avais posé la question à son sujet. Tu m'avais parlé de ta famille et de ta maman. Refuser d'en faire autant me paraissait inéquitable.

— Tu n'en avais pas envie. Tu n'étais pas prête.

Il leva une main pour caresser le visage de Jenny, puis l'arrondit autour de sa nuque et, donnant une petite secousse pour la rapprocher de lui, il lui offrit son coude pour oreiller.

— Ce que tu as dit… Que c'était la première fois que ça avait de l'importance…

Elle hocha la tête, retenant son souffle dans l'attente de ce qu'il dirait.

— C'est la première fois, depuis très longtemps, que cela a eu de l'importance pour moi aussi. J'ai eu une amie à Washington lorsque j'y vivais. J'avais pensé qu'elle était celle que j'attendais ; et puis elle m'a dit qu'elle ne patienterait pas jusqu'à la fin de mes difficultés familiales.

— Elle t'a vraiment dit ça ?

— En ces termes. Mais ce qui est drôle, c'est que j'ai à peine repensé à elle après notre séparation. J'imagine que je m'étais trompé.

— Elle t'a blessé.

— Elle m'a plutôt déçu.

— J'ai bien entendu ce que tu m'as dit à propos du moment qui n'était pas idéal pour que tu t'engages dans quoi que ce soit…

— C'est difficile pour l'instant. Probablement le pire moment possible, mais en ce qui me concerne, notre relation a déjà commencé.

Jenny posa une main sur le visage d'Alex :

— Pour moi aussi.

Il plia le bras et l'amena suffisamment près de lui pour l'embrasser.

— Tu ne veux pas finir ton déjeuner ? interrogea-t-elle en dépit des battements affolés de son cœur.

— Je suis prêt à passer au dessert.

— Que dirais-tu que je range tout ça et que nous parlions de la suite ?

— Dépêche-toi. Les douceurs, c'est ce que je préfère dans un repas.

Il la fit rire alors qu'elle avait pensé pleurer. Il la faisait sourire tout le temps. Il l'embarrassait affreusement parfois, mais même cela était charmant. Et, plus important, il lui permettait de *ressentir* à nouveau après douze années d'un engourdissement dont elle avait pensé un temps qu'il serait permanent.

Les restes du pique-nique rangés dans les sachets et posés à l'écart, Jenny annonça :

— Nous avons des biscuits pour le dessert.

Il tendit les bras vers elle.

— Je pensais à quelque chose de plus doux encore.

Jenny se blottit dans son étreinte.

— Je ne veux pas te salir.

— Je m'en fiche. Je rentre à la maison après.

— On dirait que c'est un feu vert pour faire des galipettes, fit-il avec un sourire charmeur.

— Attends ! Je viens de dire que j'étais d'accord pour quoi ?

— Je vais te le montrer.

Il l'embrassa longuement et fiévreusement, de sa langue exigeante et persuasive.

Qu'il connaisse son histoire mais ait toujours envie d'elle et l'embrasse comme il l'avait toujours fait, c'était un soulagement immense et elle se détendit entre ses bras. Ses lèvres et ses mains étaient partout ou, tout du moins, c'était ce qu'il semblait ; puis il fut sur elle, leurs corps alignés dans un plaisir sensuel.

— Je te veux tout de suite, murmura-t-il, ses lèvres douces et ses favoris râpeux contre son cou.

Jenny frissonna de désir autant que de l'urgence qu'elle entendait dans sa voix.

— Et si quelqu'un passe ?

— C'est nous deux qui allons passer un bon moment. C'est ça, l'important.

— *Alex* ! Tu sais ce que je veux dire.

Riant de son indignation, il pressa son pénis gonflé contre elle, lui montrant à quel point il la désirait.

— Il n'y a personne dans le coin. On ne sera pas surpris.

— Je ne sais pas…

— Allons, il faut vivre dangereusement !

Comme il disait cela, sa main remonta le long de la cuisse de Jenny, sa jupe suivant le même chemin.

Alors qu'elle était encore en train de chercher des objections, il l'avait entièrement débarrassée de sa robe.

— Alex…

— Chut, détends-toi. Fais-moi confiance.

Ses lèvres sur son cou étaient presque aussi persuasives que ses mots dits d'un ton brusque.

Incapable de résister au désir qui battait à travers elle comme un fil sous tension directement connecté à une source électrique, Jenny décida de lui faire confiance et força ses muscles bandés à se détendre.

— C'est bien, chuchota-t-il en semant des baisers jusqu'en haut de ses seins.

Il passa la main sous elle pour la débarrasser de son soutien-gorge, d'une seule main experte qui indiquait beaucoup de pratique. Il faudrait qu'elle lui en parle un prochain jour. Ses seins dénudés sous son regard intense, elle n'aurait pu trouver les mots sur le moment.

Il baissa la tête et fit courir sa langue en cercles taquins autour de ses tétons érigés.

Jenny agrippa sa tête, tentant de le diriger là où elle le voulait, mais il ne voulait pas être pressé. Quand il en aspira enfin le bout dans la chaleur de sa bouche, elle était prête à le supplier. Mais cela valait la peine d'attendre : il tirait, suçait, mordait et léchait successivement, si bien qu'elle pressait sans retenue son sexe contre celui d'Alex.

Puis il changea de côté et recommença depuis le début.

La chaleur accablante et la transpiration avaient lissé la peau de Jenny et il glissa plus bas, obligeant ses jambes à s'écarter sous la poussée de ses larges épaules.

— Alex, non. Pas ça. Pas ici.

— Mais si, ça et ici.

Il fit descendre sa culotte et la poussa de côté, se servant de ses mains pour l'ouvrir à sa langue aventureuse.

Jenny ne pouvait croire ce qui était en train de se passer, en plein air et en plein jour, alors que n'importe qui pouvait les découvrir, le trouver avec son visage enfoui entre ses jambes. Elle ne pouvait pas non plus nier que c'était la chose la plus chaude, la plus sexy qu'elle ait jamais faite. Et lorsqu'il suça son clitoris et poussa deux doigts, lentement et précautionneuse-ment en elle, elle cessa de penser à quoi que ce soit d'autre que le plaisir exquis qui accompagnait la petite morsure douloureuse.

Elle n'avait pas entièrement récupéré depuis la dernière fois, mais il y allait doucement, comme s'il sentait qu'elle était encore endolorie.

— Mal ? interrogea-t-il.

— Non.

— Dis-moi si c'est le cas.

Il se remit à l'ouvrage, de sa langue infatigable tandis qu'il l'amenait plus haut, toujours plus haut, jusqu'au bord pulsant de la jouissance ; puis il recula, la laissant haletante et en manque.

— Je veux être en toi quand tu jouiras.

Il s'agenouilla devant elle, s'essuya le visage d'un revers de main et ouvrit son bermuda.

Ayant oublié toutes ses réserves au sujet de l'endroit où ils se trouvaient, Jenny tendit les bras vers lui, l'accueillant pendant qu'il descendait sur elle, l'embrassant avec de grands coups de sa langue qui portait son odeur. La poussée brusque de son pénis entre ses cuisses réclamait toute son attention ; puis il bougea imperceptiblement, râpant ses tétons avec sa toison pectorale.

Seigneur, il était comme une surdose sensorielle permanente – et du sexe en bâton. Ne l'oublions pas. Cette pensée la fit glousser au pire moment possible.

— Qu'y a-t-il de si drôle, bon sang ?

Son ton indigné ne fit qu'accroître son hilarité.

— Tu ne sais pas que c'est vraiment un sale coup sur l'ego d'un homme de voir une femme morte de rire quand il est en train d'essayer de lui faire l'amour ?

— Ton ego se porte très bien.

— Dis-moi ce qu'il y a de si drôle !

— Le sobriquet que je t'ai trouvé.

— Tu crois que je veux le connaître !

Jenny repartit à rire.

Voyant qu'elle était inquiète, il saisit l'occasion de mordiller son cou et son rire se transforma en gémissement de plaisir. En même temps, il la taquina en faisant glisser son érection sur son sexe, ses doigts pinçant ses tétons.

Tout à coup, ce n'était plus drôle. Elle se cambra, le cherchant.

— Alex… *Je t'en prie.*

— Pas tant que tu ne m'auras pas dit mon sobriquet.

— Sexe-en-bâton.

Il arrêta de bouger pour la regarder.

— Tu es sérieuse ?

Elle se mordit la lèvre inférieure pour s'empêcher de rire encore en voyant l'air incrédule qu'il prenait.

— Hum, si le bâton est à la bonne taille…

Alex glissa en elle, lentement mais sûrement.

— Le bâton est parfaitement à l'aise.

Jenny soupira de soulagement et de plaisir.

— C'est absolument vrai.

— Sexe-en-bâton, fit-il avec un petit rire dédaigneux. Je devrais fesser ton cul pour ça jusqu'à ce qu'il devienne rose vif.

— Tu n'oserais pas.

— Tu crois ça ?

Il la regarda, intensément.

— Tu as mal quelque part ?

— Non.

— Tu me le dirais...

— Hum.

Elle ferma les yeux et se concentra sur les sensations délicieuses qui voyageaient de son sexe vers tous les endroits sensibles de son corps. Elle avait des picotements partout, de son cuir chevelu à ses lèvres, à ses tétons et jusqu'à la plante de ses pieds. Il prenait possession d'elle lentement et c'était véritablement aussi bouleversant que l'accouplement rapide et furieux de l'autre nuit.

Jenny oublia complètement où ils se trouvaient, la conversation émotionnellement difficile qu'ils venaient tout juste d'avoir et tout le reste, hors le plaisir sublime qu'ils créaient l'un pour l'autre.

— Putain ce que c'est bon, chuchota-t-il d'une voix rauque contre son cou tandis qu'il passait son bras sous la jambe de Jenny, l'ouvrant encore plus largement pour la posséder.

Jenny poussa un cri lorsqu'il s'enfonça plus profondément, allumant un feu en elle.

— Ne t'arrête pas, recommanda-t-elle en agrippant ses reins.

Il grogna et se pressa plus fort en elle, ce dont elle avait besoin.

Ses cris de plaisir se mêlèrent aux siens tandis qu'ils prenaient ensemble un rythme effréné, perdus dans un moment de parfaite harmonie.

— Putain de putain, haleta-t-il.

— Qu'est-ce qu'on transpire !

— Je sais.

Il pulsait en elle tandis que des contrecoups la faisaient tressaillir.

— Est-ce que ce n'est pas formidable ? Reste avec moi, ma petiote. Je te ferai faire des galipettes chaque fois que tu en voudras.

— Je commence à en vouloir pratiquement tout le temps.

Il souleva sa tête qui reposait sur la poitrine de Jenny et toucha ses lèvres avec les siennes.

— C'est vrai ?

Jenny fit oui de la tête, incapable de détourner les yeux de ce regard de chocolat noir qui l'avait captivée depuis le tout début.

— Je suis tout à fait d'accord avec toi. Heureusement que tu ne peux pas savoir combien de fois je pense à toi pendant que je travaille. Tu voudrais obtenir une injonction restrictive.

Ses mots n'étaient ni fleur bleue ni romantiques, mais ils lui allèrent tout autant droit au cœur.

Elle leva la main pour repousser les cheveux d'Alex qui retombaient sur son front en sueur.

— Il faut que tu retournes travailler.

— Je sais, soupira-t-il. Mais pas tout de suite. Quelques minutes encore au paradis, tu veux bien ?

Quand il demandait si gentiment, comment pouvait-elle lui refuser quelque chose ? Malgré la chaleur étouffante, multipliée par sa proximité, elle le prit dans ses bras et le tint serré contre elle.

CHAPITRE 14

Grant McCarthy s'arrangeait pour retrouver son ami Dan Torrington au moins une fois par semaine afin qu'ils puissent lire ce qu'ils avaient écrit chacun de leur côté et formuler des critiques. Si Dan était avocat et non écrivain de profession, il avait d'excellentes suggestions pour le scénario que Grant écrivait : il s'agissait de retracer les efforts de Stéphanie pour faire libérer son beau-père, accusé à tort de l'avoir abusée sexuellement.

D'un point de vue émotionnel, l'écriture du scénario avait été plus exigeante qu'il ne l'avait anticipé car il revivait l'horreur qu'avait été son enfance au travers d'entretiens avec Stéphanie et son beau-père, Charlie Grandchamp. Il avait fallu pas mal de temps pour que Charlie révèle à Grant les détails des mauvais traitements et négligences dont Stéphanie avait souffert aux mains de sa mère. Il en apprit même certains de la bouche de Charlie.

Cela le laissait face à un dilemme : devait-il informer Stéphanie de ce que lui avait dit son beau-père ou fallait-il qu'elle le lise une fois le scénario terminé ? Il soupesait encore la question lorsque Dan fit irruption dans le restaurant du port

Sud, paraissant tout à fait incongru sur Gansett avec sa chemise boutonnée et froissée, ses mocassins qu'il voulait absolument porter avec un short, même si ça lui donnait l'air d'un bel idiot.

Grant arrêta sa conversation avec Rebecca, la propriétaire du restaurant, bondé comme toujours un matin de semaine.

D'après ce que disaient toutes ces dames, Dan pouvait porter n'importe quoi parce que, beau comme il l'était, tout lui allait. Ben voyons ! Grant adorait lui faire remarquer que son style de vêtements de la côte Ouest était tout à fait inapproprié sur une île de la côte Est, mais son opinion sur de tels sujets n'intéressait pas Dan. Non, ces temps-ci, Dan était beaucoup plus curieux de l'opinion de Grant sur ce qu'il peinait à écrire : le livre au sujet d'un jugement inique que Dan avait aidé à faire annuler.

Depuis le jour où ils s'étaient retrouvés tous deux dans l'eau glacée à la suite d'un accident de voilier, Dan était devenu plus un frère qu'un ami et Grant était ravi de sa présence – mais il ne le dirait jamais à Dan. Son ego était déjà assez grand sans cette sorte de confirmation.

Dan se glissa dans le box en face de Grant.

— Désolé d'être en retard. Maman m'a appelé juste quand j'allais partir et elle a des tas de questions à propos de Kara et moi.

Il fit les gros yeux.

— On dirait un chien avec un os, grommela Dan.

— Super gentil. Comparer ta mère à un chien. Comment est-elle au courant de « l'os », comme tu l'appelles ?

— Je refuse de parler de la femme que j'aime comme d'un « os ».

— Pourquoi ? Ça te fait bander comme un chien ?

— Bon sang. La ferme, tu veux ? J'ai sans doute fait une énorme erreur en disant que j'avais peut-être rencontré quelqu'un ici. Tu devrais savoir comment les mères de fils qui ont largement dépassé la trentaine reprennent *espoir* au premier signe d'une rencontre, quelle qu'elle soit.

— Donc c'est ta faute si elle parle de mariage.

— Oui, j'imagine.

— À propos de mariage, il y en aura un ?

— Tu ne vas pas t'y mettre aussi ! Nous ne parlons pas de mariage ou de ce genre de folie. Nous sommes heureux de passer du temps ensemble. Pourquoi est-ce que ça ne suffit pas aux gens ?

— Parce que l'horloge a tourné. Tu as 36 ans maintenant, plus proche des 40 que des 30. Tu ne rajeunis pas.

Dan saisit le couteau à pain et le fit courir sur son poignet.

— Pas assez coupant, remarqua Grant. Et je n'ai pas perdu une journée entière à sauver ta fichue vie pour que tu la termines par la faute d'un stupide couteau à beurre parce que ta mère veut que tu te maries.

— *Perdu* ? Je suis blessé.

— Mais non ! Alors, qu'est-ce qui t'empêche de poser la question ? Tu sais que tu ne veux pas la perdre.

— Et qu'est-ce qui *t'*empêche, *toi,* de *te* marier ? Il me semble que tu es sur le sujet depuis un bon moment, mais je n'entends aucune cloche sonner non plus de ton côté.

Grant demeura impassible malgré la question de Dan qui touchait au cœur de ses inquiétudes. En dépit de plusieurs tentatives de sa part, Stéphanie avait éludé toutes les conversations au sujet d'une date pour leur mariage. Mais Grant ne l'admettrait jamais devant personne, si bien qu'il donna l'excuse évidente.

— Nous sommes tous les deux tellement pris. Nous n'avons pas eu le temps de respirer, encore moins de préparer un mariage. Nous ne sommes pas vraiment pressés.

— Dois-je te rappeler que tu as 36 ans maintenant, toi aussi ? Juste pour le cas où tu l'aurais oublié.

— Je m'en souviens.

C'était l'une de ses nombreuses angoisses. Il voulait une famille et il ne rajeunissait pas. Un jour ou l'autre, il faudrait qu'il fasse asseoir Stéphanie et mette la question sur la table ; mais il hésitait à le faire pendant la haute saison au restaurant, où elle avait tellement de pain sur la planche. Le calendrier était essentiel dans ce genre d'affaires, si bien qu'il avait l'intention d'attendre jusqu'en octobre, à la fin de la saison, pour essayer de lui faire choisir une date.

Ayant entendu la veille au soir qu'Evan et Grace allaient se marier en janvier, il sentait davantage l'urgence de fixer quelque chose avec Stéphanie. Ils étaient fiancés depuis plus longtemps qu'Evan et Grace. Ne devraient-ils pas avoir des projets à l'heure qu'il était ? Même après un an ensemble, il continuait à s'inquiéter de temps à autre que leur couple ne soit pas aussi solide qu'il pourrait être. Cela venait en partie des conditions dans lesquelles elle avait grandi et de sa peur permanente que le sol ne s'effondre sous elle sans prévenir.

Pour cette raison, il l'avait demandée en mariage il y avait quelque temps. Il voulait qu'elle sache qu'il s'engagerait pour la vie mais, à chaque fois qu'elle éludait la conversation au sujet de leur mariage, il avait des raisons de se demander si elle le souhaitait de son côté. La seule pensée qu'elle pourrait être d'un avis différent suffisait à lui donner une crise cardiaque ; alors il essayait de ne pas y penser. Pas trop… Absorbé comme il l'était à rendre par l'écriture l'acharnement de sa fiancée – elle avait réussi au bout de quatorze ans à faire libérer de prison son beau-père bien-aimé –, il lui était difficile de ne pas penser à elle tout le temps.

C'était particulièrement vrai à la lumière de la crise qu'ils avaient traversée après l'accident de voilier : il était absolument rongé par la culpabilité de n'avoir pu sauver à la fois Dan et Steve, le capitaine du bateau, qui était mort noyé.

— Tu étais parti sur quelle planète à l'instant ? interrogea Dan.

Tiré de ses rêveries, Grant se rendit compte que Dan lui parlait et qu'il ne l'avait pas entendu.

— Pardon. Je pensais juste à des trucs.

— Tout va bien ?

— Sûr. Beaucoup de choses en tête comme toujours. Tu es au courant du plan que les filles ont de surprendre Blaine et Tiffany pendant une fête ce week-end ?

— J'en ai entendu comme des rumeurs. Ce que je voudrais savoir, c'est pourquoi nous devons en être. Pourquoi est-ce que nous ne pouvons pas le sortir et le soûler comme les hommes sont censés le faire ?

— Parce que, même si nous voulons penser le contraire, les filles décident et nous faisons ce qu'on nous dit de faire.

— Je n'aime pas ça.

— Tu ferais mieux de t'y habituer si tu as l'intention de garder Kara auprès de toi.

— J'en ai tout à fait l'intention, mais ce n'est pas elle le boss.

Grant partit d'un rire sonore.

— Continue à te le dire. Tu me feras savoir comment tu t'en sors.

— On se met au travail ou bien est-ce qu'il faut que je continue à écouter tes conneries ?

— Les deux.

Grant glissa ses dernières pages sur la table vers Dan qui lui passa les siennes.

— Vas-y mollo avec ton stylo rouge ! ronchonna Dan.

— Mon stylo rouge améliore ce livre.

— Sans aucun doute, mais tu ruines l'estime que j'ai de moi-même.

— Heureusement, tu en as à revendre. Maintenant, boucle-la et lis.

Grant crut avoir entendu Dan marmonner entre ses dents « Va te faire foutre et crève », mais il choisit de ne pas relever parce qu'il voulait avoir l'avis de Dan sur les dernières scènes et son ami avait prouvé son talent de critique. L'expertise de l'avocat se situait davantage dans le récit à proprement parler que dans l'écriture, tandis que Grant aidait à affiner le style du livre de Dan. Un partenariat improbable qui s'était avéré productif.

Grant était totalement absorbé par la façon dont Dan et son équipe d'étudiants en droit avaient aidé à faire libérer un homme, retenu depuis trente ans dans le couloir de la mort en Californie. Il faillit ne pas entendre… Une conversation se déroulait dans le box derrière lui. Ils parlaient suffisamment fort pour être entendus par-dessus le brouhaha des voix dans le restaurant.

— Peu importe que Kara veuille me voir ou non, disait la femme. Connor est son neveu. Elle ne peut pas refuser de l'admettre.

— J'ai accepté cette idée pour toi, mais je veux renouveler mes objections, disait l'homme. Nous ne devons pas la prendre en traître. Elle ne sera contente de nous voir, ni l'un ni l'autre.

— Je me fiche qu'elle soit ou non heureuse de me voir. Elle ne se montrera pas impolie avec nous avec le bébé qui sera là.

— N'en sois pas si sûre.

Grant se pencha par-dessus la table pour donner un petit coup à Dan avec son stylo.

Dan grogna en réponse.

— Dan.

— Quoi ?

— Écoute. Derrière moi.

— Toute cette affaire n'a que trop duré, continuait la femme. Je ne t'ai tout de même pas volé à elle. Quel homme d'une trentaine d'années peut être *volé* à une femme s'il ne veut pas vraiment partir ?

— Ce n'est pas ainsi qu'elle voit les choses et tu le sais. Elle ne savait pas que nous avions commencé à sortir ensemble alors que j'étais encore avec elle.

Le bébé poussa un petit cri et ses parents se penchèrent sur lui pendant une minute.

— Elle sera heureuse de faire la connaissance de Connor, même si elle ne veut rien avoir à faire avec nous. J'ai promis à ma mère que j'essaierais d'arranger les choses avec elle et c'est ce que je suis en train de faire.

Les yeux de Dan s'agrandirent et un air de détresse intense se peignit sur son visage.

— Ne viens pas pleurer auprès de moi si tout ça t'éclate à la figure, maugréa l'homme.

— Parfois, je me dis que tu tiens encore plus à elle qu'à moi.

— Vraiment, Kelly ! Laquelle de vous deux ai-je épousée ?

— Vas-y, chuchota Grant à Dan qui semblait pétrifié par le choc. Va la prévenir !

Dan poussa les pages qu'il lisait sur la table vers Grant et sortit du box comme un boulet de canon. Pendant la longue journée passée ensemble dans l'eau, Dan avait parlé à Grant de Kelly, la sœur de Kara. Elle s'était mariée avec l'homme que Kara pensait épouser encore peu de temps auparavant, ce qui avait terriblement blessé la jeune fille. Au cours de cette journée, Dan avait été lucide probablement seulement une heure, mais il avait parlé de Kara pendant tout ce temps. Tous deux avaient eu peur de ne jamais revoir celle qu'ils aimaient.

— Allons-y, reprit la femme derrière lui. Je veux en finir.

Tout en rassemblant les feuillets que Dan avait abandonnés, Grant n'espérait qu'une chose : que Dan trouverait Kara avant que sa sœur et son beau-frère puissent la prendre par surprise.

Dan n'avait jamais conduit aussi vite sur les routes sinueuses de l'île, mais il n'avait jamais été plus anxieux d'arriver jusqu'à Kara. Enfin, excepté le jour passé à se battre pour rester en vie dans l'eau glacée, pensant qu'il avait tout fichu en l'air avec elle avant de partir pour ce funeste tour en voilier.

Des appels de phare derrière lui l'impatientèrent et il grogna de désespoir en arrêtant sa Porsche sur le côté de la route. Il remercia le ciel quand il vit son ami Blaine Taylor s'approcher de la voiture.

— Vous êtes bien pressé, monsieur l'avocat.

— Très pressé. Il faut que je trouve Kara. C'est comme qui dirait une urgence.

— De quelle sorte ?

— Du genre qui la blesserait gravement, sauf si j'arrive à la rejoindre et à la prévenir avant que ça n'arrive.

Blaine fit un pas en arrière.

— Ralentis, d'accord ?

— Ouais, désolé pour ça.

— Roule !

— À charge de revanche.

Dan ne se le fit pas dire deux fois. Il reprit sa route vers la marina des McCarthy au port Nord, respectant plus scrupuleusement la limite de vitesse après que son ami l'eut laissé partir sans lui coller une amende. Tout en conduisant, il songeait à l'impudence inconcevable de sa sœur qui débarquait de nulle part, en espérant que Kara lui pardonnerait et oublierait parce qu'il y avait à présent un bébé dans l'histoire.

Il était navré pour bébé Connor. Ce n'était pas sa faute si ses parents étaient des imbéciles. Mais Dan se maudirait s'il laissait Kelly et Matt blesser Kara davantage. Il lui avait été assez difficile de tourner la page après la trahison de deux personnes qu'elle aimait. Ils n'auraient pas une seconde chance de lui faire du mal. Pas s'il avait son mot à dire.

Tout en conduisant, il fit défiler ses contacts sur son portable, cherchant le numéro du capitaine qui remplaçait Kara de temps à autre. Tim. Ils s'étaient retrouvés plusieurs fois pour boire une bière et avaient échangé leur numéro ; pour l'heure, Dan s'en félicitait énormément.

— Trop tôt pour un verre, Torrington ! déclara Tim lorsqu'il répondit au téléphone.

On aurait dit qu'il venait juste de se réveiller.

— Il faut que tu ailles remplacer Kara.

— Pourquoi ? Je travaille ce soir.

— C'est urgent. Tu veux bien aller sur les quais et prendre le deuxième bateau ?

— Qu'est-ce qui ne va pas avec le premier ?

— Rien. Je t'expliquerai plus tard. Je t'en prie. Je ne te le demanderais pas si ce n'était pas urgent.

— J'y serai dans vingt minutes.

— Peu importe qui viendra t'interroger, tu n'as pas la moindre idée de l'endroit où peut se trouver Kara. Tu m'as bien compris ?

— Ouais. D'accord. Elle va bien ?

— Elle ira bien. Je vais m'en assurer. Merci, Tim.

— Pas de souci.

Dan vit une place de parking dans la rue qui menait à la marina et la prit, sachant qu'il ne trouverait peut-être pas à se garer plus près. Il verrouilla la voiture et partit en courant, ce qui était encore assez douloureux pour ses côtes brisées lors de l'accident. Cependant, la souffrance n'avait pas d'importance quand il fallait trouver Kara avant que sa sœur ne le fasse.

Il passa en trombe devant le restaurant de la marina, sans se soucier de Mac, le frère de Grant, qui lui demandait en criant où il y avait le feu.

Dan emprunta la rampe du quai flottant où Kara abritait ses navettes de lancement. Remerciant tous les dieux de l'univers de la trouver au moment précis où elle ramenait un bateau empli de passagers, Dan attendit que tout le monde ait débarqué avant de sauter à bord. Comme toujours, ses mocassins dérapèrent dangereusement sur le pont, ce qui fit rire Kara.

— D'où sors-tu comme ça ? interrogea-t-elle en lui adressant un sourire qui le fit fondre de la tête aux pieds.

Ses longs cheveux étaient attachés en une queue de cheval qui dépassait d'une casquette de base-ball aux armes des Chantiers navals Ballard, protégeant son teint clair des ardeurs du soleil.

— Mets les gaz ! intima-t-il en se dirigeant d'un pas chancelant vers la poupe.

— Qu'est-ce que tu fais ? J'ai des clients.

À quai, le banc où les gens attendaient d'embarquer pour rejoindre leur bateau à l'ancre était vide pour le moment.

— Sors le bateau. Je t'expliquerai en chemin.

— On va où ?

— N'importe, mais on ne reste pas ici. Fonce !

Elle lui jeta un regard perplexe, lança la suspente et fit reculer le bateau pour quitter le ponton.

Lorsqu'elle tourna le bateau vers le lac Salé, Dan, rassuré, exhala un soupir de soulagement qui lui brûla les côtes, lui faisant un mal de chien.

— Qu'est-ce qui t'a pris ? répéta Kara.

Il vint la rejoindre à la barre, passa ses bras autour de sa taille et la fit se reposer contre lui ; il laissa tomber sa tête sur l'épaule de la jeune fille.

— Tu m'effraies vraiment !

Il n'était pas facile de lui dire ce qu'il fallait ; et il y alla franco.

— Kelly et Matt sont ici avec le bébé.

Sous le choc, tout le corps de Kara se figea.

— Quoi ? Comment le sais-tu ?

— J'étais avec Grant au resto pour notre rencontre hebdomadaire et nous les avons entendus parler de toi ; ils disaient qu'ils étaient là pour arranger les choses et te présenter le bébé.

— Tu te moques de moi ?

— Je voudrais bien. Leur plan est de te forcer la main en débarquant avec le petit.

Parce qu'il la tenait tout contre lui, il sentit qu'elle se mettait à trembler, ce qui le rendit furieux. Est-ce qu'ils ne lui avaient pas déjà fait assez de mal ?

— J'ai appelé Tim. Il arrive pour s'occuper de l'autre bateau.

— Attends… Tu as appelé Tim ?

— S'ils ne te trouvent pas, ils ne peuvent te forcer à rien.

— Nous ne pouvons pas rester sur l'eau toute la journée.

— Je n'ai rien d'autre à faire. Et toi ?

— Tu as d'autres choses qui t'attendent – un livre, par exemple, que tu dois donner après la fête du Travail[1] et il n'est pas encore terminé.

— Je m'arrangerai. Cela est beaucoup plus important.

— Et pour la nourriture ?

— J'appellerai Mario pour qu'il vienne nous livrer sur le lac.

— Il ne fait ça qu'à 9 h, midi et 18 h. On a manqué la tournée de midi.

— Si je le paie suffisamment, il viendra.

— Alors, nous allons vraiment nous cacher ici toute la journée ?

— C'est ça ou nous rentrons à quai et nous laissons Kelly te prendre en traître.

— Est-ce qu'il ne faudra pas que je l'affronte un jour ou l'autre ?

— Peut-être, mais comme ça, tu lui offres une longue journée misérable, à t'attendre sous le soleil brûlant avec un nouveau-né et un mari réticent à ses côtés.

— Pourquoi dis-tu qu'il n'est pas d'accord ?

— Je l'ai entendu dire qu'il désapprouvait son idée d'arriver sans être annoncés et de te forcer à les rencontrer.

— Je suis heureuse pour Connor qu'un des deux conserve un peu de bon sens.

Quittant l'ancrage, Kara ralentit le bateau et passa au point mort. Elle se tourna vers lui, glissant ses bras autour de son cou.

— Mon héros.

— Pas vraiment.

— Es-tu ou n'es-tu pas venu me prévenir en courant, avec des côtes cassées qui ne sont pas entièrement remises, lorsque tu as entendu ce que ma sœur comptait faire ? Et as-tu ou n'as-tu pas eu la bonne idée d'appeler l'autre capitaine afin que je puisse réellement m'enfuir pour la journée ?

— C'est bien possible.

— Alors, tu es indéniablement mon héros.

— Je t'aime de tout mon cœur et je ne pouvais pas les laisser te faire ça. Quand je pense qu'ils auraient pu réussir si Grant et moi ne les avions pas entendus…

— Eh bien, ils n'ont pas réussi et c'est tout à fait grâce à toi.

— Et à Grant. C'est lui qui les a entendus le premier.

— Comment était-il au courant pour eux ?

— Ce jour-là, dans l'eau, je lui ai raconté par quoi tu étais passée. Il était aussi en colère que moi. Il a entendu Kelly prononcer ton nom et dire d'autres trucs, si bien qu'il a su qu'ils parlaient de toi.

— Vous êtes tous les deux mes héros. Merci mille fois d'avoir accouru. J'aurais détesté qu'elle me surprenne dans ce moment de choc épouvantable que j'aurais eu en les voyant.

— Je suis heureux de l'en avoir privée. Alors, qu'est-ce que tu penses de cette escapade avec moi aujourd'hui ?

— Il n'y a rien qui me ferait davantage plaisir. Où est-ce qu'on va ?

Dan regarda attentivement autour de lui et pointa le doigt vers un amarrage libre.

— Prenons celui-ci. On va rester un moment et voir comment nous pouvons passer agréablement le temps.

Kara dirigea le bateau vers l'ancrage et s'y arrêta, attrapant le piquet attaché à la corde qu'elle enroula autour d'un taquet à la proue. Elle se retourna et vit qu'il retirait les coussins des bancs et les lançait sur le sol du petit bateau.

— Tu as de l'écran solaire de rab' ?

— Si j'ai de l'écran solaire ? Je me baigne dedans toutes les heures.

Elle lui lança un tube et le regarda ôter sa chemise et se

débarrasser des mocassins ridicules qu'il persistait à porter dans la chaleur estivale.

Il s'enduisit le torse, le ventre et les bras de crème, grimaçant lorsqu'il passa sa main sur ses côtes qui étaient toujours colorées de bleus virant au jaune.

— Je vais t'en mettre sur le dos.

— Seulement si je peux faire pareil pour toi.

— J'ai un chemisier.

— Pas pour longtemps.

— Oh, alors ça va être ce genre de sortie éducative ?

— Bien évidemment. Tu ne me connais pas ?

— Mes parties privées ne supportent pas le soleil.

— Je te couvrirai si bien que le soleil ne les trouvera pas.

Elle leva les mains vers le visage de Dan et l'attira à lui pour un baiser qui lui fit perdre la tête.

Il lâcha le tube de crème et l'entoura de ses bras.

— Moi aussi, je t'aime, dit-elle. Merci vraiment pour ça.

— Tant que ma note est au plus haut, j'ai quelque chose à te demander.

— Quoi donc ?

— Quand vas-tu m'épouser ?

Les mots étaient sortis de sa bouche avant que son cerveau ait eu le temps d'y penser. Mais lorsque son cerveau les rejoignit, il découvrit qu'il n'éprouvait absolument aucun regret d'avoir bredouillé une question somme toute essentielle sans en avoir délibéré longuement comme il en avait l'habitude. Qui croyait-il tromper ? Il réfléchissait à la façon dont il pourrait la faire entrer de façon permanente dans sa vie depuis aussi longtemps qu'il la connaissait.

— Tu es là, bouche bée. Non que j'y trouve à redire, parce que ça me donne toutes sortes d'idées, mais j'espérais plus ou moins que tu dirais quelque chose à ce moment précis.

— Que suis-je supposée dire quand tu me lances ça, ici, comme une grenade dégoupillée ?

— Par exemple, « oui » ?

— Tu n'as pas posé une question qui demandait une réponse par oui ou par non.

— Pardonne-moi cette erreur.

Il se laissa tomber lourdement à genoux devant elle, grimaçant à cause de l'élancement qui irradiait à travers ses côtes refusant une putain de guérison.

— Kara Ballard, centre de mon univers, amour de ma vie, future mère de mes enfants, voulez-vous me faire l'honneur faramineux et probablement immérité, de devenir ma femme ?

Elle le regarda de nouveau avec cette expression abasourdie sur le visage ; Dan l'en aima davantage, si tant est que ce fût possible.

— C'était une question fermée, si tu ne l'as pas remarqué.

— J'ai remarqué.

— Et ? Tu as l'intention de me faire souffrir ?

Ça n'avait pas l'air d'être le cas, parce qu'elle se laissa tomber à son tour à genoux devant lui, lui passa les bras autour du cou et le tint ainsi.

— Oui, mais…

Il n'était intéressé par aucun *mais*, si bien qu'il embrassa ses douces lèvres pour l'empêcher de continuer.

Kara, étant Kara, se détacha du baiser, décidée à se faire entendre en dépit du désir profond qu'avait Dan d'éviter tout ce qui ressemblait à une réserve.

— Dis-moi que tu ne me fais pas cette demande en mariage à cause de Kelly et Matt qui se sont pointés ici.

— Ce n'est pas pour ça.

— Le moment est un peu curieux.

— Peut-être, mais ce n'est pas la raison.

— Alors, pourquoi ?

— Hum, à part le fait que je t'aime comme un fou et que la pensée que tu pourrais me quitter me donne des cauchemars ?

— Et à part ça ?

Bon sang, elle était une adversaire à la mesure d'un homme qui se vantait de pouvoir damer le pion à peu près à n'importe qui.

— Ma mère m'a cassé les pieds en me demandant quand j'avais l'intention de t'épouser.

— Je le savais !

— Il n'y a qu'une seule femme qui me fait davantage peur que ma mère.

— Qui est-ce ?

— Toi, sotte, répondit-il en embrassant son nez puis ses lèvres. Je suis terrorisé quand je réfléchis à toutes les façons dont je suis capable de ficher en l'air la meilleure chose qui me soit arrivée. J'ai vraiment intérêt à te passer une bague au doigt avant que tu réfléchisses et que tu voies qui je suis.

— Je sais parfaitement qui tu es, Torrington, et tu ne vas pas te débarrasser de moi aussi facilement.

— Je vais t'acheter une bague, dès que nous pourrons aller sur le continent. Tu pourras choisir celle que tu veux. Le ciel est la seule limite.

— Je n'ai pas besoin du ciel quand j'ai déjà le soleil et la lune.

Savait-elle donc exactement comment faire pour que son cœur arrête de battre ?

— Tu sais quel a été le plus beau jour de ma vie ?

— Le jour où tu m'as rencontrée ?

— C'était le second. Alors, et le premier ?

— Le jour où je t'ai laissé coucher avec moi ?

— Ex aequo avec le second.

— Le *second* ?

— Attends un instant et essaie de te souvenir de ma propension à faire foirer les choses. Le meilleur jour de ma vie, vraiment, est celui où j'ai surpris ma fiancée au lit avec mon témoin de mariage.

Les sourcils de Kara se froncèrent d'incompréhension.

— C'est *ça* le meilleur jour de ta vie ?

— Certainement. Si ce n'était pas arrivé, j'aurais pu épouser celle qu'il ne fallait pas et ma vie en aurait été gâchée, parce que je ne t'aurais jamais rencontrée le second meilleur jour de ma vie.

— Ta logique est un peu bancale, monsieur l'avocat, mais j'admets que tu marques un point. J'imagine que le meilleur jour de ma vie a été celui où j'ai appris que Kelly et Matt en faisaient de belles dans mon dos, parce que ce fut ma raison de venir ici, où je t'ai rencontré – plutôt où tu m'as trouvée – et m'as rendue folle jusqu'à ce que je te prenne en pitié et accepte de sortir avec toi.

— C'est ça que tu raconteras à nos petits-enfants ?

— Il y a une autre version de l'histoire ?

— J'imagine que non. Heureusement, ma persévérance est aussi légendaire que mon don de persuasion.

— J'en ai de la chance !

— Donc, si ta sœur et son mari t'ont fait une faveur en t'enfonçant un poignard dans le dos, peut-être pourrions-nous retourner à quai pour que tu puisses les présenter à ton beau fiancé, en pleine, *pleine* réussite professionnelle – d'ailleurs célèbre, j'avais mentionné la célébrité ? – et rira bien qui rira le dernier.

Le rire silencieux de Kara le remplit d'une joie déraisonnable.

— Tu es tellement et horriblement infatué !

— Est-ce que j'ai dit un quelconque mensonge ? Suis-je beau ?

— Tu n'es pas laid.

— Ai-je réussi ?

— Tu n'es pas un raté complet.

— Suis-je célèbre ?

— Sûrement à ton avis.

Il prit ses fesses dans ses mains et la serra fort contre lui.

— Allons les affronter et leur montrer qu'ils n'ont plus de pouvoir sur toi.

— Oui, allons-y, mais pas avant qu'elle ait passé quelques heures à bouillir au soleil.

— Et le bébé ?

— Elle le gardera à l'ombre avec Matt pendant qu'elle fera les cent pas sur le quai en attendant que je rentre quand quelqu'un lui aura dit que nous sommes sortis en bateau. Telle que je connais Kelly, elle ne sera pas heureuse tant qu'elle n'aura pas eu son moment dramatique.

— Que veux-tu faire en attendant ?

Elle le tira gentiment vers les coussins qu'il avait posés sur le fond du bateau.

— Étends-toi.

Intrigué par la lueur hardie dans son œil, il fit ce qu'elle lui disait. Qu'on n'aille jamais dire qu'il ne pouvait pas être éduqué.

Toujours à genoux, Kara ôta son chemisier puis son short avant de s'allonger à côté de lui, seulement vêtue de ses sous-vêtements.

— Nous allons fêter nos fiançailles.

Il se tourna sur le côté pour pouvoir la regarder en face et passa son bras autour d'elle.

— C'est la meilleure idée que tu aies jamais eue.

---

1. Aux États-Unis, cette fête, *Labor Day*, est fixée au 1er septembre. (N.D.T.)

CHAPITRE 15

Réfléchissant toujours à l'appel qu'il avait reçu juste avant de quitter le studio, Evan arriva comme prévu au parking de la pharmacie, à 13 h. Il gara la moto sous l'escalier et s'assit pour attendre Grace.

Passant les doigts dans ses cheveux, le jeune homme essayait d'empêcher son esprit de répéter en boucle la conversation qu'il avait eue avec Buddy Longstreet. Le roi de la musique country l'avait appelé pour fêter le déblocage de son album coincé dans la procédure de banqueroute de *Starlight Records*. Buddy avait des plans pour lui – de grands projets – en conflit criant avec ceux qu'Evan avait récemment faits de son côté.

Après son énorme investissement de temps et d'efforts dans le studio – sans parler des sommes considérables que Ned Saunders avait apportées pour faire démarrer le projet –, comment diable Evan pourrait-il s'en détourner et poursuivre la carrière – sur scène et en studio – qu'il avait cru désirer autrefois ?

Puis il songea à Josh Harrelson, l'ingénieur du son qu'il avait fait venir sur Gansett pour les enregistrements de *La Brise de l'île*, avec la promesse de feuilles de paie régulières. Ne devait-il pas à Josh de donner suite à leurs projets ?

Enfin, il pensa à Grace et à leur extraordinaire vie ensemble qui serait complètement chamboulée s'il partait en tournée Dieu sait pour combien de temps. À en croire Buddy, il serait sur les routes pour le restant de ses jours si les choses se passaient selon le plan grandiose. Et généralement, les choses se déroulaient selon les vues de Buddy. C'était un faiseur de stars. On ne pouvait le nier.

À une époque, il n'y a pas si longtemps, Evan avait été attiré par cette forme de célébrité que Buddy lui promettait aujourd'hui. Il voulait percer, rien de moins. Mais à présent, il connaissait une autre sorte de vie, plus simple et qui lui convenait beaucoup mieux que la vie du spectacle ne l'avait jamais fait.

Pas une seule fois, dans tous les concerts qu'il avait donnés sur l'île de Gansett, avec Owen ou en solo, Evan n'avait connu le trac paralysant qui l'affectait presque à chaque fois qu'il jouait ailleurs. Le trac était l'une des raisons pour lesquelles il s'était secrètement senti soulagé d'apprendre que son album avait été entraîné dans la banqueroute de *Starlight*.

Cette nouvelle l'avait forcé à prendre une autre direction qui s'était avérée bien plus satisfaisante qu'aucune autre à ce jour. Buddy avait déboursé beaucoup d'argent pour le sortir de la banqueroute. Evan ne savait pas exactement combien, mais son agent, Jack, avait déduit qu'il ne s'agissait pas d'une petite somme. Si bien que Buddy espérait évidemment se rembourser de son investissement ; ce qui voulait dire des mois sur les routes pour promouvoir l'album pour lequel Evan avait travaillé si dur.

Cet enregistrement paraissait à présent appartenir à une autre vie. Evan était bien éloigné des années passées à Nashville à courir après ce rêve qu'il avait vu partir en vrille lorsque sa société de disques avait fait banqueroute. Au cours de l'année écoulée, il avait eu des raisons de penser que cette déconfiture était la meilleure chose qui lui était arrivée dans le show-business.

Qu'est-ce que je vais bien pouvoir faire, bon sang ?

Il n'avait pas plus tôt eu cette pensée que Grace sortit de la pharmacie, jolie et nette dans ses vêtements de travail qui consistaient aujourd'hui en une robe légère et un pull qu'elle retira aussitôt que la chaleur lui explosa au visage sur le parking.

Evan se leva pour aller à sa rencontre.

Elle l'examina et son sourire s'effaça.

— Qu'est-ce qui ne va pas ?

— Comment est-ce que tu peux dire en me regardant une seconde qu'il y a quelque chose qui cloche ?

— Tes cheveux sont tout ébouriffés et ça arrive seulement quand tu passes tes doigts dedans, encore et encore ; tu ne fais ça que lorsqu'il y a un truc qui ne va pas.

Il la dévisagea, abasourdi. Quelqu'un le connaissait-il mieux ou avait-il fait davantage attention à chacune de ses humeurs, désirs et besoins ? Non, jamais.

— Rien qui ne puisse attendre après le déjeuner. Tu es prête ?

Ils avaient rendez-vous avec les parents d'Evan au *Bar de l'Aviron* à la marina des chantiers navals ou, comme disait son père, pour *déjeuner avec l'ennemi.* Non que Grand Mac McCarthy ait des ennemis. Non, il avait des concurrents qui étaient autant ses amis que n'importe qui sur l'île. Evan avait préféré les soi-disant ennemis à leur propre marina, parce qu'il ne voulait pas être interrompu pendant que Grace et lui informaient ses parents des projets faits pour leur mariage.

Evan prit les clefs de Grace et lui tint la portière tandis qu'elle s'installait dans sa voiture. Il s'assit à la place du conducteur et ajusta le siège pour ses jambes beaucoup plus longues.

— Tu ne vas pas me dire ?

Il souffla par le nez, longuement.

— Je ne veux pas.

— Super, fit-elle d'une voix légèrement irritée.

— Buddy Longstreet m'a appelé.

— C'est-à-dire qu'il t'a appelé lui-même… Pas ses gens ?

— Il m'a appelé en personne.

— Waouh.

— Ouais. Il a des projets plutôt énormes pour moi à présent qu'il m'a tiré de *Starlight*.

— Quel genre de plans énormes ?

— Une tournée de six mois à la sortie de l'album pour commencer, suivie d'un retour dans les studios pour enregistrer mon second album.

— J'imagine qu'il entend que ça se passe à Nashville.

— Tu supposes correctement.

Elle ne dit rien, mais il vit qu'elle croisait et décroisait les doigts.

Il tendit la main et la posa sur celles de Grace, sentant la morsure de la bague de fiançailles qu'il lui avait offerte contre sa paume.

— Je n'ai pas donné mon accord à quoi que ce soit pour le moment. C'est lui qui a parlé.

— Mais il s'attend à ce que tu dises oui.

— Je pense que Buddy Longstreet est tout à fait habitué à ce que les gens acceptent, alors cela ne lui vient pas à l'esprit que je pourrais refuser.

— Mon Dieu, Evan. Qu'est-ce que nous allons faire ?

— Tu vois, juste maintenant, ce que tu as dit ?

— Qu'est-ce que j'ai dit ?

— Tu as demandé ce que *nous* allons faire. *Nous.* Ça nous concerne tous les deux et nous allons trouver une solution ensemble. Peu importe ce qui arrivera, nous nous marions le 18 janvier. Ce n'est pas négociable.

— Mais que se passe-t-il le *19* janvier ?

— C'est ce que nous devons décider.

— Je ne peux pas partir. Je suis endettée jusqu'au cou avec la pharmacie. Même si je voulais partir, je ne pourrais pas me le permettre. Pas avant quelques années en tout cas.

— Je sais, ma chérie. Il me faut un peu de temps pour réfléchir à la façon de gérer ça. Je ne dois pas me tromper, parce que si je refuse maladroitement l'offre de Buddy, il peut écrabouiller *La Brise de l'Île* comme si c'était un insecte. Je ne veux pas que ça arrive, alors il faut que je trouve la meilleure façon de jouer ma partie.

— Tu vas lui dire non ?

— Ouais, répondit Evan, se surprenant lui-même autant qu'elle. Je le crois.

— Tu peux le faire ?

— Je ne sais pas. Il faut que je parle à Jack et décide ce que je compte faire.

— Tu vas vraiment répondre *non* à Buddy Longstreet ?

— Ma vie est ici. *Notre* vie est ici. Je veux que le studio soit un succès et faire des bébés avec toi. Je ne peux pas faire ça si je suis sur les routes la moitié de l'année.

Du siège passager parvint un bruit bizarre. Grace reniflait. Il regarda dans sa direction et vit des pleurs qui roulaient sur ses joues. Evan se rangea sur le côté de la route et arrêta la voiture. Il tendit ses bras vers elle.

— Gracie… Je suis tellement désolé. Je t'en prie, ne pleure pas. Tu sais que je ne peux pas supporter quand tu pleures !

Il la tint serrée contre lui jusqu'à ce que ses larmes soient taries, caressant ses cheveux soyeux et respirant son odeur familière.

Peu importe que la proposition soit magnifique ou qu'elle vienne d'une superstar, Evan ne pouvait pas laisser Grace pour courir après un rêve qu'il avait abandonné depuis qu'il l'avait rencontrée et avait trouvé un idéal tout à fait nouveau.

— J'avais tellement peur de ce qui allait arriver, dit-elle après un long moment de silence.

— Il faut que tu me fasses confiance, ma chérie. Je veux les mêmes choses que toi.

Elle le regarda, avec un visage baigné de larmes qui brisa le cœur d'Evan.

— J'ai vraiment confiance en toi, mais j'ai aussi confiance dans ton talent incroyable. Je ne veux pas être responsable du fait que tu renonces à être là où tu devrais être.

— Ce n'est pas ce que tu fais. Je te promets que j'avais cessé de courir après ce grand rêve longtemps avant de te rencontrer.

— Alors, si tu ne m'avais jamais connue, tu dirais quand même non à Buddy ?

Evan y réfléchit assez longtemps pour qu'elle détourne les yeux.

— Tu n'aurais pas dit non.

— Seulement parce que je n'aurais pas eu une bonne raison de refuser – la meilleure des raisons possibles.

— Je pense que tu ne devrais rien faire de précipité que tu puisses regretter plus tard. Buddy a une femme, des enfants et une vie de famille. S'il peut y arriver, tu le peux aussi.

— Buddy y réussit parce que sa femme est une aussi grande star que lui : ils partent en tournée ensemble – avec leurs enfants. Tu as ta propre vie et ton affaire personnelle qui sont tout à fait aussi importantes que les miennes. Notre situation est très différente de la leur et nous ne pouvons comparer les deux.

— Nous allons être en retard pour retrouver tes parents, dit Grace en trouvant un mouchoir en papier dans son sac pour essuyer son visage et se moucher.

Elle abaissa le miroir intérieur de la voiture pour constater les dégâts.

— Super, je suis une loque !

— Pas vrai. Tu es toujours aussi adorable.

— Normal que tu le dises. Tu m'aimes.

— Tu parles si je t'aime ! Et ne l'oublie jamais.

Il ramena la voiture sur la chaussée et tourna sur la longue route qui menait aux chantiers navals de Gansett. Le *Bar de l'Aviron* se trouvait face au quai principal et se vantait d'avoir environ dix mille avirons peints par des personnes venues avec leur bateau, pour la semaine des courses, des enterrements de vie de garçon ou de fille, des mariages ou d'autres événements importants. Ils pendaient du toit, le long des murs et sur toutes les surfaces disponibles dans le bar encombré. Evan aimait l'endroit et ne se lassait jamais de lire les messages inscrits sur les avirons, certains datant de plus de quarante ans.

Ses parents étaient déjà installés à une table dans le bar lorsqu'il y entra, précédant Grace. Il tenait fermement sa main, espérant la rassurer après leur conversation pleine d'émotion.

— Bonjour, chérie, fit Linda en embrassant Grace, puis Evan.

Grand Mac se leva pour saluer Grace et l'embrassa sur la joue.

— Hum, excusez-moi une seconde, fit la jeune fille.

Evan lâcha sa main et la regarda se hâter vers l'escalier qui montait aux toilettes.

— Tout va bien ? demanda Linda en le fixant de ce regard de Maman Vaudou qui lisait comme dans un livre ouvert les tracas de ses enfants adultes.

— Dans quelque temps, ça ira mieux.

Evan s'assit avec eux et, tandis qu'ils attendaient le retour de Grace, il les mit au courant de ce qui se passait avec Buddy et l'album perdu au moment de la banqueroute.

— Oh, mon Dieu ! s'exclama Linda. Pas étonnant que Grace soit si bouleversée.

— Te voilà dans une situation bien compliquée, mon fils, enchaîna Grand Mac.

— Tu ne crois pas si bien dire. Il y a beaucoup de choses à prendre en considération, c'est sûr. Écoutez, avant que Grace ne revienne, ce n'est pas la raison pour laquelle nous vous avons invités à déjeuner. Ce sont d'autres nouvelles que nous voulions partager avec vous – de bonnes nouvelles, du moins j'espère que vous le penserez.

— Est-ce que je vais être grand-mère encore une fois ?

— Non, répondit Evan en riant. En tout cas, pas à cause de moi.

— Je ne me suis pas encore remis du dernier accouchement, coupa Grand Mac.

— Parce que ça a été si dur pour toi ? plaisanta Evan, amusé comme toujours par son père.

— Tout à fait.

— Nous avons appris ce matin que Mac et Maddie attendent de nouveau un bébé, annonça Linda. Ton père est plutôt bouleversé par la nouvelle.

— Seulement à cause de ce qui s'est passé la dernière fois, répliqua Grand Mac. Mais Mac m'a assuré qu'il prendrait toutes les précautions nécessaires cette fois-ci.

— Je l'espère bien ! Une fois suffit.

Evan était sur le point d'aller chercher Grace lorsqu'elle parut en haut des marches et traversa la salle pour venir les rejoindre. Il se leva pour lui tenir sa chaise et attendit qu'elle soit installée. Il se pencha alors pour mettre ses lèvres contre son oreille :

— OK ?

Elle hocha la tête et leva la tête pour lui sourire.

Lorsqu'Evan fut de nouveau assis, il lui prit la main.

— Tu veux qu'on leur dise la bonne nouvelle ?

— Tu ne veux pas le faire, toi ?

— À toi l'honneur.

— Quelqu'un va devoir nous dire ce qui se passe, s'impatienta Linda.

— Evan et moi avons choisi la date du mariage.

— Oui ! s'exclama Grand Mac. S'il te plaît, ma chérie, tu me dois vingt dollars.

— Attendez ! Vous avez *parié* sur ce que nous allions vous dire ? demanda Evan à ses parents.

— Ta mère avait misé vingt dollars que ce serait un bébé.

— Eh bien, je suis heureux d'avoir pu t'aider à gagner facilement un billet ! répondit Evan, amusé.

— Et je peux jubiler aussi.

— Tu n'y manques certes pas.

— Chut et laisse-moi parler, intima Linda à son mari. Quand et où ?

— Le 18 janvier sur les îles Turquoises.

— Oh, c'est super ! Un endroit idéal pour un mariage avec une plage au milieu de l'hiver !

— Nous espérions que vous approuveriez.

Même si elle paraissait contente de la réaction de sa belle-mère, le sourire de Grace n'était pas aussi radieux qu'à l'ordinaire.

— Tout le monde viendra ! annonça Grand Mac. Je paie. Prends les billets et réserve les chambres pour tout le monde et je m'en occupe ensuite.

— Vraiment, Papa, personne ne te demande de faire ça.

— Et alors ? Je peux faire ce que je veux. Essaie seulement de m'en empêcher.

— N'essaie pas, mon chéri, recommanda Linda en tapotant la main d'Evan de l'autre côté de la table. Tu sais comment il peut être quand il a quelque chose dans la tête.

— Oui, tu sais comment je peux être, confirma Grand Mac avec un sourire satisfait.

Grace éclata de rire et son hilarité emplit le cœur d'Evan à le faire déborder. Il adorait l'entendre rire autant qu'il détestait la voir pleurer. Il lui prit la main.

— Tu vois dans quelle famille tu vas entrer ?

— Je le sais parfaitement et je ne pourrais pas être plus heureuse.

— Nous ne pourrions pas l'être davantage, nous non plus,

assura Linda à sa future belle-fille. Vous vous correspondez parfaitement tous les deux et je ne doute pas un instant que vous serez heureux ensemble jusqu'à la fin de vos jours.

Evan ferait tout ce qui était en son pouvoir pour qu'ils vivent exactement ce bonheur. Et rien de moins.

~

Exaltée après son déjeuner avec Alex, Jenny retourna au phare pour se doucher et se changer. Lorsqu'elle lui avait proposé d'apporter le déjeuner, elle n'avait pas imaginé un jardin enchanté et une baise en plein air et en plein jour. Plus tôt durant l'été, lorsqu'elle avait dit à ses amies qu'elle se sentait prête à secouer un peu les choses, elle n'aurait jamais rêvé que ça se produirait d'une telle façon avec Alex.

Une partie d'elle-même – celle qui souhaitait se protéger – voulait faire un pas en arrière et ralentir un peu les choses. Mais l'autre – celle qui avait regretté de ne plus être une moitié de couple, le côté qui s'était langui de l'ancienne connexion avec Toby – voulait plonger sans restriction dans ce qu'elle ressentait pour Alex.

Être avec lui était excitant et Jenny se sentait plus vivante en sa compagnie qu'elle ne l'avait été depuis que sa vie avait volé en éclats. Et il avait dit et fait tout ce qu'il fallait lorsqu'elle lui avait parlé de Toby. Il s'était comporté avec un dosage parfait de compassion envers elle, sans surréagir comme tant de personnes l'avaient fait avant lui. Jenny en avait été heureuse et le lui dirait un peu plus tard, au moment de ce rendez-vous spécial qu'il lui avait donné.

Elle en avait vraiment hâte. Avec le sentiment d'être une adolescente amoureuse pour la première fois, pensée qui la fit glousser étant donné qu'elle n'en avait plus vraiment l'âge et qu'il ne s'agissait pas non plus vraiment d'un premier amour. Elle n'en était tout de même pas à appeler ça de l'amour, mais c'était définitivement quelque chose. Tout son corps était parcouru de picotements lorsqu'elle le sentait auprès d'elle. Tout ce qu'il avait à faire pour la faire démarrer, c'était la regarder avec des yeux pleins de désir charnel et elle était à lui. Complètement et absolument sienne. Elle se demandait s'il se doutait seulement qu'elle était aussi ridiculement infatuée de lui.

— Sans doute vaut-il mieux qu'il ne le sache pas, si je ne veux pas qu'il prenne ses jambes à son cou et parte loin de cette folle dans le phare, commenta-t-elle à l'attention de son reflet dans la glace de la salle de bains.

Son téléphone se mit à sonner dans la chambre et elle courut répondre à l'appel de Sydney.

— Comment ça s'est passé ? Raconte-moi tout sans rien omettre.

Jenny éclata de rire. Elle aimait tellement ses amies de Gansett et la façon dont elles parlaient de *tout*.

— Ça a été un succès formidable. Merci pour la brillante idée !

— Elle était plutôt top, n'est-ce pas ?

— Tu n'as pas idée à quel point.

— Jenny Wilks ! Vous n'avez quand même pas fait l'amour dehors ?

— Je ne dirai rien.

— Oh, Seigneur ! Vous l'avez fait !

— Eh bien, il y avait ce jardin, tu vois, entouré sur quatre côtés de haies vraiment hautes. Et puis il y avait ce jardinier chaud bouillant avec des abdos comme on en voit dans les magazines. Que voulais-tu qu'une fille puisse faire ?

— J'adore ! C'était avant ou après que tu lui as parlé de Toby ?

— Après.

— Ce qui veut dire que la conversation s'est bien passée ?

— Aussi bien que j'aurais pu l'espérer. Il a été parfait et il ne s'est pas montré différent ou bizarre après, parce que je lui ai dit de ne pas l'être. Il a paru apprécier le conseil.

— Comme quoi on en apprend tous les jours ! Pourquoi ne pas dire : « Quand je t'aurai tout dit, c'est ça que j'attends de toi » ?

— En effet. Quand tu y réfléchis, comment saurait-on ce qu'il faut dire ou faire après avoir entendu cette histoire, sauf si je le dis ?

— Quand Linda nous a raconté ton histoire, nous avons réfléchi à la façon de prendre contact avec toi qui habitais toute seule dans le phare. Je me souviens d'avoir pensé à ce que tu pourrais souhaiter avant d'aller te voir. Je me suis proposée pour y aller, parce que je comprenais mieux que les autres ce qu'il ne fallait pas faire.

— Je suis tellement contente que ce soit toi qui sois venue et que tu m'aies raconté ton histoire. Je me suis aussitôt sentie rassurée de savoir que je n'étais pas la seule avec ce genre de souffrance – encore que je ne la souhaite à personne. Mais que tu comprennes si bien m'a aidée à accepter ton offre d'amitié.

— Nous te sommes reconnaissantes de l'avoir acceptée.

— Personne plus que moi.

— Oh là là. Qui se ressemble s'assemble, ma petite. On t'aurait embêtée jusqu'à ce que tu n'aies pas d'autre choix que de rejoindre notre heureux clan.

— C'est une joyeuse bande et je suis ravie d'en faire partie.

Son téléphone se mit à biper.

— Oh, c'est ma mère.

— Je te laisse. Heureuse que tout se soit bien passé.

— Merci encore pour aujourd'hui, Syd.

— Pas de souci. On se rappelle.

Jenny termina l'appel avec son amie et prit celui de sa mère.

— Coucou, Maman.

— Coucou, ma chérie. J'espère que je ne te dérange pas.

Jenny songea à l'endroit où elle se trouvait encore trois

quarts d'heure plus tôt et retint un petit rire nerveux en pensant que sa mère aurait pu l'appeler à ce moment-là.

— Pas du tout. C'est parfait. Comment ça se passe de votre côté ?

— Papa a pu se dégager pour trois journées entières la semaine prochaine : de mardi jusqu'à jeudi. On pensait prendre un vol lundi après-midi et repartir jeudi. Est-ce que ça t'irait ?

Un sentiment de culpabilité l'envahit d'avoir pensé tout d'abord *trois jours sans Alex.*

— Bien sûr, répondit-elle à sa mère. C'est absolument parfait.

— J'ai regardé une carte et j'ai vu que l'hôtel des McCarthy se trouve assez près du phare, si bien que j'ai réservé une chambre, espérant que tu dirais oui à une visite.

— Vous pouvez venir chez moi.

— C'est très gentil à toi, mais nous serons très bien à l'hôtel et tu ne nous auras pas tout le temps dans les jambes. Je suis sûre que tu as des choses dont tu dois t'occuper.

Des images de ce qu'elle avait fait avec Alex dans le jardin choisirent ce moment pour passer dans sa tête comme un film érotique. Jenny s'éclaircit la voix.

— Des choses et d'autres, ici et là…

— Donc, nous serons sur le ferry de 20 h lundi. Est-ce qu'il faudrait que j'essaie de réserver une voiture de location sur le bateau ?

— Pas besoin. Je viendrai vous chercher au ferry et vous pourrez utiliser ma voiture pendant que vous serez ici.

— J'ai hâte de vous voir, ton phare et toi, et de faire la connaissance de tes amis.

— Moi aussi. Maman, je suis vraiment contente que vous veniez !

— Nous aussi. À bientôt, ma chérie.

Jenny fourra son téléphone dans son sac, attrapa ses clefs et se prépara à aller voir Paul Martinez qui travaillait au magasin ce jour-là. Elle aurait dû demander à Alex ce que son frère savait à leur sujet, mais elle hésita à l'interrompre encore dans son travail en l'appelant.

— J'imagine que je le découvrirai bien assez tôt, dit-elle en s'engageant dans la longue allée qui menait du phare à la route.

Peu de temps après, elle arriva sur le terrain de *Martinez Pelouse & Jardin* et se rendit compte qu'elle était bizarrement nerveuse à l'idée de rencontrer le frère d'Alex.

Tu as proposé de l'aider. De quoi devrais-tu être inquiète ? songea-t-elle.

Ne pas savoir si Alex avait dit à son frère qu'il sortait avec elle l'emplissait d'anxiété. Elle attrapa son sac et entra dans le magasin. Paul était à la réception, penché au-dessus de l'ordinateur avec Adam McCarthy.

Les deux hommes levèrent la tête quand elle franchit la porte.

— Salut, Jenny, fit Adam.

— Bonjour, Adam.

Elle dirigea son regard sur Paul qui était tout aussi séduisant que son frère.

— Paul.

— Bonjour, Jenny. Ravi de te revoir. Merci d'avoir proposé ton aide.

— Pas de souci. Heureuse si je peux faire quelque chose.

— Tout dépend d'Adam, le magicien informatique. Le coup bas de Sharon en partant a été de mettre un mot de passe de protection dans le système et, bien évidemment, je n'arrive pas à la joindre pour savoir ce que c'est.

Furieuse pour lui, Jenny s'exclama :

— Tu en as parlé à Blaine ?

— J'ai déposé une main courante ce matin. Il va émettre un mandat d'arrêt pour conduite avec intention de nuire. En fait, nous ne poursuivrons pas l'affaire si elle nous donne ce maudit code.

Le pauvre avait l'air épuisé, complètement stressé et frustré, mais qui aurait pu l'en blâmer ? Comme s'il n'avait pas assez d'ennuis sans qu'une ancienne employée rancunière ne vienne trafiquer son outil de travail.

— J'espère que tu vas retarder l'édition de son dernier bulletin de paie, reprit Jenny.

— Je n'en suis pas encore là, mais tu as absolument raison. Je vais appeler l'entreprise chargée de la comptabilité et le leur demander. Merci de m'y avoir fait penser.

Jenny ne le connaissait pas du tout, mais elle suspectait que la situation informatique allait le faire craquer.

— Pendant qu'Adam s'occupe de ça, peut-être pourrais-tu me montrer le magasin et me raconter ce qui s'y passe habituellement pour que je puisse m'y mettre dès que nous aurons de nouveau accès à l'ordinateur.

— Tu vas travailler ici, Jenny ? s'étonna Adam sans lever les yeux un instant de l'écran.

— Je vais aider jusqu'à ce que les choses s'arrangent.

— Et nous sommes très reconnaissants de cette aide, ajouta Paul. Viens, je vais te faire faire un tour et te présenter quelques-uns des employés.

CHAPITRE 16

près un après-midi vraiment merveilleux et détendant avec son fiancé tout neuf, Kara ramena la navette, l'amenant doucement à quai. Elle ne fut nullement surprise de voir sa sœur, assise sur le banc où des clients attendaient d'être conduits jusqu'à leur bateau.

Réconfortée par le moment passé avec Dan et ce qu'il avait ajouté lorsqu'il l'avait demandée en mariage, Kara s'occupa d'amarrer le bateau et de couper le moteur ; elle fit comme si elle ne savait pas que Kelly surveillait chacun de ses mouvements. Gracile et blonde, Kelly avait toujours attiré l'attention des hommes. Kara, qui pensait avoir le gabarit d'une Amazone comparée à sa jeune sœur, se rendit compte que celle-ci n'avait plus le pouvoir de la blesser. Au cours des deux dernières années – en fait, surtout depuis qu'elle avait rencontré Dan et en était tombée amoureuse –, elle avait tourné la page sur ce qui s'était passé avec Kelly et Matt.

Elle aurait souhaité pouvoir pardonner plus aisément, mais il y avait des choses pour lesquelles c'était impossible. La dernière fois qu'elle avait vu sa sœur, il y avait près de deux ans maintenant, elles en étaient venues aux cris et avaient dit toutes deux des choses qui ne pouvaient être reprises. Kara ne regrettait aucun des mots qu'elle avait prononcés ce jour-là. Et ne regrettait pas non plus les deux années qui s'étaient écoulées sans qu'elles échangent pratiquement une parole. Elle n'avait pas la moindre idée de ce que voulait sa sœur en débarquant comme ça, pensant la forcer à reprendre contact avec son mari et elle.

— Je suis là, fit doucement Dan, sa main chaude sur son dos.

Kara fit un signe de tête, reconnaissante de ce qu'il avait fait pour elle un peu plus tôt comme de sa présence à ses côtés. Elle inspira profondément, attrapa son sac et quitta le bateau.

Kelly se leva, manifestement fatiguée par la chaleur ; il n'y avait pas trace de Matt ni du bébé, ce qui réjouit Kara.

— Tu en as mis du temps à revenir, siffla Kelly.

— Je ne savais pas que je te devais des comptes.

— Ton employé ne savait pas où tu étais. Est-ce qu'il ne devrait pas être capable de te joindre ?

— Il savait parfaitement où je me trouvais. Il a choisi de ne pas te le dire.

Je viens de marquer les deux premiers points, pensa Kara avec mépris.

— Je peux faire quelque chose pour toi ? J'ai des projets.

— Tu sais pourquoi je suis ici. Pas la peine de jouer la surprise en me voyant.

— Pourquoi serais-je étonnée de te voir ? Je ne veux pas de toi ici et tu le sais. C'est pour ça que tu as essayé de me prendre en traître avec ta visite. Tu penses que tu pourrais m'obliger à m'intéresser à toi et à ta charmante petite famille.

Kara se rapprocha, tête baissée, et Kelly recula d'un pas.

— Désolée que ton plan ait échoué si lamentablement.

— Tu es dure et amère. J'ai pitié de toi.

Kara se mit à rire et elle vit que cela exaspérait sa sœur.

— *Tu* as pitié de *moi* ? Peu importe ! Mais tu me donnes une bonne occasion pour te remercier de m'avoir volé Matt. Tu m'as vraiment fait un cadeau.

Kara jeta un coup d'œil vers Dan, heureuse qu'il la regarde avec fierté.

— Je suis fiancée à quelqu'un qui vaut dix fois l'homme que Matt ne sera jamais. Et à propos de sexe… Waouh !

Kara s'éventa.

— Je n'avais pas la moindre idée de ce que je ratais. Alors, merci pour ça aussi.

Juste à côté d'elle, Dan émit un son qui tenait moitié du grognement, moitié du rire. Sans aucun doute, son commentaire avait gonflé son ego déjà surdimensionné.

Le visage de Kelly devint très rouge et Kara n'aurait pu dire si c'était d'embarras ou de rage. Probablement la seconde hypothèse. Jamais Kelly n'avait songé qu'on puisse avoir mieux que ce qu'elle avait.

— Attends, tu es *fiancée* ? Depuis quand ?

— Pourquoi as-tu l'air tellement abasourdie ? Pensais-tu que je me cachais sous un rocher, léchant mes plaies pendant que vous vous baladiez ensemble au soleil couchant ? Désolée de te décevoir, sœurette, mais j'allais *tout à fait* bien.

Les yeux de Kelly couraient de Kara à Dan.

— Quand est-ce que je l'ai vu ?

— Probablement à la télé. C'est un avocat très connu. Il sauve la vie des gens. Tu peux me rappeler ce que fait Matt ? Oh, c'est vrai, il essaie de faire gagner de l'argent à ses clients. D'après ce que j'ai entendu dire, il n'est pas trop doué pour ça ; pas comme mon fiancé qui est très, *très* bon pour faire rentrer de l'argent. N'est-ce pas, chéri ?

— Ouais, c'est l'une des nombreuses choses pour lesquelles je suis assez doué, répondit Dan d'un air plein de sous-entendus, gagnant ainsi de nouveaux bons points auprès de Kara.

— Alors, je te remercie encore, fit Kara avec un large sourire qui parut hérisser davantage sa sœur. Qui voudrait d'un homme qui n'est que parole et pas d'action en plus d'un domaine ?

Sûre de son succès, Kara grimaça de manière théâtrale.

— Oh, pardon. J'imagine que tu veux ce type. Eh bien, félicitations. Il est tout à toi. Mon fiancé et moi avons un rendez-vous, alors profite bien de ta visite.

Kara prit la main de Dan et s'engagea sur la rampe qui montait vers le quai principal.

— *Coulée,* chuchota Dan entre ses dents.

Ce qui fit rire Kara.

— Kara ! Attends ! Je veux te parler ! J'ai attendu toute la journée.

Kara se retourna d'un bloc et pointa un doigt dur vers sa sœur.

— Non, toi, attends ! Quand je t'ai dit il y a deux ans que tu étais morte pour moi, je ne parlais pas en l'air. Je n'ai rien à te dire, ni à toi ni à ton mari. Rentre chez toi, Kelly. Tu n'as aucune raison d'être ici.

— Ton neveu ne t'intéresse pas ?

— Bien sûr que si, et j'espère avoir une relation très intéressante avec lui – dès qu'il sera assez grand pour venir me voir sans que ses parents soient dans le coin. Jusque-là…

Kara haussa les épaules.

— Rien à te dire.

Elle sourit à Dan :

— Allons-y, chéri.

— Et pour Maman et Papa ? demanda Kelly qui semblait plus désespérée à chaque seconde. Tu te fiches complètement du mal que ça leur fait ?

— Comment oses-tu me faire porter cette responsabilité ? Si tu t'étais inquiétée qu'un fossé entre nous fasse de la peine à Maman et Papa, tu aurais dû garder tes mains loin de mon fiancé. Mais ce n'est pas ce que tu as fait ; alors ça aussi, c'est ton problème – pas le mien. J'espère qu'il en valait la peine, Kel. Je l'espère vraiment.

Kara avait déjà donné à sa sœur plus de temps qu'elle n'en méritait, elle passa sa main dans le creux du bras de Dan et se dirigea vers le parking.

— Oh, mon Dieu, murmura-t-il. J'ai tellement envie de toi en ce moment que je vais sûrement imploser.

Kara se mit à rire.

— Je n'aurais jamais pu faire ça si je n'avais pas eu quelques heures pour me préparer. Je t'en suis vraiment reconnaissante.

— Pas besoin.

Il passa son bras autour d'elle.

— Mais rappelle-moi de ne jamais me mettre Kara à dos. Si elle se fâchait contre moi, j'aurais peur. L'avocat de la défense que je suis est extrêmement impressionné.

— Bon sang, ça m'a fait du bien.

— Je n'en doute pas.

— Je veux dire, vraiment, vraiment du *bien*.

Dan éclata de rire :

— Tu n'as vraiment pas l'intention de lui reparler ? Jamais ?

— Je finirai probablement par lui pardonner. Un jour.

Bras dessus, bras dessous, ils marchèrent jusqu'à son appartement, dans un immeuble tout proche de la marina.

— Mais pas aujourd'hui.

— Non, pas aujourd'hui. Tu vas être bien trop occupée à faire l'amour avec ton riche fiancé.

— Il ne t'a pas fallu longtemps pour enregistrer ça !

— Ce fut presque instantané.

— Au cas où j'aurais oublié de le mentionner tout à l'heure, je t'aime, Torrington.

— Moi de même, Ballard. Et maintenant, si nous parlions de faire l'amour…

～

Lorsqu'Alex rentra chez lui, il était plus de 18 h ; Paul, Adam et Jenny avaient quitté le magasin et se trouvaient dans la maison ; Adam travaillait sur l'ordinateur portable de Paul. Il avait eu l'idée de se brancher sur le système à partir de là pour essayer de changer le mot de passe. Il était assis devant la table, Paul et Jenny debout derrière lui, offrant des suggestions et un soutien moral.

Regarder Adam opérer en coulisses dans les entrailles de l'ordinateur était rien moins que fascinant aux yeux de Jenny. Cet homme était manifestement brillant et elle était absolument persuadée que si quelqu'un pouvait entrer dans le système, c'était lui.

Marion était partie un peu plus tôt faire un tour avec l'une de ses amies, mais ne tarderait pas à rentrer.

— Salut, fit Alex en entrant, sale et la mine fatiguée. Il y a une fête ici et je n'ai pas été invité ?

— C'est cette maudite Sharon, expliqua Paul. Elle a mis un mot de passe dans le système avant de quitter la ville sur son balai de sorcière. On a passé la journée à essayer de le trouver.

De rage, les yeux sombres d'Alex lancèrent des éclairs.

— Tu te fous de ma gueule ?

— Je voudrais bien et j'ai déjà averti Blaine. Il a émis un mandat d'arrêt contre elle.

— Dis-lui que nous portons plainte.

— Je veux seulement ce foutu mot de passe.

Jenny envoya à Alex un sourire plein de sympathie ; elle aurait voulu aller à lui et le prendre dans ses bras, mais elle résista à ce désir urgent, attendant un moment plus approprié.

— Je vais prendre une douche, annonça-t-il en ouvrant une bière qu'il emporta.

Il regarda Jenny droit dans les yeux et ajouta :

— Je reviens tout de suite.

Le message n'aurait pu être plus clair : *ne pars pas !* Comme si elle aurait pu souhaiter être ailleurs. Adam et Paul continuaient à discuter du système informatique et Jenny prétendit y prêter attention, mais elle ne pouvait penser à rien d'autre qu'à Alex et au désespoir qu'elle avait senti en lui face à ce nouveau défi à relever. Elle voulait le prendre dans ses bras et lui apporter tout le réconfort dont elle était capable. En espérant qu'il la laisserait faire.

Avant qu'Alex n'émerge de la douche, Marion rentra chez elle avec son amie.

Paul laissa Adam travailler sur l'ordinateur tout seul et s'occupa de préparer le dîner pour sa mère.

Jenny jeta un œil sur le plat de lasagnes que Paul avait pris dans le réfrigérateur.

— Est-ce que je peux m'en charger pendant que tu continues à travailler avec Adam ?

— Ce n'est pas à toi de faire ça.

— Je le sais. Mais je le propose malgré tout.

Son sourire était chaleureux et plein de gratitude, mais il ne pouvait pas cacher son épuisement.

— Merci. Ce serait super.

— Pas de problème.

Jenny coupa une part de lasagne et la réchauffa dans le micro-ondes avant de la servir à Marion. Elle s'était assise au bar qui séparait la cuisine de la pièce à vivre.

— Qui es-tu ? demanda-t-elle.

— Je m'appelle Jenny.

— Je ne te connais pas.

— Nous nous sommes rencontrées tout à l'heure, avant que vous ne partiez faire un tour avec votre amie.

— Je suis allée faire un tour ?

— Oui, vous êtes partie regarder le coucher du soleil.

— J'aime vraiment voir le soleil se coucher.

— Vous devriez venir un jour au phare du Sud-Est. C'est le meilleur endroit pour voir le soleil au moment où il se couche.

— Comment t'appelles-tu déjà ?

— Jenny. Je suis une amie d'Alex et de Paul.

Marion prit une petite bouchée de sa lasagne.

— Mes garçons ont toujours eu des gentils amis et beaucoup de jolies filles ici. Les filles les ont toujours aimés.

Jenny se mordit la lèvre inférieure pour s'empêcher de rire.

— Maman, qu'est-ce que tu lui racontes ? bougonna Paul.

— Ça ne te regarde pas, répondit Marion en adressant un clin d'œil à Jenny, ce qui la fit rire. Des affaires de filles.

Elle regarda longuement Jenny.

— Redis-moi ton prénom. J'ai des difficultés à me rappeler.

— Jenny.

— Et tu es l'amie de mes fils ?

— Oui.

— Tu sors avec l'un des deux ?

— Je, hum…

Où était Alex quand elle avait besoin de lui ?

— Elle sort avec moi, Maman, dit Alex en entrant dans la cuisine, vêtu d'un short à carreaux et d'un polo bleu marine.

Ses cheveux humides avaient été peignés et disciplinés, son visage rasé de frais, et il sentait délicieusement bon lorsqu'il la rejoignit à côté de sa mère.

De l'entendre proclamer leur relation devant sa mère, son frère et Adam, le cœur de Jenny s'accéléra. La main d'Alex dans le bas de son dos la rassurait et l'allumait en même temps. Elle dut se rappeler qu'il fallait respirer.

— Elle est très jolie, remarqua Marion.

— Je le pense aussi, répondit Alex avec un sourire à Jenny qui la fit fondre.

Elle n'en revenait toujours pas de l'effet qu'il lui faisait tout simplement en entrant dans la pièce après s'être douché. Elle avait passé tout l'après-midi avec Paul et Adam, deux hommes exceptionnellement beaux eux-mêmes et n'avait pas ressenti le moindre intérêt pour l'un ou l'autre. Mais à la seconde où Alex avait passé la porte, tout son corps s'était éveillé comme en état d'alerte. Les puissantes réactions qu'il lui inspirait étaient à la fois excitantes et effrayantes.

Adam consulta sa montre :

— Désolé, mais j'ai un rendez-vous. On peut continuer demain ?

— Bien sûr, répondit Paul, manifestement conscient de leur insuccès. Ce soir, j'ai une réunion du conseil municipal de toute façon. Alors il faut que j'y aille.

La main d'Alex se referma sur la hanche de Jenny et il marmonna un seul mot :

— Flûte !

Jenny comprit qu'Alex n'était pas au courant de la réunion de Paul quand il avait fait le projet d'un rendez-vous romantique avec elle.

— Tu restes à la maison ce soir, n'est-ce pas ? interrogea Paul après qu'Adam les eut quittés.

— Oui. Aucun problème.

— Je serai de retour avant 22 h si tu veux sortir ensuite.

Il adressa un clin d'œil taquin à Jenny et Alex, puis se dirigea vers l'entrée.

— Va te faire foutre, grogna Alex, faisant rire Jenny.

— Ne sois pas grossier avec ton frère, Alexander ! avertit Marion.

— Pourquoi pas ? Il est méchant avec moi.

— Sois gentil, répliqua Marion en pointant sa fourchette vers Alex. Ton amie n'est pas venue ici pour t'écouter te chamailler avec ton frère.

— C'est vrai, enchaîna Jenny. Dites-le-lui, Marion.

— J'aime cette jeune femme, Alex. Tu peux me redire comment tu t'appelles ?

— Jenny.

— C'est un joli prénom. J'aime bien.

— Merci. Marion, c'est joli aussi.

— C'est un prénom pour une vieille dame.

— Non, pas du tout, répondit Jenny avec un sourire.

— Tu veux encore un peu de lasagne, Maman ? demanda Alex.

— Non, je n'ai plus faim. Merci.

— Ne me remercie pas. Remercie madame Upton.[1] C'est elle qui les a préparées.

— C'est très gentil de la part de Verna.

— C'est vrai.

— Est-ce que Daisy vient ce soir ?

— Probablement. Tu veux aller t'asseoir dans le fauteuil à bascule et l'attendre ?

— J'aimerais beaucoup, dit Marion. Il fait glacial à l'intérieur.

Alex l'accompagna jusqu'à la porte et l'installa dans l'un des fauteuils. Il rentra et ouvrit les persiennes afin de pouvoir garder un œil sur elle.

— Je suis désolé que nos projets tombent à l'eau, reprit-il lorsqu'ils furent seuls.

— Pas de souci.

— Que dirais-tu des lasagnes de Verna Upton et d'un film à la télé ?

— Ça me paraît très bien. On dit beaucoup de bien des lasagnes de Verna.

Alex s'approcha d'elle, du désir dans ses yeux sombres, et Jenny recula de quelques pas avant de se cogner contre le plan de travail. Il l'y bloqua, une main posée de chaque côté de la jeune femme.

— Tu as été vraiment super avec elle. Merci.

— Elle est très gentille.

— Je suis heureux que tu aies vu ce côté-là. Ses humeurs sont extrêmement changeantes ces temps-ci. Parfois, juste comme maintenant, elle est presque lucide, comme autrefois. Mais ensuite, elle retombe dans la confusion et c'est particulièrement affreux pour nous.

— Je n'en doute pas.

Jenny leva la main pour relever une mèche humide qui tombait sur le front d'Alex.

— On la retrouve un moment et puis elle vous est enlevée une fois de plus.

— Oui, soupira-t-il. C'est exactement ça.

Jenny posa ses mains sur les hanches d'Alex et l'attira à elle.

Le jeune homme l'entoura de ses bras et ils demeurèrent ainsi pendant longtemps tandis qu'il ne quittait pas sa mère des yeux.

Il n'y avait rien de sexuel dans cette étreinte. Il s'agissait tout simplement de réconfort et il semblait en avoir terriblement besoin.

— Tu me fais tellement de bien, murmura-t-il d'une voix rauque contre son oreille, envoyant une cascade de frissons le long du bras de Jenny. J'ai été sacrément heureux de te voir en rentrant du boulot.

— Je l'ai été aussi.

Ses bras se resserrèrent autour d'elle.

— J'ai pensé à notre « pique-nique » tout l'après-midi.

— Moi aussi.

Le bruit de portières de voiture qu'on refermait à l'extérieur les fit se détacher l'un de l'autre. Mais Alex lui prit la main quand ils sortirent dans l'air toujours aussi étouffant pour accueillir les nouveaux arrivants. Un cortège de nuages menaçants pesait sur l'île, donnant à Jenny l'espoir qu'un soulagement à la chaleur pourrait être en vue.

L'amie du Dr David Lawrence, Daisy Babson, monta sur la véranda pour serrer Marion dans ses bras et l'embrasser. La vieille dame semblait ravie de voir la jolie jeune femme blonde. Un autre homme était avec eux ; Jenny l'avait déjà vu quelque part, sans pouvoir mettre immédiatement un nom sur son visage. Cependant, elle l'avait sur le bout de la langue.

David gravit les marches et serra la main d'Alex.

— Tu connais Jenny, n'est-ce pas ? commença Alex, son bras à présent passé autour des épaules de la jeune femme.

Il semblait qu'il officialisait les choses, ce qui fit immensément plaisir à Jenny.

— Bien sûr, ravi de te revoir, Jenny.

— Moi aussi.

David se tourna vers l'homme qui les accompagnait :

— Monte, je t'en prie !

Lorsqu'il les eut rejoints sur la véranda, Jenny essayait toujours sans succès de se souvenir où elle l'avait rencontré.

— Voici mon propriétaire et néanmoins ami, Jared James, le présenta David.

Alex et Jared se serrèrent la main.

— Oui ! s'exclama Jenny. C'est comme ça que je te connais. Tu es Jared James.

Il était bronzé, avec des cheveux blond foncé, des yeux bleus perçants et quelques rides autour des yeux, dues à l'âge, qu'il n'avait pas la dernière fois que Jenny l'avait vu.

— Je crains de ne pas te reconnaître de mon côté…

— Je suis Jenny Wilks. J'étais dans l'année en dessous de toi à Wharton.

— Oh, bien sûr. Tu étais l'amie de Toby.

— Oui.

— J'ai été tellement triste d'apprendre sa mort.

— Merci.

— Je le connaissais très bien. C'était un type formidable.

— C'est vrai. Alors, tu as eu plutôt du succès depuis que nous avons quitté la fac. Comment est-ce qu'on t'appelle… Le nouveau roi de Wall Street ?

Il haussa les épaules comme s'il faisait peu de cas de cet éloge.

— J'ai eu quelques bonnes années malgré une économie désastreuse. Tous ceux qui s'en sont bien sortis ont attiré l'attention sur eux.

— Eh bien, d'après ce que j'ai lu, elle était bien méritée.

Pendant qu'Alex parlait à David, Jenny s'entretint avec Jared, comparant ce qu'ils savaient au sujet d'anciens condisciples avec lesquels ils étaient restés en contact.

— Alors, que fais-tu ici ? interrogea-t-il.

— Je suis la gardienne du phare Sud-Est.

— Waouh, c'est chouette. Comment as-tu eu cette opportunité ?

— Vu une annonce et candidaté. J'avais besoin de changer d'endroit et ça m'a fait du bien de venir ici. Et toi ?

— J'ai une maison ici. David loue l'appartement au-dessus du garage.

— Alors, tu es ici pour l'été ?

— Je prends un peu de temps pour moi après une rupture particulièrement difficile.

— Aïe. Je suis désolée. C'est moche.

— Certainement.

— Tu devrais venir me voir au phare. Je te ferai visiter.

— Avec grand plaisir. Je vais certainement te prendre au mot.

David, Daisy et Jared restèrent une autre demi-heure, buvant les bières qu'Alex avait apportées, jusqu'à ce que Marion commence visiblement à se fatiguer.

Daisy embrassa la vieille dame sur la joue.

— À demain, Marion.

— Je t'attendrai avec impatience.

— Je ne sais pas comment te remercier de venir comme ça tous les soirs, murmura Alex à Daisy. Je suis sûr que vous avez d'autres choses à faire.

— Je suis très contente de lui consacrer une heure de ma journée.

Daisy tapota le bras d'Alex.

— Je commence à attendre ce moment avec impatience, moi aussi.

— Merci à toi, répéta Alex d'une voix rauque.

— Ça me fait plaisir.

Daisy regarda Jenny :

— On vous verra à la fête organisée pour Blaine et Tiffany ?

— Je n'en ai pas encore parlé à Alex, mais j'y serai.

— Je ne suis pas sûr de vouloir en entendre parler, répliqua Alex, ce qui fit rire les autres.

— J'ai hâte d'y être.

Daisy se pencha pour prendre Jenny dans ses bras et murmura :

— Formidable, ma vieille. Il est adorable.

Jenny sourit à Daisy.

— Je suis d'accord.

— J'ai été content de te revoir, Jenny, reprit Jared. Je viendrai te voir dans ton phare.

— Quand tu veux.

Ils firent des signes à leurs amis quand ils partirent, puis Alex se tourna vers sa mère, le visage fermé sur une expression sombre que Jenny ne lui avait pas encore vue.

— Viens, Maman. Allons te préparer pour la nuit.

— Je peux aider ? demanda Jenny.

— Non, merci.

— Pourquoi pas ? interrogea Marion. Je l'aime bien. C'est une gentille fille. Elle peut m'aider à me mettre au lit.

— Vraiment, ce n'est pas nécessaire, répliqua Alex.

Il avait l'air moins stressé qu'il ne l'était quelques minutes plus tôt, mais toujours aussi préoccupé par le coucher pour lequel elle proposait de le remplacer.

Jenny mit deux doigts sur les lèvres d'Alex pour l'apaiser et parce qu'elle avait besoin de le toucher.

— Je le sais. Mais si je ne voulais pas, je ne l'aurais pas proposé.

— Merci, fit-il de la même voix enrouée dont il avait remercié Daisy.

— Alors, on y va, Marion ?

Jenny lui tendit la main.

— On va vous préparer pour la nuit ?

Marion se saisit de la main de Jenny.

— Rappelle-moi ton nom.

— C'est Jenny.

— Tu es très jolie.

— Merci. Vous aussi.

— Mon Georges pense que je suis jolie.

— Parlez-moi de lui. Comment est-il ?

— Oh, il est beau. Tu sais comme Alex et Paul sont beaux ?

Par-dessus son épaule, Jenny regarda Alex avec un sourire provocant tandis qu'il leur tenait la porte.

— Bien sûr que je le sais.

Par jeu, Alex lui pinça les fesses.

— Eh bien, ils tiennent de Georges. Il a des yeux sombres comme eux et des yeux tellement marron qu'ils me font penser à du chocolat noir.

— Vous savez, c'est bizarre. J'ai pensé à du chocolat noir aussi.

La chambre de Marion se trouvait au bout d'un long couloir. Elle regarda autour d'elle comme si rien ne lui était familier, puis elle se tourna vers Jenny, apparemment déconcertée.

— Qui es-tu ?

— Je suis l'amie d'Alex, Jenny. Je suis venue vous aider à vous mettre au lit. Qu'est-ce que je peux faire pour vous aider ?

— Je… Je ne sais pas.

— Elle a du mal avec les boutons et les agrafes, expliqua Alex depuis le seuil de la porte. Les chemises de nuit sont dans le troisième tiroir. Il faut qu'elle aille aux toilettes et se brosse les dents. Ensuite, elle doit prendre ses pilules.

Il posa une coupelle avec les médicaments et un verre d'eau sur le bureau à côté de la porte.

— Tu es sûre que tu ne veux pas que je m'en charge ?

— On s'en occupe, n'est-ce pas, Marion ?

— Bien sûr qu'on se débrouille.

Elle renvoya son fils de la chambre avec un geste de la main.

Tandis que Jenny l'aidait à déboutonner son chemisier et défaire son soutien-gorge, elle ressentait une peine intense en pensant que ses fils devaient faire ça presque tous les soirs. Comme cela devait être difficile pour eux ! Il fallut environ vingt minutes pour accompagner Marion dans les gestes quotidiens du coucher. Au moins une fois par minute, elle dut rappeler à Marion qui elle était.

— C'est un très bon garçon, déclara Marion en prenant la main de Jenny lorsque celle-ci l'eut bordée dans le lit. Mon Alex.

— C'est vrai.

— Il te regarde. Chaque minute, ses yeux sont sur toi.

Abasourdie par le moment de lucidité complète de Marion, Jenny demanda :

— Vraiment ?

Marion fit un signe de tête.

— Est-ce que tu prendras soin de lui pour moi ? Je voudrais le faire, mais je ne peux plus.

— Je le ferai. Bien sûr.

— Merci à toi, Jenny. Je me suis bien rappelée ton prénom ?

De la sentir douter un peu fit monter les larmes aux yeux de Jenny.

— Tout à fait.

Jenny se pencha pour embrasser la joue ridée de Marion.

— Je reviendrai vous voir bientôt, d'accord ?

— OK.

— Bonne nuit, Marion.

Jenny referma la porte de la chambre et attendit un moment de pouvoir contrôler ses émotions avant de rejoindre Alex dans la cuisine.

Il se leva quand il la vit entrer.

— Tout va bien ?

— Tout va bien.

— Je ne sais même pas si je pourrais te remercier comme je devrais. C'était bien plus et au-delà… Eh bien… Merci.

Jenny vint à lui et l'entoura de ses bras.

Il hésita une seconde, comme s'il pensait qu'il ne méritait peut-être pas le réconfort qu'elle offrait de si bon cœur, avant de s'écrouler contre elle et de la serrer si fort qu'elle pouvait à peine respirer. Puis il leva la tête et emprisonna sa bouche dans un baiser ravageur, plein de toute l'émotion qu'il gardait normalement murée en lui. Il l'assaillait de coups de langue passionnés et Jenny se mit sur la pointe des pieds pour se rapprocher encore de lui.

— Seigneur, murmura-t-il lorsqu'il interrompit finalement le baiser. Je suis un peu bizarre ce soir.

— Pas de souci. T'embrasser n'est certainement pas une épreuve.

Il passa ses doigts dans ses cheveux, descendit le long de son cou, la faisant trembler.

— Tu dois avoir faim !

Il déposait des baisers à des endroits stratégiques de son cou et elle aurait voulu qu'ils soient seuls pour pouvoir le toucher partout.

— Tu dois avoir encore plus faim. Tu as travaillé dur toute la journée.

— Pas toute la journée, lui rappela-t-il avec un sourire qu'elle sentit contre son cou. Il y a eu ce moment, juste au milieu… Mm, un pur plaisir. Pas du tout une fatigue.

Jenny fit glisser ses mains le long des reins d'Alex.

— Tout de même, ça faisait un peu d'exercice. Il faisait affreusement chaud là-bas.

— On peut dire qu'il faisait chaud, renchérit Alex d'un ton suggestif pendant que ses lèvres voyageaient de sa gorge à son oreille, emprisonnant son lobe entre ses dents. Dînons et puis nous pourrons reprendre cette conversation en regardant un film.

Ils savourèrent les délicieuses lasagnes de madame Upton, une salade et du pain frotté d'ail – Jenny ayant dit qu'elle n'en mangerait que s'il faisait de même.

— On dirait que tu voudrais faire des choses avec moi après le dîner.

— Si tu es chanceux, le taquina-t-elle en haussant nonchalamment les épaules.

Il couvrit sa main avec la sienne qui était beaucoup plus grande et que le travail avait rendue rugueuse.

— Je regrette que nos plans de sortie pour ce soir aient capoté.

— Ah bon ? Je n'avais pas remarqué.

— Tu es bien trop gentille.

Jenny fit tourner dans son verre le merlot qu'il avait ouvert pour le dîner.

— Tu penses que je pourrais t'en vouloir parce qu'il fallait que tu restes à la maison avec ta mère alors que nous avions d'autres projets ?

— Il y a des femmes qui le feraient.

— Eh bien, je ne suis pas *des femmes*.

— Non, c'est évident.

— Je comprends ce que tu as à gérer, Alex. J'ai vu ma mère et ses sœurs passer par là pendant des années avec leur mère. J'ai aidé où je pouvais. J'ai répondu encore et encore aux mêmes questions. Mon cœur s'est brisé lorsque j'ai dû dire qui j'étais à la grand-mère qui m'avait tant aimée. Je comprends.

— C'était avant ou après que tu as perdu Toby ?

— Après.

— J'y ai pensé, à lui et à ce qui lui est arrivé, tout l'après-midi. Je me demandais…

Il secoua la tête comme s'il avait changé d'avis.

— Tu peux me poser la question.

— Tu es sûre ?

Elle acquiesça, mais son estomac se noua. Même si elle avait dit qu'elle était d'accord, ce n'était jamais un sujet facile pour elle.

— Je me demandais où tu étais ce jour-là et comment tu avais su.

— J'étais au travail, au centre-ville, et il m'a appelée sur mon portable. Nous avions l'habitude de nous envoyer des textos pendant la journée, mais nous ne nous appelions pas. Si bien que j'ai pris l'appel alors que je me trouvais en réunion et que mon boss m'a regardée d'un mauvais œil. C'est le pire appel que j'aie jamais reçu, mais je suis tellement heureuse d'avoir choisi d'y répondre.

— Il savait à quel point la situation était tragique ?

— Oui, répondit Jenny, qui se remémorait cette horrible journée et la panique qu'elle avait entendue dans la voix de Toby ordinairement calme. Il savait. L'avion s'était encastré en dessous de son étage.

— Mon Dieu, soupira Alex.

— Où étais-tu ce jour-là ? interrogea-t-elle en retournant sa main, si bien que sa paume se trouvait à plat contre celle d'Alex.

— J'étais en Californie où j'étais allé voir un ami de l'université. Je devais reprendre un vol pour Boston ce soir-là ; tout a été annulé pendant des jours après ça.

— J'imagine bien. Les premières semaines se sont passées dans une sorte de flou pour moi. Je ne me souviens pas de grand-chose.

Elle se força à sourire pour le rassurer.

— Et alors, ce film que tu m'as promis ?

— Tout de suite. Je vais même te laisser choisir.

— Oh, je vois une comédie romantique dans ton avenir.

— Tu ne me ferais pas ça, hein ?

— Oh, mais si !

Leur gentille querelle était un soulagement bienvenu après la conversation où il avait été question du pire jour de sa vie. Elle était contente qu'il ait des questions et de pouvoir y répondre, mais elle appréciait aussi qu'il sache ne pas s'attarder sur le sujet.

Ils se partagèrent le soin de remettre tout en ordre après le dîner et Jenny taquina Alex sur ses pauvres talents lorsqu'il remplissait le lave-vaisselle.

— Tu ne vas pas me dire que tu fais partie des gens qui trient les couverts !

— OK, je ne te le dirai pas, le rassura Jenny en séparant fourchettes, couteaux et cuillères pour les mettre dans des compartiments différents.

— C'est complètement idiot. Il n'y a qu'à les mettre tous là-dedans.

Il tendit la main vers les couteaux, apparemment bien décidé à tout mélanger, et Jenny lui prit le bras pour l'en empêcher.

— N'y pense même pas ! Je ne pourrai pas dormir de la nuit si les couverts ne sont pas bien séparés.

— Je vais tout déranger quand tu seras partie.

— Tu n'oserais pas.

La lueur dans ses yeux était tout à fait machiavélique lorsqu'il s'approcha d'elle.

— Tu crois ça ?

Jenny l'évita et bondit hors de la cuisine avec des éclats de rire.

Il était juste derrière elle et l'attrapa par la taille. Ils finirent par atterrir sur le canapé, dans un enchevêtrement de bras et de jambes, leurs lèvres parfaitement soudées.

— Attends, l'arrêta Jenny.

Elle détourna la tête avant qu'il ait pu l'embrasser.

— Ta mère. Et si elle sort de sa chambre ?

— Non. Elle dort vraiment profondément.

— Mais…

Il grommela et laissa tomber sa tête sur son épaule.

— Allons. Tu n'as pas l'intention de me faire *regarder* un film, tout de même ?

— Si, répondit sagement Jenny, poussant sur ses épaules pour le déloger.

Alex se remit en position assise tout en se plaignant :

— T'es vraiment pas drôle.

— Je me souviendrai que tu m'as dit ça la prochaine fois où nous serons seuls. Et maintenant, qu'est-ce que je vais pouvoir choisir comme film ?

Il soupira – à fendre l'âme – puis attrapa la télécommande.

Jenny cacha un sourire dont elle savait qu'il ne l'apprécierait pas. Comment une femme pourrait-elle ne pas être folle d'un homme qui la désirait autant qu'Alex semblait le faire ? Et elle était folle de lui. Le nier serait de la folie.

— C'est l'un de mes préférés, déclara-t-elle en découvrant qu'on passait *Notting Hill*[2] sur l'une des chaînes de films à la demande.

— Il ne te reste plus qu'à me tuer, grogna Alex.

— *Je ne suis qu'une fille, devant un garçon, lui demandant de l'aimer,* fit Jenny en imitant d'une voix suave la réplique culte de Julia Robert dans le film.

— C'est vrai ? interrogea Alex en la dévisageant intensément.

Ébranlée par la façon dont Alex la regardait, elle répondit :

— Je citais le film.

Il ne détourna pas les yeux lorsqu'il sourit et dit :

— Hum-hum.

Ils regardèrent Hugh Grant se dépêtrer dans sa relation avec la star internationale jouée par Julia ; Alex se rapprocha doucement jusqu'à se retrouver tout près de Jenny, son bras autour d'elle.

— Tu n'as pas dit qu'on ne pouvait pas faire de câlins.

— Humm, fit-elle en se blottissant contre lui.

Il se laissa aller sur des coussins, ses bras autour d'elle tandis que Jenny se servait de son torse comme d'un oreiller.

Une vague de bien-être heureux l'envahit et elle se rendit compte, à ce moment précis, qu'elle ne s'était pas sentie aussi bien depuis que son monde avait implosé.

— C'est agréable, fit-elle d'une voix douce.

— Ça pourrait l'être davantage.

— On ne fera rien de plus agréable pendant que ta mère est ici.

— Si tu le dis.

Il n'essaya pas de l'embrasser de nouveau, mais ses mains restaient fort occupées, montant et descendant sur son dos d'une façon apaisante qui la détendit et lui donna envie de dormir malgré le bourdonnement de désir qui la tenait tout à fait éveillée.

Le film était presque terminé lorsqu'ils entendirent une portière de voiture se refermer dehors.

— C'est sûrement Paul.

Jenny se rassit à regret et passa ses doigts dans ses cheveux pour les remettre en ordre.

— Je devrais rentrer.

— Ce n'est pas obligé.

— Je sais, mais tu dois dormir un peu.

— Ce n'est pas ce dont j'ai besoin.

— Alex...

— Jenny...

Ils étaient en train de s'affronter du regard lorsque Paul entra, essuyant ses pieds sur le paillasson.

— Il pleut des cordes dehors, annonça Paul. On va pouvoir respirer.

Jenny avait été si occupée d'Alex qu'elle n'avait pas remarqué qu'il pleuvait. Un éclair et le roulement du tonnerre la firent sursauter.

— Je vais y aller.

— Tu vas pouvoir conduire sous cette pluie ? s'inquiéta Alex.

— Ça va aller.

— Et pour le portail devant le phare ?

— Je le laisserai ouvert cette nuit. Personne ne viendra par ce temps et ça ne vaut pas la peine d'être trempée pour le fermer.

— Je n'aime pas l'idée de te savoir dehors toute seule sous cette pluie.

— Tu es très gentil de t'inquiéter, mais tout ira bien.

— Tu pourrais rester ici si tu le voulais.

Jenny se pencha pour l'embrasser sur la joue, en murmurant :

— Bien tenté.

Elle se leva pour prendre son sac, ses clefs et son portable sur le plan de travail.

— Je viendrai au magasin demain matin, Paul.

— Merci, Jenny. À demain. Peut-être arriverons-nous à résoudre le problème informatique.

— Je l'espère aussi. Dans le cas contraire, je reviendrai au bon vieux papier-crayon jusqu'à ce que ça soit réparé.

— Voilà qui me paraît bien.

Alex la raccompagna sur la véranda.

Jenny l'empêcha de la suivre en bas des marches.

— Inutile qu'on soit mouillés tous les deux.

Il passa un bras autour de sa taille.

— Je pourrais dire pas mal de choses à ce sujet.

— Tu es vraiment un sale gosse.

— Tu adores ça.

— C'est vrai.

Posant ses mains sur les épaules d'Alex, elle monta sur la pointe des pieds pour l'embrasser.

— Merci pour cette délicieuse soirée.

— Merci à *toi*. On se voit demain.

— Je l'espère.

— Tu m'envoies un texto pour me dire que tu es bien arrivée.

— D'accord.

Il l'embrassa encore, s'attardant cette fois-là et grognant lorsqu'il la laissa partir à regret.

Jenny dégringola les marches sous la pluie battante, complètement trempée lorsqu'elle s'installa dans sa voiture. La pluie fraîche était un soulagement agréable par rapport à la chaleur écrasante, mais elle la fit frissonner de froid.

En rentrant vers le phare, les pensées d'Alex et de la soirée qu'ils avaient passée ensemble lui tenaient chaud au cœur et elle souriait. Tout en roulant sur les routes sombres et humides, elle réalisa qu'elle était en train de tomber rapidement amoureuse. Alors qu'elle aurait dû être effrayée de la force que prenaient ses sentiments pour lui, elle n'avait pas du tout peur. Au contraire, elle se sentait grisée et avait hâte d'être au moment où elle pourrait le revoir.

---

1. Il s'agit de la femme du maire. (N.D.T.)
2. En français, *Coup de foudre à Notting Hill*, film de 1999. (N.D.T.)

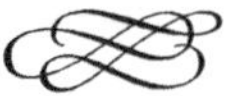

CHAPITRE 17

— Ça se rapproche vraiment, commenta Alex en s'adressant à Paul.

Il verrouilla la porte et éteignit les lumières de la véranda.

— Ça devrait durer jusqu'à demain soir.

— Super, grommela Alex. Juste au moment où on commence à rattraper un peu le retard, on pourrait perdre un jour entier à cause du mauvais temps.

— Une journée de pause ne nous tuera ni l'un ni l'autre, alors que le rythme que nous avons tenu jusqu'ici pourrait bien le faire.

— C'est vrai. Comment s'est passée ta réunion ?

— Oh, tu sais, les parlotes habituelles. Le maire, monsieur Upton, a toutes sortes d'idées grandioses et nous passons la plupart de nos réunions à le freiner.

— Je ne sais pas comment tu peux supporter de participer à ces réunions.

Alex n'avait pas arrêté de taquiner Paul qui avait décidé de se présenter sur la liste du maire aux dernières élections municipales, mais il était fier de son frère. Il n'allait bien entendu pas le lui dire.

— Comment était Maman ce soir ? interrogea Paul.

— Bien. Pas de problème.

— Content de l'apprendre.

Paul s'assit en face de son frère :

— Alors, Jenny et toi, hein ?

— Ouais, et alors ?

— Tu connais son histoire ?

— Ça veut dire quoi, ça ? En fait, oui, je la connais très bien.

Paul leva les yeux au ciel à cause du sous-entendu qu'il détectait dans le commentaire de son frère.

— Tu es au courant pour son fiancé et ce qui lui est arrivé ?

Alex hocha la tête affirmativement.

— Comment le sais-tu ?

— Le conseil municipal l'a embauchée. Attends une minute.

Paul se rendit dans la pièce qu'il utilisait comme bureau et revint quelques minutes plus tard, tenant à la main des papiers pliés en trois. Il les tendit à Alex.

— Nous avions demandé aux candidats de nous écrire une lettre expliquant leur motivation pour occuper le poste de gardien du phare. C'est sa lettre. L'une des choses les plus puissantes et terribles que j'aie jamais lues. Je ne l'ai jamais oubliée.

Un sentiment désagréable au ventre, Alex prit la lettre des mains de son frère.

— Tu as le droit de me la montrer ?

— Elle est employée par la ville, alors, techniquement, c'est du domaine public.

— Et ce n'est pas grave si je la lis alors qu'elle ne me l'a pas montrée elle-même ?

— Elle t'a dit ce qui est arrivé ?

— Il y a quelques heures, mais elle ne m'a pas donné tous les détails, seulement les grandes lignes.

— Alors, elle ne trouvera pas à redire que tu saches le reste !

— J'imagine.

— Je vais me coucher. Je suis crevé après cette journée incroyablement longue et frustrante.

— Je suis désolé de t'avoir causé une tonne d'emmerdements en virant Sharon.

— Pas du tout. C'est sa faute et tu as clairement agi comme il fallait si elle est capable de cette sorte de malveillance. Ne t'inquiète pas.

Paul avait voulu le rassurer, mais Alex continuait à se sentir mal à l'aise à cause de son rôle dans tout ce gâchis. Cependant, il ne regrettait pas d'avoir licencié Sharon.

— À demain, fit Paul.

— Bonne nuit.

Longtemps après le départ de son frère, Alex contempla les feuillets pliés qu'il lui avait remis, essayant de décider s'il était bien de les lire. Après leur discussion ce soir, il avait compris qu'elle voulait bien parler de la disparition de Toby – jusqu'à un certain point. Il lui avait paru clair que c'était difficile pour elle, même après tout ce temps et qu'elle avait été soulagée de changer de sujet.

Il décida qu'il valait mieux en connaître les détails de cette façon plutôt que de la forcer à partager des souvenirs qu'elle préférerait oublier. Comme il pensait à elle à peu près tout le temps, il ne pouvait s'empêcher d'être curieux de son histoire et des épreuves par lesquelles elle était passée. Et, pensa-t-il, si elle avait voulu partager des souvenirs aussi personnels avec des personnes qu'elle ne connaissait pas, elle ne verrait pas d'objections à ce qu'il lise la lettre. Du moins, il espérait qu'elle n'en serait pas contrariée.

Les doigts d'Alex tremblaient un peu lorsqu'il déplia les pages et commença à lire.

Je m'appelle Jenny Wilks et je vous présente ma candidature pour le poste de gardien du phare de l'île de Gansett. Pour le moment, j'habite à Charlotte, en Caroline du Nord, et la raison pour laquelle je m'intéresse à ce poste remonte à plus de onze ans.

La matinée du 11 septembre 2001 a commencé comme n'importe quel autre mardi pour mon fiancé Toby et moi. Nous nous sommes réveillés dans notre appartement de Greenwich Village, avons pris notre petit déjeuner, nous nous sommes habillés et puis ça a été l'heure de partir travailler – pour moi dans une agence de publicité en centre-ville ; lui en tant que conseiller d'un service financier dans la tour Sud du World Trade Center. Je ne me souviens plus de ce que nous nous sommes dit ce matin-là. Probablement ce qu'on raconte habituellement à propos de la journée : à quelle heure nous pensions être de retour à la maison, ce que nous préparerions pour le dîner. Je voudrais tellement pouvoir me souvenir de nos mots exacts. Je n'avais alors pas la moindre idée qu'ils pourraient être aussi précieux.

Nous nous étions rencontrés à Wharton et avions survécu ensemble au programme du MBA. Nous devions nous marier en octobre. Toby était quelqu'un de calme, de studieux et il aurait fait de grandes choses dans sa carrière. Je l'appelais mon séduisant binoclard. S'il semblait timide avec les gens, avec moi il était facile à vivre, amusant et il faisait sans cesse des projets pour notre futur. Nous faisions face au stress de notre nouveau job à New York tout en prépa-rant notre mariage en Caroline du Nord (d'où je suis originaire) et son caractère conciliant m'évitait de devenir folle.

J'étais en réunion lorsque Toby a appelé mon portable ce matin-là. On se bombardait souvent de textos, mais on s'appelait rarement pendant la journée. Je me suis inquiétée à l'idée qu'il pouvait être malade ou quelque chose comme ça ; c'est pourquoi j'ai pris l'appel malgré le regard désapprobateur de mon supérieur. Je me souviens très bien de m'être levée et d'avoir commencé à quitter la pièce. J'étais à peu près à mi-chemin de la porte lorsque la peur et la panique dans la voix de Toby m'ont frappée. Il disait des choses que je n'arrivais pas à comprendre. Un avion avait percuté le bâtiment, la tour flambait et ils étaient piégés. Il m'a expliqué qu'ils montaient sur le toit, avec l'espoir qu'on pourrait les secourir, mais que si le pire arrivait, il voulait que je sache combien il m'aimait.

Juste à ce moment-là, les gens dans le bureau ont appris ce qui se passait et tout le monde a couru vers les fenêtres d'où l'on pouvait voir les panaches de fumée qui montaient au-dessus de la pointe de Manhattan. J'ai commencé à hurler. Ce n'était pas possible. J'entendais les mots terroristes, Pentagone, détournement d'avion, que sais-je encore, qui ne semblaient pas réels. Toby criait dans le téléphone : « Jenny, es-tu là ? » J'ai émergé de ma stupeur et me suis rendu compte que tout mon corps était froid. Je tremblais de façon incontrôlable. Toby avait besoin de moi et je devais me reprendre pour l'aider.

Dieu sait comment, je suis arrivée à former des mots. J'ai réussi à lui dire à quel point je l'aimais, que j'étais certaine que tout finirait bien et que nous aurions une longue et heureuse vie ensemble comme nous l'avions projeté. Même si j'étais absolument terrifiée, j'ai tenu bon jusqu'à ce qu'il commence à pleurer. Il m'a dit qu'il ne voulait pas me quitter et qu'il était désolé de me faire ça. Il a dit encore qu'il voulait que je sois heureuse, peu importe ce qui arriverait, que mon bonheur était la chose qui lui importait le plus.

Alex essuya les larmes qui coulaient sur ses joues. Tout son corps souffrait tandis qu'il lisait l'extrême angoisse qu'elle avait endurée.

Vous savez tous ce qui s'est passé et je ne vais pas m'étendre sur ce point. Son corps n'a jamais été retrouvé. C'est comme s'il était parti travailler un matin et avait disparu de la surface de la Terre – ce qui s'est passé pour l'essentiel. Pendant des jours, des semaines, des mois par la suite, j'ai été un vrai zombie. Mes parents sont venus me chercher et je suis retournée avec eux chez nous en Caroline du Nord. Les parents de Toby ont fait célébrer des funérailles en Pennsylvanie et mes parents m'y ont conduite. Je ne me souviens qu'à peine d'y être allée. Sans m'en parler, mes sœurs ont annulé le mariage que j'avais prévu jusqu'aux moindres détails. Tout le monde était vraiment adorable. Notre argent a été remboursé. Les gens voulaient aider autant qu'ils le pouvaient, mais tous les gestes gentils du monde ne pouvaient remplacer ce que j'avais perdu. Le plus étrange, c'est que je n'ai jamais pleuré. Je n'ai pas versé une larme alors que toutes les parties de mon corps me faisaient mal.

J'ai eu des cauchemars pendant des mois où j'imaginais la façon dont Toby était peut-être mort. C'est une chose terrible d'espérer que la personne que vous aimiez le plus au monde a suffoqué avant que d'autres choses horribles puissent lui arriver. J'ai suivi une thérapie, suis allée à des groupes de parole et j'ai essayé tout ce qui pourrait m'aider, du moins ma famille l'espérait-elle. Une année a passé sans que je m'en rende compte. Et puis, soudain, j'ai absolument voulu assister aux cérémonies commémoratives. Mes parents y étaient farouchement opposés, mais j'avais besoin de voir. Il fallait que j'aille là où il était mort.

Quelques minutes après être arrivée à l'endroit qu'ils ont appelé Ground Zero, un nom que j'ai toujours détesté, j'ai craqué et versé le genre de larmes que l'on voit aux cœurs brisés dans les films. Il semble que j'aie fait une véritable scène. C'est une autre chose dont je ne me souviens qu'à peine. Mes parents m'ont entraînée et on m'a dit que j'avais pleuré pendant des jours. Quand mes larmes se sont taries, d'une certaine façon, j'allais enfin un peu mieux. Je ne me sentais plus autant anesthésiée, ce qui était à la fois bien et mal parce que c'est alors que la souffrance est arrivée. Je ne vais pas vous ennuyer avec les détails de cette étape. Il suffit de dire que c'était terrible.

— Mon Dieu ! murmura Alex, qui n'arrivait presque plus à lire à travers ses larmes.

Après deux années passées en mode quasi automatique, j'ai voulu reprendre mon ancienne vie – ou ce qui en restait. Pendant tout ce temps, ma société m'avait gardé mon poste. Est-ce que vous pouvez le croire ? Je n'y arrive toujours pas. C'était un point positif dans un océan de grisaille. Ils m'ont accueillie à bras ouverts. J'ai découvert que mes parents avaient payé le loyer de notre appartement dans Greenwich Village, ce qui était un autre élément favorable. Je suis rentrée chez nous et j'ai ressassé les choses avec le réconfort d'être entourée par les affaires de Toby. Au bout de quatre ans, j'ai demandé à ses parents de reprendre ce qu'ils voulaient ; j'ai emballé le reste parce que cela ne me rassurait plus d'être au milieu de ce qui lui avait appartenu.

Au cours de la cinquième année, j'ai recommencé à sortir. Ce fut une suite comique d'erreurs, un désastre après un autre. J'étais désolée pour les très gentils garçons que mes amis bien intentionnés me faisaient rencontrer. Ils n'avaient pas la moindre chance au regard du fiancé que j'avais perdu d'une façon si tragique. Cependant, j'ai fait ce qu'il fallait, surtout pour que les gens autour de moi se sentent moins gênés par mon chagrin sans fin. J'ai fait ce que j'ai pu afin que ce soit plus facile pour eux, parce que rien ne pouvait faire que ça aille mieux pour moi.

Je me suis investie dans la préparation du mémorial, ce qui était une sorte de catharsis alors que mon moi rationnel savait que cela n'aurait probablement pas dû être. New York se remettait lentement mais sûrement. Les débris avaient été enlevés et les travaux de reconstruction commençaient. Contre toute attente, la vie continuait. J'avais toujours des cauchemars où je voyais Toby mourir. Je rêvais du mariage que nous avions tellement attendu et qui n'avait pas eu lieu. J'allais à mon travail, je rentrais chez moi, je me mettais au lit, je me levais le matin et toute cette routine reprenait le lendemain.

Comme le dixième anniversaire approchait, je n'ai pas pu continuer. Je ne pouvais plus rester dans cette ville, dans notre appartement, poursuivre le travail que j'avais à l'époque, avec les mêmes personnes bien intentionnées qui faisaient leur possible pour remédier à l'irrémédiable. J'ai commencé à chercher quelque chose que je pourrais faire pour quitter la ville, qui me soustrairait à l'engrenage qu'était devenue ma vie. Deux semaines avant la date anniversaire, j'ai déménagé et je suis retournée dans ma famille en Caroline du Nord. Je n'ai pas pu rester pour la cérémonie du mémorial et tout le tralala qui aurait entouré la commémoration. Quitter notre appartement et notre ville pour ne plus y revenir a été l'un des moments les plus durs dans une décennie de moments difficiles.

Je travaille dans une petite société de relations publiques depuis un an à Charlotte. J'ai vu votre annonce pour le poste de gardien de phare dans le New York Times le week-end dernier et tout dans la description m'a séduite. Je n'ai absolument aucune expérience pour ce travail et j'ignore où on pourrait en acquérir une ! J'ai 36 ans, une bonne formation universitaire mais j'ai aussi tiré des leçons des coups encaissés. Je suis une personne fiable qui souhaite repartir de zéro dans un nouvel endroit. Vous me feriez honneur en examinant ma candidature pour le poste. Merci d'avoir « écouté » mon histoire. Dans l'attente de votre réponse,

Cordialement, Jenny Wilks.

Alex tenait les pages dans ses mains, la tête penchée, enregistrant les mots si incroyablement émouvants de Jenny. Il l'admirait déjà plus qu'il n'avait admiré quiconque depuis très longtemps. Mais après avoir lu ses paroles qui sortaient du cœur, il pressentit qu'il était en train de tomber amoureux d'elle. Qu'elle ait été atteinte par une perte aussi inimaginable et puisse encore être tellement positive, dynamique et amusante témoignait de la personne qu'elle était sous tout cela.

Tout à coup, il voulut absolument aller la voir. Il posa la lettre dans un coin de la cuisine pour la rendre à Paul le lendemain matin et alla prendre une veste dans sa chambre. Dans la salle de bains, il s'aspergea le visage d'eau et se brossa les dents. Puis il frappa légèrement à la porte de son frère et l'ouvrit.

— Quoi ? marmonna Paul.

— Je sors.

— Tu te sens bien ?

— Ouais… C'est juste que je… Il faut que je la voie.

— Vas-y. Je reste ici.

— Merci Paul. Pour m'avoir montré la lettre, comme pour tout le reste.

Dans les difficultés quotidiennes avec leur mère, Alex et son frère ne se permettaient pas souvent d'aborder des sujets affectifs – s'ils pouvaient ne pas le faire. Mais la lettre de Jenny était un rappel que la vie pouvait être courte, que rien ne valait le temps présent pour dire aux gens ce qu'on ressentait à leur égard.

— Toi aussi. Merci d'être revenu au bercail quand je te l'ai demandé. Je n'aurais jamais pu m'en tirer tout seul.

— Je ne t'aurais jamais laissé tomber.

— Ne sors pas avec la moto sous la pluie.

— D'accord.

— Je l'aime bien, Al.

Il savait que son frère parlait de Jenny.

— Je l'aime bien aussi. Essaie de dormir.

En se dirigeant vers la porte d'entrée, il envoya un texto à Jenny :

Je viens te faire une visite. Je ne voudrais pas te faire peur.

On ne vient pas de se voir ?

C'était pas assez.

Alex courut sous la pluie à sa camionnette et partit vers le phare du Sud-Est. En roulant, l'histoire qu'elle racontait dans sa lettre tournait dans son esprit tel un film d'horreur. Comment quelqu'un pouvait-il survivre à une telle disparition ? Il avait pensé que la mort de son père des suites d'un cancer était traumatisante, mais au moins il avait eu une belle et longue vie.

Et qu'allait-il faire lorsqu'il serait là-bas ? Lui dirait-il ce qu'il avait appris à son sujet alors qu'ils ne s'étaient pas quittés depuis une heure ? Il faudrait bien qu'il le lui dise, à un moment ou à un autre. Peut-être pas immédiatement, mais il lui dirait qu'il avait lu la lettre et l'admirait davantage encore maintenant.

Il ne devait pas oublier ce qu'elle avait dit : elle ne voulait pas qu'il la traite différemment quand il connaîtrait la vérité sur son histoire. Elle ne le voulait pas et avait été très claire à ce sujet. Alors, il faudrait qu'il s'efforce d'objectiver ce qu'il avait appris, de ne pas y penser ; pour donner à la femme qu'elle était aujourd'hui ce qu'elle voulait et ce dont elle avait besoin.

Comme elle ne s'était pas embêtée à fermer le portail de la propriété, il put conduire sans s'arrêter jusqu'à sa porte. Il coupa le contact et les phares, remarquant que la bâtisse était plongée dans une obscurité totale. L'endroit était absolument flippant.

Jenny vint lui ouvrir la porte, tenant une lampe de poche à la main.

— Tu n'as plus d'électricité ?

— Oui, c'est angoissant. Est-ce que je peux me permettre de dire que je suis vraiment contente de te voir ?

Il lui sourit, referma la porte derrière lui et se débarrassa de ses chaussures dans le vestibule.

— Oui, ma puce. Tu peux.

— À quoi dois-je cette très agréable surprise ?

— Je te l'ai dit ; je n'ai pas eu assez de toi tout à l'heure.

— J'étais toute à toi pendant la soirée, lui rappela-t-elle en montant devant lui l'escalier en colimaçon jusqu'au premier étage.

Elle le précédait et le spectacle de son joli cul dans un short masculin sexy lui mit l'eau à la bouche. En haut des marches, elle se retourna d'un coup et le surprit en train de se rincer l'œil. Tout penaud, Alex lui sourit :

— Je suis un pauvre humain et ce sont de très belles fesses que tu as là.

— Heureuse d'apprendre que tous mes cours de yoga ont servi à quelque chose.

L'imaginant pliée dans toutes sortes de positions fascinantes, Alex écarquilla les yeux.

— Yoga ? Je pourrais avoir une démonstration ?

Elle posa la lampe de poche sur la table et le petit cercle de lumière fit paraître la pièce plus petite et agréable que d'habitude.

— Peut-être. Si tu te tiens bien.

Posant ses mains sur les hanches de Jenny, il l'attira contre lui pour qu'elle ne puisse douter qu'il la désirait très fort.

— Il faudrait que je sois gentil comment ?

— Très, très gentil.

— Je peux y arriver.

Il ferma les yeux et posa son front contre celui de Jenny, se pénétrant de son parfum attirant et de la douce paix qui l'envahissait à chaque fois qu'il était près d'elle.

— Qu'est-ce qui ne va pas ?

— Rien.

— Tu es certain ?

Lorsqu'elle leva la tête pour le regarder de ses yeux bruns si profonds, Alex décida qu'il ne pouvait pas lui cacher ce qu'il avait appris. Ce ne serait pas bien.

— Paul m'a montré la lettre que tu avais écrite au conseil municipal au moment où tu as candidaté pour le poste.

Le visage de Jenny perdit toute expression :

— Oh.

— J'espère que tu n'es pas fâchée parce que je l'ai lue.

— Pourquoi le serais-je ? Tu savais déjà l'essentiel.

— Quand même… Je veux te dire que si je ne t'avais pas déjà admirée autant qu'il est possible d'admirer quelqu'un, ce serait le cas à présent. Je sais que tu ne veux pas en parler et t'attarder sur le sujet, et je promets de ne pas me comporter différemment avec toi, mais j'ai besoin que tu saches que je te trouve extraordinaire et résistante et…

Sa gorge se noua d'émotion.

— Je suis très honoré que tu aies choisi de passer du temps avec moi.

— Alex…

Elle passa ses bras autour de son cou et posa sa tête contre son torse.

— C'est très gentil à toi de le dire.

— Je le pense.

— Alors, tu pourrais me pardonner pour l'incident de la tomate ?

Il sourit tandis que ses doux cheveux frôlaient ses lèvres.

— Je n'irai pas jusque-là.

— Tu peux rester dormir ici ?

— J'espérais que tu me le demanderais.

— Bien, parce que j'ai un peu peur du noir dehors.

Soulagé qu'ils aient traversé avec succès un autre champ de mines émotionnelles, il reprit :

— Alors, c'est tout ce à quoi je peux servir ? Tenir à distance le loup-garou ?

Elle lui prit la main, se saisit de la lampe-torche et en dirigea le faisceau vers la volée de marches qui menait à sa chambre.

— Tu pourrais être bon aussi pour quelques autres petites choses.

— Voilà qui semble très prometteur.

Un éclair zigzagua dans le ciel au moment où Jenny posait la lampe de poche sur sa table de chevet et l'attention d'Alex fut attirée par une photographie dans un cadre.

Il la prit et la regarda de plus près.

— C'est Toby ?

— Oui.

— Il était beau garçon.

— C'est vrai.

— Où était le cadre l'autre nuit quand j'étais ici ?

— Dans le tiroir. Je n'avais pas besoin qu'un autre homme nous regarde pendant que nous faisions… tu sais… *ça.*

Alex sourit et replaça la photo sur la table ; il passa un doigt sur la rougeur qui venait d'enflammer la joue de Jenny.

— Je ne veux pas que tu aies à me cacher quoi que ce soit, lui ou des photos de lui et la vie que vous avez eue ensemble. Il fait partie de toi et je suis en train de tomber à corps perdu dans ce qui ressemble à un sentiment sérieux pour toi.

— Un sentiment sérieux, reprit-elle avec un sourire en coin. C'est une bonne chose ?

— Une très bonne chose – et très inattendue.

— Pour moi aussi. C'est très agréable et très surprenant. Et c'est très important pour moi que je n'aie pas à te cacher ce que j'ai partagé avec Toby.

— Jamais je ne le voudrais ni n'attendrais ça de toi. Cependant, il faut que nous parlions de ton flirt éhonté avec Jared James tout à l'heure. Juste devant moi, en plus !

Jenny en resta bouche bée.

— Je ne flirtais pas avec lui !

— « Oh, *Jared* » fit Alex en imitant une voix féminine. « Viens voir mon phare. *Quand tu veux.* »

— Tu as perdu la tête. Je *ne* flirtais *pas* avec lui. Je l'ai connu il y a des années à la fac.

— Tu peux dire ce que tu veux. Je sais reconnaître un flirt quand j'en vois un.

Il décida de ne plus l'embêter comme ça et la prit dans ses bras.

— Bas les pattes. Tu es un affreux.

— Je te taquine.

— Je ne flirtais pas avec lui. Je ne ferais pas ça juste devant toi.

— Alors, tu le fais quand je ne regarde pas ?

— Tu es parfois une personne extrêmement exaspérante. Quelqu'un te l'a déjà dit ?

— Moi ? Exaspérant ? Je ne sais pas de quoi tu parles.

Il la prit par surprise en l'embrassant.

— Et je sais que tu ne flirtais pas avec lui, mais tu l'as charmé tout de même.

— Ce n'était pas mon intention. J'étais désolée pour lui lorsqu'il a dit qu'il soignait un cœur brisé.

— Bien dommage, mais il ne va pas te transformer en infirmière privée.

— Vraiment, Alex ! Qu'est-ce que tu n'as pas compris dans *Je ne suis pas intéressée par lui* ? Pour quelque raison qui m'échappe pour le moment, il semble que je sois intéressée par toi.

— Ah bon ? Vraiment ?

Elle plissa les paupières comme si elle se doutait de quelque chose.

— Est-ce que tout ça était une manière détournée de me faire admettre quelque chose que tu sais déjà ?

— Ça a marché, non ?

Elle l'époustoufla en lui balançant un bon coup qui le fit tomber à la renverse sur le lit. Elle le choqua encore plus lorsqu'elle ôta son T-shirt, révélant des seins nus et un ventre plat. Vêtue seulement du short masculin qui l'avait fasciné un peu plus tôt, elle s'installa sur lui.

— C'était chaud bouillant. Plus que ça même.

— On ne vous apprend pas ici dans le Nord à ne pas embêter les FELS ?

— Hum, FELS ?

— Filles élevées dans le Sud.

Alex éclata de rire, mais son rire se changea en gémissement lorsqu'elle se mit à califourchon sur lui, la chaleur de son entrejambes venant se poser sur son érection.

— Je suis désolé de t'avoir embêtée et te prie de m'excuser parce que je t'ai amenée traîtreusement à admettre que tu en pinces pour moi.

Elle enfonça ses doigts dans le ventre d'Alex.

— Je ne crois pas un instant que tu regrettes l'une ou l'autre de ces choses.

— Je les regrette ! Je le jure.

Il tendit les bras vers elle :

— Viens ici et je te montrerai à quel point je suis désolé.

Les mains posées à plat sur son torse, elle se pencha vers lui, s'arrêtant à quelques centimètres de ses lèvres.

— Je suis là.

— Je le vois.

Il prit son visage entre ses mains et l'embrassa doucement et pourtant d'une façon persuasive.

Un coup de tonnerre, éclatant juste au-dessus du phare, arracha un petit cri à Jenny. La pluie tapait contre le toit métallique et des éclairs continuaient à traverser le ciel, visibles à travers les fenêtres devant lesquelles elle n'avait pas tiré les rideaux.

— Je déteste les orages.

— Ne t'inquiète pas. Je te protège et vais te changer les idées.

— Et comment, exactement, comptes-tu faire ça ?

Il prit ses seins dans ses mains.

— Laisse-moi faire.

Elle repoussa ses mains, gentiment mais fermement.

— Pas encore. Tu gardes tes mains pour toi jusqu'à ce que je dise le contraire.

Ses sourcils levés furent la seule indication qu'il se demandait ce qu'elle allait faire.

Commençant par le bas, elle souleva la chemise d'Alex et la passa au-dessus de sa tête, émerveillée comme toujours par les muscles saillants de son torse et de son ventre. Elle voulut embrasser chacun d'eux, puis descendit lentement jusqu'à se trouver à cheval sur ses jambes.

Se servant de sa langue, elle suivit le tracé de ses pectoraux, prenant son temps pour être sûre qu'elle n'avait rien oublié. De temps en temps, il respirait plus fort et les frissons sur sa peau disaient à Jenny que ses efforts avaient l'effet désiré sur lui. Lorsqu'elle descendit encore plus bas, le souffle d'Alex devint plus difficile, surtout lorsqu'elle se concentra sur le tracé net du V entre ses hanches.

— Jenny, ça suffit.

— On en est loin !

Il souffla entre ses dents serrées tandis qu'elle tirait sur le bouton de son short puis sur la fermeture Éclair. Elle fit descendre short et caleçon le long de ses jambes, le regard rivé sur le spectacle de son impressionnante érection. Elle lui fit plier les genoux et les écarta avec une petite pression de ses mains sur l'intérieur des cuisses.

— Jenny… Bon sang. Tu es en train de me tuer. Laisse-moi te toucher.

— Pas encore.

Elle baissa la tête, fit tomber ses cheveux sur lui avant d'y ajouter sa langue, voyageant le long de son pénis, encerclant le bout, s'émerveillant parce qu'il devenait plus long et plus dur. Puis elle le prit dans sa bouche et d'une main solidement refermée autour, excita la base de son membre. De sa main libre, elle prit ses bourses et les caressa doucement.

— *Putain*, grogna-t-il en agrippant ses cheveux. Ne t'arrête pas.

Elle était heureuse de pouvoir lui donner autant de plaisir, d'arriver à lui faire oublier, ne serait-ce que pour un court moment, la litanie de soucis qu'il devait affronter chaque jour.

— Jenny…

Consciente qu'il la prévenait de sa jouissance imminente, elle le prit plus profondément et le caressa plus fermement. Lorsqu'il jouit en criant, elle était prête.

— Putain de merde, haleta-t-il en retombant sur le matelas.

Jenny le lécha jusqu'à ce qu'il soit propre tandis qu'il tressaillait de l'après-coup d'un orgasme puissant. Elle sema des baisers sur son ventre, remontant vers son torse puis ses lèvres.

Il referma ses bras autour d'elle – fortement, farouchement.

— C'est à mon tour maintenant ?

— Si tu insistes.

— Oui. Laisse-moi une minute que je récupère et ensuite ce sera tout pour toi.

— Humm, fit-elle en souriant de la promesse sensuelle contenue dans sa voix.

— Jenny ?

— Oui ?

— Je ne me suis pas senti aussi bien depuis très longtemps, et ce n'est pas seulement à cause du sexe, qui est extraordinaire. C'est pour tout. C'est toi.

Elle leva la tête pour le regarder.

— Moi aussi. J'ai commencé à me demander si…

Elle s'arrêta avant de faire une déclaration trop révélatrice et secoua la tête.

Il posa ses mains sur le visage de Jenny et l'obligea à croiser son regard.

— Tu te demandais quoi ?

— Je ne peux pas le dire.

— Mais si. Je veux que tu me le dises.

Jenny s'humecta les lèvres et regarda les yeux d'Alex se focaliser sur le mouvement de sa langue.

— Je me demandais si j'éprouverais ça encore un jour.

— Et qu'est-ce que tu ressens exactement ?

— De l'espoir.

Elle prononça le premier mot qui lui était venu à l'esprit, mais il résumait plutôt bien les choses.

— Moi aussi. Sauf que… La situation avec Maman et tout le reste… En ce moment, c'est un peu difficile pour moi. Rien de ce qui fait ma vie aujourd'hui ne faisait partie de mon magnifique plan.

— Quel était-il, ce grand projet ? Avant que ta maman ne tombe malade.

Il soupira et passa les doigts de sa main droite dans ses cheveux.

— J'avais un boulot incroyable au Jardin botanique des États-Unis. J'ai un diplôme d'horticulture et réussi à faire se reproduire des orchidées rares. C'était un travail gratifiant que j'aimais beaucoup.

— Est-ce qu'il y a des raisons pour que tu ne puisses pas faire ça ici ? Je veux dire que ce ne serait peut-être pas exactement ce que tu faisais avant, mais est-ce qu'il faut que tu sois à

Washington pour recommencer ce que tu faisais avec les orchidées ?

— J'avais une bourse, alors ça aidait beaucoup, mais l'allocation m'avait été donnée à moi et pas au Jardin botanique.

— Tu pourrais peut-être refaire une demande de bourse et changer d'endroit pour ton programme ? Je ne fais que penser tout haut…

— Peut-être, répondit-il en paraissant intéressé par l'idée.

— De ce que je sais à propos de la démence sénile, ta maman pourrait vivre avec cette maladie très longtemps et je sais déjà que tu ne veux pas t'éloigner d'elle. Je parie qu'elle serait désolée de vous empêcher de vivre indéfiniment, Paul et toi.

— Je le sais, parce qu'en ses rares moments de lucidité, elle l'a dit.

— Pourquoi est-ce que tu tonds les pelouses par une chaleur torride si tu as un diplôme d'horticulture ?

— Parce que c'est ce dont nous avons besoin en ce moment. Nous avons eu quelques semaines difficiles avec Maman en début de saison et pris du retard dans tous les domaines. Papa disait que lorsqu'on est patron, être trop bien pour un boulot, ça n'existe pas. Il nous disait ça lorsque mon frère et moi râlions parce que des fils de patron devaient aller tondre le gazon.

— C'est une bonne attitude.

— L'entreprise marchait bien, mais il était resté humble. Il n'oubliait jamais d'où il venait.

— Je pense que je l'aurais aimé.

— Sûrement. Tout le monde l'aimait.

— Il serait fier de Paul et toi et de la manière dont vous êtes venus vous occuper de votre maman.

— Je l'espère.

— Quel père ne serait pas fier de fils comme vous deux ?

— Merci de dire ça. J'aime à penser qu'il serait fier de nous. Lorsqu'il est tombé malade, il nous a demandé à maintes reprises de prendre bien soin de notre mère. Elle occupait la première place dans son esprit.

— Et il est toujours ce qu'il y a de plus important dans le sien.

— Je veux connaître ça, dit Alex. Je veux avoir ce qu'ils avaient.

— Moi aussi. C'est tout ce que j'ai toujours souhaité. Mes parents vivent aussi comme ça. Ensemble, ils sont incroyables, même après toutes ces années.

Elle appuya son menton sur ses mains.

— En parlant de mes parents… Ils viennent me rendre visite cette semaine. Je voudrais que tu les rencontres.

— J'en serai ravi. Tu vas les héberger ici ?

— Non, ils seront à l'hôtel des McCarthy.

— Oh, merci, mon Dieu, soupira-t-il.

Il roula sur lui-même, l'entraînant avec lui, si bien qu'il se retrouva sur elle, la regardant avec ses yeux de chocolat noir.

— Je commençais déjà à me demander si je pourrais escalader le phare pour venir te retrouver quand ils seront là.

Riant, Jenny répondit :

— Tu es absolument incorrigible.

— Je suis absolument fou de toi.

Ses mots délicieux allèrent droit à son cœur déjà terriblement épris, saturant ses espaces vides de chaleur et d'excitation.

— Moi aussi.

C'était la vérité. Pourquoi ne pas le reconnaître ?

Il la regarda longuement avant de l'embrasser. Tout d'abord, juste sur les lèvres, doucement et d'une manière qui en disait long.

Les bras fermement passés autour de son cou, Jenny frémissait sous lui car elle avait besoin de plus.

— Du calme, ma chérie. Laisse-moi prendre mon temps.

Jenny se força à aspirer de l'air dans ses poumons, essayant de se détendre alors que le moindre de ses gestes la mettait en feu. Il ne plaisantait pas lorsqu'il avait dit qu'il avait l'intention de prendre son temps. Tout se passait au ralenti : il rendit hommage à ses lèvres, son cou, ses seins et son ventre, descendant lentement, si lentement qu'au moment où il s'installa entre ses jambes, il n'eut plus qu'à la toucher avec sa langue pour qu'elle jouisse.

— J'aime que tu sois aussi réceptive, murmura-t-il contre son sexe, la faisant trembler.

Elle n'avait pas les mots pour lui dire qu'elle ne l'était pas habituellement. En fait, un seul homme jusqu'alors avait été capable de lui tirer de telles réactions.

Alex en était la raison. C'était lui et l'énergie incroyable qu'ils créaient ensemble.

Il remonta toujours aussi lentement, sans cesser de l'embrasser, emprisonnant ses lèvres tandis que son membre appuyait contre son sexe humide. Conservant le même rythme lent, il la pénétra par très petites poussées.

Jenny enfonça ses doigts dans son dos, essayant de l'encourager à aller plus vite, mais il était bien décidé à prendre son temps.

— Si chaude, chuchota-t-il dans son oreille. Si étroite. Je n'en ai jamais assez de toi.

Elle plia les genoux et se cambra, tentant de faire avancer les choses.

— Patience.

— Je suis en manque. Tu me rends folle.

— C'est toute l'idée.

Il plia les hanches et la pénétra entièrement.

— C'est ça que tu voulais ?

Haletante, Jenny lui agrippa les reins tout en faisant de son mieux pour s'adapter et l'accueillir.

Un grognement sourd se répercuta dans la poitrine d'Alex et il s'empara des mains de Jenny, les leva au-dessus de sa tête et commença à bouger, ne cessant pas un instant de la regarder, les yeux sombres et intenses d'un désir qu'il ne cherchait pas à lui cacher.

Jenny ne put détacher son regard tandis qu'il les emmenait dans une chevauchée incroyable. Il s'agissait indéniablement d'une connexion intime, de quelque chose qui n'était pas seulement du sexe. C'était de l'amour à son plus haut degré.

Il lâcha ses mains et l'entoura de ses bras, chuchotant à son oreille : « Viens avec moi, ma chérie. » Ses mots prononcés d'une voix rauque, son étreinte farouche et l'incroyable tendresse se combinèrent pour la faire monter en flèche.

— Ah, mon Dieu, oui. *Oui !* gémit-il.

Il la suivit de près, poussant en elle encore et encore avant de s'écrouler sur elle.

— Je suis trop lourd, marmonna-t-il après un long moment de silence heureux.

— Non, pas du tout.

Elle l'enserra de ses jambes pour le garder juste comme ça pendant encore un petit moment.

— Jenny.

— Hum ?

— C'était incroyable.

— C'est vrai.

Jenny caressait ses cheveux, appréciant le soyeux de ses mèches qui glissaient entre ses doigts. Elle ne se demandait plus si elle était en train de tomber amoureuse de lui. C'était déjà le cas et elle était folle de lui.

En se retirant d'elle, il se tourna sur le côté, l'entraînant avec lui. Jenny se pelotonna contre lui. Elle espérait qu'ils trouveraient comment faire durer leur relation. Cela n'avait pas pris longtemps, mais elle ne pouvait déjà pas imaginer un jour sans lui.

CHAPITRE 18

*L*orsque le réveil de Jenny se déclencha le lendemain matin, elle sut immédiatement qu'elle était seule. Elle avait dû dormir assez profondément car elle n'avait pas entendu l'alarme d'Alex. Un regard rapide vers l'extérieur lui apprit que la pluie avait cessé, mais le ciel était toujours couvert de nuages noirs. Une brise douce et rafraîchissante entrait par la fenêtre ouverte. L'orage avait fait son œuvre et la vague de chaleur diabolique semblait terminée. Merci, mon Dieu ! Sur la table de chevet, elle trouva un mot d'Alex.

Aujourd'hui, je travaille de nouveau sur la propriété Chesterfield si tu veux venir pour une autre visite du jardin secret... Ce soir, je te sors. Sois prête à 19 h. Mets un jean. Merci de m'avoir redonné une raison de sourire. Alex.

Son message fit venir un sourire sur ses lèvres et il y resta pendant qu'elle se douchait, séchait ses cheveux, s'habillait et prenait son petit déjeuner. Il y demeura jusqu'à un appel provenant d'un numéro local qu'elle ne reconnut pas.

— Allô ?

— Salut, Jenny, c'est Linc Mercier.

Oh, flûte...

— Salut, Linc. Comment vas-tu ?

— Bien. Mais j'ai été très occupé. Je voulais t'appeler plus tôt. Comment vas-tu ?

— Pareil. Occupée. Beaucoup de choses qui se passent.

Le visage de Jenny s'empourpra lorsque des souvenirs sensuels refirent surface pour lui rappeler qu'elle ne devrait pas parler à Linc alors qu'elle couchait avec Alex.

— Oui, je sais. Tu m'as dit que les choses étaient un peu difficiles en ce moment, mais je n'ai pas arrêté de penser au bon moment que nous avons passé ensemble. J'espérais te revoir.

— Je… euh… C'est vraiment gentil à toi de dire ça.

Elle fit la grimace en pensant qu'elle devait avoir l'air stupide.

— Mais je, hum…

— Ça ne va pas le faire ? demanda-t-il doucement.

— Non, je suis désolée. Des choses sont arrivées et… Eh bien, c'est compliqué.

Elle ne pouvait pas vraiment lui dire qu'elle avait rencontré quelqu'un d'autre avant de se rendre à son invitation, ce qui avait été une erreur. Et elle qui pensait avoir fait ce qu'il fallait. Ce qui s'appelle une sacrée perspicacité.

— Pas de souci. Je pensais que je pouvais tenter ma chance. J'espère qu'on se reverra.

— Moi aussi.

— Prends bien soin de toi, Jenny.

— Toi aussi.

Elle rangea le téléphone dans son sac et attrapa ses clefs. En conduisant vers le magasin, elle se sentait très mal. Elle était allée à ce rendez-vous avec Linc pour de nobles raisons : ses amies s'étaient donné du mal pour lui organiser cette soirée, et elle n'avait fait la connaissance d'Alex que la veille. Elle ne s'était pas encore rendu compte qu'il pourrait être quelqu'un de spécial.

— En fait, tu te mens à toi-même, ma fille, dit-elle à haute voix. Dès le premier baiser, tu as su qu'il était différent.

Mais je ne savais pas qu'il éprouvait la même chose que moi, ni qu'il en redemanderait ou que nous développerions un lien aussi profond. Je ne savais aucune de ces choses à ce moment-là.

Il était inutile de ressasser le passé, mais elle aurait sincèrement voulu ne pas être allée à ce rendez-vous avec Linc. Elle détestait la pensée qu'elle avait pu blesser quelqu'un qui ne le méritait pas.

C'était une bonne personne et il s'en remettrait. Ce n'était pas comme si elle était sortie avec lui et avait fait des promesses qu'elle reniait à présent. Ce n'était pas du tout ça.

Cependant, l'impression d'avoir fait quelque chose de pas trop bien demeura toute la matinée pendant qu'elle travaillait dans le magasin à côté du frère d'Alex, jusqu'à ce qu'elle se sente capable de gérer les choses toute seule.

Paul se préparait à partir pour aller travailler quand Blaine Taylor entra.

— Dis-moi que tu as de bonnes nouvelles pour nous ! s'exclama Paul en voyant le chef de la police locale.

— En fait, oui. Ton amie Sharon a été appréhendée dans le Massachusetts et lorsqu'on lui a dit qu'elle devrait répondre d'une conduite malveillante avec la possibilité de suites au civil, la saisie conservatoire sur salaire et d'autres choses déplaisantes qu'on a ajoutées pour s'assurer de sa coopération, elle a sorti le mot de passe.

Blaine posa un morceau de papier sur la table.

— Super ! s'exclama Paul en prenant le papier.

Debout à ses côtés, Jenny éclata de rire lorsqu'elle lut le mot de passe choisi par Sharon : AlexMartinezEstUnCon.

— Eh bien, merde, grogna Paul. Pourquoi n'y ai-je pas pensé ?

Tous les trois se mirent à rire, s'interrompant quand Adam McCarthy entra dans le magasin.

— Qu'est-ce qu'il y a de si drôle ?

Quand ils le lui dirent, Adam partagea leur hilarité.

— Et voilà pour mon habileté à craquer les codes. Nous aurions dû commencer avec ça.

— J'ai hâte de pouvoir raconter celle-là à mon frère, reprit Paul. S'il vous plaît, oh, s'il vous plaît, que personne ne le lui dise, que je puisse rigoler un peu !

— On te le laisse, promit Jenny.

— Alors, j'imagine que vous n'avez plus besoin de mes services ? demanda Adam.

— Si tu pouvais regarder et me dire si mon ordinateur portable est récupérable, ça m'aiderait énormément, enchaîna Paul. Je préfère ne pas en acheter un neuf si ce n'est pas nécessaire.

— Bien sûr. Il est chez toi ?

— Ouais, je t'y conduis.

Et à Jenny :

— Prête à voler en solo ?

— J'imagine que quelqu'un pourra me montrer le système.

— Hé, Carly, appela Paul en s'adressant à une jeune femme en train d'arroser les plantes. Tu peux venir donner les infos pour l'informatique à Jenny ?

— Bien sûr, répondit Carly. Pas de souci.

— Très bien, alors.

Paul écrivit quelque chose sur un bout de papier qu'il tendit à Jenny.

— Le numéro de mon portable. Appelle-moi si tu as besoin de quoi que ce soit.

— D'accord. Ne t'inquiète pas. Nous pouvons gérer les choses ici.

— Merci encore pour ça. Tu nous sauves la vie.

— Ravie de pouvoir le faire.

Et c'était vrai, Jenny s'en rendait compte. Cela faisait du bien de mettre ses compétences et son expérience au service de personnes qui en avaient vraiment besoin. Sans compter que c'était deux fois plus agréable de faire quelque chose qui soulagerait, ne serait-ce qu'un peu, le fardeau qu'Alex portait. Elle savait qu'il se tenait pour responsable de la débâcle avec Sharon, même si ce n'était pas sa faute. Il avait fait ce qu'il fallait en se débarrassant d'elle et, à présent, Jenny allait faire en sorte que cette partie de leur affaire se trouve entre de bonnes mains pendant qu'ils s'occupaient du reste.

La matinée défila à toute vitesse pendant que Jenny se familiarisait avec la routine du magasin et faisait la connaissance des jeunes mais sympathiques employés. Elle fit une pause dans le bureau et comprit, en voyant la lumière qui clignotait, que des messages avaient été enregistrés dans la boîte vocale du téléphone. Après s'être demandé pendant une minute si l'écoute des messages était de son ressort en sa qualité de directrice temporaire du magasin, elle appuya sur le bouton : il y avait trente-six nouveaux messages.

Attrapant bloc-notes et stylo, elle prit note de chacun d'eux, puis appela Paul pour lui parler des quatre plus urgents, notamment une femme sur Shore Point Road. Elle avait une réunion de famille le week-end suivant et attendait toujours que quelqu'un de *Martinez Pelouse & Jardin* vienne procéder au nettoyage de début de saison qu'elle avait programmé en mai.

— Merci, marmonna Paul. Je ne me souviens pas à quand remonte la dernière fois où j'ai écouté ces messages. Je vais envoyer quelqu'un là-bas.

— Je vais trier les autres, continua Jenny. Tu as plusieurs clients en colère auxquels il faut répondre.

Au cours des trente minutes suivantes, ils travaillèrent ensemble pour établir un planning et s'occuper des travaux les plus urgents.

— Peux-tu s'il te plaît appeler Alex à propos de la maison des Gregory ? demanda Paul. Il peut laisser la propriété des Chesterfield jusqu'à demain étant donné que personne n'y habite.

Des picotements parcoururent la peau de Jenny à la mention d'Alex ; elle était impatiente à l'idée qu'elle allait pouvoir lui parler bientôt.

— Bien sûr. Je vais le lui dire. Est-ce que tu veux que je rappelle les gens et les informe que nous les avons programmés la semaine prochaine ou la suivante ?

— Ça serait formidable. Merci Jenny.

— Pas de problème.

Elle enregistra le numéro de Paul dans son portable avec l'idée qu'elle aurait à l'appeler fréquemment. Puis elle composa celui d'Alex et attendit qu'il prenne l'appel.

— Salut, ma puce. Comment ça va ?

Elle aurait voulu soupirer de plaisir en attendant sa voix rauque et sexy.

— Je suis très occupée à mon nouveau boulot. Comment vas-tu ?

— J'espère que tu vas encore venir visiter mon jardin secret aujourd'hui.

— Ça va pas le faire, j'en ai peur.

Elle lui parla de l'appel de madame Gregory et de la demande de Paul : il voulait qu'Alex aille aujourd'hui même préparer leur jardin avant la réunion familiale.

— Je te préviens qu'ils sont plutôt de mauvais poil. Ils attendent depuis mai.

— Merde, grogna Alex. Eh bien, au moins, il me reste à attendre avec impatience notre soirée ; je vais repenser à la nuit dernière pendant que je travaillerai.

— Tu songes à la nuit dernière ? demanda Jenny en souriant d'une oreille à l'autre.

— Non-stop. Je pense à toi tout le temps.

Elle n'avait jamais été avec un homme qui disait aussi facilement ce qu'il ressentait. Même Toby avait été moins ouvert au début de leur relation, à tel point qu'il fallait qu'elle lui soutire tout ce qu'elle voulait savoir. Pas Alex. S'il pensait ou sentait quelque chose, il le disait, ce qu'elle appréciait. Grâce à cette qualité, il était facile de savoir où elle en était avec lui.

— Tu es toujours là ?

— Oui.

— Je te fais peur avec ma franchise ?

— Pas du tout. J'étais justement en train de penser que j'aime plutôt bien savoir où j'en suis avec toi.

— Tu es tout à fait en haut de ma liste, ma puce. On se dit à ce soir ?

— On se dit à ce soir.

— Je compte littéralement les minutes.

— Moi aussi. On se retrouve à 19 h.

— À tout à l'heure et dis à Paul que je m'occupe des Gregory.

— Je n'y manquerai pas.

Jenny attendit qu'il mette fin à la communication.

— Tu es censé raccrocher maintenant.

— Je n'en ai pas envie.

Il la faisait fondre quand il disait des choses comme ça.

— Tu as du travail et moi aussi.

— Je sais.

Mais il ne raccrochait toujours pas.

— J'y vais maintenant.

— Pas encore.

— Alex...

— Jenny...

Elle soupira de plaisir, d'exaspération et d'impatience heureuse – tant d'émotions qu'elle n'avait pas ressenties depuis si longtemps.

— Le téléphone du magasin sonne. Il faut que j'y aille, sans quoi je vais avoir des ennuis avec mes patrons.

— Très bien. Si tu vois les choses comme ça. On se cause tout à l'heure.

— Oui, d'accord.

Jenny termina cet appel et attrapa le téléphone qui sonnait sur le bureau.

— *Martinez Pelouse & Jardin.*

— Ah, enfin, une *personne* répond à ce téléphone !

Ce fut le premier des nombreux appels de clients mécontents qu'elle eut à gérer. Elle présenta à chacun des excuses pour le retard apporté à leur répondre, les assura qu'ils étaient programmés et promit de les rappeler dans les tout prochains jours avec des dates plus précises pour la venue de paysagistes.

Elle parla à Paul au moins six fois au sujet des cas les plus compliqués et l'aida à préparer un emploi du temps pour ses équipes avec, en priorité, les clients les plus furieux. Lorsque Paul arriva à 18 h pour l'aider à fermer le magasin, Jenny avait terriblement mal à la tête et un besoin urgent de se désaltérer, mais au moins elle pensait qu'elle avait contribué utilement à l'entreprise.

— Tu as passé une bonne journée ? demanda Paul.

Il sourit en levant les yeux au ciel.

— C'était positivement incroyable.

— Désolé que tu te sois retrouvée avec tous ces emmerdements pour ton premier jour officiel. J'évitais d'écouter les messages depuis un bon bout de temps.

— Ah bon, vraiment ! répondit Jenny en souriant malicieusement. Je ne l'aurais jamais deviné.

— Tu t'es très bien débrouillée et je t'en remercie infiniment.

— Pas de souci. Mais tu offres une prime de risque, je crois ?

— Est-ce qu'une bière pourrait en faire office ?

— Ce soir, oui.

— Ne bouge pas.

Paul sortit, se dirigea vers la serre et revint, portant deux bouteilles de bière bien fraîches. Il les ouvrit et en tendit une à Jenny.

— À la santé des jours pourris !

— Santé ! Alors, tu as une cachette secrète ?

— Chut, les étudiants ne l'ont pas encore trouvée.

Il lui montra comment fermer le magasin, faire la caisse quotidienne et mettre tout en ordre pour le lendemain.

À 18 h 30, Alex arriva – sale, épuisé et irrité de la trouver seule dans la boutique avec son frère – ou du moins, c'est ce qu'il sembla à Jenny.

— Qu'est-ce que tu fais encore ici ? lui demanda-t-il.

— On termine deux ou trois trucs.

— Laisse-la partir, Paul. Elle a des projets.

— On a presque fini.

— Elle a terminé à présent !

Voyant que les deux frères s'affrontaient du regard, Jenny leva les mains, espérant détendre l'atmosphère.

— Alex, va prendre une douche. Paul, finis ta phrase, ensuite je rentre chez moi.

— Tout va bien, répliqua Paul. Il a raison. Ça attendra demain. Merci encore pour toute cette journée. Tu as soulevé des montagnes et je t'en suis reconnaissant.

— À demain.

— Je serais étonné que tu viennes.

— Je serai là juste pour que tu le sois.

Paul sourit et vida le reste de sa bière.

— Je me réjouis à cette pensée.

Pour le bénéfice d'Alex, Jenny reprit :

— Je serai prête à 19 h.

Le visage du jeune homme était fermé en une expression coléreuse ; il fit un signe de tête, mais ne répondit pas. Il gardait les yeux fixés sur son frère.

Quittant le parking, Jenny pensait à la façon orageuse dont Alex avait regardé son frère et espérait n'avoir pas fait plus de mal que de bien.

∼

— Qu'est-ce qui s'est passé ici, hein ? commença Alex dès qu'ils furent seuls.

— De quoi parles-tu ?

— Toi, Jenny et ce sympathique petit verre à la fin de la journée pendant que tu lui souffles dans le cou.

— Putain, qu'est-ce que tu racontes ? On bossait ! Et si tu t'en souviens, c'était ta grande idée qu'elle vienne travailler ici. Je ne suis pas autorisé à lui parler parce que tu la sautes après le boulot ?

Alex vit rouge et réagit avant de prendre un instant pour réfléchir à ce qu'il s'apprêtait à faire. Il attrapa son frère par son T-shirt et le propulsa contre le mur, faisant tomber deux vases par la même occasion.

— T'es devenu complètement dingue, bordel ! s'exclama Paul en se libérant de la poigne d'Alex.

Le salopard était beaucoup plus fort qu'autrefois.

— Elle est *à moi*. Tu m'as compris ? *À moi.*

— Je n'ai jamais dit le contraire ! Tu as perdu la tête si tu penses qu'il y a eu quelque chose de plus que ce que tu as vu : deux collègues appréciant une bière après une journée particulièrement épouvantable.

— Tu étais debout tout près d'elle.

— Parce que je l'aidais avec ce putain d'ordinateur, Ducon !

— Ce n'est pas ce qu'il m'a semblé.

— Tu entends à quel point tu es ridicule ? Je n'ai jamais posé une main sur elle et je ne le ferai pas, parce que je sais que tu t'intéresses à elle.

Paul passa ses deux mains dans ses cheveux.

— Je n'ai pas besoin de cette merde après la journée que j'ai eue. Tu peux reprendre tes accusations et aller au diable.

Sans s'occuper du bazar qu'ils avaient fait pendant leur brève altercation, Paul se dirigea vers la porte.

— Attends ! cria Alex.

Paul ralentit, mais continua d'avancer.

— Paul, attends.

Son frère s'arrêta devant la porte, mais ne se retourna pas.

— Je suis désolé. J'ai pété un plomb. Je t'ai vu, debout à côté d'elle, plaisantant et buvant des bières, et j'ai vu rouge. J'aurais dû savoir que tu ne m'aurais jamais fait ça.

— Tu as sacrément raison, je ne l'aurais pas fait.

— Je suis vraiment désolé, répéta Alex en espérant que, cette fois, son frère le croirait.

Paul se retourna pour le regarder.

— Alors, tu es amoureux d'elle, c'est ça ?

Alex crut que son frère lui avait envoyé un coup de poing au plexus.

— Non, ce n'est pas ça.

— Ah bon ?

Alex se laissa aller contre le comptoir.

— Je ne sais pas. Peut-être.

Paul, ce bâtard, éclata de rire :

— T'es vraiment un abruti, tu sais ça ?

— Ouais, je sais. J'ai déjà dit que j'étais désolé. Deux fois.

— Si tu veux savoir, je pense qu'elle est formidable. Tu aurais dû voir ce qu'elle a réussi à faire ici en une journée. C'est plus que Sharon en deux mois.

— Je n'en suis pas étonné.

Alex consulta sa montre :

— Je suis censé passer la prendre dans quelque chose comme vingt minutes. Tu restes à la maison ce soir ? J'aurais dû te le demander plus tôt.

— Ouais. Je reste. Pas de souci.

— À charge de revanche pour tout le temps que je passe avec elle.

Paul balaya cette offre.

— Mais non. Je ne te reprocherai jamais de trouver un peu de bonheur au milieu de tout ce chaos. Et n'oublie pas que nous avons ce rendez-vous avec Hope demain à midi.

— Je n'ai pas oublié. Tu vas la chercher au bateau ?

— Oui.

Paul, qui s'était appuyé contre la porte, se redressa.

— Oh, mon Dieu, j'avais presque oublié. Les flics ont trouvé Sharon et récupéré le mot de passe. Tu ne devineras jamais ce que c'était.

— J'ai envie d'entendre ça !

Paul se mit à rire – fort.

— Probablement pas autant que moi je veux te le dire. C'est AlexMartinezEstUnCon.

Alex rejeta la tête en arrière et éclata de rire.

— Tu te fous de ma gueule ?

— Nan, je ne plaisante pas. J'aurais dû penser à essayer ça. Même, ça aurait dû être ma première tentative.

— Ça te fait un peu trop plaisir.

— Il faut que je prenne mon pied comme je peux.

— Ravi d'avoir pu aider.

Alex passa derrière le bureau, attrapa un balai posé dans le coin et commença à déblayer le verre cassé. Il n'en revenait pas de sa réaction en voyant Paul seul avec Jenny.

— Hé, Al ?

— Oui ?

— Si tu aimes cette fille, ne la laisse pas filer. Elle est spéciale.

— Je sais.

Alex était content que son frère trouve Jenny extraordinaire, mais cela le rendait également furieux. Cependant, il garda sagement cela par-devers lui.

— Tu crois que je fais bien de m'engager avec elle ?

— Que veux-tu dire ?

— Maman et le reste. C'est beaucoup à demander à qui que ce soit.

— Si elle était le genre de personne incapable de faire face à ce qui t'arrive, tu ne serais pas aussi intéressé par elle.

— C'est vrai, mais tout de même…

— Je comprends ce que tu veux dire, mais combien de temps devrons-nous mettre notre vie entre parenthèses ? Pour le restant des jours de Maman ? Il n'y a pas de bonne ou de mauvaise réponse à ce sujet. Si tu veux mon avis, vas-y. On trouvera bien le moyen de s'en sortir, comme nous le faisons déjà.

Paul ouvrit la porte.

— On se retrouve au ranch ?

— J'arrive.

— N'oublie pas de fermer.

— Oui, Papa.

Paul lui fit un doigt d'honneur et ce fut la seule indication qu'il avait entendu le commentaire narquois de son frère.

Alex balaya le verre, ferma les lumières, éteignit l'ordinateur et verrouilla la porte d'entrée. Il monta à pied la colline vers leur maison, repensant à ce que Paul avait dit à propos de « timing » et essayant de comprendre pourquoi il avait piqué une crise contre son frère. Il se trouvait à peu près à mi-distance de leur maison quand le jour se fit en lui. Il était jaloux – jaloux de son frère et de la relation agréable qu'il avait trouvée avec la femme qu'Alex considérait comme la sienne.

— Depuis quand n'as-tu pas été jaloux à cause d'une femme ?

S'il devait être honnête avec lui-même, il n'avait jamais fait l'expérience de cette sorte d'émotion. Il avait ressenti la même chose l'autre soir en l'entendant inviter son vieil ami Jared James à venir la voir au phare. Alex s'était senti alors comme quelqu'un dont on aurait pelé la peau pour laisser voir un intérieur plutôt moche.

Jaloux.

Sous la douche, il se débarrassa de la crasse du jour et se rasa tout en pensant à l'autre chose que son frère lui avait dite, c'est-à-dire qu'il serait amoureux de Jenny. Est-ce que cela était même possible si peu de temps après l'avoir rencontrée ? Oui, c'était plus que possible, décida-t-il. Cette prise de conscience le poussa à se demander si elle était dans les mêmes sentiments et ce qu'il ferait si ce n'était pas le cas.

— Seigneur, tu es vraiment fou d'elle, chuchota-t-il pendant que l'eau cascadait sur lui.

Est-ce qu'il était trop tôt pour lui dire ce qu'il ressentait à son égard ? Probablement. La dernière chose qu'il voulait, c'était l'effrayer en la poussant à plus que ce qu'elle pouvait donner. Mais peut-être était-elle prête, elle aussi.

Il n'avait pas la moindre idée de la façon dont il convenait d'approcher ce dernier dilemme. Il entoura ses hanches d'une serviette et prit son téléphone pour lui envoyer un texto.

Je vais être un peu en retard. J'arrive bientôt.

Pas de souci, répondit-elle. *Je suis un peu à la bourre aussi.*

Pas de souci, pensa-t-il. C'était une très bonne définition de leur relation. Elle était facile, paisible et le calmait, apparemment sans effort. Tout cela était exactement ce dont il avait besoin au moment où il devait faire face à tant de choses. Comme la chaleur avait finalement cessé, il passa un jean délavé et une chemise en coton qui aurait été mieux avec un petit coup de fer. Il espérait que Jenny ne se formaliserait pas qu'il n'ait pas pris le temps de la repasser alors qu'il devait sortir avec elle. Il pourrait toujours dire qu'il avait trop hâte de la retrouver pour se soucier de ça, ce qui n'était pas éloigné de la vérité.

Alex peigna ses cheveux, se brossa les dents et s'aspergea d'un peu d'eau de Cologne. Puis il entra au salon pour passer quelques minutes avec sa mère avant de partir.

Lorsqu'elle l'inspecta des pieds à la tête, il comprit qu'elle était dans une de ses phases de lucidité.

— Tu es beau.

— Merci.

— Tu aurais dû repasser ta chemise.

Marion Martinez avait veillé à ce que ses deux fils puissent s'occuper de leur linge et sachent se servir d'un fer à repasser avant qu'ils ne quittent la maison. Elle avait essayé, cependant sans y réussir, de leur inculquer les compétences culinaires de base.

— Je sais. Mais je suis déjà en retard.

— Ce n'est pas une excuse pour sortir en ayant l'air tout froissé.

Elle l'étonna quand elle se leva :

— Retire-moi ça. Je vais le faire pour toi.

— Oh, fit-il, stupéfait de la proposition autant que de sa lucidité. Ce n'est pas nécessaire.

Elle le regarda avec les yeux de la mère qu'il avait connue.

— S'il te plaît, laisse-moi faire.

Bouleversé par cette demande, Alex déboutonna sa chemise et l'enleva, puis suivit sa mère dans la buanderie à côté de la cuisine pour la surveiller pendant qu'elle se servait du fer. Mais cela ne s'avéra pas nécessaire. Elle repassa la chemise avec la compétence d'une vie entière occupée à faire des choses comme ça pour les hommes qu'elle aimait. Lorsqu'elle eut fini, elle la lui tint pendant qu'il passait ses bras dans les manches encore chaudes.

Il se retourna vers elle et, abasourdi, la regarda reboutonner la chemise et tapoter son torse.

— Beaucoup mieux.

— C'est vrai. Merci, Maman.

— Avec plaisir.

Il comprit qu'avoir fait quelque chose pour son fils lui avait vraiment fait plaisir.

— Est-ce que tu vas voir cette gentille jeune femme qui était ici l'autre jour ? Je ne me rappelle plus son prénom.

Alex replaça le fer à repasser et rangea la planche.

— Oui, je vais voir Jenny.

— Je l'aime bien.

— Moi aussi.

— Amène-la bientôt me voir, tu veux bien ?

— Sûrement.

Des larmes lui piquaient les yeux et Alex la serra fort dans ses bras.

— Je t'aime, Maman.

— Moi aussi, mon chéri. Mais ne rentre pas trop tard. Tu sais que Papa et moi, nous nous faisons du souci quand vous autres garçons conduisez la nuit.

Alex ne savait pas ce qui faisait le plus mal : le rappel brutal de qui elle avait été autrefois ou le retour soudain de la démence.

— Je sais, Maman. Je ne rentrerai pas trop tard.

Il se détacha d'elle et la regarda.

— Merci encore d'avoir repassé ma chemise.

— Ta chemise ? Qu'est-ce qui s'est passé avec ta chemise ?

— Pas d'importance.

Elle ne s'en souviendrait peut-être pas, mais lui n'oublierait jamais.

CHAPITRE 19

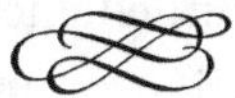

*L*orsqu'elle entendit le rugissement puissant de la moto sur le chemin du phare, Jenny attrapa et passa sa veste, mit son sac en bandoulière et descendit l'escalier pour venir à la rencontre d'Alex.

Impatiente, elle sortit au moment où il arrêtait sa moto et coupait le moteur. Il la détailla longuement, attentivement, et elle fit de même, heureuse de le voir dans une chemise de coton bien repassée dont les manches étaient roulées et laissaient paraître ses avant-bras bronzés. Il portait un jean délavé et ses habituelles bottes de motard. Ses cheveux sombres étaient tout ébouriffés de la course, mais ce désordre – comme tout le reste – ne faisait qu'augmenter son extraordinaire sex-appeal. Mais peut-être pensait-elle que tout en lui était sensuel.

Il descendit de moto et lui tendit une main.

— Ce jean est diablement sexy, ma puce.

Sentant l'attirance magnétique et à présent familière, elle s'approcha de lui, ravie qu'il la serre aussi fort contre lui. Elle mit ses bras autour d'Alex et s'accrocha à lui tout aussi éperdument.

— Tu n'as pas idée comme j'avais besoin de ça, reprit-il après un long moment de silence.

— Tout va bien ?

Il soupira profondément.

— Maintenant, oui.

Jenny aimait le voir reprendre des forces lorsqu'il était avec elle et qu'ils s'apportent mutuellement du réconfort aussi bien que de la passion, de l'amitié et toutes les autres choses qu'ils avaient trouvées ensemble. Mais le réconfort paraissait être ce dont il avait besoin à ce moment précis.

— Tu veux en parler ?

— Plus tard.

Il se détacha d'elle pour pouvoir l'embrasser.

— Je veux profiter d'être avec toi, parce que j'en ai rêvé toute la journée.

— J'étais aussi impatiente que toi.

— Bien, je t'avais promis une sortie, alors allons-y.

— Si ce n'est pas le moment idéal pour ça, on n'est pas forcés d'aller quelque part.

— C'est une nuit parfaite et ce sera encore mieux avant qu'elle ne soit terminée.

Il remua comiquement les sourcils, ce qui ressemblait beaucoup plus à l'Alex qu'elle connaissait. Il l'aida à mettre le casque qu'il avait apporté pour elle et lui montra où mettre ses pieds.

— Il vaut probablement mieux que tu te tiennes vraiment bien à moi, conseilla-t-il lorsqu'elle fut installée derrière lui sur la moto. Comme ça, tu ne risques pas de tomber.

— Tu parles de ça pour que je mette mes mains sur toi.

— Ben oui. Autrement, je ne vois pas l'intérêt.

Ce qu'elle fit avec le plus grand plaisir, passant ses bras autour de lui et sentant la pression de son superbe cul contre ses cuisses écartées. Elle était déjà excitée et en manque et ils n'avaient pas encore démarré.

— Prête ? demanda-t-il par-dessus son épaule.

— Je crois.

— Trêve de plaisanterie, tiens-toi bien. On y va.

Il lança l'engin et ils filèrent comme une flèche sur le chemin de terre menant à la route.

Elle n'avait que peu d'expérience des motos. Un petit ami du lycée en avait eu une, mais les parents de Jenny avaient pris peur en apprenant leur escapade et lui avaient interdit de monter désormais avec lui. Elle était une jeune fille sage à l'époque et elle avait obéi aux directives, ce qui n'avait pas été difficile : le garçon était un crétin et il lui avait fait une peur bleue avec ses cabrioles insensées à moto.

Alex lui offrit une balade palpitante sur les routes sinueuses de l'île. Jenny était heureuse que ses parents ne sachent pas ce qu'elle faisait, parce qu'elle en adorait vraiment chaque partie – et tout spécialement le fait d'être serrée contre lui tandis qu'il conduisait. Cela n'avait rien à voir avec la fois d'avant où elle avait eu trop peur pour apprécier la promenade. Celle-ci était grisante, libératrice et extrêmement excitante. Mais cela avait probablement plus de rapport avec l'homme qu'avec la moto.

Lorsqu'ils entrèrent dans le parking de l'hôtel *Sand & Surf*, Jenny fut presque déçue que la balade soit terminée. Alex descendit le premier et l'aida à retirer le casque, puis tint ses mains sur ses épaules jusqu'à ce qu'elle soit bien d'aplomb sur ses jambes.

— Que dirais-tu d'un dîner dans le restaurant de Stéphanie puis d'un film au cinéma ?

— Ça m'a l'air parfait.

Il lui prit la main, la précédant à l'intérieur où Sarah Lowry les accueillit à la réception de l'hôtel.

La maman d'Owen remarqua leurs mains enlacées mais, fort heureusement, se contenta de leur adresser un sourire chaleureux.

— Bonsoir, Jenny et Alex. Comment allez-vous ?

— Très bien, répondit Jenny. Et vous ?

— Très occupée, admit Sarah. Vous venez pour dîner ?

— Nous l'espérons, répondit Alex.

— Entrez, enchaîna Sarah. Je pense que Stéphanie a encore quelques tables.

— Super, merci !

— Je suis impatiente d'être à demain pour la fête, ajouta Sarah en s'adressant à Jenny.

— Moi aussi. On se voit demain.

— Je ne manquerai certainement pas ça.

— Qu'est-ce que c'est que cette histoire de fête ? interrogea Alex pendant qu'ils attendaient que Stéphanie installe d'autres clients.

— Ça fait plusieurs fois que je veux te demander si tu veux venir. Tiffany et Blaine se sont mariés si rapidement que nous n'avons pas encore eu l'occasion de faire une fête pour eux. Alors, on organise ça demain dans la soirée au phare.

— Ça devrait être un chouette moment pour toi, mais pourquoi est-ce que j'aurais envie d'y aller ? Ce n'est pas un truc pour les poulettes ?

— Habituellement si ; mais ici, sur Gansett, on aime inviter les garçons.

— Tu veux dire que vous aimez torturer les mecs.

— Crois-moi sur parole, c'est donnant-donnant.

— Je n'ai rien fait pour mériter ce niveau de torture.

— Pas encore, mais ça ne saurait tarder, répliqua Jenny avec un sourire coquin qui le fit rire.

— Il y aura beaucoup d'autres garçons, beaucoup à manger, et de la bière. Que veux-tu de plus ?

— Eh bien, quand tu le présentes ainsi… J'imagine que je pourrais *essayer* de venir.

— Youpi.

— Je n'ai jamais rien promis.

Il lui lança un regard en biais.

— Alors, tu es prête à officialiser cela devant tous tes amis ?

— Je le crois. Tu es d'accord ?

Il passa son bras autour de ses épaules et l'embrassa sur le front.

— Plus que d'accord.

Stéphanie s'approchait et s'arrêta à quelques pas d'eux ; elle les regarda attentivement lorsqu'elle réalisa qu'ils étaient là en amoureux.

— OK, alors j'ai raté quoi ?

— Quelques petits épisodes, çà et là, répondit Jenny d'un ton mystérieux.

— Je vois ça. Est-ce que je peux répandre cette rumeur par monts et par vaux ?

— Étant donné que ce n'est plus une rumeur, tu peux t'en donner à cœur joie, répondit Jenny en souriant à Alex.

— C'est la nouvelle la plus sensationnelle depuis les fiançailles de Tiffany et Blaine qui ont duré trois jours.

Stéphanie les installa à une table avec vue sur le soleil couchant et à portée d'oreilles de la musique qu'Owen jouait sur la véranda.

— Comme ça, vous êtes bien ?

— C'est parfait, répondit Alex. Merci, Stéphanie.

Elle leur détailla les spécialités du jour puis les laissa consulter le menu, non sans avoir pincé affectueusement l'épaule de Jenny. Une serveuse vint à leur table quelques minutes plus tard avec une bouteille de champagne.

— Avec les compliments de Stéphanie, annonça-t-elle.

Touchée par ce geste, Jenny s'exclama :

— Remerciez-la de notre part !

— Certainement.

La serveuse versa les bulles dans des flûtes de cristal et prit leur commande.

Lorsqu'ils furent seuls, Alex leva son verre :

— Voilà, c'est officiel.

Jenny trinqua avec lui :

— À notre officialisation.

— Tu es sûre que tu es d'accord avec ça ?

— Je me sens extrêmement d'accord avec énormément de choses qui n'ont pas été OK pour moi depuis très longtemps.

— Je suis content que tu dises ça.

— Tu es vraiment beau ce soir, reprit Jenny après un petit temps de silence. Non que tu ne le sois pas tout le temps.

Alex regarda sa chemise.

— Maman me l'a repassée.

— Oh, vraiment ?

— Oui. Dix minutes de lucidité totale, pendant lesquelles j'ai retrouvé ma maman pour la perdre à nouveau presque aussi rapidement.

— Je suis désolée. Ça doit être affreux.

— C'est assez terrible.

Il baissa les yeux, regarda la table, puis reporta son attention sur Jenny.

— Je me suis conduit comme un crétin avec mon frère tout à l'heure.

— De quelle façon ?

— Je… hum, eh bien… J'étais furieux de ce dont j'avais été témoin lorsque je suis entré dans le magasin après le travail.

Sincèrement déconcertée, Jenny demanda :

— Tu as été témoin de quoi ?

— Toi, lui, les bières, la proximité.

Choquée, Jenny en resta bouche bée.

— Pas besoin que tu m'assures qu'il n'y avait pas de quoi être furieux, je le sais déjà.

— Tout de même, que tu puisses seulement le penser…

— Je sais. J'ai dépassé les bornes et si je t'en parle, c'est uniquement parce que j'ai pensé que tu serais peut-être contente de savoir que tu as le pouvoir de me rendre follement jaloux.

Incrédule, elle le regardait fixement.

— Parce que je parlais à ton frère et que je buvais une bière avec lui après une journée longue et extrêmement pénible ?

— Hum-hum. Plutôt moche, hein ?

— Je dirais que c'est plutôt adorable, si je fais abstraction d'un fait. Comment as-tu pu seulement t'inquiéter que je puisse déconner avec ton propre frère !

— Je sais que je n'ai pas à me soucier de ça, ni avec lui ni avec toi. Alors, revenons à ce que tu disais au sujet du *plutôt adorable*.

Jenny rit et secoua la tête tant elle était stupéfaite :

— Tu es vraiment jaloux ?

— Follement.

— Hein ?

— Qu'est-ce que veut dire ce « *Hein* » ?

— Rien. Je m'amuse juste une minute.

— Je n'aurais jamais dû te le dire.

Jenny lui prit la main par-dessus la table.

— Je suis heureuse que tu me l'aies dit. J'aime bien savoir ce que tu ressens.

— Si c'est le cas, j'ai d'autres choses à te dire.

— De bonnes choses ?

— J'espère que tu aimeras. En tout cas, moi oui.

Jenny se demandait s'il pensait à la même chose qu'elle et essayait d'analyser ce qu'elle ressentait. Il ne lui fallut pas longtemps pour décider qu'elle était très contente, parce qu'elle se trouvait absolument au diapason avec lui.

Sans échanger un mot, ils décidèrent qu'ils reprendraient cette conversation plus tard et Jenny lui raconta sa journée au magasin.

— Je suis désolé que tu aies eu à gérer tous nos clients furieux.

— Quelqu'un devait le faire et je pense que j'ai réussi à calmer les mauvaises humeurs.

— Pourtant, ça dépasse de beaucoup ce qu'on attendait de toi.

— Peu importe, Alex. Je suis heureuse de penser que je peux faire quelque chose pour vous aider, Paul et toi.

— Est-ce que tu penses, peut-être…

Il secoua la tête.

— Ça n'a pas d'importance.

— Dis-moi. *Est-ce que tu penses* quoi ?

Il souffla par les narines, longuement et par petites saccades.

— Paul, David et moi recevons une infirmière demain. Il s'agit d'un entretien d'embauche et nous espérons qu'elle acceptera de déménager sur l'île pour nous aider à nous occuper de Maman. Je me demandais si tu aurais un peu de temps pour y assister. J'aimerais beaucoup avoir ton avis sur elle.

— J'en serai ravie.

— Non ? Vraiment ? Je sais que c'est beaucoup demander…

Elle resserra encore sa main sur la sienne.

— Pas du tout. Je suis honorée que tu veuilles mon opinion.

— Je veux seulement faire ce qu'il faut pour Maman, mais je n'ai pas la moindre idée de ce qui est bien.

— Pour ce que cela vaut, je pense qu'une professionnelle qualifiée qui ferait partie de la vie quotidienne de ta mère est la bonne chose à faire en ce moment. Paul et toi ne pouvez pas continuer comme ça indéfiniment, votre santé en serait également affectée. Espérons que cette dame sera celle dont vous avez besoin.

— Elle s'appelle Hope – *espoir*, répondit-il avec un petit sourire.

— Et tu ne trouves pas que c'est un signe incroyable ? Je croise les doigts pour vous.

— Merci et merci aussi de venir assister à l'entretien.

— Eh bien, comme tu viens avec moi à la fête pour le mariage de mes amis…

Il se mit à rire et c'était ce qu'elle espérait.

— C'est du chantage.

— Je préfère penser que c'est donnant-donnant. Un échange de bons procédés pour que nous nous sentions bien.

— Je suis très impatient de voir ça, mais seulement après le film. Il faudra seulement que tu t'abstiennes de me toucher jusque-là.

Elle leva les yeux au plafond.

— Je verrai si j'arrive à me contrôler.

— Ne te force pas trop.

Alex était amoureux d'elle. Il l'avait plus ou moins admis tout à l'heure quand il avait failli casser la figure de son frère – pour le simple fait qu'il avait osé prendre une bière avec elle après le boulot. Mais être assis en face de Jenny tandis qu'elle lui offrait sollicitude, compassion et réconfort, tout ça avec une douceur incroyable et une séduction insensée ! Alex savait qu'il trouverait tout en elle. Elle était exactement la femme qu'il avait presque désespéré de rencontrer ; et penser qu'il l'avait trouvée sur l'île ! L'ironie ne lui en avait pas échappé. S'il n'était pas venu sur Gansett pour prendre soin de sa mère, il n'aurait jamais croisé Jenny.

Maintenant qu'il l'avait rencontrée et en était tombé amoureux, il espérait trouver une façon de la garder au moment où il se débattait dans une telle tourmente. Avoir une infirmière à plein temps leur offrirait un certain soulagement, mais Paul et lui seraient toujours responsables de leur mère – d'ailleurs, ils n'auraient pas voulu qu'il en soit autrement.

Cependant, c'était beaucoup attendre d'une femme, quelle qu'elle soit ; surtout d'une jeune femme comme Jenny qui était déjà passée par une épreuve terrible. Il voulait que les choses soient faciles et simples pour elle, mais sa vie à lui n'était pas vraiment facile ni simple.

Après un dîner fantastique dans le restaurant de Stéphanie,

ils se rendirent à pied au cinéma, à l'autre bout de la ville. Alex adorait marcher dans le centre-ville animé, la main de Jenny glissée au creux de son coude. Il aimait ce sentiment de connexion avec elle. Il appréciait qu'il soit si facile de lui parler car elle était toute écoute et sollicitude pour les défis qu'il devait affronter. Il raffolait de son petit cul moulé dans son jean.

Au cinéma, ils rirent ensemble de l'efficacité de l'employé dans sa guérite : il vendit les billets à Alex, puis passa de l'autre côté du comptoir pour leur servir des pop-corn. C'est encore lui qui vérifia les billets à l'entrée de la salle.

— Cet endroit n'a pas du tout changé depuis le temps où j'étais gamin, remarqua Alex. Même l'odeur : moisi et pop-corn.

— Des chaises pliantes ? s'étonna Jenny en considérant la salle vétuste.

— Dois-je comprendre que c'est la première fois que tu viens aux Cinémas de l'Île ?

— Au pluriel ? Je ne vois qu'une salle et l'appeler cinéma est très généreux. Et oui, c'est ma première fois.

— Alors, tu vas être vraiment gâtée. On s'installe confortablement sur les chaises pliantes ?

— C'est une litote.

— Tu me traites de tête de linotte ?

Elle lui donna un coup dans les côtes, ce qui le fit se tordre de rire pendant qu'il la conduisait vers la dernière rangée.

— Qu'est-ce qu'on fait tout au fond ?

— Tu verras.

D'autres personnes entrèrent les unes derrière les autres et s'assirent plus près de l'écran, laissant Alex et Jenny à peu près seuls dans le fond.

— Je commence à voir qu'il y a de la méthode dans tes sottises.

—Attends de voir.

Il lui tendit le carton de pop-corn et en prit une énorme poignée pour lui.

— Tu ne viens pas de dîner ?

— Je suis un garçon en pleine croissance et tu ne peux pas aller au cinéma sans manger des pop-corn. C'est antiaméricain.

— Si tu le dis.

— Je le dis.

Les lumières s'éteignirent dans la salle, les plongeant dans l'obscurité. Alex passa son bras autour d'elle et traîna sa chaise métallique plus près de celle de Jenny. En haut du mur à l'extrême gauche, des fenêtres permettaient de voir les phares qui balayaient la route descendant d'une colline vers la ville. Ces lumières éclairaient presque tout le monde dans la salle, sauf les spectateurs de la dernière rangée.

— Tu ne m'as pas dit qu'il s'agissait d'un cinéma en plein air.

— C'est un des charmes de l'endroit.

— On dirait que tu as déjà fait ça.

— Fait quoi ?

— Réquisitionner le dernier rang avec une petite amie.

— Est-ce que tu m'accuses de quelque chose ?

— Oui, d'être un opportuniste.

— Là, je suis vraiment blessé.

Son rire l'enchanta. Il aimait chaque seconde qu'il pouvait passer avec elle, peu importe ce qu'ils faisaient. Elle était d'un abord aisé, riait facilement, ce qui apportait un peu de légèreté dans sa vie qui en avait cruellement manqué avant de la rencontrer. Alex commençait à penser que le moment où la tomate de Jenny s'était écrasée sur son dos pourrait bien être le hasard le plus heureux de sa vie.

Le film était une comédie sortie sur le continent des mois plus tôt.

Les yeux de Jenny restaient fixés sur l'écran tandis que ceux d'Alex ne la quittaient pas. Il était comme un idiot éperdu d'amour, espérant que la fille aimée s'intéresserait à lui plutôt qu'au film. Après un échange particulièrement amusant entre les personnages, elle le regarda, souriant du bon mot ; elle le trouva en train de la fixer comme un voyeur archi-cinglé. Mais il ne pouvait s'en empêcher. Si elle était à côté de lui, il préférait de beaucoup la regarder plutôt que de suivre un film qui ne le captivait pas.

— Concentre-toi un peu, murmura-t-elle.

— C'est ce que je fais.

— Je parle du film.

— Tu es beaucoup plus intéressante que le film.

Il lui donna une petite pression sur l'épaule pour pouvoir l'embrasser. Les lèvres de Jenny étaient salées et douces à cause du pop-corn et y goûter une fois était loin de suffire à Alex.

— Maintenant, je sais pourquoi tu voulais t'asseoir au fond.

— Autant utiliser au mieux notre coin sombre, chuchota-t-il en recommençant à l'embrasser.

La main de la jeune femme sur son visage fut tout l'encouragement dont il avait besoin pour laisser tomber par terre le carton presque vide de pop-corn et plonger dans un baiser où s'emmêlèrent leurs langues ; il en mourait d'envie depuis le début de la soirée. Et cela ne prit pas plus de quinze secondes pour que le baiser parte dans une spirale totalement incontrôlable.

Alex se détacha d'elle, inspira profondément et enfouit son visage dans les cheveux de Jenny.

— On peut partir d'ici, s'il te plaît ?

— Mais tu as payé pour le film.

— Je m'en fous complètement.

Il la serrait si fort qu'il sentit le frisson la parcourir tout entière. Elle était tellement adorable et ses réponses sensuelles si vraies. Pour elle, il aurait voulu être quelqu'un de meilleur, une personne qui la mériterait – un homme plus raffiné qu'il ne le serait jamais. Mais elle ne semblait pas trouver désagréable qu'il soit un peu brusque. Et même sa façon de parler un peu grossière semblait l'exciter.

— Allons-y.

Alex bondit de sa chaise et, la tenant par la main, la guida hors du cinéma, jurant contre son manque de prévoyance qui lui avait fait laisser sa moto devant le *Surf*. Sur le trottoir, il passa son bras autour d'elle et l'entraîna à grands pas pour reprendre en sens inverse le chemin qu'ils avaient pris à l'aller. Il était tellement occupé d'elle qu'il s'aperçut juste à temps qu'ils fonçaient droit sur quelqu'un venant dans l'autre sens.

— Eh ! Est-ce que ce n'est pas charmant ?

Alex et Jenny levèrent la tête en même temps pour voir son compagnon-à-la-chemise-rose de l'autre soir regarder sévèrement leur couple et, visiblement, ne pas apprécier ce qu'il voyait.

— Linc, s'étouffa Jenny. Je… Comment vas-tu ?

— Pas aussi bien que toi, apparemment. Est-ce pour cela que tu n'as pas envie de me revoir ? Parce que tu as fait sa connaissance lors de la soirée que tu passais avec moi ?

— Je le connaissais avant de sortir avec toi, mais ce ne sont pas tes affaires.

— Quel genre de jeu joues-tu, Jenny ?

— Attends une minute, s'interposa Alex, dont le sang commençait à bouillir.

S'il pensait avoir été jaloux tout à l'heure de Paul, ce n'était rien en comparaison de la rage qu'il ressentait face à Linc ; ce type pensait-il avoir des droits sur elle !

— Est-ce que je me trompe ? Elle te doit plus qu'un merci et bonsoir après une soirée ?

— Je n'ai jamais dit ça, mais…

— Alors, je vais te donner une bonne idée, reprit Alex. N'y pense même plus. Nous nous sommes rencontrés la veille du jour où elle est sortie avec toi. Il n'y avait rien entre nous deux à ce moment-là. Maintenant, si. Lâche-la, d'accord ?

— Je suis désolée, intervint Jenny d'une voix douce qui donna à Alex envie de rugir d'indignation.

De quoi devait-elle être désolée ?

— Oui, maugréa Linc en se rangeant sur le côté pour les laisser passer. Moi aussi.

Alex les propulsa en avant, plus impatient que jamais de retrouver sa moto et de foutre le camp de la ville. Il avait désespérément besoin d'être seul avec elle.

— Désolée pour ça, reprit Jenny.

— Ne commence même pas à vouloir t'excuser !

À ses mots inhabituellement durs, Jenny se raidit. Il fit un effort pour adoucir son ton et ajouta :

— Tu n'as rien fait de mal.

— Es-tu jaloux ?

— Qu'est-ce que tu crois ?

— Alex…

— On en parlera lorsque nous serons seuls.

Impatienté par les autres piétons sur le trottoir, les voitures et les mobylettes qui les ralentissaient aux carrefours et tout ce qui se trouvait entre lui et ce qu'il voulait et espérait, il accéléra le pas.

— Ralentis. Je n'arrive pas à te suivre.

— Désolé, marmonna-t-il.

De retour au *Surf*, il lui ajusta le casque si vite qu'elle ne put même pas protester avant qu'il ne l'aide à s'installer à l'arrière de la moto. Il était proche de la crise de nerfs et il le savait, si bien qu'il se concentra pour conduire prudemment la moto lorsqu'ils quittèrent la ville. Heureusement, il n'y avait pas loin jusqu'au phare et ils tournèrent sur le chemin de la propriété quelque dix minutes plus tard.

Il sauta de la moto à peine était-elle arrêtée devant la porte de Jenny et il souleva pratiquement sa passagère de la selle arrière.

— Tu m'as l'air bien pressé, remarqua-t-elle lorsqu'il lui eut retiré son casque.

Il lui prit la main :

— Tu n'as pas idée.

Une fois entrés, ils montèrent au premier étage en file indienne, Alex derrière elle. Il ne quittait pas des yeux le balancement de ses fesses sous le jean. Il décida qu'un étage de plus faisait trop loin et il l'entraîna vers le canapé.

— Attends, où est-ce qu'on va ?

— Ici.

Sa patience était officiellement à bout et le besoin qu'il avait d'elle en cet instant était incomparablement plus fort que tout ce qu'il avait déjà éprouvé.

— Maintenant.

Il commença à arracher leurs vêtements – les siens et ceux de Jenny.

— Alex...

— Maintenant, répéta-t-il contre ses lèvres. Tout de suite.

Il se comportait comme un fou. Il le savait, mais cela ne l'empêcha pas de prendre ce dont il avait le plus besoin – plus même que de respirer. La peau douce de Jenny et ses courbes excitantes lui faisaient monter l'eau à la bouche de désir ; il vint s'abattre au-dessus d'elle sur le canapé.

— Jenny... je ne peux pas attendre. J'ai besoin de toi.

Les bras de Jenny s'arrondirent autour de son cou et ses genoux serrèrent les hanches d'Alex, lui offrant tout l'encouragement dont il avait besoin pour se perdre dans sa chaleur humide. Leurs corps enfin connectés, Alex sentit qu'il pouvait recommencer à respirer. Malgré le désir qui battait sans répit dans son corps, un sentiment de calme l'envahit parce qu'il comprenait qu'elle le désirait tout autant que lui la voulait.

Il la regarda et vit qu'elle l'observait attentivement ; probablement se demandait-elle quand il était devenu ce malade obsédé par le sexe.

— Tout est OK ?

Elle hocha la tête pour le rassurer et caressa ses épaules, glissant le long de son dos pour venir prendre ses fesses et le garder profondément logé en elle.

— Plus qu'OK.

— Tu me rends fou.

— Je t'aime comme ça.

Il lâcha un rire dur en réponse à son commentaire inattendu.

— Je t'aime de toutes les façons, mais celle-ci est en train de devenir ma préférée.

— C'est la mienne depuis un petit moment.

Après cela, ils ne parlèrent plus. Les mots n'étaient plus nécessaires. Leurs corps dialoguaient pour eux. Ce qui avait débuté comme une urgence devint lent et sensuel, leurs mains se joignaient, leurs yeux ne se quittaient pas, leurs mouvements parfaitement chorégraphiés, comme s'ils étaient amants depuis des années et non pas seulement des jours.

— Jenny, haleta Alex lorsque la pression devint presque insupportable. Je ne peux pas...

Il ne pouvait pas respirer, il ne pouvait pas parler, il ne pouvait penser à autre chose qu'au besoin de jouir.

Elle lui fit perdre alors la tête lorsqu'elle libéra sa main droite de la poigne d'Alex pour venir se masturber. Putain, de sa vie il n'avait jamais vu ni senti quelque chose de plus sensuel !

— Maintenant, chuchota-t-elle en se cambrant sous sa poussée profonde.

Alex ne se le fit pas dire deux fois. Il se laissa aller dans une jouissance puissante, se perdant en elle, dans sa douceur, sa séduction, son incroyable gentillesse. Comme si les mots, eux aussi, ne pouvaient plus se contenir, ils sortirent en un flot ininterrompu :

— Je t'aime, grogna-t-il à nouveau d'une voix rude contre son oreille. C'est trop tôt, c'est trop fort, mais c'est vrai.

Jenny tourna la tête, à la rencontre de son baiser profond et pénétrant.

Il voulait lui montrer tout ce qu'il ressentait pour elle. Qu'elle sache à quel point elle lui était devenue essentielle. Il voulait tout lui donner ; et c'est alors qu'il se souvint du peu qu'il pouvait offrir à quiconque dans un moment où sa famille avait tant besoin de lui. La pensée fut comme une piqûre d'épingle dans son euphorie, un rappel décourageant de la réalité.

— Qu'est-ce qui ne va pas ? interrogea-t-elle. Pourquoi est-ce que tu te contractes soudainement ?

— Je n'aurais pas dû dire ce que j'ai dit.

— Pourquoi ? Ce n'est pas vrai ?

— C'est vrai, mais ça te met aussi une pression énorme alors que tout ça est si nouveau.

Elle leva la tête et le regarda de ses yeux incroyablement expressifs.

— Pourquoi est-ce que cela me met la pression ?

— Parce que… C'est juste… Je n'ai vraiment pas grand-chose à t'offrir à part ces mots.

— *C'est* beaucoup en soi tout seul et tu as tant à offrir.

— Je ne veux pas que tu te sentes pressée, ni peser sur toi.

Elle appuya ses lèvres contre les siennes, lui rappelant qu'il était toujours profondément logé en elle – comme s'il en était besoin.

— J'aime ce genre de poids – au cas où tu ne l'aurais pas remarqué.

Il lui adressa un petit sourire parce qu'il savait qu'elle tentait de le rassurer.

— Je t'aime aussi.

Comme s'il ne l'avait pas entendue correctement, il la regarda fixement.

— Tu n'as pas besoin de dire ça…

Les doigts de Jenny sur ses lèvres obligèrent Alex à se taire.

— Je ne le dis pas parce que tu l'as dit. Je le dis parce que je le sens. Je sais ce qu'on ressent lorsqu'on est amoureux. C'est exactement ce que j'éprouve.

— Jenny, soupira-t-il en laissant tomber son front sur la poitrine de la jeune femme.

Elle passa ses doigts dans les cheveux d'Alex.

— Tu m'as dit que tu étais jaloux parce que je prenais une bière avec Paul après le travail.

— C'était stupide. Je le sais.

— Tais-toi et écoute-moi. Hier, j'ai passé une grande partie de l'après-midi avec Adam et lui, tous les deux des hommes exceptionnellement beaux et très agréables par-dessus le marché.

— Je dois te croire sur parole pour la partie bel homme.

— Tu peux me faire confiance et à toute la gent féminine à ce sujet. Mais, comme j'étais en train de le dire, j'ai été tout l'après-midi avec eux et, pas une seule fois, je n'ai regardé l'un ou l'autre en pensant : « Waouh, je le veux ».

— C'est très réconfortant, répondit-il d'un ton sarcastique. Merci d'avoir partagé ça avec moi.

— Tu veux te taire et me laisser finir ?

Il rit de son impertinence, ravi et amusé.

— S'il le faut.

— Lorsque tu es rentré du boulot, à la seconde où tu as passé la porte, tout ce qu'il y a de féminin en moi s'est éveillé pour s'intéresser à toi.

Touché par ce qu'elle avait dit, il leva la tête pour l'embrasser doucement.

— Tout en moi s'est intéressé à toi aussi. Remarquant que tu étais seule avec mon frère et Adam, je voulais t'entraîner dehors et te faire mienne dans la grange.

— Oh, pour l'amour du ciel, répondit-elle en riant. Qu'est-ce que je vais faire avec toi ? Tu n'es rien d'autre qu'un homme des cavernes déguisé.

— Je plaide coupable.

— Je regrette ce qui s'est passé avec Linc tout à l'heure.

— Pourquoi donc ?

— Même lorsque ce n'est pas exprès, je n'aime pas blesser les gens pour obtenir ce que je veux.

— Il n'est pas blessé, Jenny. Sa fierté est offensée parce qu'une femme qui l'intéresse ne se soucie pas de lui. Il y a une différence entre une blessure réelle et un ego endommagé.

— Je suppose que c'est vrai.

— Je n'ai pas aimé la façon dont il te regardait, comme s'il avait des droits sur toi. Tout le temps que nous avons été là, j'avais envie de psalmodier mienne, mienne, *mienne*.

— Tu es un homme des cavernes.

— Et à en juger d'après la chaleur que je sens dans ton entre-jambes, tu m'aimes comme ça.

Son commentaire la fit rougir furieusement, ce qui le fit rire.

— Arrête.

Plutôt que d'arrêter quoi que ce soit, il recommença à bouger, entourant ses jambes avec ses bras pour l'ouvrir à sa possession farouche.

— Mienne, chuchota-t-il. Mienne, mienne, *mienne*.

— *Oui !*

Elle tira si fort sur ses cheveux qu'elle lui fit mal, mais la douleur qu'il ressentait ne fit qu'augmenter son envie d'elle – si tant est que ce fût possible.

— Je suis à toi.

CHAPITRE 20

Tôt le lendemain matin, Evan laissa sa fiancée dormir : c'était la seule grasse matinée de la semaine qu'elle s'octroyait durant l'été. Il monta sur sa moto et se dirigea vers la marina. Il espérait attraper son père avant que ne commence sa folle journée. À la table de pique-nique où Grand Mac et ses amis tenaient leur habituelle réunion matinale en plein air, il trouva Grand Mac et Ned qui savouraient une tasse de café et un plat de donuts au sucre.

La bouche d'Evan se mit à saliver en voyant les beignets sucrés.

— Tu peux m'en passer un ? demanda-t-il en s'asseyant à leur table.

Son père lui adressa un sourire ravi, mais déplaça le plateau hors de portée de son fils.

— Ils sont tous réservés.

— Il peut avoir un des miens, intervint Ned.

Il tendit un donut à Evan et regarda son meilleur ami d'un air outré.

— Merci, Ned. C'est chouette de savoir à quoi m'en tenir avec mon cher vieux papa.

Ned se tordit de rire et Grand Mac se fendit d'un sourire.

— Faut pas venir te mettre entre ma dose de sucre matinale et moi, grogna Grand Mac.

— Pardon.

— Qu'est-ce qui t'amène ici de si bon matin ? reprit Grand Mac en enfournant une énorme bouchée de son beignet.

— J'ai besoin d'un petit conseil, alors j'ai décidé de faire appel au groupe d'experts.

— T'es finaud, toi, répondit gravement Ned. C'est t'ici qu'on résout tous les problèmes du monde. Quesse qu'y te faut en c'te belle matinée ?

Et la matinée était vraiment belle. La chaleur étouffante oubliée, le ciel était clair et bleu, la brise chaude légère. Une parfaite journée sur l'île de Gansett.

— Papa t'a-t-il parlé de ce qui se passe avec l'album ?

Les deux hommes échangèrent des regards penauds.

— Allons, reprit Evan en riant. Je sais qu'il te l'a dit. Vous êtes tous deux plus mariés que ne le sont mes parents.

— Suis pas sûr comment que j'dois l'prendre, fit Ned.

— C'est pourtant un peu vrai, coupa Grand Mac. Je l'ai mis au courant parce que je savais que tu n'y verrais pas d'inconvénient.

— Et j'allais v'nir te voir aujourd'hui, ajouta Ned. Tu me z'as épargné un voyage.

— Tu venais me voir à quel sujet ? interrogea Evan, en regardant le plat de donuts sans décider s'il osait en voler un second.

— J'veux pas qu'tu croies qu'à cause que j't'ai donné les sous pour démarrer le studio, j'voudrais que tu rates une occasion du tonnerre avec Buddy Longstreet. Y'a pas d'obligations avec c'te fric. Bon sang d'bois, tu d'vrais le savoir.

— Je le sais, répondit Evan, ému par la déclaration enflammée de Ned.

Il avait été un second papa très aimé pour Evan et sa fratrie depuis qu'ils étaient tout petits et aucun d'eux n'avait le moindre doute sur leur relation avec lui. C'est Ned qui avait eu l'idée du studio et financé l'achat du matériel. Faire en sorte que l'investissement de Ned soit bien protégé n'avait pas quitté l'esprit d'Evan ces derniers jours.

— Bien sûr, je sais que tu n'attends rien en retour, mais j'apprécie que tu me rassures à ce sujet.

— Tu penses à quoi, fiston ? interrogea Grand Mac. Raconte-nous et on en causera ensemble.

Il n'y avait pas deux personnes à qui il aurait plus volontiers parlé de ses soucis et Evan prit une longue inspiration avant de cracher le morceau.

— Le pire, termina-t-il lorsqu'il eut présenté la situation sous tous ses angles, c'est que je n'ai plus envie de ce pour quoi j'aurais jadis tout donné.

— Alors, c'est ce que tu dois dire à Buddy, s'exclama Grand Mac. Je ne le connais pas du tout, mais il me semble qu'il devrait pouvoir comprendre que les plans changent. Les objectifs varient. Les rêves évoluent. Il pensait que tu faisais quoi l'année dernière pendant que la banqueroute faisait tout ce gâchis ? Que tu te tournais les pouces ?

— Ton pa' a raison, intervint Ned. J'ai lu des trucs sur c'te Longstreet. L'a la réputation d'être plutôt genre direct. J'suis sûr qu'y s'ra content qu'tu sois direct avec lui, tout pareil.

— Je le suppose, admit Evan, même si la pensée d'être direct avec Buddy Longstreet lui retournait l'estomac.

— Pourquoi ne l'appelles-tu pas tout de suite ? suggéra Grand Mac. Ôte-toi ça de la poitrine et tu pourras continuer à vivre.

— Tout de suite, tu veux dire *là tout de suite* ?

Grand Mac se pencha par-dessus la table.

— Tout. De. Suite.

Evan ne savait pas ce qui était le plus intimidant : la pensée d'appeler Buddy ou bien son père lorsqu'il avait décidé quelque chose. Evan prit son portable dans sa poche, trouva le numéro de Nashville depuis lequel Buddy lui avait téléphoné quelques jours plus tôt et appela. Comme il s'attendait évidemment à laisser un message auprès d'une assistante ou de l'une des nombreuses personnes qui travaillaient pour la superstar, le cœur d'Evan faillit s'arrêter de battre lorsqu'il entendit la voix traînante et reconnaissable de Buddy.

— Longstreet.

— Hum, bonjour, commença Evan en hésitant. Ici Evan McCarthy.

— Oh, salut, comment ça va ?

— Hum, plutôt pas mal. Vous avez une minute ?

— Certainement. Que se passe-t-il ?

— Je voulais vous parler de l'album, de la tournée et... de tout.

— Et alors ?

Evan leva la tête et vit son père et Ned suspendus à chacun de ses mots. Son père lui fit un signe de tête pour l'encourager. Evan respira à fond et plongea.

— Lorsqu'il y a eu tout ça avec *Starlight,* j'ai été obligé de changer un peu mes plans.

— J'imagine.

— Un proche ami de ma famille a apporté les fonds qui m'ont permis de démarrer mon propre studio d'enregistrement. Nous avons ouvert il y a peu et avons des artistes prévus jusqu'à fin octobre. Je suis également fiancé à une jeune femme qui a une affaire ici sur l'île où j'habite, si bien qu'elle ne peut pas bouger pour le moment. J'imagine que ce que je dis...

— Je comprends que tu ne veux plus les mêmes choses qu'il y a un an.

— Oui. Exactement.

— Eh bien, ça me complique un peu la vie. J'ai lâché une grosse somme pour libérer ton album des suites de la banqueroute.

Evan grimaça.

— Je sais. Ça m'empêche de dormir la nuit.

Buddy demeura silencieux pendant un long moment et Evan pouvait presque l'entendre penser.

— Tu pourrais m'accorder six semaines étalées sur l'année prochaine ?

Six semaines... Evan soupesa ce qu'impliqueraient six semaines entières loin de Grace. Du moins, elles ne seraient pas d'affilée...

— Je pense que je pourrais m'arranger.

Même si c'était affreux, ils survivraient. Sûrement.

— Excellent.

— Je suis désolé pour ça, Buddy.

— Pas la peine. Je pense que tu as un talent incroyable et c'est pour ça que je n'ai pas lâché le projet. Mais si tu n'as pas l'énergie qui va avec, alors pas besoin qu'on se donne tous de la peine.

— Ce n'est pas que je manque d'énergie. C'est plutôt que j'ai dû l'orienter autrement et je suis trop engagé avec le studio pour l'abandonner maintenant.

— Crois-moi ou non, je le comprends. Je vais voir ça avec Jack et nous trouverons comment faire. Je voudrais rentrer dans mon investissement et je pense pouvoir y arriver avec un calendrier plus léger pour toi.

— J'en suis vraiment heureux.

— Quand est le mariage ? interrogea Buddy.

Evan fut surpris de cette question personnelle dans leur conversation professionnelle.

— Le 18 janvier dans les îles Turquoises.

— Félicitations. Le mariage est ce qui m'est arrivé de mieux. J'espère qu'il en ira de même pour toi.

— Je n'en ai aucun doute.

— On reste en contact. Ne perds pas davantage de sommeil, Evan. Ce sont les affaires. Elles se règlent d'elles-mêmes.

Si Evan n'avait pas déjà respecté Buddy Longstreet plus

qu'aucune autre personne dans l'industrie musicale, cela aurait été à présent le cas.

— Merci, Buddy.

— Tout va bien ? demanda Grand Mac lorsqu'Evan rempocha son téléphone.

— Je crois que ça va le faire.

— Excellent. Maintenant, tu peux prendre un autre beignet.

Evan se mit à rire et s'empara d'un donut tant que son père avait l'âme généreuse. C'était comme si mille tonnes avaient été ôtées de sa poitrine avec un seul coup de fil. Ils allaient s'en tirer. Il pourrait survivre à six semaines loin de Grace si elles étaient étalées dans le temps. Sûrement. S'il se le répétait, peut-être arriverait-il vraiment à le croire lorsque serait venu le moment de partir.

À midi, Jenny laissa deux des étudiants aux commandes du magasin et remonta l'allée vers la maison des Martinez pour assister à l'entretien comme Alex le lui avait demandé. Toute la matinée, elle avait vaqué à ses occupations dans un état d'incrédulité ébahie quand elle songeait aux événements extraordinaires de la veille au soir.

Je t'aime. Tu es mienne. Mienne, mienne, mienne.

Comme elle se remémorait les mots qu'il lui avait dits la veille, le cœur de Jenny fit un petit bond heureux en le voyant et elle grimpa les marches encore un peu plus vite pour se jeter dans ses bras ouverts.

— Je t'ai vue il y a seulement quelques heures…

Ses lèvres contre son cou et sa proximité envoyèrent un frisson le long de la colonne vertébrale de Jenny, tout comme le souvenir du moment où il l'avait tenue contre le mur de la douche le matin même en la pénétrant.

— … Et on dirait que ça fait une éternité.

Elle s'accrocha à lui, stupéfaite et bouleversée de constater la force de ses sentiments alors qu'ils se connaissaient depuis si peu de temps. Si elle n'avait pas déjà connu des émotions aussi puissantes, elle n'aurait jamais cru possible ce qu'elle ressentait aujourd'hui. Mais comme elle le lui avait dit hier, elle savait de quoi il s'agissait et elle n'allait pas nier ce qui se passait en elle.

— Tu m'as manqué aussi.

— Merci d'être venue.

— Pas de souci. Comment tu la trouves au premier abord ?

— Assez sympathique. Elle parle avec Maman en ce moment et elle semble avoir le genre de patience qui est demandée pour le poste.

La porte s'ouvrit derrière eux et un petit garçon aux cheveux sombres fila devant Jenny et Alex, dégringola l'escalier et se précipita vers ce qui faisait office de balançoire : le pneu attaché à un grand érable dans le jardin.

— Voici Ethan, le fils de Hope. Il a 7 ans et semble avoir de l'énergie à revendre.

— Il est mignon.

— Je suppose, si tu peux supporter ce moulin à paroles qui pose sans arrêt des questions. Maman l'a tout de suite pris en amitié. Elle dit qu'il lui rappelle les enfants que nous étions à son âge.

— Waouh, j'imagine que vous étiez vraiment adorables.

Il n'eut pas le temps de répondre, car David et Daisy arrivaient. Alex avait dit à Jenny que David assisterait à l'entretien pendant que Daisy emmènerait Marion faire un tour puis déjeuner au restaurant.

Quelque temps après, les deux amies partirent dans la voiture de David. Paul suggéra de s'asseoir à l'extérieur car le temps était vraiment agréable. Lorsqu'ils furent tous installés, Jenny regarda plus attentivement Hope, qui devait probablement approcher de la trentaine. Elle avait de longs cheveux bruns avec des reflets roux, un teint blanc crémeux et des yeux marron. Alex l'avait présentée à Hope comme étant sa petite amie, ce qui avait donné à Jenny une raison supplémentaire de rayonner de l'intérieur. Il accumulait des points !

Jenny décida qu'Ethan devait tenir de son père, ce qui l'amena à se demander si ce père était dans leur vie.

— Nous espérons que vous avez pu vous rendre compte de l'état de notre mère et évaluer ce dont elle a besoin, commença Paul.

Hope fit un signe de tête affirmatif.

— Je suis vraiment désolée qu'elle soit si atteinte à un âge encore aussi jeune.

— On peut dire que c'est un malheur, continua Paul. Notre objectif est de la garder avec nous aussi longtemps que nous le pourrons, mais ça devient de plus en plus difficile alors que nous ne sommes que tous les deux avec une cohorte d'amis qui nous aident quand ils le peuvent. Nous avons besoin d'une aide sur qui compter.

— C'est incroyable que vous soyez arrivés jusqu'ici tout seuls, remarqua Hope.

— J'ai essayé de leur dire ça je ne sais combien de fois, inter-vint David. Mais ils ne m'écoutent pas.

Le commentaire de David acheva de briser la glace et ils se détendirent tous en riant.

— Pour le moment, continua Alex, nous savons que vous avez les qualifications nécessaires, sans quoi vous ne seriez pas ici. Je pense qu'il serait juste que vous nous posiez vos questions.

— J'ai en effet une inquiétude qui m'empêche de sauter sur cette opportunité et cela concerne l'idée de vivre sur une île douze mois par an. Pas seulement pour moi, mais pour Ethan aussi.

— Est-ce que je peux répondre à cette question ? demanda Jenny.

Alex et Paul lui firent signe d'y aller.

— C'était aussi ce que je me demandais lorsque je suis arrivée ici. J'ai accepté le poste de gardienne du phare il y a juste un an. Même si ça avait l'air d'une aventure agréable, j'ai eu la même peur de vivre ici toute l'année.

— Et comment est-ce que ça s'est passé ?

— Vraiment incroyable. Après un peu de temps, on oublie qu'on est sur une île.

Jenny jeta un regard en direction d'Alex.

— Parce que tout ce dont on a besoin se trouve ici.

Hope tourna la tête pour regarder Ethan qui s'amusait tout seul sur la balançoire.

— Et pour la vie sociale ? Est-ce qu'il y a beaucoup de monde ici en hiver ?

— Il y a quelque chose comme sept cents personnes qui vivent ici toute l'année, un bon nombre ont notre âge avec de jeunes enfants, précisa Paul.

— J'ai trouvé un cercle d'amis incroyables, continua Jenny. Je me ferai un plaisir de vous présenter à mon groupe si vous décidez de venir.

— C'est très gentil à vous. Merci infiniment.

— Nous ne voulons pas vous forcer la main, reprit Alex. Nous savons que c'est une décision importante et qu'il y a beaucoup de choses à prendre en considération.

— En fait, soupira Hope en regardant longuement le jardin et les serres, ce n'est pas une décision si difficile à prendre. Ethan et moi devons vraiment changer de rythme et je crois que nous serons bien ici. L'endroit est tellement beau et la maison d'hôtes idéale pour ce dont nous avons besoin. Si votre proposition tient toujours, je serais honorée de pouvoir m'occuper de votre mère.

Jenny fut soudainement transportée de soulagement en comprenant qu'Alex et Paul allaient avoir une aide qualifiée – bientôt. Elle regarda Alex et sourit en le voyant pousser un grand soupir et se détendre visiblement pour la même raison.

— La proposition tient toujours, répondit Paul. Dans combien de temps pourriez-vous arriver ?

— La première semaine d'août ?

C'était dans quelques courtes semaines.

— Ce serait formidable, déclara Paul.

— Cela laissera à Ethan le temps de s'acclimater avant la reprise de l'école.

— Si vous voulez entrer, fit Paul, nous pourrons finaliser tous les détails et vous discuterez des informations médicales avec David.

— Ne t'éloigne pas, Ethan ! cria Hope à son fils.

Le petit lui fit un signe depuis la balançoire. Elle entra dans la maison avec David et Paul, laissant Jenny et Alex seuls sur la véranda.

Il se plia en deux et laissa tomber sa tête entre ses mains.

Jenny posa la sienne sur son dos pour le réconforter.

— Je suis tellement heureuse que ça marche pour vous. Si tu veux mon avis, je pense qu'elle est sensationnelle.

— Ton avis est important. Merci.

— Ça va ?

— Oui, désolé. C'est juste de savoir qu'une aide va arriver…

— Je sais.

Jenny lui donna une légère poussée pour qu'il s'appuie contre elle, ce qu'il fit. Elle passa ses deux bras autour de lui et promena ses lèvres sur ses cheveux soyeux.

Le bras d'Alex vint encercler la taille de la jeune femme.

— Allons faire du surf.

— Quoi ? Tu sors ça d'où ?

Il se redressa sur son siège pour l'embrasser.

— Ça vient de ce que j'ai envie de passer l'après-midi avec mes mains sur toi.

— J'ai du travail et toi aussi.

— On prend l'après-midi. Je suis le patron. Je peux changer les règles en cours de route.

— Hum, Paul est mon patron, alors…

— S'il m'embête, je vais le cogner.

— Si tu fais ça, Hope verra que tu n'es qu'un homme des cavernes et elle abandonnera son nouveau boulot avant de commencer.

— Là, tu marques un point. Peut-être que je ne vais pas le cogner. Je vais seulement te kidnapper et le laisser se demander où tu es passée.

— Ça ne va pas le faire non plus.

— Le surf ? Ça, on va le faire. Alors, tu te débrouilles avec le patron avant que j'oublie que je dois me comporter admirablement aujourd'hui.

— Juste parce qu'un après-midi avec tes mains partout sur moi ne semble pas affreux, je vais faire ce qu'on me dit. Mais ne t'habitue pas à mon obéissance.

Alex sourit et leva un sourcil.

Jenny se mit debout et entra parler à Paul avant qu'Alex puisse dire quelque chose de scandaleux.

David et Hope passaient en revue les données médicales de Marion, si bien que Jenny fit un signe à Paul.

— Ton frère a eu l'idée de faire l'école buissonnière cet après-midi. Des objections ?

— Pas du tout. Hope est là pour la journée et elle va passer un peu de temps en compagnie de Maman cet après-midi lorsqu'elle rentrera avec Daisy, si bien qu'on est couverts.

— Et pour le magasin ?

— Ils peuvent se débrouiller pendant quelques heures. Nous avons besoin de toi pour la gestion de projets dans son ensemble.

— Là, je m'en occupe.

— Allez vous amuser. Vous le méritez tous les deux.

— Toi aussi, Paul. Il y a une fête ce soir chez moi au phare avec les McCarthy et d'autres amis. Nous serions ravis si tu pouvais te joindre à nous.

— Je vais voir ce que je peux faire.

— Super.

Paul regarda par la fenêtre la véranda où Alex attendait Jenny.

— Tu es vraiment ce qu'il lui faut.

— Nous nous faisons mutuellement du bien.

— Je m'en réjouis pour vous, fit Paul d'un air mélancolique. Peut-être à tout à l'heure.

— Je l'espère.

Si seulement elle avait une amie célibataire à présenter à Paul ! C'était un type super – intelligent, drôle, presque aussi beau que son frère et sincèrement dévoué à sa famille. Mais toutes ses amies étaient heureuses et en couple à présent – sauf la sœur de Toby, Erin.

— J'ai mon après-midi, déclara Jenny à Alex en revenant sur la véranda. Mais il faut que je sois au phare pour 16 h : je dois aider à préparer la fête de ce soir.

— Il faut que je parle à Paul et que je passe quelques minutes avec Hope. Je te rejoins très vite avec ma planche.

Il l'attrapa par la taille et l'embrassa.

— Mets ce bikini rose.

— Oui, monsieur. Quelque chose d'autre ?

Ses yeux virèrent au chocolat noir comme chaque fois qu'il était excité.

— Ça suffira pour le moment, mais je me réserve le droit d'ajouter quelque chose sur la liste tout à l'heure.

— Noté. À plus tard.

— Je ne serai pas long. Pas plus d'une heure.

Par-dessus son épaule, elle dit :

— Merci de m'avoir prévenue.

Jenny retourna au phare, pensant à lui et à la façon extraordinaire dont il avait changé sa vie depuis le jour où il était arrivé avec sa tondeuse à gazon et l'avait tirée en sursaut de son lit. Leur connexion avait été instantanée et intense. Les sentiments qu'elle éprouvait pour lui semblaient croître de façon exponentielle à chaque jour qui passait.

Jenny était très impatiente d'officialiser leur liaison devant ses amis ce soir-là et de le présenter à ses parents la semaine suivante. Tout allait si vite, mais après des années où elle avait fait du surplace, elle était prête à tourner la page, surtout si cela impliquait un futur plein de journées comme celle-ci.

Elle avait oublié ce sentiment d'être nouvellement amoureuse. Elle ne se souvenait plus du vertige, de l'émoi, des possibles infinis, du bourdonnement constant de l'excitation et du besoin de faire des projets dont il faisait partie. Jenny n'avait pas fait beaucoup de plans depuis qu'elle avait perdu Toby. Elle s'était plutôt laissé porter d'un jour au suivant, tâchant de survivre à chacun d'eux et de s'en sortir.

Elle n'en était pas encore au point de s'exercer à signer Jenny Martinez sur les couvertures de ses cahiers ou des choses de ce genre, mais elle commençait à se figurer un futur où il serait dans sa vie, avec son frère et sa mère, et y resterait.

De retour au phare, elle monta se changer et mit le bikini demandé. Elle s'enduisit de crème solaire, trouva une robe de plage et passa des tongs. Elle était en train de se brosser les dents lorsque son téléphone sonna, si bien qu'elle prit la communication sans vérifier qui l'appelait.

— Salut, c'est Erin. Je ne te dérange pas ?

Erin était la sœur jumelle de Toby et elles étaient restées proches depuis sa disparition dévastatrice.

— Tu ne me déranges jamais ! Comment ça va ?

— Pas mal. Toi ?

— En fait, ça va super !

— Voilà qui fait plaisir à entendre. Tu as l'air heureuse.

— Je le suis.

Jenny n'avait pas du tout pensé à la façon dont elle dirait à la famille de Toby qu'elle était de nouveau amoureuse. Elle s'assit sur son lit lorsque ses jambes commencèrent à trembler sous elle.

— Une raison spéciale ?

Jenny regarda la photo du fiancé qu'elle avait perdu. Puis elle ferma les yeux contre la morsure du chagrin.

— J'ai rencontré quelqu'un.

— Eh bien, il va falloir que tu m'en dises plus que ça !

Quand le vin est tiré, il faut le boire, pensa Jenny en se souvenant de sa grand-mère qui aimait beaucoup ce proverbe.

— Il s'appelle Alex Martinez. Son frère et lui possèdent une entreprise paysagiste ici, sur l'île. Il est venu tondre la pelouse du phare à 5 h du matin. Je lui ai balancé des tomates et ça a été le début d'une amitié agréable qui s'est transformée en quelque chose de plus. De beaucoup plus. Et maintenant, je ne me sens pas bien parce que je dois te parler de ça et… Et puis… c'est difficile.

— Ne sois pas triste, Jenny. Qui mieux que moi sait par quoi tu es passée ? Je ne te reprocherai jamais le bonheur que tu mérites tellement.

— Merci. C'est vraiment important pour moi. Tu n'as pas idée à quel point.

— Alors, tu lui as véritablement lancé des tomates ?

— Oui, vraiment, confirma Jenny en riant. Il m'avait réveillée !

Elle ne mentionna pas qu'il l'avait tirée d'un rêve à propos de Toby.

— Alors, je suppose qu'il le méritait.

— Je l'ai touché en plein milieu du dos.

Le rire d'Erin était agréable à entendre.

— J'adore.

— Heureusement, il a décidé de me pardonner. On s'amuse bien ensemble.

— C'est super de t'entendre quand tu as l'air si heureuse.

— Et toi ? Des possibilités nouvelles ?

— Rien qui vaille qu'on leur lance des tomates.

— Tu essaies, Erin ? Tu sors un peu ?

— Parfois. À d'autres moments, ça ne me paraît pas en valoir la peine.

— Je connais cette impression, remarqua Jenny.

Elle ne la connaissait que trop bien.

— Mais tu ne peux pas relancer ta vie si tu en passes la majeure partie à te cacher.

— Tu as raison. Je le sais. C'est seulement que savoir et faire peuvent être deux choses différentes.

— Tu devrais venir me rendre visite ici. Alex a un frère très beau et très célibataire dont tu pourrais aimer faire la connaissance.

— C'est subtil, Jenny, répondit Erin en riant. Très subtil.

— Tu réfléchiras à l'idée de venir me voir ? Il y a belle lurette qu'on ne s'est pas vues.

— Je vais essayer. J'aimerais beaucoup voir ton île et ton phare.

Elles bavardèrent encore quelques minutes, échangeant les nouvelles de la famille de Toby avant qu'Erin dise qu'elle devait se rendre à une fête pour l'anniversaire du fils de sa meilleure amie.

— Merci de ton appel, dit Jenny. C'est toujours super d'avoir de tes nouvelles.

— Je suis ravie pour ton Alex. J'espère qu'il te rendra très heureuse pendant très longtemps.

— Merci, répondit doucement Jenny. Tu es un amour.

— Toi aussi.

Après la conversation avec Erin, Jenny fut remplie d'une énergie inquiète et elle décida de sortir pour voir son jardin en attendant Alex. Comme toujours, elle avait été heureuse de parler avec Erin. Elles étaient intimes depuis le jour où Toby les avait présentées l'une à l'autre et s'étaient soutenues mutuellement dans la peine après sa disparition.

Si son amitié avec Erin et sa relation étroite avec toute la famille de Toby lui étaient précieuses, chaque fois qu'elle entendait Erin, elle repensait à ce qu'elle avait perdu. Cela la ramenait à cette horrible journée et aux appels terrifiés de sa famille en Pennsylvanie. Elle avait dû leur dire qu'il l'avait appelée, qu'il était dans la tour, qu'il se trouvait au-dessus de l'impact de l'avion… Elle n'oublierait jamais leur angoisse et comme elle avait ajouté à la sienne.

Jenny détestait admettre qu'elle avait mis un tout petit peu de distance entre sa vieille amie et elle depuis qu'elle avait déménagé sur Gansett. Elle avait tellement besoin de repartir de zéro et de mettre le passé là où il devait être. Mais cela voulait dire voir moins souvent les gens qu'elle aimait.

Il était probablement temps de renouer les liens et elle espérait qu'Erin accepterait son invitation à venir la voir.

Dans le vestibule, elle saisit un seau métallique et sortit pour cueillir ses tomates et la récolte exceptionnelle de concombres. Comme d'habitude par une belle journée d'un week-end d'été, le terrain du phare était plein de touristes qui venaient voir les falaises et la plage en contrebas.

Parfois, elle parlait avec les visiteurs ; en d'autres occasions, elle restait à l'écart. Aujourd'hui, elle ne se sentait pas d'humeur à répondre à un million de questions au sujet du phare et ce que ça faisait d'y habiter ; si bien qu'elle s'occupa de jardinage jusqu'au moment où quelqu'un l'appela par son prénom.

Elle se retourna et découvrit Jared James qui approchait. Derrière lui, elle remarqua une Porsche noire garée avec les autres voitures. Il portait des lunettes de soleil avec un short et un T-shirt. Hormis la voiture, rien dans son apparence n'indiquait son immense richesse.

— Salut, Jared. Ça fait plaisir de te voir.

— Moi aussi. C'est super ici !

Sa grimace taquine la fit sourire.

— C'est la plus belle vue du monde.

Avec son seau débordant de tomates et de concombres, elle lui désigna la porte ouverte sur le hall.

— Tu veux visiter ?

— Avec plaisir.

Elle le fit entrer et monter au premier étage, où il s'extasia de l'aspect compact et agréable du salon. Arrivé tout en haut dans la chambre à coucher jouxtant la salle de bains, il ne put détacher les yeux du panorama.

— C'est toi qui as peint ça ? demanda-t-il à propos de la toile sur le chevalet.

— En amateur. Je n'y ai pas travaillé depuis des semaines. Il y a tellement d'autres choses à faire ici pendant l'été.

— C'est comment, l'hiver ?

— Désolé et tranquille. En fait, je suis contente de changer de rythme après la folie estivale. Mes amis me tiennent occupée et m'invitent, mais j'aime retrouver la paix de mon phare.

— Je m'inquiétais de toi, continua Jared en regardant une photo de Toby sur la table de chevet. Je ne te connaissais pas bien à la fac, mais je savais que Toby était fiancé et je me suis demandé ce que tu étais devenue.

— Pas de quoi écrire quoi que ce soit aux parents. Un voyage long et difficile.

— Toby et moi étions des relations plutôt que des amis et sa mort m'a durement frappé ; je ne peux même pas commencer à imaginer ce que ça a dû être pour toi.

— Tu connaissais quelqu'un d'autre qui est mort ce jour-là ?

— Quelques personnes du travail. Même après toutes ces années, c'est parfois difficile de croire que c'est vraiment arrivé. C'était tellement surréel et, par la suite, New York a été longtemps un endroit vraiment différent.

— Je te crois sur parole. La première année a été un peu floue pour moi. J'ai été chez mes parents en Caroline du Nord la plus grande partie du temps.

— Je suis désolé. Je ne voulais pas faire ressurgir des souvenirs douloureux.

— Pas de souci. C'est plus facile d'en parler maintenant que ça ne l'a été et je suis toujours heureuse de rencontrer des personnes qui ont gardé un bon souvenir de Toby.

— C'était un type formidable. J'étais toujours content de me trouver en sa compagnie.

— Moi aussi.

Pensant qu'Alex pourrait arriver sans tarder et n'apprécierait pas de trouver Jared dans sa chambre à coucher, elle redescendit et lui proposa de boire quelque chose de frais.

— J'aimerais bien de l'eau.

— Tout de suite.

Elle prépara un verre d'eau glacée pour chacun d'eux et vint s'asseoir avec lui sur le canapé.

— Alors, tu disais que tu prenais un peu de vacances cet été ?

Il acquiesça d'un mouvement de tête, le regard rivé sur son verre glacé.

— Une rupture très dure et très inattendue.

— Je suis désolée.

Elle le regarda :

— Si tu veux en parler, je sais assez bien écouter.

Le pauvre semblait véritablement avoir besoin d'une amie. Elle n'avait pas plus tôt pensé cela qu'elle gloussa intérieurement parce qu'elle avait qualifié Jared James de *pauvre*, lui qui était milliardaire. Même eux pouvaient avoir le cœur brisé.

— C'est assez simple en fait. Elle n'aimait pas l'argent ni le style de vie qui va avec.

Lorsqu'elle comprit ce qu'il venait de dire, Jenny le dévisagea.

— Elle ne savait pas comment faire avec l'argent ?

— C'est ce qu'elle m'a dit lorsque je l'ai demandée en mariage et qu'elle a refusé.

— Waouh ! fit Jenny en soufflant tout l'air qu'elle avait dans les poumons.

— Je savais qu'elle pouvait être un peu bizarre au sujet du luxe, des cadeaux, des avantages et ma façon de dépenser sans compter, mais je pensais qu'elle m'aimait suffisamment pour faire abstraction de tout ça. J'ai passé les dernières semaines à essayer de trouver un moyen de me débarrasser de tout cet argent.

— Tu ne devrais pas avoir à faire ça. Si quelqu'un t'aime, t'aime vraiment, il aimera tout ce qui te touche. S'il faut que tu changes qui tu es pour lui faire plaisir, alors c'est qu'elle n'était pas faite pour toi.

— C'est ce qu'on m'a dit et, d'un point de vue intellectuel, je suis d'accord. Mais pour ce qui est des émotions…

— Tu souffres.

— Plus que jamais pour n'importe quoi d'autre, ce qui peut paraître mélodramatique à quelqu'un qui est passé par ce que tu as connu.

— Une perte est une perte, peu importe la façon dont elle est survenue. Est-ce qu'elle sait que tu es vraiment anéanti ?

— Je ne lui ai pas parlé depuis que nous avons rompu. Elle m'a envoyé quelques textos, mais je n'ai pas répondu.

— Peut-être que si elle savait à quel point tu es bouleversé, cela ferait une différence.

— Je suis sûr qu'elle en est consciente. Elle savait pertinemment que j'étais fou amoureux d'elle. Je le suis toujours.

— Je suis tellement désolée, Jared. C'est vraiment une situation affreuse.

— N'est-ce pas ironique ? répondit-il avec un petit sourire. Et moi qui croyais que l'argent achetait le bonheur.

Jenny sourit parce qu'il essayait de ne pas paraître triste ; et son cœur fit un bond joyeux en entendant les pas lourds d'Alex sur les marches métalliques.

— Coucou, bébé ! s'exclama-t-il en arrivant sur le palier. Tu es prête ?

Il aperçut Jenny, assise sur le sofa avec Jared, et son sourire se transforma en une grimace irritée.

— J'interromps quelque chose ?

— Rien de plus que la visite d'un vieil ami, répondit Jenny en lui lançant un regard de reproche.

Elle aurait voulu dire : *Du calme, espèce de tigre.*

— Il faut que j'y aille, annonça Jared, sentant probablement la tension qui sortait d'Alex en vagues presque visibles. Merci pour la visite et l'écoute. Ça m'a fait du bien.

— On organise une fête ici ce soir, reprit Jenny. Tu devrais venir. Je te présenterai à des gens amusants pour que tu oublies tes soucis quelque temps.

— Tu es sûre que personne n'y trouvera à redire ?

— Bien sûr que non. Notre devise est : plus on est de fous, plus on rit.

— Voilà qui est tentant. Je passerai.

— Super.

Elle le raccompagna jusqu'à l'escalier, en prenant soin d'ignorer le regard furieux d'Alex.

— Alex, fit Jared en tendant la main. Heureux de t'avoir revu.

— Ouais, moi aussi.

Il serra de mauvaise grâce la main du jeune homme ou, du moins, c'est ce qu'il sembla à Jenny.

— Je vais retrouver mon chemin, continua Jared. Merci encore, Jenny.

Un lourd silence pesa dans la pièce jusqu'à ce qu'ils entendent la porte du vestibule se refermer derrière Jared.

Dès que la porte fut refermée, Jenny se tourna vers Alex.

— Prêt ?

— Il a été dans ta chambre ?

Sidérée par le ton agressif de sa voix, elle répliqua :

— Quoi ?

— Tu m'as bien entendu. Tu l'as emmené là-haut ?

— Je lui ai fait visiter le phare, ce qui inclut le dernier étage. Nous avons parlé de Toby et de la petite amie qui a laissé tomber Jared parce qu'elle ne supportait pas qu'il soit riche. C'est à peu près tout. Est-ce que j'aurais dû enregistrer notre conversation pour que tu puisses l'écouter en entier ?

— Je n'arrive pas à croire que tu l'as emmené dans ta chambre !

— Ni moi à croire que tu te comportes comme un idiot jaloux alors qu'il ne s'est rien passé.

Ses épaules s'affaissèrent et il secoua la tête.

— Moi non plus. Je ne sais pas ce qui ne va pas chez moi quand je pense à toi, mais te voir assise là avec un autre... J'ai eu envie de lui casser la gueule.

— Je suis vraiment contente que tu ne l'aies pas fait.

— Pardon.

Il passa ses mains dans ses cheveux, sa frustration étant presque palpable.

Jenny s'approcha de lui et mit ses mains à plat sur son torse.

— Qu'est-ce qu'on va faire avec ce petit souci que tu as ? Je ne vais pas supporter que tu deviennes dingue à chaque fois que je parle avec un autre homme.

— Je sais.

— Alooors….

— Je suis fou de toi, grogna-t-il.

Ses mains quittèrent ses cheveux pour se poser sur les épaules de Jenny.

— Et ça me rend fou. Si tu peux le comprendre.

Touchée par l'inquiétude qu'elle entendait dans sa voix, elle répondit :

— Oui, mais tu dois savoir que tu es le seul que je veux. Tu es le seul que j'aie vraiment aimé depuis que j'ai perdu Toby. Il n'y a personne d'autre que toi.

— Tu peux me le dire encore et encore et me pardonner quand j'agis comme un crétin jaloux ?

— Certainement. Je peux le faire. C'est plutôt mignon quand tes yeux de chocolat noir virent au vert ; mais ne te méprends pas, je ne trouverai plus ça drôle si tu fais une scène parce que j'ai des amis hommes. Je viens de passer un bon moment avec Jared. Il traverse une mauvaise période et j'ai l'intention d'aller voir comment ça se passe dans quelques jours. J'ai été contente de parler avec quelqu'un qui a connu Toby et se souvient affectueusement de lui. Je refuse de m'excuser pour ça.

— Je comprends. Tu n'as pas à t'excuser.

— Et je ne serai pas contente si tu ne peux pas être gentil avec mes amis parce que tu penses qu'ils ne devraient pas avoir le droit de me parler.

— Je serai gentil. Je ne sais pas d'où ça me vient. Je n'ai jamais éprouvé ça. En fait, tout est nouveau : toi, les autres types qui s'intéressent à toi, le fait que je veux être avec toi tout le temps et que tu me rends dingue. C'est nouveau. Tu me perturbes.

— Je ne veux pas que tu sois comme ça. Je veux que tu te sentes à l'aise, certain que ce que nous vivons est quelque chose de spécial et que je partage tes sentiments.

Ses mains descendirent de ses épaules le long de son dos et en dessous de l'ourlet de sa robe de plage. Il prit ses fesses, lui tirant un cri aigu.

— Je pensais qu'on allait faire du surf.

Il pencha la tête et la fit frissonner avec le frôlement léger de ses lèvres sur son cou.

— Oui. Un de ces quatre. J'ai tellement besoin de toi. Comme un putain de dingue. Tu n'as pas idée. Et pas seulement comme ça.

Il pressa ses reins pour souligner ce qu'il disait.

— Partout. Tout le temps. J'ai besoin de toi.

— Alex, soupira-t-elle. Je suis là. Juste à côté de toi et je suis toute à toi.

— Oui, tu es à moi.

Il tira sur les nœuds de la culotte de son bikini et le tissu tomba à ses pieds. Les doigts d'Alex vinrent caresser son sexe, glissant dans son intimité humide, la taquinant et la tourmentant de sa bouche qui s'écrasa contre la sienne, dure et impérieuse.

Il dominait si complètement ses sens que, en un rien de temps, elle dut faire un effort pour garder un peu la tête froide. Lorsqu'il retira ses doigts, elle gémit de cette perte jusqu'à ce qu'il ôte son short de plage et la soulève sur son érection.

Jenny se laissa glisser sur lui, le prenant en une seule poussée profonde, rejetant la tête en arrière et ouvrant la bouche en un cri silencieux. Le plaisir était presque insupportable. Alors, il l'appuya contre le mur et commença à pousser en elle.

— J'ai été avec quelqu'un, commença-t-il contre son oreille

sans ralentir sa possession. Pendant deux ans. Elle avait des amis garçons. Beaucoup. Et ça ne me faisait rien du tout. Je n'ai jamais été jaloux parce que je ne l'aimais pas. Je le sais maintenant. Je ne l'aimais pas.

Ses mots, joints à ses gestes, étaient puissants.

— Je t'aime, chuchota-t-il.

Submergée par l'émotion et entraînée par le désir, Jenny pouvait à peine penser, encore moins parler. Mais elle savait qu'il avait besoin qu'elle le dise.

— Je t'aime aussi.

Il la pénétra avec force, tandis qu'il la cajolait avec ses doigts.

— Jouis avec moi.

Jenny était si proche de l'orgasme qu'il n'eut qu'à la toucher une fois. Elle s'accrocha de toutes ses forces à lui pendant qu'il accompagnait les vagues de son plaisir. Puis il se laissa aller, lui aussi. Et cela dura indéfiniment ou, du moins, c'est ce qui leur parut.

— Je suis désolé de m'être comporté comme un crétin.

Ses lèvres et ses favoris frottant sur sa clavicule enflammaient de nouveau Jenny.

— Je te pardonne.

— C'est ta faute, de toute façon.

— Qu'est-ce qui te fait dire ça ?

— Je n'ai jamais été comme ça jusqu'à ce que je te rencontre.

Riant, Jenny resserra ses bras autour d'Alex, désirant le garder ainsi pour toujours. Était-il parfait ? Non, loin de là, mais il pourrait bien l'être pour elle.

— Et ce surf que tu m'avais promis ?

Il se retira d'elle lentement et la reposa à terre. Prenant son visage dans ses grandes mains, il l'embrassa et regarda un long moment dans ses yeux, semblant aussi abasourdi qu'elle l'était.

— Allons-y !

～

Grace était en retard. La pharmacie avait été inhabituellement active en ce samedi après-midi ; voilà pour ses plans de partir tôt aider à préparer la fête.

Elle monta en courant l'escalier jusqu'à son appartement avec l'idée de se doucher et changer avant de partir pour le phare. Elle avait été distraite toute la journée en pensant à Evan, à leurs projets de mariage, à la situation avec Buddy et l'album, au studio, à la pharmacie achetée il y a tout juste un an et qui semblait à présent comme une ancre attachée à son cou.

Si seulement elle n'avait pas investi autant pour acheter l'officine, elle aurait pu voyager avec lui pendant qu'il ferait la promotion de sa musique. Mais elle était coincée sur Gansett pour aussi loin qu'elle pouvait l'imaginer. Cela la rendait triste de se penser « coincée » dans un endroit qu'elle aimait tant ; mais l'idée d'être forcée de rester là tandis qu'il partirait en tournée pendant des mois sans fin la rendait malade. Il lui manquait déjà et il n'était même pas encore parti.

Sous le jet d'eau chaude de la douche, elle essaya de ne plus penser à l'anxiété et aux soucis pour se projeter dans la soirée avec Evan et leurs amis. Aujourd'hui, ils étaient ensemble et le seraient encore demain et le jour suivant. Il ne fallait pas qu'elle se laisse obséder par ce qui pourrait se passer dans les mois à venir. Pourtant, tout en se disant cela, la boule d'anxiété logée dans son ventre refusait de partir.

La porte de la douche s'ouvrit et Grace poussa un petit cri de surprise lorsqu'Evan entra derrière elle, ses bras encerclant sa taille tandis qu'il l'attirait à lui.

— Tu sors d'où ? interrogea-t-elle.

Ses mains et ses lèvres la touchaient partout.

— Travail.

Contre son dos, Grace sentit la pression rigide de son érection.

— Evan… Je n'ai pas le temps. Il faut que j'aille chez Jenny.

— Je n'ai besoin que d'une minute.

— Tu as toujours besoin de plus d'une minute.

— Merci quand même !

Grace se mit à rire de la vanité masculine qu'elle entendait dans sa voix. Elle ne pouvait le comparer à personne, mais savait que ce qu'elle ressentait était sans commune mesure avec ce qu'elle avait connu auparavant.

— J'ai de bonnes nouvelles pour toi.

Sur le coup, le cœur de Jenny fit véritablement une embardée.

— C'est quoi ?

— Je te le dirai dans une minute.

Il appuya légèrement sur ses épaules, pour qu'elle se penche en avant. Lorsqu'il l'eut positionnée comme il la voulait, il agrippa ses hanches et la pénétra par l'arrière.

Grace se souvenait de la première fois où ils avaient fait ça et comme elle avait été surprise de cette sensation incroyable. C'était encore aussi formidable après tout le temps qu'ils avaient passé ensemble.

— Seigneur, il n'y a rien au monde qui soit aussi bon ! déclara Evan.

Elle gardait ses mains posées à plat sur le mur de la douche tandis que l'eau tombait sur eux et qu'Evan la remplissait entièrement. Dans ses rêves les plus fous, elle n'avait jamais imaginé un Evan McCarthy et la joie qu'il apportait dans sa vie. Le rappel qu'il allait la quitter fit monter des larmes dans ses yeux tandis qu'il gardait le même rythme irrésistible.

Il passa une main devant elle et roula son clitoris entre ses doigts ; de l'autre main, il en fit autant avec le bout d'un de ses seins. Comme toujours, l'ensemble déclencha son orgasme. Il faisait résonner son corps avec le même talent qu'il jouait de la guitare et elle était incapable de lui résister.

— *Grace*, grogna-t-il lorsque ses mains retrouvèrent les hanches de la jeune femme pour l'empêcher de bouger tandis qu'il la chevauchait farouchement.

Toujours enfoncé en elle, il l'aida à se redresser et passa ses mains autour d'elle.

— Je t'aime tellement !

— Je t'aime aussi. Et maintenant, c'est quoi, ces bonnes nouvelles ?

Il rit en se retirant d'elle, lui fit faire demi-tour pour qu'elle soit face à lui et l'embrassa.

— J'ai parlé à Buddy. Je lui ai expliqué la situation et nous nous sommes mis d'accord pour six semaines de tournée à répartir sur l'année prochaine – aucune en janvier.

Encore légèrement sonnée d'avoir fait l'amour, Grace mit une seconde à enregistrer ce qu'il avait dit.

— Et c'est tout ? Seulement six semaines ?

— Seulement six semaines.

Lorsqu'elle comprit enfin ce que cela signifiait, son soulagement extrême lui fit verser des larmes.

— Ah, mon bébé, ne pleure pas. Tu sais que je déteste quand tu pleures.

— De bonnes larmes, répliqua-t-elle en s'accrochant à lui. J'avais tellement peur de ce qui arriverait si tu étais parti tout le temps.

— Moi aussi. Ce n'était pas ce que je voulais et je le lui ai dit.

— Tu as vraiment dit « Non, merci » à Buddy Longstreet ?

— Oui. Je te veux bien plus que ce qu'il offrait. C'est aussi simple que ça.

Bien entendu, cela la fit pleurer encore plus fort.

— Gracie... Tu me fais vraiment de la peine. Je pensais que tu serais heureuse.

— Je le suis tellement, répondit-elle entre deux sanglots.

— Tu n'en as pas l'air.

— Je n'ai jamais été plus heureuse de ma vie.

Il passa ses bras autour d'elle et la tint contre lui, aussi serrée que possible.

— Moi non plus, ma puce. Moi non plus.

~

Jenny n'en revenait pas de voir ce que Maddie, Grace, Stéphanie, Abby, Laura et Sydney avaient accompli au phare en une heure. Sur le gazon étaient disposés des chaises, un barbecue, des lanternes et de longues tables couvertes de nappes retenues par des pierres blanches ramassées sur la plage en contrebas. Les filles faisaient travailler leurs hommes tout aussi dur, et ils transportaient des rafraîchissoirs et de la glace, prenant leurs ordres comme des maris, fiancés et petits amis bien éduqués – ce qu'ils étaient.

— Vous êtes tous incroyables, s'était exclamée Jenny.

Ils lui avaient dit qu'elle avait fait sa part en mettant l'endroit à leur disposition, mais elle avait également préparé pour la bonne cause deux énormes salades et l'un de ses desserts préférés. C'était tout aussi bien qu'elle n'ait pas à porter des choses lourdes parce que ses bras et ses jambes étaient trop engourdis après le surf – si on peut appeler ce qu'elle avait fait « surfer ». C'était plutôt tomber avec style, comme Buzz Lightyear[1] l'aurait dit.

Alex avait été un professeur patient et elle avait plus ou moins attrapé le truc. Il lui avait dit qu'il faudrait beaucoup plus de pratique pour maîtriser la technique et avait promis une autre leçon bientôt. Il était rentré chez lui voir comment allait sa maman avant de revenir pour la fête et Jenny l'attendait incessamment. Elle avait des papillons dans le ventre en pensant qu'elle allait officialiser leur relation devant ses amis, mais elle savait qu'ils seraient enchantés pour elle.

Tout en câlinant Thomas, Hailey, Ashleigh et Holden installés sur une couverture étendue au-dessus de l'herbe, elle pensait qu'elle était plutôt excitée elle-même. Jenny s'était proposée pour garder un œil sur les enfants pendant les préparatifs. Hailey était grimpée sur ses genoux et Ashleigh avait posé sa tête sur la jambe de la jeune femme pendant qu'elle regardait le nouveau livre cartonné de Thomas.

Jenny était tellement absorbée par les petits et leur bavardage qu'elle ne vit pas Alex s'approcher d'elle avant qu'il ne soit juste au-dessus d'eux.

— Oh, salut ! fit-elle, son corps répondant par des fourmillements de délices à sa seule vue. Je ne t'avais pas vu arriver.

Il leva un sourcil avec cette façon bien à lui, grivoise et sexy, qui la fit rire.

— Pas devant les enfants !

— On dirait que tu as toujours fait ça, remarqua-t-il en prenant place à côté de la couverture.

— Je n'en sais rien, mais j'aime beaucoup être avec eux comme avec mes propres neveux et nièces.

— Tu voudrais en avoir à toi ?

Interloquée, Jenny le regarda, la question décrivant un arc entre eux comme un fil sous tension.

— Autrefois. Je me dis qu'ils approcheraient de l'adolescence maintenant.

Elle haussa les épaules pour chasser l'élancement douloureux provoqué par le souvenir d'anciens rêves.

— Mais j'ai probablement passé l'âge de tout ça.

— Parce que tu es une vieille peau.

— Eh !

— Allons, Jenny. Tu as quoi ? Trente-six ans ?

— Sept. Et demi.

— Jésus, je n'imaginais pas que tu étais tellement plus vieille que moi !

— Combien de plus ?

Elle n'en revenait pas qu'elle n'ait pas pensé à lui demander son âge.

— Tu as trois ans et demi de plus que moi.

— Oh, mon Dieu ! Je suis une cougar.

— C'est quoi, une cougar, Jenny ? demanda Ashleigh.

Jenny se mordit la lèvre pour s'empêcher de rire :

— C'est quand une vieille dame comme moi sort avec un jeune homme comme Alex.

— Tu n'es pas vieille, Jenny ! riposta Ashleigh en lançant un regard noir à Alex.

— Tu es ma meilleure nouvelle amie, Ash, s'exclama Jenny.

La petite fille, une brunette qui ressemblait trait pour trait à sa magnifique maman, sourit à Jenny :

— Meilleure amie pour la vie.

— Pour toujours, confirma Jenny. Tu penses que Maman va être surprise quand elle verra que la fête est pour elle ?

— Sûr ! Tante Maddie lui a dit que c'était un barbecue. Elle a menti, mais c'était un bon mensonge.

— C'est vrai. Elle a menti pour pouvoir faire la surprise à Maman, mais tante Maddie ne mentirait pas à ta maman pour quelque chose d'important.

— Je sais. On peut aller jouer aux fers à cheval ?[2]

— Tant que vous restez là où je peux vous voir et que vous ne vous lancez pas les fers sur la tête.

Se tenant par la main, Thomas et Ashleigh détalèrent, laissant Jenny et Alex avec Hailey et Holden, le petit garçon assis dans un transat pour bébé.

— Ne me dis pas que tu as renoncé à l'idée d'avoir des enfants à toi ! grommela Alex en venant s'asseoir sur la couverture.

— Pas complètement, mais j'essaie d'être réaliste à ce sujet. Je vieillis chaque jour et ce n'est pas quelque chose que je ferais toute seule. Je serais une mère célibataire épouvantable.

— Non, sûrement pas.

Alex tendit un doigt à Holden qui referma son poing dodu autour.

— Je veux des enfants. Je veux une famille à moi.

En l'écoutant et en le voyant s'occuper de Holden, Jenny retenait son souffle, attendant ce qu'il dirait.

— Je crois qu'on ferait des bébés vraiment mignons tous les deux.

OK, voilà qui était inattendu. Elle avala difficilement sa salive.

— Tu crois ?

Il fit signe que oui et saisit sa main par-dessus la couverture.

— Pas toi ?

— Je n'y ai pas vraiment pensé, mais à présent que tu en parles, ils seraient probablement plutôt adorables.

Les yeux de Jenny se remplirent de larmes et elle détourna le regard, tentant désespérément de contrôler ses émotions.

— Qu'est-ce que tu as ?

Elle secoua la tête.

— Dis-moi.

— Tu me donnes envie d'avoir des choses que j'ai cessé d'espérer depuis longtemps.

— Tu m'en donnes envie aussi. Les mêmes choses, j'imagine.

— Nous ne devrions même pas en parler, reprit-elle avec un rire nerveux. C'est beaucoup trop tôt.

— Non. Nous ne sommes pas des enfants. Nous nous baladons depuis suffisamment longtemps pour savoir quand quelque chose de spécial nous arrive. Qui a dit qu'il faut attendre d'avoir passé deux années ensemble avant de pouvoir parler de ça ?

— Je n'ai jamais parlé de deux ans, mais deux mois pourraient être envisageables.

— Mon cul avec ton envisageable !

— Ne dis pas de gros mots devant les bébés.

— Ne change pas de conversation.

— On pourrait peut-être la continuer plus tard ?

— Oui, je crois qu'on y reviendra tout à l'heure.

Pour essayer de cacher ses mains tremblantes à Alex, Jenny serra Hailey contre elle, son esprit s'emballant avec les pensées qu'il avait fait germer en elle. Eux deux ensemble pour longtemps, avec des enfants à eux et les regardant grandir… Une puissante sensation l'envahit, un désir ardent, et elle se rendit compte qu'il savait exactement à quel point ses mots la touchaient.

— Eh, vous deux ! cria Maddie. Les voilà.

Alex se mit debout et tendit une main à Jenny. Elle prit Hailey dans ses bras et Alex attrapa Holden ; puis Jenny appela Ashleigh et Thomas pour leur dire de venir avec eux.

Tiffany et Blaine arrivaient dans un SUV de police.

— On est en retard ou quoi ? s'étonna Tiffany en considérant le cercle des invités qui avait grandi et s'était multiplié pendant qu'Alex bouleversait l'univers de Jenny sur la couverture.

— Surprise ! crièrent-ils tous en chœur.

— Plein de bonheur, s'exclama Maddie en serrant sa sœur contre son cœur.[3]

Tiffany en resta bouche bée. À ses côtés, Blaine souriait de sa réaction.

— On t'a bien eue ! continua Laura.

— Je suis sidérée, déclara Tiffany, que sa mère et Ned embrassaient tour à tour. Il ne fallait pas…

— Oh, on le sait bien, plaisanta Stéphanie.

La pauvre Tiffany ne savait pas ce qui l'attendait. Heureusement que de nombreux jeux avaient été prévus pour occuper Thomas et Ashleigh au moment de l'ouverture des cadeaux.

Quand Jenny et Alex eurent rendu les bébés à leur mère, il resta près d'elle, un bras passé sur ses épaules ou sa main fermement enlacée à celle de Jenny. Il officialisait très clairement le fait qu'ils étaient en couple et c'était encore un autre moment palpitant avec lui.

Stéphanie, Laura et Abby s'arrangèrent pour éloigner Jenny d'Alex suffisamment de temps afin de lui soutirer des informations qu'elle leur fournit volontiers.

— Je ne peux pas croire que tu nous aies caché ça, la taquina

Laura en souriant. Pas étonnant que ça ne collait pas avec Mason ou Linc.

— J'ai rencontré Alex seulement la veille de ma soirée avec Linc. Je n'étais pas en train de jongler avec eux. Je le jure !

— Je suis vraiment heureuse pour toi, Jenny, reprit Abby. Tu rayonnes positivement.

Jenny leva les mains vers son visage.

— Ah bon ?

— Positivement, confirma Stéphanie.

— Vous n'êtes pas tous un peu fous ? s'exclama Tiffany lorsqu'elle ouvrit le premier de ses cadeaux : une minuscule chemise de nuit transparente et un godemiché incroyablement grand. Devant ma *mère* ?

— Détends-toi, ma chérie, répondit froidement Francine. Attends de voir ce que j'ai pris pour toi.

— Je n'arrive pas à croire que vous ayez fait ça derrière mon dos et dans mon propre magasin ! Je me demandais pourquoi nous avions une semaine aussi exceptionnelle. Patty, tu es virée !

— Tu ne peux pas fonctionner sans moi, patronne ! répliqua Patty.

— C'est vrai, mais tu es quand même licenciée, répondit Tiffany, ajoutant dans un murmure inquiet : *Monsieur McCarthy est ici.*

— Et il adore ton magasin, intervint Linda, faisant rire les dames et mettant ses fils au supplice.

— Je vais faire comme si je n'avais rien vu, marmonna Mac en fonçant vers le rafraîchissoir de bière, Evan, Adam et Grant juste derrière lui.

— Oh, les garçons ! se moqua Grand Mac avec un sourire jubilatoire. Ne vous moquez pas tant que vous n'avez pas essayé.

— S'il vous plaît, achevez-moi tout de suite, gémit Grant. Je ne peux pas vivre avec cette image dans la tête.

— Moi aussi pendant que vous y êtes, supplia Adam.

— Et moi, ajouta Evan.

— Arrêtez de jouer les bébés, tous autant que vous êtes, intervint Abby, ce qui fit rire tous les autres.

— Je ne sais pas ce que j'ai fait pour mériter ça, dit Mac à sa femme.

— Hum, tu t'es seulement incrusté dans les soirées de filles que nous avons organisées depuis deux ans.

— Je ne le referai plus. J'ai appris ma leçon.

— Je parie que non.

Le genre des cadeaux ne fit qu'empirer à partir de là, renouvelant la mortification des messieurs. Tous, à l'exception notable de Blaine, protestèrent bruyamment d'être soumis à la vue de cadeaux aussi choquants.

— Plus de garçons pour ce genre de fête, déclara Adam. J'en fais une règle.

— Rejeté ! crièrent toutes les filles ensemble, riant et se tapant dans les mains les unes des autres.

— Vous autres filles savez vraiment comment organiser une fête, murmura Alex à l'oreille de Jenny.

Elle rit et posa sa tête contre l'épaule du jeune homme.

— Ils l'ont bien cherché. Ils se mêlent tout le temps de nos affaires.

— En parlant de me mêler de tes affaires…

Alex fixait un objet que Tiffany venait de tirer d'un énième paquet cadeau.

— Est-ce que c'est un… hum, *plug* ?

— Je ne pourrais pas le dire. Je n'en ai jamais vu. Toi ?

— Hum, euh, comment répondre ?

Elle lui donna un coup de coude dans les côtes, le faisant grogner sous le choc.

— Qu'est-ce que tu lui as acheté ? interrogea Alex.

Jenny avait choisi de la lingerie relativement sobre comparée à certaines des choses que Tiffany avait reçues de ses amies.

— Je ne dirai jamais.

— Je pense qu'il faudra que nous allions faire un tour dans son magasin. Je n'avais pas la moindre idée…

À l'idée d'aller avec Alex dans la boutique de Tiffany, tout le corps de Jenny s'échauffa.

Alex lui dit directement dans l'oreille :

— Si cette délicieuse rougeur en est une indication, tu as l'air intéressée par une sortie éducative dans ce magasin.

Jenny essayait encore de trouver une réponse lorsqu'Ashleigh et Thomas, apparemment lassés de leur jeu de Twister,[4] déboulèrent en direction de Tiffany, assise dans un fauteuil spécial, décoré de banderoles et de ballons.

— Maman, Thomas et moi, nous voulons t'aider à ouvrir tes cadeaux et jouer avec tes nouveaux jouets ! annonça Ashleigh.

— Mac ! cria Maddie tandis que les autres se tordaient de rire. Fais quelque chose !

— Oh, sûrement pas, ma chérie, répondit son mari. Tu l'as voulu.

— On y va ? demanda Jenny à Alex.

— Je crois qu'il le faut.

Ils se précipitèrent pour emmener les petits sur la plage pendant que Tiffany ouvrait ses autres cadeaux.

---

1. Buzz l'Éclair, personnage du film d'animation Toy Story. (N.D.T.)
2. Jeu d'adresse qui consiste à lancer un fer à cheval autour d'un piquet. Aussi populaire aux États-Unis que la pétanque en France. (N.D.T.)
3. Le *wedding shower* est une fête typiquement américaine où l'on offre des cadeaux. Un peu l'équivalent de notre enterrement de vie de jeune fille ou de garçon. Elle a lieu normalement avant le mariage. (N.D.T.)
4. Il s'agit d'un jeu d'adresse physique, joué sur un grand tapis en plastique avec six rangées de cercles colorés (rouge, jaune, bleu, etc.) où les joueurs sont les pions et doivent se déplacer avec leurs mains et leurs pieds. (N.D.T.)

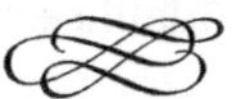

CHAPITRE 22

D'après Jenny, catégorique, la fête avait été un succès magnifique. Elle était assise sur les genoux d'Alex, installé dans un fauteuil près du feu de bois pendant qu'Evan et Owen jouaient pour eux. Ned et Francine avaient emmené Ashleigh et Thomas qui passeraient donc la nuit chez leurs grands-parents ; Holden et Hailey dormaient à l'intérieur dans un lit-parapluie, leur écoute-bébé à la ceinture de Maddie.

Paul et Jared étaient venus et semblaient passer un très bon moment ; Jenny fut heureuse de les avoir invités.

Ils célébrèrent tous ensemble les joyeuses nouvelles de Dan et Kara et s'amusèrent beaucoup lorsqu'elle leur raconta la confrontation avec sa sœur qui l'avait si durement blessée. Jenny ne pouvait imaginer l'une de ses sœurs chéries la traitant ainsi et elle sourit en entendant comment Kara avait envoyé promener sa sœur.

Le groupe des amis de Jenny avait réagi avec surprise et plaisir au fait qu'Alex et elle étaient à présent en couple. Il s'était admirablement comporté lorsqu'il avait parlé à Jared. Il n'y avait eu ni commentaire, ni froncement de sourcil ou autre signe du monstre aux yeux verts, ce dont Jenny lui avait su gré. Elle était enchantée qu'il l'ait compris : elle ne trouvait pas ça du tout charmant et il essayait de changer.

Paul quitta la fête à 23 h pour libérer une amie venue veiller sur sa mère afin qu'il puisse sortir un peu. Alex proposa d'y aller, mais son frère insista pour qu'il reste et profite de la soirée avec Jenny.

— Il est vraiment formidable en toute occasion, remarqua Alex lorsqu'il fut parti.

— Il m'a dit que je te faisais du bien.

— Vraiment ? Eh bien, c'est vrai. Je suis heureux qu'il s'en rende compte aussi.

Jenny laissa tomber sa tête sur son épaule, se délectant de la sensation de ses bras solides autour d'elle et de son odeur propre et sexy qui emplissait ses sens. Assise sur ses genoux devant le foyer avec ses meilleurs amis autour d'elle, le ciel empli d'étoiles au-dessus d'eux et la musique d'Evan et Owen en fond sonore de leurs conversations interminables, Jenny se rendit compte qu'elle était véritablement heureuse pour la première fois depuis la mort de Toby.

Alex était une des bonnes raisons de ce bonheur, comme l'étaient aussi ses merveilleux amis, son phare et l'île où ils vivaient ensemble. Levant les yeux vers les étoiles, elle espéra que Toby la regardait du haut du ciel, content de la vie qu'elle s'était construite.

Le rêve lui était encore venu cette nuit. Comme toujours, Toby paraissait être vraiment là, si plein de vitalité – vivant et si beau dans un costume sur mesure. Il avait terminé son petit déjeuner, mis son bol à céréales dans le lave-vaisselle et versé du café dans un thermos. Puis il était allé dans la salle de bains se brosser les dents ; il était revenu, portant le cartable qu'il emportait au travail.

Il s'était approché d'elle, se penchant pour embrasser sa joue, puis ses lèvres quand Jenny avait levé la tête vers lui. Il l'avait regardée, ses yeux brillant d'excitation, et avait dit :

— J'ai pensé à quelque chose.

Jenny retenait son souffle comme si elle était une tierce personne regardant le rêve se dérouler. Jamais elle n'était allée jusque-là. Elle se réveillait toujours au moment du baiser.

— À quoi ? demanda-t-elle.

— Tu devrais arrêter la pilule maintenant.

Abasourdie, elle le regarda intensément.

— On avait dit qu'on attendrait un an.

— Je ne veux pas attendre. Je veux tout maintenant – toi, nous, notre bébé. Je veux tout cela. Tu y réfléchiras ?

Encore ahurie, elle avait fait oui de la tête.

— Oui, certainement. Je vais y penser.

— Bien, répondit Toby avec son sourire irrésistible.

Il savait qu'elle ne pouvait rien lui refuser lorsqu'il la regardait comme ça.

— Faut que j'y aille. Je t'aime, ma chérie.

— Moi aussi.

Arrivé à la porte, il fit demi-tour.

— Encore un baiser.

Amusée, Jenny passa un bras autour de son cou et se perdit dans le baiser, ouvrant la bouche aux poussées de sa langue.

Puis il se détacha d'elle, la regardant avec des yeux embrumés de désir.

— Mm, j'aurai besoin de plus ce soir.

— T'inquiète. Passe une bonne journée.

— Toi aussi.

Après un dernier baiser rapide, il était sorti. Disparu. Pour toujours.

Jenny s'éveilla en sanglotant, respirant avec difficulté tandis que les souvenirs la submergeaient, l'écrasant – une tristesse à la fois douce, poignante et insupportable. Et d'une certaine façon elle sut, au plus profond de son cœur, qu'elle n'aurait plus ce rêve ; c'était comme si elle l'avait perdu une nouvelle fois.

Ses sanglots réveillèrent Alex.

— Qu'est-ce qui se passe, mon bébé ? Qu'est-ce que tu as ?

Elle pleurait si fort qu'elle ne put parler pendant un long moment.

Il la tint dans ses bras, caressant son dos et chuchotant des mots de réconfort qui lui allèrent droit au cœur.

— J'ai encore rêvé, expliqua-t-elle dès qu'elle en fut capable. Je me suis enfin souvenue de ce qu'il avait dit ce matin-là.

— Oh, mon Dieu, Jenny. Tu veux me le dire ? Je comprendrais si tu ne le voulais pas…

— Je veux te le dire.

Elle respira à plusieurs reprises et essuya les larmes de son visage avant de lui rapporter les derniers mots qu'ils avaient échangés.

— Pendant tout ce temps… Je ne pouvais pas me rappeler. Je savais que c'était quelque chose d'important, mais je ne savais pas quoi. Et à présent…

— Maintenant, tu t'en es souvenue. Et cela te fait presque aussi mal qu'au premier jour.

— Oui.

Qu'il comprenne était un cadeau incroyable au moment où elle en avait désespérément besoin. Ses sanglots éperdus remplissaient la chambre. Il la tint jusqu'à ce qu'elle n'ait plus de larmes, que sa tête lui fasse mal et que ses yeux la brûlent à force d'avoir pleuré.

— Pourquoi penses-tu que je m'en sois souvenue la nuit même où toi et moi avons parlé d'enfants ?

— Je ne sais pas. Peut-être parce que tu étais enfin prête à entendre ce qu'il t'avait dit ?

— Peut-être.

— Il a eu tellement de chance que tu l'aies aimé comme tu

l'as fait. Que tu continues à l'aimer après toutes ces années. C'est incroyable.

— Je l'aimerai toujours.

— Je sais, ma chérie. Il le sait aussi. C'est pourquoi il a finalement décidé de te libérer. Il veut que tu sois heureuse.

Des larmes continuaient à rouler lentement sur ses joues. Jenny n'essayait même pas de les essuyer.

— Tu le crois vraiment ?

— Oui, vraiment.

— C'est très important pour moi.

Elle embrassa son torse.

— Et je suis heureuse que tu sois là. Ça m'aide.

— J'en suis heureux aussi. Jamais je ne voudrais que tu vives quelque chose d'aussi terrible toute seule.

Il continuait à caresser son dos, décrivant de petits cercles apaisants.

— Tu crois que tu vas pouvoir te rendormir ?

— Je ne sais pas.

— Tu veux qu'on aille se promener ou faire de la moto ou quelque chose d'autre pour te changer les idées ?

— Si tu es d'accord, je crois que je préférerais rester ici avec toi.

Ses bras la serrant fort, il l'embrassa sur le front.

— Plus que d'accord.

Le lundi matin, Jenny alla chercher ses parents au ferry et les emmena manger une pizza chez Mario avant de les conduire à son phare qu'ils adorèrent.

— Les photos ne lui rendent pas justice, ma chérie, commenta sa mère. C'est magnifique.

— Je l'aime énormément.

— Je comprends pourquoi, continua son père en la regardant attentivement comme il le faisait toujours depuis que la vie de Jenny s'était écroulée.

Il était toujours à l'affût de lézardes dans son vernis.

— Tu as une mine formidable. Je ne t'ai pas vue aussi bien depuis… Ça fait longtemps.

— C'est vrai. Venez vous asseoir. J'ai des choses à vous dire.

En prenant le café et le dessert, elle leur parla d'Alex et de son bonheur d'avoir trouvé la même sorte de connexion que celle qu'elle avait connue autrefois.

— Oh, Jenny ! s'écria sa mère en poussant un grand soupir et en se tamponnant les yeux. Tu n'as pas idée comme nous espérions t'entendre dire ça. Non que tu ne te sois pas bien débrouillée toute seule, mais tu as tant d'amour à donner. Et nous espérions… Enfin, tu sais.

— Oui, je sais. Je pense que c'est peut-être le bon.

Comme à chaque fois qu'elle se souvenait du moment où il lui avait dit que leurs enfants seraient vraiment mignons, son ventre tressaillit.

— Waouh, enchaîna son père. Et c'est récent ?

— Oui et je sais ce que vous allez me dire…

— Tu penses à ce que nous aurions dit autrefois lorsque tu étais trop jeune pour connaître ton propre cœur. Mais nous ne le dirions jamais maintenant.

— Merci, Maman, répondit Jenny d'une voix douce. Je n'aurais pas pu survivre à tout ça sans vous, sans Emma et Leah. Vous m'avez permis de continuer.

— Nous avons suivi ton exemple. Ta force a été notre force.

Son père acquiesça.

— Quand est-ce que tu nous présentes ton Alex ?

— Demain soir, au dîner.

— Nous avons hâte.

Jenny les conduisit en voiture à l'hôtel des McCarthy peu de temps après et envoya un texto à Alex avant même de sortir du parking.

La voie est libre.

J'arrive, mais je ne pourrai pas rester cette nuit. Paul a une réunion tôt demain matin.

Je prendrai ce que je pourrai.

Mumm.

Il était là lorsqu'elle arriva et elle courut à lui, enchantée de le voir après la longue journée sans lui. Elle se sentait tellement attirée par lui et de plus en plus à mesure que le temps passait. Il la souleva dans ses bras et la fit tourner dans les airs tout en l'embrassant fort.

— Allons nager.

— Je vais me changer.

— Faisons ça à ma façon.

Il la posa à terre et, lui tournant le dos, plia les genoux :

— Saute !

Jenny posa ses mains sur les épaules d'Alex et il la souleva pour qu'elle s'installe à califourchon. Il traversa ainsi la pelouse tandis qu'elle l'embrassait et le mordillait dans le cou.

— Je vais te lâcher si tu continues.

— Tu ne ferais pas ça ! dit-elle, confiante.

— C'est vrai.

Ils arrivèrent sur la plage et il la déposa par terre. Avant qu'elle comprenne ce qui lui arrivait, ils étaient allongés sur le sable, enlacés étroitement et s'embrassant comme si leur vie en dépendait. La frénésie de leur étreinte chassa de l'esprit de Jenny tout ce qui n'était pas les mouvements de sa langue dans sa bouche et la pression de son pénis rigide contre son ventre.

— J'ai cru que j'allais devenir fou en attendant que tu m'envoies un texto, murmura-t-il en l'embrassant dans le sillon de ses seins et en tirant sur son débardeur. Je n'ai qu'à penser à toi et je me dresse comme un putain de rocher.

Stimulée par l'urgence qu'elle entendait dans sa voix, elle tendit la main pour le prendre entre ses doigts et se rendit compte qu'il était, bel et bien, aussi dur qu'une pierre. Son gémissement semblait venir du plus profond de lui-même, et sa poitrine grondait contre celle de Jenny.

— Je croyais que tu voulais aller nager, remarqua-t-elle.

— Oui, mais ce n'est pas la seule chose que je veux.

Il commença à tirer sur les vêtements de la jeune femme, ses tentatives maladroites pour la mettre toute nue la faisant rire.

— Arrête de rire et aide-moi.

— Pourquoi ? C'est tellement amusant de se moquer de toi.

Ils s'y mirent ensemble et se débarrassèrent l'un l'autre de leurs vêtements : denim, coton et dentelles. Lorsqu'ils furent nus, il agit vite, la jucha sur son épaule et courut vers l'eau tandis qu'elle hurlait de rire.

— Voilà qui t'apprendra à te moquer de moi.

— Alex ! Non !

Mais, bien sûr, c'est ce qu'il fit et lorsqu'elle remonta à la surface pour respirer, elle lui envoya une gorgée d'eau à la figure.

— Une déclaration de guerre.

Il lui fit à nouveau boire la tasse et elle émergea en crachant. Puis il plongea sous l'eau et attrapa ses chevilles, la déséquilibrant.

Elle se rendit compte qu'il était trop fort pour elle et demanda une trêve, dégageant de son visage ses cheveux qui dégoulinaient.

— Je ne savais pas que tu étais aussi méchant.

— Ne sois pas chochotte. Défends-toi.

Au mot « chochotte », Jenny vit rouge. Elle le regarda malicieusement, se boucha délicatement le nez et plongea sous l'eau. Il faisait suffisamment sombre pour qu'il ne puisse pas juger de ses intentions jusqu'au moment où elle prit son pénis gonflé et un litre d'eau dans sa bouche. Comme elle ne l'avait pas encore touché ailleurs, elle comprit qu'elle l'avait totalement pris par surprise parce qu'il se raidit. Elle fit courir doucement ses dents sur toute sa longueur jusqu'au moment où il se libéra comme un bouchon de sa bouche ; elle revint flotter à la surface, le regardant d'un air triomphant.

— Chochotte ?

Il fit non de la tête, ses yeux agrandis par le plaisir et la surprise.

— C'était complètement dingue. Recommence !

Elle s'exécuta encore et encore et encore, jusqu'à ce qu'il jouisse dans sa bouche sous l'eau. Jenny remonta pour respirer et récupérer. Qui était-elle devenue depuis qu'elle le connaissait ? Quelqu'un qui se baladait à poil dehors, faisait des fellations sous l'eau et était plus heureux qu'elle ne l'avait été depuis des années. Voilà qui elle était à présent.

Il se laissa retomber dans l'eau et la prit dans une folle étreinte.

— Si je n'étais pas déjà putain raide dingue de toi, je le serais après ça.

— Tu m'as traitée de chochotte.

— Je ne ferai plus jamais cette erreur – ou peut-être que si. La punition en valait la peine.

— Tu es *putain raide dingue* de moi ?

— T'as besoin de le demander ?

— J'aime ta façon de dire les choses, mais si tu pouvais laisser tomber les mots cochons quand tu rencontreras mes parents demain soir, j'apprécierais.

— Ce sera difficile, répondit-il comme s'il était un petit garçon qu'on venait de gronder.

— Ce n'est pas si dur !

— Je suis déjà très dur.

— Déjà ?

— Toujours, quand tu n'es pas loin.

— Je croyais qu'il fallait que tu rentres.

— C'est vrai, dit-il.

Mais il la souleva et la mit en contact avec son membre.

Jenny poussa un petit cri et frissonna tout en s'étirant pour pouvoir l'accueillir.

— Mais pas avant de m'être occupé de toi – deux ou trois fois.

❧

Elle n'avait pas de raison d'être nerveuse à l'idée que ses parents fassent la connaissance d'Alex. Ils l'aimeraient puisqu'elle l'aimait. Mais elle avait été énervée toute la journée pendant qu'elle les promenait sur l'île, leur présentait plusieurs de ses amis et les emmenait déjeuner au *Bar de l'Aviron* qu'ils apprécièrent beaucoup.

Lorsqu'ils entrèrent à la *Maison du Homard* pour retrouver Alex à 19 h, Jenny était dans tous ses états. Dans son esprit tourmenté, cette soirée était devenue quelque chose de beaucoup plus important qu'elle n'aurait dû l'être.

Il se leva et lui coupa le souffle tant il la regardait avec soulagement, plaisir et approbation pour le choix de sa robe. Il avait belle allure dans un pantalon kaki et une chemise boutonnée d'un ton pâle qui mettait en valeur son bronzage intense.

Elle était si occupée de lui qu'elle ne remarqua pas immédiatement Marion qui l'accompagnait.

— Paul et moi, nous nous sommes emmêlé les pinceaux, expliqua-t-il d'un ton calme. J'espère que cela ne te contrarie pas.

— Bien sûr que non. Bonsoir, Marion. Ravie de vous revoir.

— Qui êtes-vous ?

— Jenny, l'amie d'Alex. Nous nous sommes rencontrées à plusieurs reprises ces derniers jours.

— Jenny.

— Oui, et voici mes parents, Hugh et Karen Wilks. Maman, Papa, voici Alex Martinez et sa mère, Marion.

Jenny n'avait pas parlé à ses parents de la démence dont

souffrait Marion, mais ils savaient ce qu'était cette maladie et la reconnaîtraient facilement pour telle.

— Je ne connais pas ces personnes, remarqua Marion d'un ton aigre.

— Ce sont de nouveaux amis, Maman, expliqua Alex avec une patience infinie.

Mais Jenny voyait la tension dans sa mâchoire et ses épaules crispées.

—Jenny est mon amie et ce sont ses parents.

Il leur serra la main :

— Je suis vraiment heureux de faire votre connaissance. Jenny parle tout le temps de vous.

— Pour en dire du bien, j'espère, commenta son père.

Ce qui fit rire Alex et brisa la glace.

— Que du bien !

On les installa à leur table qu'Alex avait changée de quatre à cinq couverts avant l'arrivée de Jenny. Il s'assit entre sa mère et elle ; ils n'étaient pas plus tôt installés qu'il prit la main de Jenny sous la table, ce qui la calma et tranquillisa. Tout allait bien se passer. Il l'aimait et ses parents étaient enchantés de le savoir : Jenny n'avait donc pas besoin de s'inquiéter.

— Je ne connais pas ces gens, Alexander, reprit Marion lorsqu'ils eurent commandé les boissons et le dîner. Où est Papa ?

— Il n'a pas pu venir, Maman.

— Pourquoi ? Je ne vais jamais dîner dehors sans lui.

Le cœur de Jenny se brisa pour Alex et la souffrance qu'il éprouvait à chaque fois qu'il devait rappeler à sa mère que son père était mort.

— Il travaille ce soir, Marion, intervint Jenny. Il vous retrouvera à la maison.

Alex lui adressa un sourire reconnaissant.

— Qui êtes-vous ?

—Je suis Jenny et voici mes parents, Hugh et Karen.

Un moment, Marion sembla apaisée par ces présentations et prit une bouchée du petit pain qu'Alex lui avait beurré.

— Que pensez-vous de ce que vous avez déjà vu de notre île ? demanda Alex à ses parents.

— C'est à vous couper le souffle, répondit Karen. Je comprends pourquoi Jenny l'aime autant.

En disant cela, elle regarda Alex droit dans les yeux et le double sens n'échappa pas à Jenny. Sa mère aimait bien Alex et Jenny était certaine que ses parents approuvaient la douceur avec laquelle il s'occupait de sa mère malade.

Le dîner fut une épreuve pour Marion. Jenny ne l'avait jamais vue dans un pareil état de confusion. Alex remarqua tout bas que c'était une heure difficile pour elle.

— On devrait peut-être rentrer et retrouver tes parents demain.

— Où est Georges ? recommença Marion. Il devrait être ici. Je ne sors pas dîner sans Georges. Qui sont ces gens ? Pourquoi sommes-nous ici ?

Alex semblant prêt à craquer, Jenny se pencha par-dessus son ami :

— Marion, voudriez-vous aller avec moi aux toilettes ?

— Qui êtes-vous ?

— Je suis Jenny, l'amie d'Alex.

— Alexander n'a pas de petite amie. Il est trop jeune pour ça.

Elle plissa les yeux en détaillant Jenny :

— Vous couchez avec lui ? Je vais vous faire arrêter ! Vous vous servez d'un enfant !

Le petit cri de stupeur d'Alex attira l'attention des dîneurs autour d'eux.

— Je suis vraiment désolé. Nous allons partir. J'ai été ravi de faire votre connaissance. J'espère avoir l'occasion de vous revoir avant votre départ.

— Nous avons été très heureux de vous rencontrer, Alex et

Marion, répondit Karen. Nous nous reverrons certainement avant de partir.

Jenny se leva pour les raccompagner, mais il l'arrêta d'une main posée doucement sur son bras.

— Pas la peine. Reste avec tes parents. Je suis vraiment désolé.

— Tu n'as pas à l'être. Je t'appelle plus tard ?

— Oui, j'imagine.

Sans se retourner, il escorta sa mère et ils sortirent du restaurant.

En retournant s'asseoir, Jenny se dit qu'il s'était donné beaucoup de mal pour ne pas la regarder en disant au revoir, mais que ça n'avait pas d'importance. Si elle avait été heureusement excitée avant le dîner, elle ne sentait à présent que de la peur. Son au revoir avait affreusement ressemblé à un adieu.

— Voilà, dit-elle à ses parents. C'est Alex. Et sa mère.

— Elle est si jeune, remarqua Karen, les yeux pleins de compassion.

— Je sais.

— Il a des frères et sœurs ?

— Un frère. Ils gèrent seuls sa maladie, tout en essayant de faire marcher leur entreprise d'entretien d'espaces verts. Un combat.

— Il est très gentil avec elle.

— Oui, tous les deux. C'est impressionnant. Mais c'est beaucoup sur leurs épaules, surtout ici où il n'y pas d'aides ni ce qu'il leur faudrait. Ils sont sur le point d'embaucher une infirmière qui doit emménager ici pour les aider.

— On dit que la mesure d'un homme est dans la manière dont il s'occupe de sa mère, souligna Hugh. Si c'est le cas, il semble que tu aies trouvé quelqu'un digne de ton affection.

Jenny ne pouvait pas être plus d'accord, mais elle n'arrivait pas non plus à chasser le sentiment d'une menace pesant sur elle depuis le moment où il s'était détourné.

CHAPITRE 23

L'inquiétude augmentait à chaque minute que Jenny passait loin d'Alex. Elle lui envoya un texto à 21 h 30.

Je viens de laisser mes parents à l'hôtel. Tu es dans le coin ?

Elle attendit plusieurs minutes et, comme il ne répondait pas, elle décida de rentrer chez elle. À mi-chemin, elle fit demi-tour, décidant d'aller chez lui. Son cœur battait si fort qu'elle se demandait comment elle ne se trouvait pas mal. Il était contrarié par ce qui s'était passé au dîner et on pouvait le comprendre ; mais elle ne pouvait s'empêcher de penser au futur dont ils avaient rêvé ensemble. C'est pourquoi elle s'engagea dans l'allée de *Martinez Pelouse & Jardin*, sans même vraiment savoir si elle serait bien accueillie.

La maison était plongée dans le noir, sauf une lampe qui brillait dans le salon. Jenny gara sa voiture, en sortit et, sur des jambes tremblantes, se dirigea vers la véranda.

— Qu'est-ce que tu fais ici ?

Sa voix dans le noir la fit sursauter.

— Je suis venue te voir.

— Pourquoi ?

Jenny suivit sa voix qui venait des fauteuils à bascule sur la véranda.

— Parce que je voulais voir si tu allais bien.

— Parfaitement bien, alors tu n'as pas besoin de rester. Tu devrais aller passer du temps avec tes parents tant qu'ils sont ici.

Sa voix était si froide, si dénuée de l'émotion qu'elle lui connaissait d'habitude qu'elle frissonna malgré la chaleur de cette nuit d'été. Dans le silence qui s'installait entre eux, le seul bruit qu'elle entendait était celui des criquets qui stridulaient.

— Va-t'en, Jenny. Il n'y a rien pour toi ici.

Ses mots tailladèrent son cœur tout juste guéri avec la précision d'un scalpel de chirurgien. Elle ravala un cri de souffrance logé dans sa poitrine qui irradiait dans tout son corps. Si elle le quittait à présent, elle pensait qu'elle ne le reverrait jamais.

Parce que ne pas le revoir était tout simplement impossible, elle avança vers lui au lieu de reculer. Ses yeux s'adaptant à l'obscurité, elle pouvait distinguer sa chemise claire et son pantalon kaki. D'un mouvement rapide, avant d'avoir pu changer d'idée, elle se glissa sur ses genoux.

Il se raidit pour lui résister.

— Qu'est-ce que tu fais ?

Elle passa ses bras autour de lui et posa ses lèvres sur les siennes.

— Ceci.

Elle tourna la tête et l'embrassa de nouveau.

— Et ceci.

Sa main posée sur sa joue, elle fit courir sa langue sur sa lèvre inférieure et sentit qu'il baissait la garde.

Il détourna le visage.

— Arrête.

— Pourquoi ? Je t'aime. Pourquoi est-ce que je ne t'embrasserais pas, ne te toucherais pas et ne resterais pas avec toi quand tu es bouleversé ?

— Parce que !

Ces deux mots fusèrent avec la force d'un coup de feu.

— C'est ma vie. Ici. Je me leurre en pensant que je pourrais t'avoir aussi. Ce n'est pas honnête. Tu es passée par trop de choses. Tu n'as pas besoin de ça.

— C'est ce que tu penses ? Que la maladie de ta mère est trop pour moi ?

— Bon sang, c'est trop pour moi et elle est *ma* mère. Ce qu'elle t'a dit, bon sang, devant tes parents…

Sa voix se cassa sur ce dernier mot, brisant le cœur de Jenny du même coup.

— Alex, nous avons vécu ça, tu t'en souviens ? Ma grand-mère en a souffert elle aussi. Rien de ce que ta mère a pu dire ou faire ce soir ne nous a contrariés.

— Ça m'a dérangé. Ça m'a rendu furieux, putain ! Ce qu'elle t'a dit. Et ne me raconte pas que c'est la maladie. Je le sais. Mais elle est ma mère et elle a plus ou moins traité la femme que j'aime de putain devant ses parents. C'est ça, la vie que tu veux ?

— Si tu es dans cette vie, alors oui, c'est celle que je veux.

Il secoua la tête.

— Je t'aime trop pour te faire ça.

— Alors, tu fais ça à la place ? Tu t'arranges pour que je tombe amoureuse de toi et puis tu fiches le camp dès que ça devient difficile ?

— Ce n'est pas ce que je fais.

— Ah non ? Avoir perdu Toby, c'est la pire des choses que j'ai subies, mais au moins je savais qu'il ne m'avait pas quittée sciemment.

— Et tu crois que je le fais ? Tu es la seule pensée qui m'empêche de devenir fou. Mais il faut que je sois juste avec toi, et ça…

Il fit un signe vers la maison, où sa mère devait être en train de dormir.

— Ça, c'est injuste.

Jenny sentit son calme commencer à vaciller en entendant la détermination dans sa voix.

— S'il te plaît, ne décide pas pour moi, fit-elle doucement en posant son front contre celui d'Alex. Je t'en prie.

— J'ai besoin de temps pour réfléchir. Ce qui s'est passé ce soir… C'était comme une gifle en plein visage, mais aussi une sonnette d'alarme, un rappel de mes obligations là où elles sont aujourd'hui et seront dans un futur prévisible.

— Est-ce que je t'ai jamais donné un signe que je ne comprends pas où elles sont ?

— Non, tu as été géniale, formidable et incroyable à ce sujet.

— Je crois que je n'arrive pas à comprendre ton point de vue, mais je ne vais pas m'imposer.

Elle se mit debout et regretta immédiatement la perte de sa chaleur et de son contact.

— Tu sais où je suis si tu arrives à voir qu'il ne faut pas nécessairement choisir l'une ou l'autre. Ça peut être les deux et nous pouvons faire en sorte que ça marche, mais seulement si c'est ça que tu veux, toi aussi. Je ne viendrai plus t'embêter.

— Jenny.

Si seulement elle n'entendait pas l'angoisse dans la façon dont il prononçait son nom…

— Je suis désolé, reprit Alex. Je me déteste de te faire ça, mais c'est mieux. Tu le comprendras.

Parce qu'il n'y avait tout simplement pas moyen de lui expliquer qu'elle ne comprendrait jamais comment cela pouvait être pour le mieux, elle le laissa sur la véranda et, tel un robot, se dirigea vers sa voiture.

Jenny rentra chez elle en pilotage automatique et, à part le temps qu'elle passa avec ses parents avant leur départ, où elle simula une humeur joyeuse afin qu'ils ne se fassent pas de souci pour elle, elle n'en sortit plus de toute la semaine suivante. Elle ne savait que trop bien, hélas, comment cacher un cœur brisé aux personnes qui lui étaient les plus proches.

Elle refusa de céder au chagrin qui planait à la limite de sa conscience et se força à suivre sa routine quotidienne qui consistait à dormir, manger suffisamment pour rester en vie et dormir encore.

Elle évita ses amis, n'alla pas travailler au magasin et ne répondit pas aux appels de Paul qui s'arrêtèrent le troisième jour. Le seul frère Martinez dont elle voulait avoir des nouvelles n'appela pas.

Sydney vint la voir le cinquième jour, entrant d'un pas ferme ; elle monta l'escalier tout en appelant Jenny :

— Où es-tu ?

Jenny était allongée sur le canapé du salon, encore vêtue du pyjama qu'elle avait mis deux jours plus tôt en sortant de la douche.

— Ici.

— Qu'est-ce qui t'arrive, bon sang ? interrogea Syd en la voyant sur le sofa. Tu ne prends pas nos appels. Personne ne t'a vue. Qu'est-ce qui se passe ?

— Il a rompu.

— Non… *Pourquoi* ?

Jenny bougea ses pieds pour que Syd puisse s'asseoir à l'autre bout du canapé.

— À cause de sa mère, parce qu'il se sent coupable et qu'il a un sens du devoir qui, apparemment, ne va pas jusqu'à moi.

— Je ne comprends pas. Il est fou de toi. Nous l'avons tous vu. Nous n'avons fait que parler de ça depuis samedi. Grace essaie de s'en attribuer le mérite. Elle pense qu'elle vous a présentés l'un à l'autre au Tiki. Je ne l'ai pas détrompée, mais tu nous ferais plaisir si tu pouvais lui dire ce qu'il en est un jour ou l'autre.

Jenny savait que son amie essayait de l'égayer avec une histoire idiote. Pourtant, rien ne pouvait lui remonter le moral, sauf un signe qu'Alex avait changé d'avis ; mais elle avait abandonné cet espoir quelques jours plus tôt. Ses yeux s'emplirent de larmes, ce qui était drôle car elle pensait que ses glandes lacry-males étaient maintenant à sec.

— Mon Dieu, je suis désolée, Jenny. C'est vraiment affreux.

— Ça me rappelle beaucoup trop un autre temps de ma vie. Je n'aurais jamais pensé que je me sentirais de nouveau aussi mal, mais ça...

Il n'y avait pas de mots pour dire ce que c'était.

— Je l'aime tellement. J'aime tout en lui. J'aime même son frère et sa mère. Peu importe qu'elle soit malade ou qu'elle ait besoin de moi ou que ce soit Alex. Cela n'a pas d'importance.

— Et tu le lui as dit ?

Jenny fit signe que oui.

— Ça n'a rien changé.

Sydney souffla longuement par le nez.

— Eh bien, si c'est ce qu'il veut, il va falloir que tu lui montres que ça n'a rien changé.

— Et comment je suis censée faire ça ?

— Il faut que tu remontes immédiatement en selle et que tu recommences à sortir. Pas moyen qu'on te laisse toute seule dans ton trou.

— Je ne sais pas, Syd. Je ne suis vraiment pas d'humeur à me balader.

— Je sais, ma chérie, mais je ne vais pas te laisser retourner là d'où tu viens. Pas après tous les progrès que tu as faits. Pourquoi ne prépares-tu pas un sac pour passer quelques jours avec nous ? On te tiendra compagnie pour que tu passes ce mauvais cap.

— C'est très gentil, mais Luke et toi, vous avez un bébé à mettre en route et vous n'avez pas besoin de moi dans les parages pendant ce temps-là.

— Oh, voyons ! rétorqua Syd en reniflant peu élégamment. Il peut attendre quelques jours de plus.

— Le pauvre a attendu assez longtemps et, d'autre part, je

suis bien ici. Mais je promets de t'appeler tous les jours et je ne tarderai pas à revenir m'amuser avec vous.

— D'accord, mais j'ai ta parole !

— Je n'en attendais pas moins de toi.

Jenny se leva pour raccompagner son amie jusqu'à l'escalier et la serra dans ses bras.

— Merci d'être venue voir comment j'allais.

— C'est lui qui est perdant. Tu le sais, n'est-ce pas ?

— Bien sûr. Je suis une fille formidable.

— C'est vrai et tu vas trouver un type formidable qui te méritera.

Jenny ne répondit pas qu'elle l'avait déjà trouvé. Dommage qu'il ne pense pas mériter d'être heureux.

Jenny découvrait que le sommeil vient difficilement lorsqu'on a le cœur brisé. Elle dormait plusieurs heures d'affilée au milieu de la journée et restait éveillée en pleine nuit. Dix jours avaient passé depuis qu'elle avait vu Alex pour la dernière fois et elle commençait à se lasser de sa propre compagnie.

Elle avait tenu parole à Sydney, l'appelait chaque jour et réfléchissait à l'invitation de son amie pour un barbecue dans la soirée du lendemain, réunion – elle le suspectait – organisée comme prétexte pour la faire sortir de son trou. Elle irait probablement. Elle ne pouvait pas se cacher éternellement et elle n'allait pas laisser un homme gâcher une vie qui avait été plus que satisfaisante juste avant de le rencontrer.

Le soleil était en train de se lever à l'est lorsqu'elle tomba enfin dans un sommeil agité, interrompu peu après par un rugissement devant sa fenêtre. Les yeux de Jenny s'ouvrirent d'un coup : où diable se trouvait-elle et quel *diable* faisait un bruit pareil ?

Et elle sut ! Le *monstre*. Elle jaillit hors de son lit et courut à la fenêtre comme elle l'avait fait quelques semaines plus tôt ; il était là, perché à l'arrière de la bête comme s'il n'avait aucun souci au monde et n'avait pas brisé le sien. Comme d'habitude, il était torse nu et trop sexy pour son bien.

Comment ose-t-il se pointer ici à... 5 h 45 du matin, *comme s'il avait le droit d'être ici.*

Il n'en avait pas le droit après ce qu'il lui avait fait. Folle de rage, elle dégringola les deux étages et sortit dans la même lumière d'une aube nacrée que la dernière fois. Comme la fois précédente, elle ne portait qu'un léger débardeur et des sous-vêtements minuscules. Et juste comme la première fois, elle courut droit aux tomates mûres et se mit à les balancer de toutes ses forces contre lui, l'une après l'autre. Trois d'affilée l'atteignirent : une dans son dos, une autre sur la tempe et la troisième en plein sur les fesses.

Si son cœur était brisé, elle n'en visait pas moins fort bien.

Il arrêta le moteur et se tourna lentement vers elle, souriant comme un dingo.

Elle lui lança une autre tomate qui vint s'écraser contre son torse.

Il commença à s'approcher avec une détermination qui fit reculer Jenny d'un pas parce qu'elle n'avait plus de munitions.

— Tu n'es toujours pas du matin, hein ?

— Tu ne manques pas de culot de venir ici !

— Pourquoi ? C'est mon boulot de tondre ta pelouse, alors c'est ce que je fais.

— Tu aurais pu envoyer quelqu'un d'autre. C'est ce que tu aurais dû faire.

— Peut-être.

Son regard descendit lentement du sommet de la tête de Jenny à sa poitrine où il s'attarda un moment avant de continuer plus bas.

Il aurait aussi bien pu la toucher réellement parce qu'il la mit en feu avec ses yeux de chocolat noir qui semblaient voir au travers d'elle.

— Ne t'approche pas !

Jenny ne savait pas au juste si elle était heureuse ou triste lorsqu'il obéit et s'arrêta à six pas d'elle.

— Pourquoi es-tu ici ?

— Je te l'ai dit. Je suis venu tondre le gazon.

— Pourquoi toi et pas quelqu'un d'autre ?

— Parce que je ne pouvais pas risquer qu'un de mes hommes te découvre dans cette tenue. Tu sais comme je suis jaloux.

— Tu n'as aucun droit de me dire ça. Plus maintenant.

— Si.

Tout en parlant, il recommença à avancer vers elle. Malgré les débris de tomate dans ses cheveux et accrochés à sa toison pectorale, il ne lui avait jamais semblé aussi beau.

Son instinct de conservation la fit reculer jusqu'à ce qu'elle se retrouve contre la porte du vestibule, Alex à un pas d'elle. Elle leva les yeux pour le regarder, essayant de juger de son humeur et de ses intentions ; elle s'humecta les lèvres, allumant un éclair de désir dans les yeux d'Alex.

Sa bouche fut sur la sienne avant qu'elle ait l'occasion de réagir. Au contraire de la dernière fois, il ne lui laissa pas la possibilité de dire non. Il prit simplement ce qu'il semblait désirer si violemment, si tant est que son baiser affamé en fût une indication.

Jenny posa ses mains à plat contre sa poitrine et le repoussa.

— Non, dit-elle, bafouillant d'indignation et de désespoir. Tu ne peux pas me faire ça. Je ne le permettrai pas. Tu m'as chassée comme si je ne comptais pas pour toi.

— Tu as toujours eu de l'importance à mes yeux. Beaucoup trop. C'était ça, le problème.

— Eh bien, super ! Je me sens vraiment mieux maintenant.

— Je t'aime à la folie. Tu m'as manqué plus qu'aucune autre personne dans toute ma vie. Chaque jour, j'ai dû me forcer pour rester loin du phare, alors que tout mon être se languissait de toi.

D'accord, elle devait admettre qu'il faisait plus qu'amende honorable. Et c'était rudement réconfortant de savoir qu'il avait été aussi malheureux qu'elle.

Il fixa quelque chose derrière l'épaule de Jenny.

— J'étais très gêné. Pour la première fois depuis que ma mère est tombée malade, ce qu'elle a fait… Elle m'a vraiment mis mal à l'aise.

Il poussa un long soupir.

— Et j'étais furieux contre elle. Je n'avais jamais éprouvé ça depuis que nous nous occupons de sa maladie, mais il ne s'agissait plus de moi. Il s'agissait de toi et de la façon dont cela t'affectait. Alors, je me suis dit que si je te chassais de ma vie, je pourrais empêcher que tu ne sois blessée.

— Juste pour ton information, cette stratégie a complètement foiré.

— Je le sais maintenant.

— Alors, qu'est-ce qui a changé ?

— Rien, sauf que je n'ai plus de volonté. Après tout, je suppose que je suis un salaud d'égoïste, parce que je ne me soucie plus d'être honnête avec toi en t'emmenant dans ma vie chaotique. Je me fiche qu'il soit juste que ma mère t'ait plus ou moins traitée de putain devant tes parents. Tout m'est égal sauf que je veux trouver le moyen de passer chaque jour le plus de temps possible avec toi.

Jenny l'observait, essayant de savoir si elle était vraiment éveillée ou si elle avait un autre de ses rêves plus vrais que vrais.

Et alors, il sourit et elle fondit.

— *Je suis juste un garçon, debout devant une fille et lui demandant de l'aimer*, cita Alex.[1]

Jenny perdit tout sang-froid et se jeta entre ses bras.

— Elle l'aime tout aussi désespérément qu'il l'aime.

Il la serra contre lui si fort qu'elle pouvait à peine respirer.

— Je regrette tellement d'avoir paniqué. Lorsque tout ça s'est calmé, j'ai compris que j'avais été vraiment stupide ; j'ai rendu tout le monde dingue jusqu'à ce que Paul me supplie d'aller tondre ton gazon et d'arranger les choses avec toi, si c'était encore possible. Et il m'a demandé de te dire qu'il a besoin de toi au magasin autant que j'ai besoin de toi dans mon lit.

Jenny haussa un sourcil.

— C'est une citation exacte ?

— J'ai juste paraphrasé un peu.

— C'est ce que je me disais, répliqua-t-elle en riant. Est-ce que tu vas paniquer encore la prochaine fois que ta maman me dira quelque chose d'inconvenant ?

— J'essaierai de ne pas le faire, mais même si je flippe, je ne te repousserai pas. Je te le promets.

— Tu m'as brisé le cœur.

Il tressaillit :

— Je sais. Je me déteste pour ça. C'était la dernière chose que tu méritais alors que tu m'as fait tellement confiance. Je ne veux jamais te causer le moindre chagrin.

— Alors, ne le fais pas. Laisse-moi suivre ce chemin avec toi et je te tiendrai la main ; je t'aiderai à gérer ce qui arrivera et tu feras de même pour moi.

— Ça a l'air si simple avec toi.

— Ça l'est. Je t'aime. Tu m'aimes. Rien d'autre n'a d'importance.

— Rien, je suppose. Tu devras peut-être me prêter davantage main-forte que je ne le ferai pour toi.

— Nous n'avons aucun moyen de le savoir, n'est-ce pas ?

— Tout ce que je sais, c'est que je ferai tout ce qu'il faut pour que tu me pardonnes.

— Je t'ai pardonné il y a un bon moment déjà. Que peut-on ne pas aimer chez un homme qui fait passer sa mère malade avant toutes les autres choses de sa vie ?

— Qu'est-ce qu'on peut ne pas aimer chez une femme

capable de supporter un homme qui pense pouvoir survivre sans elle alors qu'il aurait dû savoir que c'était impossible ?

— Elle a l'air plutôt géniale. Tu devrais entrer et faire l'amour avec elle pour qu'elle croie que ce ne sont pas uniquement de belles paroles.

— Oh, je suis tout à fait sérieux et il n'y a rien que j'aimerais davantage, mais est-ce que je peux me servir d'abord de sa douche ? J'ai eu des petits ennuis avec des tomates.

Jenny éclata de rire puis poussa un petit cri lorsqu'il la souleva et la fit tourner dans les airs. Elle s'accrocha très fort à lui jusqu'à ce qu'il la repose à terre, prenne sa main et la conduise à l'intérieur pour le reste de leur vie à deux.

---

1. Citation culte de *Coup de Foudre à Notting Hill*, le film qu'ils avaient regardé ensemble chez Alex. (N.D.T.)

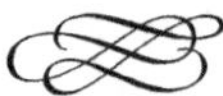

— Voilà, j'ai une super idée ! annonça Alex bien plus tard cette nuit-là.

Ils avaient passé toute la journée dans le lit de Jenny, rattrapant le temps perdu depuis qu'ils étaient séparés. Alex pensait qu'ils en avaient bien pour quelques jours encore. Ensuite, ils pourraient recommencer depuis le début.

À plat ventre sur le lit, Jenny serrait son oreiller entre ses bras et le regarda.

— C'est quoi, cette idée extraordinaire ?

— Nous sommes propriétaires d'un bon bout de terrain derrière les serres. J'ai pensé qu'on pourrait y construire une maison pour nous, comme ça nous serions près de Maman, mais nous aurions notre endroit à nous.

Elle ne pouvait en croire ses oreilles.

— Tu veux construire une maison ?

— Pour nous. Qu'est-ce que tu en penses ?

— C'est une idée magnifique ; peut-être que le temps qu'elle soit construite, je serai prête à y emménager avec toi.

— Oh, hum, eh bien, tu vois, le reste de mon plan serait que tu t'installes avec moi maintenant pour qu'on se mette à faire ces bébés que tu veux si désespérément, les bébés que tu pensais ne jamais avoir.

Il sourit d'un air taquin et ajouta :

— Tu commences, tu sais…

Elle lui lança un regard noir et il ne termina pas sa phrase.

— Comme je viens tout juste de te pardonner pour m'avoir brisé le cœur, je vais faire comme si je ne t'avais pas entendu insinuer que je suis vieille.

— Trêve de plaisanterie, est-ce que tu veux attendre encore un an pour commencer ce que nous voulons tous les deux ?

Jenny n'eut pas besoin de beaucoup de temps pour réfléchir à sa réponse.

— Non, je ne crois pas.

— Alors, c'est entendu. Tu vas venir habiter avec nous, nous ferons des bébés et nous construirons une maison.

— Je ne veux pas que tu croies que je suis vieux jeu ou quelque chose comme ça, mais si nous allons véritablement essayer d'avoir des bébés…

— Nous allons essayer *très* activement, coupa-t-il.

Ce qui lui valut de recevoir un oreiller sur la figure.

— Si c'est le cas, est-ce qu'on ne devrait pas, tu sais, au moins parler de…

Cette canaille la regardait ; il était ravi de la mettre mal à l'aise alors qu'il savait pertinemment à quoi elle voulait en venir.

— Tu veux que ce soit moi qui le dise ?

— Peut-être bien, répondit-il avec un sourire béat.

— Je voudrais être mariée si nous allons avoir un bébé.

— Marié avec moi ou est-ce que n'importe qui te conviendrait ?

— Je commence à croire que je pourrais accepter n'importe qui.

Il fonça sur elle et la retourna si vite qu'elle ne sut pas

comment il avait réussi à se retrouver sur elle, leurs corps alignés.

— *Je* vais oublier que *tu* as dit *ça.*

Jenny leva ses mains vers le visage d'Alex, l'attirant à elle pour l'embrasser.

— Personne d'autre n'irait.

— Alors, je pense que tu n'as pas d'autre choix que de m'épouser.

— Si ce n'est pas la demande en mariage la plus romantique de l'Histoire !

— Non, mais j'espère que celle-ci le sera.

Il glissa au bas du lit et s'agenouilla devant elle. Il lui prit la main et la porta à ses lèvres et, pendant une seconde, baissa la tête au-dessus de leurs mains enlacées, comme s'il rassemblait son sang-froid.

Jenny dut se rappeler qu'elle devait respirer et attendit ce qu'il allait dire.

— Je veux que tu saches que tu es probablement la meilleure personne que j'aie jamais connue. Tu as le visage d'un ange, le cœur d'une guerrière et la colonne vertébrale nécessaire pour me supporter. Je voudrais que toi, Jenny Wilks, m'accompagnes pour le restant de nos jours, que nous construisions un avenir extraordinaire ensemble sans oublier jamais le passé que tu as partagé avec Toby. Je veux le prendre aussi avec nous, parce qu'il fait partie de toi et, de ce fait, de qui nous sommes ensemble. Je t'aime, j'ai besoin de toi, je pense que j'ai prouvé que je te désire, mais je suis disposé à en donner des preuves supplémentaires quand tu voudras.

Jenny rit tout en essuyant des larmes.

— Je sais que je te demande beaucoup en te faisant entrer dans ma famille en ces moments difficiles, mais j'espère que tu seras à mes côtés, peu importe l'endroit où ma mère nous emmènera dans ce voyage que nous entreprenons.

— Alex…

— Attends, je n'ai pas fini. J'en viens à la partie importante. Je veux que nous fondions une famille tous les deux et qu'on regarde grandir nos enfants ; et puis devenir vieux, vraiment très vieux ensemble, mais en baisant toujours beaucoup. Je prendrai la petite pilule bleue si c'est nécessaire, mais j'espère bien qu'on n'en arrivera pas là.

Elle rit encore plus fort.

— Tu as pris ta place dans le livre des records comme le premier homme à mentionner des problèmes d'érection dans une demande en mariage.

— Je pense qu'on ne devrait jamais laisser ces choses au hasard, répliqua-t-il gravement.

— Tu as fini maintenant ?

— Peut-être bien.

Elle se pencha en avant pour l'embrasser longuement.

— Tu m'as eue en disant que je suis la meilleure personne que tu connaisses et définitivement convaincue en parlant de Toby.

— Alors, attends… J'aurais pu sauter tout le reste ?

— Pas du tout, mon vieux. Ça aurait été la plus drôle des demandes en mariage romantiques de toute l'Histoire, sauf pour *un* petit détail.

— Lequel ?

Elle leva les yeux au plafond.

— Je vois bien que c'est la première fois que tu fais ça.

— Tu as tout à fait raison : c'est ma première fois et je n'arrive pas à croire que tu me critiques vraiment pour ça.

Son indignation légitime fit partir Jenny dans un rire hystérique.

— Tu n'as pas posé la question, idiot !

— Si !

— Non. Je m'en serais souvenue.

— D'accord, répliqua-t-il d'un air renfrogné. Tu m'épouses ou pas ?

Jenny leva un sourcil, pour signifier qu'il faudrait quelque chose de mieux.

— Veux-tu officiellement me mettre la corde au cou pour que tout le chagrin que tu m'infligeras soit compensé par le devoir conjugal ?

Elle secoua la tête, parcourue par un rire silencieux.

Alors, il porta la main de Jenny à ses lèvres, le visage sérieux, sincère et plus beau qu'elle ne l'avait jamais vu.

— Jenny Wilks, meilleure personne que j'aie jamais connue, magistrale lanceuse de tomates et seule femme que j'aie véritablement aimée, veux-tu me sortir de la détresse dans laquelle je me suis fourré moi-même et me faire l'immense honneur d'être ma femme ?

— Oui, répondit-elle d'une voix douce. Alors, c'était si dur ?

— Je vais te dire ce qui est dur, grogna-t-il, la faisant rire de nouveau lorsqu'il vint la retrouver dans le lit.

— Tu es tout à fait prévisible, Martinez.

— Et tu aimes que je te désire inlassablement.

— Oui.

— Je vais t'acheter une bague. Dès que je pourrai.

— Ce n'est pas nécessaire.

— Comme je ne pense pas me soumettre une nouvelle fois à cette torture, je vais faire les choses comme il faut.

Jenny battit des cils.

— Quand tu le dis si gentiment, comment une fille pourrait-elle refuser ?

Il la regarda, son cœur brillant jusque dans ses yeux.

— Je regrette de t'avoir blessée. Je ne le referai plus jamais.

— Si, tu le feras probablement, mais je te pardonnerai toujours, si tu demandes pardon aussi bien.

— Depuis que je t'ai rencontrée, je commence à faire ça plutôt pas mal.

Elle l'entoura de ses bras, berçant sa tête contre sa poitrine.

— Alors, nous devrions nous en sortir assez bien.

~

Merci d'avoir lu *Quand on est destiné à l'amour*. J'espère que vous avez aimé l'histoire d'Alex et Jenny. La saga continue avec celle de Jared et Lizzie dans *Quand surgit l'amour*.

Newsletter list

BookBub

Facebook

Instagram

Book+Main

Website

Autres livres de Marie Force

La Série Quantum

Livre 1: Virtuous

(Flynn & Natalie)

Livre 2: Valorous

(Flynn & Natalie)

Livre 3: Victorious

(Flynn & Natalie)

Livre 4: Rapturous

(Addie & Hayden)

Livre 5: Ravenous

(Jasper & Ellie)

Livre 6: Delirious

(Kristian & Aileen)

Livre 7: Outrageous

(Emmett & Leah)

Livre 8: Famous

(Marlowe)

L'île de Gansett
Livre 1: Quand on est fait pour l'amour
(Maddie & Mac)
Livre 2: Quand on est fou d'amour
(Joe & Janey)
Livre 3: Quand on est prêt pour l'amour
(Luke & Sydney)
Livre 4: Quand on rencontre l'amour
(Grant & Stephanie)
Livre 5: Quand on espère l'amour
(Evan & Grace)
Livre 6: Quand vient la saison de l'amour
(Owen & Laura)
Livre 7: Quand on aspire à l'amour
(Blaine & Tiffany)
Livre 8: Quand on attend l'amour
(Adam & Abby)
Livre 9: Quand Vient le Temps de l'Amour
(Daisy & David)

La série Rester à Flot
Livre 1: Rester à Flot
(Jack & Andi)

Titres Uniques
Cinq Ans Sans Lui
Un An Plus Tard

Marie Force figure en très bonne place 
sur la liste du *New York Times* des auteurs
les plus vendus avec des romances
contemporaines, des romans à suspense
et des romans érotiques. Parmi eux, les
séries de *L'Île de Gansett, Fatal, Trading
Water, Butler Vermont* et *Quantum*.

Elle a vendu près de dix millions de livres dans le monde
entier, est traduite dans plus d'une douzaine de langues et a fait
l'objet d'articles dans le *New York Times* plus de trente fois. Elle
est également une des auteures les plus lues selon *USA Today* et
le *Wall Street Journal*, ou encore le *Spiegel* en Allemagne.

Ses objectifs dans la vie sont simples : achever l'éducation de
deux jeunes adultes heureux, en bonne santé et actifs ; continuer
à écrire des livres aussi longtemps qu'elle le pourra et ne jamais
se trouver dans un avion qui ferait la une des journaux.

Inscrivez-vous sur la liste de contacts de Marie pour être
informé de la parution de ses nouveaux livres.

Suivez-la sur Facebook et sur Instagram. Rejoignez l'un des
nombreux groupes de lecteurs de Marie. Contactez Marie sur
marie@marieforce.com.